DOCH DAS MESSER SIEHT MAN NICHT

AF164598

Dieses Buch ist ein Roman. Handlungen und Personen sind frei erfunden. Ähnlichkeiten mit lebenden oder toten Personen sind nicht gewollt und rein zufällig.

I.L. CALLIS

# DOCH DAS MESSER SIEHT MAN NICHT

KRIMINALROMAN

emons:

**Bibliografische Information der Deutschen Nationalbibliothek**
Die Deutsche Nationalbibliothek verzeichnet diese Publikation
in der Deutschen Nationalbibliografie; detaillierte bibliografische
Daten sind im Internet über http://dnb.d-nb.de abrufbar.

© Emons Verlag GmbH
Alle Rechte vorbehalten
Umschlaggestaltung: Leonardo Magrelli
Gestaltung Innenteil: DÜDE Satz und Grafik, Odenthal
Lektorat: Carlos Westerkamp
Druck und Bindung: CPI – Clausen & Bosse, Leck
Printed in Germany 2024
ISBN 978-3-7408-2048-0
Originalausgabe

Unser Newsletter informiert Sie
regelmäßig über Neues von emons:
Kostenlos bestellen unter
www.emons-verlag.de

Dieser Roman wurde vermittelt durch die
AVA international GmbH, Autoren- und Verlagsagentur.

Die automatisierte Analyse des Werkes, um daraus Informationen
insbesondere über Muster, Trends und Korrelationen gemäß § 44b
UrhG (»Text und Data Mining«) zu gewinnen, ist untersagt.

Für Hejo Emons

*Und der Haifisch, der hat Zähne*
*Und die trägt er im Gesicht*
*Und MacHeath, der hat ein Messer*
*Doch das Messer sieht man nicht.*
Bertolt Brecht, »Die Dreigroschenoper«, 1928

*Untern Linden, wie ihr wisst,*
*Wandeln, die da rufen: Pst.*
*Mild gesinnte Herzen finden*
*Kannst du immer untern Linden.*
*In Berlin, in Berlin,*
*Wenn die Bäume wieder blühn.*

*Für acht Groschen ist Mama*
*Hinten auf dem Hofe da,*
*An den Herrn und an Jeannettchen*
*Leiht sie Kammer, Licht und Bettchen.*
*In Berlin, in Berlin,*
*Wenn die Bäume wieder blühn.*
Karl Müchler, 1820

*Ich atme jedes Mal auf, wenn ich über die Grenze komme –*
*und dieses verfluchte Rotzland im Rücken habe.*
Der Schriftsteller Kurt Tucholsky an den Maler George Grosz

# PROLOG

Luzifer.
Mutterseelenallein lief sie mitten in der Gasse durch die Nacht, sie schlingerte auf schief getretenen Absätzen über das Kopfsteinpflaster. Das Gaslicht ließ ihr kurzes Haar golden leuchten wie einen Heiligenschein.

Er saugte den vertrauten Höllengestank der Gosse ein, diesen ekelerregenden, alles umschlingenden und so berauschenden Pesthauch. Dabei ließ er die Frau nicht aus den Augen.

Wachsam folgte er ihr, immer an der baufälligen Mauer entlang. Vorbei an langen Schluchten von Ziegelsteinen und Schmutz, dunklen Querstraßen, eine jede eine neue Klamm von Mauern und Elend, darin gärende Haufen aller Arten von Abfällen, faulende Kartoffelschalen, Lumpenbündel und sich zersetzende Tierkadaver, über denen bei Tag Schwaden von Schmeißfliegen summten. Der Rinnstein führte Anfang August kaum Wasser, er bestand fast nur aus stinkendem Schlamm. Es roch nach Verwesung und Kloake und feuchten Mauern.

Die Frau wandte sich nach links, steuerte eine Durchfahrt an, blieb stehen, rieb sich die Augen, schimpfte laut.

Er beschleunigte seine Schritte, überholte die Frau und warf ihr im Vorbeigehen einen Blick zu, den sie kokett erwiderte. Mit einem Kopfnicken wies er auf die Tordurchfahrt, ging selbst hindurch und trat in einen Hinterhof. Schwaches Licht fiel durch verrußte Fensterscheiben auf Mülleimer, eine Stange zum Ausklopfen der Teppiche und eine rostige Wasserpumpe ohne Pumpenschwengel, ein Relikt aus Kaisers Zeiten.

Rechts lagen Stalltüren, dahinter scharrten Pferde, er konnte ihr Schnauben hören. Neben einer Mauer stand ein Fuhrwerk, über den Seitenwänden hingen leere Kohlensäcke. Troschkes Kohlenhandlung. Irgendwo keuchte asthmatisch ein Akkordeon.

*Zwei rote Rosen, ein zarter Kuss.*
Der Kohlenstaub in der Luft würgte ihn. Von einer Leine hing lange Männerunterwäsche herab, die leeren Arme und Beine baumelten schlaff wie die Glieder der Gehenkten am Galgen. Es roch nach gekochten Innereien, Seifenlauge und dem Ammoniakgestank von Pferdeurin. In den Hinterhöfen von Berlin spielte sich das wahre Leben ab.

Endlich konnte er die Frau hören. Sie summte leise eine Melodie vor sich hin, unterbrach sich, fing an zu lachen, sang weiter.

Nun wankte sie durch den Torbogen in den Hinterhof.

Er trat ihr in den Weg, knöpfte seine abgetragene Jacke auf.

Sie blieb stehen und musterte ihn zweifelnd. Doch dann erschien das kokette Lächeln wieder auf ihrem Gesicht. Ungeniert entblößte sie ein lückenhaftes Gebiss, legte den Kopf schief, strich sich eine Haarsträhne hinter das Ohr, und jetzt erkannte er, dass es nicht blond, sondern grau war.

»Na, Süßer«, sagte sie. »Warteste auf wen?«

Anscheinend war sie willens, in dieser Nacht noch ein letztes Geschäft zu machen. Ein allerletztes, dachte er.

»Wat is?«, fragte sie. »Kannste nich reden, biste pleite oder nur schüchtern, Süßer? Keene Angst, det jibt sich.«

Er schwieg, sah sie nur an. Sie reichte ihm bis zur Schulter. Ihr Kleid war zu leicht für Ende September. Der kurze Rock bedeckte kaum die knochigen Knie, die dicker waren als ihre dünnen Beine. Ihre bloßen Füße steckten in ausgetretenen Riemchenschuhen.

»Is dein erstet Mal hier, wa?« Sie machte ein paar unsichere Schritte, schwankte wie ein Segelboot auf hoher See. »Det seh ick jleich, du bist nich so eener.« Sie schlingerte auf ihn zu. »Haste mal wat zu trinken für 'ne junge Frau?«

Er fasste in die Brusttasche seiner Jacke, als hätte er dort einen Flachmann stecken. »Klar«, sagte er und griff das Messer.

»Haste denn überhaupt Penunse?« Sie kam noch näher.

»Klar«, sagte er wieder und ließ den Blick über die Umgebung huschen. Jetzt brannte nur noch hinter zwei Fenstern Licht. Das Akkordeon spielte laut und mit Tempo.

*Das ist die Liebe der Matrosen.*
»Ick zahle jut«, fügte er hinzu.
Die Frau blieb stehen, sie wirkte misstrauisch. »Janz dolle Perversitäten mach ick nich«, sagte sie. Auf einmal erschien ein verschlagener Ausdruck auf ihrem Gesicht. »Weeste wat?«, fragte sie. »Ick kenne een warmet Plätzchen, wo wir janz unter uns sind. Und Zeit hab ick ooch für dir, jede Menge sogar.« Sie rückte erneut näher. »Kannste mir vertrauen, Süßer.«
Er erkannte die Falle sofort. »Wir jehn nirgendshin«, sagte er leise.
Sie blickte zu der Hofseite, wo die Pferde schnaubten, dahin, wo er auf sie gewartet hatte. »Mein Bett steht im Suttereng«, sagte sie und deutete ins Dunkel. »Is ooch jar nich weit.«
Er wusste, dass sich an der Stelle, auf die sie deutete, ein Abgang befand, der zu einer Holztür mit abblätternder Farbe führte. Er fragte sich, wer in diesem Kellerloch, in dem sie hauste, auf ihre leichtgläubigen Freier lauerte. Wenn er mit der Hure mitging, rannte er ihrem Zuhälter in die Arme. Oder ihrem Liebhaber. Oder ihrem Bruder. Oder allem zusammen in einer Person. Sah er etwa wie eines ihrer Opfer aus, die nackt und ohne einen Groschen in der Gosse landeten und aus Scham oder persönlichen Gründen die Obrigkeit mieden?
Der Alkohol hatte ihr Urteilsvermögen getrübt. Trotzdem wich seine Verachtung für diese Kreatur der Wut.
»Wat is?« Sie schenkte ihm ein einschmeichelndes Grinsen, drehte sich hin und her. »Willste nu oder nich?«
Seine letzten Zweifel waren beseitigt.
»Komm her«, sagte er und hörte selbst, wie rau seine Stimme klang.
Sie kicherte, dachte wohl, sie hätte gewonnen, trippelte auf ihn zu, legte eine Hand auf seine Schulter und näherte ihr Gesicht seiner Wange. Der Geruch nach billigem Parfüm stieg ihm in die Nase, vermischte sich mit dem Hinterhofgestank, legte sich klebrig auf seine Haut, reizte ihn zum Erbrechen. Die Frau säuselte Worte, lockend und geschmeidig und so seelenlos wie das Geplapper eines Papageis.

Er legte den linken Arm um ihre Taille, zog sie an sich. Sie war dünn und knochig, sie wirkte ausgezehrt. Er schaute durch das Halbdunkel bis zum Himmel hinauf. Über einer Wolkenwand schwamm wie mit Blattgold belegt ein voller Mond. Mit der rechten Hand zog er das Messer heraus und stieß es der Frau in den Bauch. Widerstandslos glitt es in das weiche Fleisch.

Sie riss die Augen auf, sah ihn überrascht an. Das Messer war scharf, sie hatte nur einen Schlag gespürt. Ihre Finger krochen über das Kleid.

Er hielt sie fest, stach wieder zu und wieder und wieder, schnell, leidenschaftslos und im Bewusstsein seiner Pflicht. Er stach so lange zu, bis seine Hand von warmem Blut ganz nass war, den Messergriff konnte er kaum noch halten. Seine Mütze fiel ihm vom Kopf, er achtete nicht darauf.

Die Frau keuchte, öffnete den Mund zu einem Schrei.

Er packte sie bei den Haaren, riss ihren Kopf nach hinten und drehte ihr Gesicht von sich weg. Mit einer schnellen Bewegung schnitt er ihr die Kehle durch, trat sofort zurück, um nicht von der Blutfontäne getroffen zu werden, die aus der zerfetzten Halsschlagader schoss.

Die Frau wand sich, gurgelte, sprechen konnte sie nicht mehr. Sie hing an seinem ausgestreckten Arm wie eine Marionette. Endlich sank sie bewusstlos zusammen.

Er öffnete die Finger und ließ ihren schlaffen Körper auf den Boden fallen, so wie man sich einer erschlagenen Ratte entledigte. Erhitzt und zufrieden zog er ein Taschentuch hervor, wickelte es um das blutige Messer und stopfte es zurück in das Lederholster über seinem Herzen. Er knöpfte die Jacke über dem besudelten Unterhemd zu und warf noch einen letzten Blick auf die Frau.

Sie lag auf dem Rücken, die Arme und Beine zu einem Kreuz gespreizt. Ihre im Mondlicht glänzenden Augen waren zum Himmel gerichtet, die klaffende Wunde in ihrem Hals lächelte wie ein zweiter Mund. Unter ihrem Kopf breitete sich langsam ein dunkler Heiligenschein aus.

Er staunte über die Verwandlung, die mit der Frau vor sich gegangen war. Eine stille Würde schien sie zu umgeben, der ihr unsittlicher Lebenswandel, Gewalt und Alkohol nun nichts mehr anhaben konnten. Jetzt, im Tode, erkannte er ihre wahre Schönheit. Den zarten Knochenbau des Gesichtes, die halb geöffneten blutigen Lippen, die ihn an eine aufblühende rote Blume erinnerten. Die Hure, die die Frau einmal gewesen war, gab es nicht mehr, er hatte sie ausgelöscht. An ihre Stelle war ein neues, unschuldiges Wesen getreten, erfüllt von dem inneren Frieden, den er ihm geschenkt hatte.

Das Wunder war erneut geschehen.

Er hob seine Mütze auf, klopfte den Staub ab und setzte sie auf, wobei er den Schirm tief ins Gesicht zog.

Luzifer.

Die Römer hatten in ihm den Lichtträger und den Morgenstern Venus gesehen, das männliche und das weibliche Prinzip in einer Person. Den Christen war er der Engel, der sich Gott gleichmachen wollte und zur Strafe aus dem Himmel verbannt wurde. Doch als Luzifer sein eigenes Reich gründete, schuf er damit die Welt und – ihre Gesetze.

Er war ein Niemand, ein Nichts.

Es gab ihn nicht, es durfte ihn nicht geben.

An diesem Abend jedoch war er Richter gewesen, hatte sein Urteil gefällt und es vollzogen. Er hatte Gutes getan.

Er war Luzifer.

Dann stürzte er sich noch einmal auf die Tote.

# EINS

»So, Finchen, das ist also nun unser letzter Abend.«

Josefine, die zur Feier des Tages ihr fabelhaftes rotes Kleid mit den weißen Punkten angezogen und ihr Glockenhütchen aufgesetzt hatte, sah von ihrem vornehmen Salat mit Havelkrebsen auf und begriff erst mal rein gar nichts. Georg und sie saßen im Restaurant Zur Linde, und zwar im feinen Jagdzimmer, weshalb die Wände mit dunklem Holz getäfelt waren und daran Jagdbilder und Geweihe hingen. Sogar der Kronleuchter bestand aus putzigen Lampenschirmchen auf Hirschgeweihen. Georg war auch Jäger, aber das sah man nicht.

»Was meinste, Georgchen?«, fragte Josefine.

»Sieh mal, Finchen, du hast es doch immer gewusst.«

Jetzt schwante Josefine eine schlechte Ahnung. Georg hatte sie an diesem Abend ganz vornehm zum Essen ausgeführt, und irgendwie war er so feierlich gestimmt gewesen, und da hatte sie an etwas Zukünftiges gedacht und auf seinen Antrag gewartet und ihm auch immer wieder so sinnliche Blicke voller Zustimmung zugeworfen. Josefine von Scherer, das klang fabelhaft. Besser als Josefine Hoffmann. Sie war achtzehn Jahre alt und blond und hübsch, sodass man sie schon mit Lilian Harvey verglichen hatte. Sie war eine Frau mit Ehrgeiz und Stil und entschlossen, demnächst zur Filmgöttin zu werden und im Glanz zu stehen. Josefine von Scherer, das klang wirklich fabelhaft. Dafür war sie auch bereit, einen Kurs für vornehmes Kochen und Benimm zu machen.

»Was soll ich gewusst haben, Georgchen?«, fragte sie.

»Dass unsere Liebe nicht für die Ewigkeit bestimmt ist.«

»Ick kenn dir gar nicht mehr, Georgchen.« Josefine legte die Gabel hin, so ganz mit Zierlichkeit. »Wat machste denn auf einmal für Fisimatenten?« Sie hatte tatsächlich eine Verwunderung.

Georg lachte. »Siehst du, Finchen, das meine ich«, sagte er.

»Natürlich liebe ich dich genau so, so wie du bist, und es fällt mir sehr schwer – aber ich kann dir das Leben nicht bieten, das du verdienst. Du bist doch noch so jung und, na ja, deswegen muss dies eben unser letzter Abend sein.«

»Ick versteh immer nur letzter Abend – wieso denn?«

Georg machte dem Kellner ein Zeichen, und der schenkte gleich noch mal Champagner in die Kristallkelche, und Josefine hatte eine Erleichterung, weil Georg nur gescherzt hatte.

»Schau mal, Finchen«, sagte Georg. »Ein Mann wie ich hat es auch nicht immer leicht. Das verstehst du doch?«

Josefine warf ihm einen Lilian-Harvey-Blick zu, dann dachten die Männer immer, man hätte ein Verständnis, und in dem Glauben ließ man sie ja auch. »Natürlich, Georgchen«, hauchte sie.

»Du bist eine vernünftige Frau, Finchen«, sagte Georg und schob ihr ihr Champagnerglas hin. »Ein Mann in meiner Position kann nicht immer so, wie sein Herz es ihm befehlen möchte.«

Der kalte Champagner kitzelte in Josefines Nase, und gleich musste sie niesen und hatte wie immer kein Taschentuch parat.

»Ich werde bald dreißig.« Georg seufzte und reichte ihr sein eigenes Taschentuch, und das war blütenweiß und mit seinen Anfangsbuchstaben bestickt und so vornehm wie er selbst. »Es wird Zeit für eine Frau an meiner Seite.«

Josefine putzte sich ordentlich die Nase, und wenn die feinen Pinkel an den Nachbartischen deshalb dumm aus der Wäsche guckten, dann war jetzt nicht der Moment, um sich darüber zu erregen. Hier ging es um ihre Zukunft. »Ja«, sagte sie mit Feierlichkeit. »Ja, Georgchen, ick will – ick liebe dir!« Und sie wollte ihm auch gleich das Taschentuch zurückgeben, aber Georg machte eine krause Nase und wedelte mit der Hand.

»Behalt es, Kindchen, behalt es«, sagte er. »Du hast mich falsch verstanden – ich habe mich letzten Sonntag verlobt.«

»Du … hast … was?« Josefine war voll Fassungslosigkeit.

»Sie heißt Sophie-Charlotte«, sagte Georg. »Die van Halens

sind zufällig auch die Nachbarn meiner Eltern in Dahlem.« Er hielt sich die Faust vor den Mund und hustete, als wenn ihm eine Gräte im Hals steckte, dabei hatten Krebse ja nun gar keine Gräten. »Ihrem Vater gehört die Bank, in der ich nächsten Monat als Justiziar anfange. Sophie ist ein ganz zauberhaftes Wesen, sie würde dir gefallen.« Er nahm Josefines freie Hand.

Josefine hatte es die Sprache verschlagen.

Georg tätschelte ihre Finger und machte so einen dämlichen verschleierten Blick. »Ich danke dir, Finchen«, flüsterte er.

»Wo... wofür?«, konnte sie nur stammeln.

»Für deine Großzügigkeit und die schönen Erinnerungen, die du mir – uns – geschenkt hast«, hatte Georg die Unverschämtheit zu sagen. »Ich darf dich nicht um deine Hand bitten. Irgendwo da draußen gibt es einen braven, fleißigen Mann für ein liebes Mädel wie dich. Aber ein Mann mit meinen Karriereaussichten muss ein, sagen wir ... ein anständiges Mädchen heiraten.« Er küsste Josefines Hand und plinkerte sie so ganz romantisch an. »Wollen wir nicht noch woanders hingehen, Kleines? Nur so zum Abschied?«

Weiter ließ Josefine ihn mit seinem Gesülze nicht kommen, denn eine Welle heißer Wut überschwemmte sie. »Det kannste unter Ulk verbuchen!«, brüllte sie durch das ganze Lokal. »*Du Schuft!*«

Josefine sprang auf, und ihr Stuhl krachte auf das Parkett, und all die Besseren an den Nachbartischen ließen das Besteck sinken und guckten mit offenen Mündern zu ihr rüber. Sie schleuderte das feuchte Taschentuch auf die Krebse, entriss dem feinen Georg von Scherer ihre andere Hand und langte ihm richtig eine, dass es nur so knallte. Dann nahm sie ihre Handtasche und legte auf ihren hohen Absätzen einen stilvollen Abgang hin. An der Garderobe ließ sie sich noch ihren Feh geben, von dem hatte sie nämlich schon die dritte Rate bezahlt.

Anschließend ging Josefine zum Kurfürstendamm hinunter. Sie musste ein ganzes Stück laufen, aber das war gut so, denn sie war noch immer voller Wut und Empörung. Vor allem, weil sie nicht wusste, wo sie nun die Nacht verbringen oder was jetzt überhaupt werden sollte. Das wenige Geld in ihrer Börse würde nicht allzu lange reichen.

Josefine hatte nämlich ihre Stellung verloren.

Bis vor Kurzem hatte Josefine im Notariat Stern gearbeitet. Tippmamsell nannte ihr Vater das. Achtzig Mark hatte sie verdient und sechzig davon zu Hause abgegeben.

Dann war Herr Stern plötzlich von einem Tag auf den anderen verschwunden, womit man ja hätte rechnen können, wenn man bedachte, dass die Zeitungen doch sehr viel Schlechtes über die Juden zu berichten wussten. Nur dass das alles auf Dr. Stern nicht zutraf, denn der war immer sehr korrekt gewesen. Trotzdem war seine Abreise überraschend gekommen. Nicht einmal Paula, die erste Sekretärin, war vorgewarnt gewesen. Das Büro hatte gewartet, dann hatte Paula bei Herrn Stern zu Hause antelefoniert, und als sich niemand gemeldet hatte, war Rudi, der Bürobote, zu der Villa im Grunewald geschickt worden. Aber er war unverrichteter Dinge ins Notariat zurückgekehrt. Die ganze Familie, so hatte er nur von der Spreewald-Amme der Nachbarn erfahren können, war mitten in der Nacht mit viel Gepäck in ihren Wagen gestiegen und abgereist. Wohin, wusste niemand. Wie erwartet tauchte Herr Stern auch nicht wieder auf, das Notariat wurde geschlossen, und Josefine war arbeitslos.

Natürlich wollte ihr Vater weiter die sechzig Mark im Monat, und ihre Mutter brauchte etwas für das Ernakind, das es ja auch auf der Lunge hatte. Josefine war die Stütze der Familie, wie ihre Eltern ständig sagten. Carl, der Älteste, war nämlich beim Löschen einer Schiffsladung unter eine Kiste mit Metallteilen gekommen, was ihm erst das Rückgrat gebrochen und dann den Tod beschert hatte. Paul, der Zweitälteste, hatte das Temperament vom Vater geerbt und saß deswegen für die nächsten Jahre im Zuchthaus.

Die Gesichter wurden immer vorwurfsvoller, obwohl Josefine fast nichts mehr aß, sondern von Einladungen lebte und sogar die Perlenkette, das Geschenk eines großzügigen älteren Herrn, ins Pfandleihhaus gebracht hatte, wofür sie aber kaum was bekommen hatte, was ein Wucher war. Sie erzählte zu Hause nie, woher das Geld stammte. Ihr Vater hätte sie vor moralischer Empörung glatt hinausgeschmissen, aber wenn sie nichts sagte, dann fragte er auch nicht nach und verschwendete keinen Gedanken daran, weil er ja Geld kriegte und so seine moralische Beruhigung hatte.

Bis in die Nacht hinein spazierte Josefine in ihrem Feh unter den Platanen über den Tauentzien und den Kurfürstendamm und dachte nach. Zum ersten Mal in ihrem Leben hatte sie Zeit für eleganten Müßiggang, und es war so ein schöner Herbstabend. Die Straßencafés waren noch immer rappelvoll, und das sicher schon seit dem so vornehmen Fünfuhrtee, der in letzter Zeit in die Mode gekommen war. Vor den Lichtspielhäusern standen die Leute Schlange, als gäbe es ausnahmsweise mal was umsonst.

Ganz Berlin schien auf den Beinen und feierte das Leben.

Josefine hörte die Musik der Großstadt ganz deutlich mit all den Autos, Straßenbahnen und Omnibussen, die über den Kurfürstendamm durch die Nacht rauschten, mit den Männern mit dem Bauchladen, die an den Litfaßsäulen lehnten und »Zigaretten« flüsterten, womit Kokain gemeint war, und dagegen verwahrte sich Josefine ganz entschieden. Denn sie spürte inzwischen von ganz allein so viel Lebensfreude und Abenteuerlust, als hätte sie einen Schwips von Champagner. Die feuchte Kellerwohnung der Eltern im Krögel – was ja nun keine so feine Wohngegend war, aber eben ihre vertraute –, aus der sie an diesem Morgen für immer weggelaufen war, war ganz weit weg und ihr glanzvolles Leben ganz nah. Nun, wo Georg, der Schuft, sie nicht zur Gemahlin wollte, war ihr Weg frei zu einer glanzvollen Zukunft als Filmgöttin.

Die Stadt leuchtete mit Lichtreklamen, als wären die Sterne vom Himmel gefallen und funkelten nun mit der ganzen Eleganz um die Wette. Um sie herum flanierten Frauen ganz in der neuesten Herbstmode von 1927, mit Bubiköpfen und in kurzen Mänteln, mit hochmütigen Gesichtern und seidenen Beinen. Sehr schick, das alles. Die Männer hatten Hüte auf und trugen Anzüge mit wattierten Schultern. Auch sehr elegant.

Hin und wieder blieb Josefine vor einem Geschäft stehen und besah sich die Auslage. Sie achtete nämlich sehr auf ihre äußere Erscheinung und ließ sich durchaus von netten und großzügigen Männern unterstützen. In ihrer Garderobe erregte Josefine nicht nur Aufsehen, so ein eleganter Auftritt hatte auch andere Vorteile. In einem vornehmen Laden zum Beispiel.

*Womit können wir dienen, gnädige Frau?*
*Lassen Sie mir mal das Seidennachthemd da sehen.*
*Der Herr Gemahl wird begeistert sein, gnädige Frau.*
*So was hab ich nicht, und das da ist mir auch zu teuer.*

Oft machte der Inhaber dann einen Vorschlag für den Abend, dann sagte man zu, und dann waren auch mehrere Hemden oder Strümpfe aus Bembergseide drin. Manchmal, wenn der Mann ihr gefiel, nahm sie auch nur eine Pralinéschachtel an, manchmal mehr, aber immer hatten die Herren den Eindruck, sie hätten einen verführt oder Schlimmeres getan – und bei dem Glauben ließ man einen Mann ja dann auch.

Josefine hatte nämlich Grundsätze.

Niemals schlief sie mit einem Fremden einfach so, ganz umsonst. So ein Lotterleben schadete dem Ruf einer Frau, das hatte ihr Georg ja gerade in aller Deutlichkeit klargemacht. Man musste wissen, wofür man es tat.

Bei Georg war es aus Liebe geschehen.

Sie dachte noch einmal voller Verärgerung an den Schuft.

Eine Frau musste ihr Schicksal eben selbst in die Hand nehmen und durfte ihr Lebensglück nicht von einem Mann abhängig machen. Und außerdem war Josefine eine sogenannte »neue Frau«. Von denen war in den Illustrierten immer die Rede – vor allem in Das elegante Blatt und Die Dame –, und von den schönen Frauen gab es fabelhafte Bilder in ganz fabelhafter Garderobe.

Irgendwann taten Josefine doch die Füße weh, aber sie konnte nun nie mehr nach Hause zurück. Denn gestern hatte sie einen schrecklichen Fehler gemacht.

Ein älterer Mann, der, wie er ihr gleich zu Beginn auf die Nase band, bei der Polizei was Höheres war, hatte für sie beide Zigaretten bestellt, nicht für vier Mark, nicht für acht – was die Absichten eines Mannes ja bereits klarmachte –, sondern gleich für zehn. Damit hätte Josefine gewarnt sein müssen. Aber sie brauchte nun mal dringend das Geld. Der Mann war tatsächlich ein Sadist gewesen, und was er von ihr verlangt hatte – wo sie doch so eine zarte Haut hatte und überhaupt keinen Schmerz vertrug –, versuchte sie anschließend so schnell wie möglich zu vergessen, auch wenn ihr ganz übel war. Am Morgen blickte sie in sein knochenbleiches Schlafgesicht, und das machte sie wieder voll Ekel und äußerst böse, sodass sie fand, dass ihr für diese Nacht ein Extralohn zustand. Ohne schlechtes Gewissen nahm sie seine Brieftasche und machte sich damit aus dem Staub. Leider stellte sie zu Hause fest, dass nur dreißig Mark drinnen waren und ein Polizeiausweis. Der Sadist hatte jedenfalls nicht gelogen, was seinen Beruf betraf, und bestimmt war es nur eine Frage der Zeit, bis die Polizei sie ausforschte und ins Zuchthaus brachte.

Josefine erkannte das Zeichen des Schicksals, auch wenn es wie ein Wink mit dem Zaunpfahl aussah. Sie wartete, bis alle die Wohnung verlassen hatten, zog dann schnell ihre neue Garderobe an, packte den Rest in ihre große, flache Tasche, und im letzten Augenblick lief sie noch zum Nähkorb. Dort hatte die Mutter ein großes Goldkreuz an einer Kette versteckt. Josefine war ganz erschrocken gewesen, als sie es vor Jahren entdeckt hatte, weil die Familie gar nicht katholisch oder überhaupt kirchlich veranlagt war. Klar war nur gewesen, dass der Vater von dem Goldschatz nichts wissen durfte, denn dann wäre er in Pauls Destille gelandet.

Josefine fischte die Goldkette mit dem Kreuz aus dem Nähkorb und hängte sie sich um. Dabei hatte sie ein schlechtes Gewissen, weil es doch Diebstahl war, aber die Mutter hatte die

Kette vielleicht nicht nur aus Pietät, sondern für ihre Kinder aufgehoben, um ihnen etwas zu vererben. Deshalb schrieb sie ihr einen Zettel, dass sie nun bald eine Filmgöttin sein und im Glanz stehen und sich dann gleich melden würde.

Nun glaubte sie zwar nicht, dass der Sadist direkt nach ihr fahnden ließ, der hatte bestimmt gerade bei seinem Vorgesetzten Erklärungsnotstand, was den Ausweis betraf. Aber sie wollte doch nichts riskieren und schnell weg. Deswegen stieg Josefine in eine Droschke, die zufällig am Straßenrand stand, was im Krögel so gut wie nie vorkam, aber eben auch ein Wink des Schicksals war. So reiste sie auf Kosten des Sadisten schon mal standesgemäß in ihr neues Leben – in den fabelhaften Teil von Berlin, wo eine schöne Frau mit Ehrgeiz ihren Weg machen konnte.

Josefine war dann gleich zu Georg von Scherer in seine Junggesellenwohnung in Wilmersdorf gefahren, weil sie ganz sicher gewesen war, dass sie bleiben konnte, obwohl man sich streng genommen schon eine Weile nicht mehr gesehen hatte, denn Georg musste studieren, und das hatte natürlich Priorisierung.

*Finchen, wir können uns eine Zeit lang nicht mehr treffen.*
*Warum denn nicht, Georgchen?*
*Du weißt doch, Kleines, die Abschlussprüfungen ...*

Georg hatte sich nicht nur erfreut, sondern auch sehr sinnlich gezeigt und Josefine gleich danach in die Linde eingeladen, und sie hatte ihr fabelhaftes rotes Kleid angezogen.

Der Rest war ja nun Geschichte.

Gerade als Josefine sich allmählich ernsthaft Gedanken darüber machte, wo sie die Nacht verbringen sollte, hielt ein Auto neben ihr.

Es war so ein großer weißer Wagen mit aufgeklapptem Verdeck, und hinter dem Steuer saß ein Mann in einem edlen Mantel, der ganz elegant ein wenig offen stand. Darunter sah man einen Abendanzug. Um seinen Hals lag ein weißer Seidenschal, und am Aufschlag seiner Jacke steckte eine rote

Blume. Der Mann sah genau wie Willy Fritsch aus, den sie auf Einladung von Georg im Ufa-Palast am Zoo gesehen hatte, sogar mit Lilian Harvey. »Die keusche Susanne« hatte der Film geheißen und war für die Jugend verboten, und sie war leider erst siebzehn gewesen. Aber Georg hatte sie so bestimmt am Arm geführt, dass alle geglaubt hatten, sie wäre seine Frau. Warum ein junges Mädchen mit jedem Mann, der nicht ihr Mann war, ins Bett gehen durfte, aber als Person für sich allein nicht ins Filmtheater, das sollte ihr mal einer erklären.

Josefine schenkte dem Fahrer ein Lächeln. Willy Fritsch legte den Arm über die Rückenlehne des Beifahrersitzes und beugte sich zu ihr hinüber. Er hatte auch dunkle Haare, so glänzend nach hinten geglättet mit Haarwachs.

»Na, heute Abend schon was vor, mein schönes Kind?«

»Sie verwechseln mir, mein Herr, aber ganz gehörig.«

Ein Auto an sich beeindruckte Josefine nämlich nicht. Was hieß heute schon ein Auto? War das überhaupt bezahlt, oder fuhr der Mann auf Pump? Ein anständiger Mensch fuhr Elektrische, der Fahrschein für zwanzig Pfennig, Schülerfahrschein für zehn Pfennig, aber da hat sie meistens ohne fahren müssen.

*Keen Fahrschein? Nee, nich weinen, kleenet Frollein, ick drück ooch noch mal een Auge zu, wa?*

Wahrscheinlich war auch der edle Mantel aus der Leihanstalt. Der Mann hatte sie wohl beim Flanieren beobachtet, und jetzt bildete er sich was Billiges ein. Den Krögel konnte man ihr ja mit dem teuren Feh nicht ansehen. Ihre restliche piekfeine Garderobe war leider noch in der Junggesellenwohnung in Wilmersdorf. Die würde sie holen müssen, wenn nur die Putzfrau von Georg, dem Schuft, zu Hause war. Immerhin war Josefine eine neue Frau mit einer fabelhaften Zukunft. Ihr stand ganz Berlin offen.

»Ich suche eine charmante Begleitung zum Abendessen.«

Josefine hatte am Morgen nichts gegessen, und zu den Havelkrebsen war sie ja auch nicht richtig gekommen. Außerdem musste das Geld des Sadisten möglichst lange reichen. Sie ärgerte sich schon, dass sie sich die Droschke geleistet hatte. Und sie hatte auch noch keine Unterkunft für die Nacht.

»Ich speise nicht mit fremde Herren zu Abend«, sagte sie. Hoffentlich hörte er nicht ihren Magen knurren.

Willy Fritsch schmunzelte. »Ja, wenn Sie keinen Hunger haben«, sagte er. »Wie wär's dann damit: Miss Baker tanzt heute Abend für ein paar Freunde – ganz im privaten Rahmen. Es werden natürlich Champagner und Erfrischungen gereicht.« Das klang, als wollte er sich dafür entschuldigen, dass er sie schon wieder mit dem Gedanken an Essen inkommodierte.

Josephine Baker, die schwarze Tänzerin aus New York, die Plakate hingen an jeder Litfaßsäule – sehr freizügig und ziemlich skandalös – und noch dazu ganz privat. Und wenn der Mann mit der Erwähnung von diesen Erfrischungen andeuten wollte, dass man ihr den Hunger ansah, dann war Josefine inzwischen schnurzegal, wie sie wirkte. Es wurde allerhöchste Zeit, sich von seiner männlichen Durchsetzungskraft überrascht und überwältigt zu zeigen.

»Na, wenn das mal nicht Schicksal ist«, sagte sie und warf ihm so einen herausfordernden Blick zu, »ich heiße nämlich zufällig auch Josefine.« Sie machte eine verlegene Miene. Jetzt hielt er sich bestimmt für den Sieger – und den Glauben musste man den Männern dann ja auch lassen. »Also gut, wenn Sie mir so nett bitten ...«

Willy Fritsch hatte nicht nur ein großes Auto, sondern auch eine gute Erziehung, denn er stieg sofort aus, kam um den Wagen herum und öffnete galant den Schlag für sie. Die Autositze waren ganz mit hellrotem Leder bezogen. Wo doch Rot ihre Lieblingsfarbe war. Auf der Rückbank lagen ein Zylinder und ein Strauß weißer Lilien mit einer goldfarbenen Seidenschleife, bestimmt für die Baker.

»Bitte Platz zu nehmen, mein schönes Fräulein.«

Josefine kletterte auf den breiten Ledersitz.

Willy Fritsch setzte sich hinter das Lenkrad, und der offene Wagen rollte den Kurfürstendamm hinunter und an den spitzen Türmen der Gedächtniskirche und den eleganten Schaufenstern vorbei. Alles war Glitzer und Glanz. Sie bogen in die Budapester Straße ab und fuhren an den Glaspalästen vorbei, hinter deren Scheiben die modernsten Automobile funkelten und ihre Kühler bleckten.

»Hat man Ihnen schon gesagt, dass Sie wie Lilian Harvey aussehen?«, fragte Willy Fritsch. »Sind Sie es am Ende gar?«

»Vielleicht? Heute Abend is alles möglich ...«

Und Lilian Harvey lachte silberhell und riss sich den Glockenhut vom Kopf und spürte, wie der Fahrtwind ihre blonden Kinderlocken zauste und der Fellkragen ihren Nacken kitzelte.

Berlin war fabelhaft.

Ach was, das ganze Leben war fabelhaft.

# ZWEI

»Sagt nicht, dass wir wieder keinen Aufmacher haben!« Die Männerstimme klang aufgebracht und resigniert zugleich.

Anaïs Maar, die neue Kulturredakteurin beim Berliner Brennpunkt, lehnte mit dem Rücken am Fenster und ließ die winzigen Perlen eines Korallenarmbands eine nach der anderen durch ihre Finger gleiten. Es sah aus, als betete sie einen Rosenkranz. Immer wenn sie an eines der kleinen Goldplättchen oder einen der bunten Glastropfen, die zwischen den Perlen aufgefädelt waren, kam, hielt sie kurz inne, um dann im gleichen Rhythmus mit dem Zählen fortzufahren.

Doch Anaïs sprach kein Gebet, sie war gereizt.

Wilhelm Kaiser, der Chefredakteur, stand in Hemdsärmeln und Hosenträgern neben einem mit Papieren überladenen Schreibtisch und starrte auf den jungen Lokalredakteur Emil Borowski hinab. Borowski war noch keine dreißig, litt jedoch bereits unter erheblichem Übergewicht und einer beginnenden Glatze. Wenn er aufgeregt war, glänzte sein Gesicht wie eine Schweineschwarte.

Gerade telefonierte er hektisch und tippte dabei mit einem Bleistift auf einen Block. »Mieze? Hier Emil ... Das Polizeifest? Ja, war nett, fand ich auch ... Ja, unbedingt.« Er lachte künstlich. »Du, Mieze, hör mal ...«

Anaïs unterdrückte einen Seufzer.

Sie war dreiundzwanzig, hatte ihr Praktikum beim Leipziger Tagblatt mit einem hervorragenden Arbeitszeugnis abgeschlossen und war danach in ihre Geburtsstadt Berlin zurückgekehrt. Berlin war die Stadt der Zeitungen und Verlage, hier gehörte eine ehrgeizige Journalistin wie sie hin. Gleich nach ihrer Ankunft war Anaïs in die südliche Friedrichstadt gegangen, eine Mappe mit ihren Artikeln unter dem Arm. Hier standen sie, die prächtigen Häuser von Ullstein, Mosse und Scherl, mit Säulen, Steinbalustraden und großen Fensterflächen. In diesen Schlössern, durch deren Gänge Redakteure, Sekretärinnen und Nachrichten eilten, residierten sie, die Zeitungskönige.

Ein freundlicher Pförtner hatte Anaïs durch die Tore des so auflagenstarken wie meinungsbildenden Berliner Standard Eintritt gewährt, ein Lift hatte sie rasend schnell in die oberen Etagen zu den Anmelderäumen gefahren. Anaïs hatte auf einen Zettel schreiben müssen, wen sie zu sprechen wünschte und weshalb, dann war ein Botenjunge damit im Inneren des Zeitungsschlosses verschwunden, und Anaïs hatte sich auf einer langen Wandbank wiedergefunden. Wartende Männer in Tweedjacketts hatten ihr verstohlene Blicke zugeworfen, elegant, aber billig angezogene Frauen hatten hochmütige Gesichter gezogen, die Damen von den Klatschkolumnen.

Während Anaïs zugesehen hatte, wie in das Fangnetz neben der Tür aus einer langen Röhre wichtige Telegramme fielen, war die Zeit dahingekrochen. Irgendwann hatte ein Bote sie abgeholt und zu einem mächtigen Mann geführt, der freundlicherweise ein Telefongespräch kurz für sie unterbrach und ihr mit seiner brennenden Zigarre bedeutete, ihre Mappe auf einer Ecke seines Schreibtischs abzulegen. Gerne hätte sie ein paar Minuten seiner wichtigen Zeit gehabt, um über eine Serie zu sprechen, die sie im Sinn hatte, ein Gespräch mit einem aufstrebenden Literaten und eine Reise zu Fontanes Schauplätzen. Doch der mächtige Mann hatte keinen Blick mehr für sie gehabt. Zu viele Anfänger trugen täglich ihre Hoffnungen vor seinen Schreibtisch. Seine Sekretärin hatte noch ihre Adresse vermerkt und zugesagt, man werde sich umgehend melden.

Nach drei Monaten und etlichen ergebnislosen Nachfragen hatte sie auf eine Annonce des Berliner Brennpunkt geantwortet und eine feste Stelle bekommen. Nun schrieb sie für den Boulevard.

Dies war schon ihr zweiter Monat in der Redaktion, und sie hatte noch nicht einmal Zeit gehabt, aus ihrem ehemaligen Kinderzimmer in ihre Wohnung in Charlottenburg zu ziehen.

Inzwischen fragte sie sich bei all den Hahnenkämpfen in der Redaktion bereits, ob sie nicht zu schnell zugegriffen hatte, eine Frage, die angesichts der Umstände rein rhetorisch war. Sie musste froh sein, dass sie überhaupt irgendwer eingestellt hatte, sie mit ihrem fremdartigen Aussehen.

»Was sagt denn nun Ihre Auskunftsperson?«, fragte Kaiser.

»Luna-Park?«, wiederholte Borowski die Worte seiner Gesprächspartnerin. Er schüttelte den Kopf, und Kaiser verdrehte die Augen. »Habt ihr da etwa eine Leiche für uns rumliegen?«

Kaiser verschränkte die Hände auf dem Rücken und marschierte in Feldherrenmanier vor Borowskis Schreibtisch auf und ab.

Anaïs wandte den Männern den Rücken und sah aus dem Fenster.

Die Redaktion des Brennpunkt lag zwischen namenlosen Geschäften auf der stillen Seite eines kleinen Platzes. Von den Räumen in der ersten Etage aus sah man immerhin auf die bekannten Schriftzüge der großen Geschäfte – Schuhwarenhaus Stiller, Tietz, Aschingers Destille. *Erbsensuppe, Eisbein, Pökelkamm.* Konditoreien, Koffer und Wollwaren. Das exklusive Maßatelier Paulette Mielke – Dépendancen im Sommer in Bad Reichenhall und im Winter in Meran – lieferte Abendkleider, saisonale Ansteckblumen und Ballschmuck ins Haus.

Noch waren die Auslagen der Schaufenster mit den neuesten Waren dekoriert, die Reklameschilder über den Ladentüren geputzt, noch warfen elegante Kunden an Wochentagen dem bettelnden Kriegszitterer neben Aschingers Eingang eine Münze in die Soldatenmütze. Oder sie belohnten die makabren Konzerte der abgerissenen Gestalten, die auf Querpfeifen und Trommeln Armeelieder spielten, oder kauften im Vorübergehen bei dem blinden Zeitungsverkäufer an der Ecke die neuesten Nachrichten, ehe sie vorbeifahrende Droschken heranwinkten, um sich eilig in ihre Büros bringen zu lassen und in der lauten, aufstrebenden Republik geschäftlich zu reüssieren. Doch hinter den glänzenden Fassaden begannen sich auch hier die Sorgen breitzumachen. Das Gespenst der Arbeitslosigkeit ging um und holte sich täglich neue Opfer. Bald würden sie auch hier so wie in ärmeren Stadtteilen stehen, Männer und Frauen mit stumpfen und hoffnungslosen Gesichtern und Schildern um den Hals: *Suche Arbeit jeder Art.* Dazwischen magere Kinder, die von ihren Eltern zum Betteln auf die Straße geschickt wurden. Menschen, die der Zukunft der Gesellschaft und dem Zerfall des Staates fast gleichgültig gegenüberstanden.

Und an jeder Straßenecke bettelten Kriegsversehrte, in Lumpen gehüllt und auf Krücken gestützt, ums Überleben. Berlin war eine junge Stadt, ein Drittel seiner Bewohner war unter zwanzig. Wer während des Krieges ein kleines Kind gewesen war, kannte das Grauen nur aus den geflüsterten Erzählungen der Eltern und Großeltern. Die verkrüppelten Veteranen, die das moderne Straßenbild verunzierten, wirkten wie die feldgrauen Gespenster aus einer fernen Zeit.

Anaïs beobachtete diese Welt mit großem Interesse.

Sie erinnerte sich nicht an ihre Eltern, sie war bei der vermögenden Schwester ihrer verstorbenen Mutter aufgewachsen.

In der Schule hatten die Hänseleien begonnen.

*Neger, Neger, Schornsteinfeger.*

»Fräulein Maar? Sind Sie bei uns?«, blaffte Kaiser.

Anaïs drehte sich um. »Selbstverständlich, Herr Chefredakteur.« Sie nahm Haltung an. »Wir haben keinen Aufmacher.« Sie schnippte mit den Fingern gegen das Armband, unterließ es jedoch sofort, als sie sah, wie sich auf Kaisers Stirn Falten bildeten.

»Also, was ist?« Kaiser wurde ruhelos. »Borowski?«

Borowski winkte ab und bedeutete ihm zu schweigen. »Ja, du, Mieze, wegen dem Unfall heute Morgen«, sagte er. »Ku'damm, habe ich gehört?« Er runzelte die Stirn, nickte mehrmals.

Unter dem Fenster klapperten Pferdehufe im Schritttempo vorbei, ein Pumpenschwengel quietschte metallen, Wasser platschte auf das Kopfsteinpflaster und Blecheimer schepperten, jemand pfiff einen Schlager. Die Sonne schien noch warm an diesem ersten Oktober.

Anaïs' Finger waren an einem dünnen Goldplättchen angekommen, in das ein heiliger Christophorus geprägt war. Sie streifte das Korallenarmband wieder übers Handgelenk.

»Ach so«, sagte Borowski am Telefon. »Wie viele Tote? ... Keine.«

Kaiser schüttelte den Kopf. Ohne Tote keine Meldung.

»Wenigstens Schwerverletzte?« Borowski gab nicht auf. »Oh, gut, welches Krankenhaus?« Er machte eine Notiz. »Danke, Mieze, man sieht sich.« Borowski legte auf und sah zu Kaiser hoch. »Zusammenstoß Pferdedroschke mit Elektrischer, wie immer – Kurfürstendamm kurz vor der Kaiser-Wilhelm-Gedächtniskirche, ein Fahrgast in der Charité und ein totes Kutschpferd. Wird wirklich Zeit, dass da was geschieht.« Es gab Überlegungen zum Abriss der Kirche, die dem zunehmenden Straßenverkehr im Weg stand.

Kaiser verdrehte wortlos die Augen.

Neben ihm, klein und schmächtig und wie ein Strich neben einem Punkt, stand Heinrich Kiesewetter, der Metteur, in grauem Leinenkittel und mit von Druckerschwärze verfärbten Händen. Er beobachtete die Szene durch die dicken Gläser seiner runden Stahlbrille. Zusammen mit zwei grauen Haarsträhnen, die ihm immer in die Stirn fielen, verliehen sie ihm das Aussehen einer weisen Grille. Nach vierzig Jahren im Haus war sich Kiesewetter seiner Stellung bewusst. So wohnte er auch an diesem Tag gelassen dem Drama bei.

»Wir haben also keinen Aufmacher«, wiederholte Kaiser, sah auf seine Taschenuhr und klopfte mit dem Fuß auf die verschrammten Holzdielen. »Rein zum Verzweifeln.«

Es war früher Sonntagnachmittag.

Der Berliner Brennpunkt erschien jeden Montag. Die Konkurrenz dagegen kam zwölfmal in der Woche heraus, von Dienstag bis Samstag am Morgen und am Abend, sonntags mit einer Tages-, montags mit einer Abendausgabe. Umso wichtiger war die Qualität des Brennpunkt, die Recherche musste tiefgehender sein, die Geschichten gut aufbereitet, und vor allem mussten sie exklusiv sein und spektakulär. Böse Zungen sagten reißerisch.

»Da renne ich von Pontius zu Pilatus für eine Schlagzeile«, jammerte Kaiser. »Reichswirtschaftsrat, Berliner Magistrat, jeden Abend Sitzungen und gesellschaftliche Verpflichtungen – und meine Herren Redakteure liefern nichts. Nichts!« Er blickte sich um. »Hat Schramm wenigstens was, unser Salon-Bolschewist?«

Niemand lachte, alle kannten den Witz.

Jacques Schramm, freier Journalist, potenzieller Autor eines großen Gesellschaftsromans und Revolutionär im Geiste, war mit einer Industriellentochter verheiratet und dank der Familie in der Berliner Cliquenwirtschaft bestens vernetzt. Offiziers- oder Studentenkorps, nationale oder soziale Clique, man konnte stets für eine Indiskretion oder ein Skandälchen als Lückenfüller auf ihn zurückgreifen.

»Dr. Schramm sitzt im Tageszug nach Meran«, sagte Borowski. »Schlafwagen war wohl keiner mehr zu bekommen. Fährt wie jedes Jahr mit Frau und Schwiegermutter zur Kur.«

»Wie jedes Jahr?«, fragte Kaiser. »Vier Wochen?«

Der Bote der schlechten Nachricht nickte stumm.

»Und Sepp Kastner? Wo zum Teufel steckt Kastner?«

Sepp Kastner war der Leiter der Innenpolitik, immer am Puls der Zeit, und er verfügte oft über überraschende Interna.

»In München«, sagte Borowski. »Da trifft sich eine neue Bewegung oder Partei. Anscheinend haben wir noch zu wenige.«

»Was?« Kaiser konnte es nicht fassen. »Was gehen uns in Berlin die politischen Spinner da unten in Bayern an? Diese braunen Schreihälse?« Er drehte sich um, blickte hinüber zu Bertold Möhring, dem Redakteur für Außenpolitik, dessen Schreibtisch in einer Ecke stand, als gehörte er nicht zum Rest der Redaktion. Möhring, schmal, blond und mit wie mit dem Lineal gezogenem Seitenscheitel, wirkte mit seinem schon etwas abgetragenen Tweedjackett und der runden Hornbrille eher wie ein angehender Professor an einer englischen Eliteuniversität als wie ein Berliner Reporter vom Boulevard. Tatsächlich hatte er nach seinem Studium in England mehrere Jahre bei einer Londoner Tageszeitung gearbeitet, ehe er in seine Geburtsstadt Berlin zurückgekehrt war und beim Brennpunkt das Außenpolitik-Ressort übernommen hatte. »Herr Möhring, was haben Sie denn für uns?«

Möhring schob seine Brille mit dem Zeigefinger den Nasenrücken hinauf, eine Angewohnheit, die ihm wohl nur Zeit zum Nachdenken geben sollte, seinen Worten aber stets mehr Gewicht verlieh. »Zur Stunde erschüttert eine Serie von Bombenanschlägen New York, immer noch wegen der Hinrichtung der Anarchisten Bartolomeo Vanzetti und Nicola Sacco vor einem Monat«, sagte er. »Ganz klar ein politisch motivierter Justizmord an zwei Mitgliedern der Arbeiterbewegung und ein Zeichen der Feindseligkeit gegenüber Ausländern, die –«

»Möhring! Ihre politische Einstellung zum Staat ist ja höchst bedenklich! Es handelt sich bei dem Urteil gegen diese Raubmörder und Anarchisten schließlich um die Entscheidung eines ordentlichen Strafgerichts.«

Der Redakteur schob seine Brille hoch. »Und zwischen Buenos Aires und Berlin soll jetzt endlich die drahtlose Fernsprechverbindung eingerichtet werden.«

»Passiert das vor der Haustür unserer Leser?«

»Nun, nein, das nicht.«

»Dann interessiert es unsere Leser auch nicht.«

Möhring zuckte die schmalen Schultern, zögerte und räusperte sich schließlich. »Da wären noch die fiktiven Zahlungen an eine Filmgesellschaft hier in Berlin«, sagte er leise, griff zu der schwarz-grün gestreiften Füllfeder, die vor ihm lag, und schraubte die Kappe ein paarmal auf und zu. »Es soll sich dabei um die Tarnung eines geheimen Aufrüstungsprogramms der deutschen Wehrmacht handeln. Hat der Montagmorgen aufgedeckt, und ich habe gehört –«

»Kommunistenblatt«, schnappte Kaiser. »Blanke Verschwörungstheorien. Deutschland wird nie wieder einen Krieg erleben. Dem deutschen Volk reicht's.« Er machte eine Pause. »Wenn Kastner zurück ist, besprechen Sie alles erst mit dem, klar? Der hat wenigstens politischen Hausverstand.«

Möhring hob die Brauen über den oberen Brillenrand, in seiner Miene spiegelte sich Widerspruch, aber er verkniff sich eine Antwort. Nur die Knöchel seiner Hand, die die Füllfeder umklammerte, leuchteten bis zu Anaïs weiß hinüber.

Sie schenkte Möhring ein freundliches Lächeln, aber er schien es nicht zu bemerken.

*Zehn kleine Negerlein ...*

Kiesewetter, der Metteur, sagte gelassen: »Die Seite muss um halb fünf weg, jetzt isset gleich zwei. Ick hab den jroßen Artikel über dit Romanische Café vonnet Fräulein Maar im Satz, über dit Literatenfrühstück heute Morjen.« Er richtete den Fokus seiner Brille auf Anaïs. »Die Qualität is tipptopp.«

»Literatenfrühstück?«, fragte Kaiser.

»Ich war beim Treffen der Gruppe 1925«, sagte Anaïs eifrig. »Döblin, Piscator, Tucholsky ...«

»Lesen unsere Leser etwa Tucholsky?«

»Immerhin ist er der meistgedruckte Autor der Schaubühne – aber leider nur noch selten in Deutschland. Ich habe sogar mit Egon Erwin Kisch gesprochen.« Anaïs blickte in die Männerrunde. »Die Gruppe verteidigt die Freiheit der Künste gegen reaktionäre Tendenzen und will durch ihre Kunst selbst politisch wirken. Großartig und sehr zeitgeistig, nicht?«

Niemand antwortete ihr, nur Möhring sah zu ihr herüber.

»Egon Erwin Kisch«, wiederholte Anaïs und rief sich in Erinnerung, dass sie nun leider nicht für die Kulturredaktion des Berliner Standard schrieb. »Der rasende Reporter? Sein neuer literarischer Reportagestil wird den deutschen Journalismus nachhaltig beeinflussen.« Kisch war ihr Vorbild, immer unterwegs und stets am Puls der Zeit. Ach, wenn sie doch auf der Suche nach sensationellen Geschichten auch nur so für eine große Zeitung um die Welt reisen könnte. »Und er ist nur ganz kurz in Berlin.«

Kaiser wischte das Romanische Café, das Literatentreffen und Egon Erwin Kisch mit einer Handbewegung beiseite. »Wer hat denn heute noch Zeit für Bücher, Fräulein Maar? Wir haben keinen guten Aufmacher!« In letzter Zeit hatten sie selten einen guten Aufmacher. »Wir brauchen was, das den Lesern unter die Haut geht.« Er fuhr sich mit der Hand über die Stirn.

»Apropos Haut – da hab ich was«, sagte Borowski.

Kaiser stöhnte, ließ ihn aber reden.

»Diese schwarze Tänzerin aus Amerika gastiert gerade am Theater des Westens.« Borowski wühlte auf seinem Schreibtisch und zog einen Zettel hervor. »Hier – meine Quelle war gestern auf Einladung von Max Reinhardt auf einer privaten Sause.« Er überflog seine Notizen. »Ein halbes Dutzend nackter Mädchen und Miss Baker, ebenfalls bis auf einen rosa Mullschurz völlig nackt. Die Baker tanzte – ich zitiere – *mit äußerster Groteskkunst und Stilreinheit, wie eine ägyptische Figur, die Akrobatik treibt... wie im Spiel, wie ein glückliches Kind, wie ein schönes Raubtier. Die nackten Mädchen tänzelten zwischen den vier oder fünf Herren im Smoking herum.*« Er blickte auf. »Meine Quelle bekommt dafür übrigens noch drei Mark Spesen.«

Kaiser runzelte die Stirn. »Irgendwelche Bilder?«

»Von einer diskreten Soiree?« Borowski schüttelte den Kopf. »Wir nehmen ein freizügiges Bild von Miss Bakers Agentur, so eins mit Bananen, und schreiben einfach: *wie man hört* und so.« Er grinste. »Ich habe gelesen, dass ihr Popo wie ein schokoladener Grießflammerie –«

»Alles bekannt«, unterbrach ihn Kaiser. »Eine Affäre, ein Gerücht? Mit wem geht sie derzeit ins Bett?«

Möhring klappte den Block auf seinem Schreibtisch zu und steckte die Füllfeder in die Tasche seiner Tweedjacke.

Borowski zuckte die Schultern. »Also, an dem Abend hat die Baker anscheinend nur getanzt.«

»Ja, aber wo? Und vor allem – mit wem?«

Borowski warf Kiesewetter einen hilfesuchenden Blick zu,

der Metteur schien jedoch zu geistesabwesend, um darauf zu reagieren. Vielleicht waren ihm Borowskis Nöte auch einfach gleichgültig. Während seiner Jahrzehnte beim Berliner Brennpunkt hatte er die Redakteure kommen und gehen sehen.

»Ich brauche eine Schlagzeile!«, brüllte Kaiser. Sein Gesicht hatte sich rot verfärbt. Jeder in der Redaktion kannte sein Gejammer über seinen hohen Blutdruck und die oft geäußerte Frage, weshalb er mit sechsundvierzig Jahren noch nicht im Grab lag, bei all der eigenen Arbeit und der Unfähigkeit seiner Mannschaft. »Na schön, Fräulein Maar.« Kaiser bezwang sich demonstrativ. »Dann klemmen Sie sich mal hinter die Baker.« Ein schicksalsergebener Seufzer. »Vielleicht wird ja für die nächste Ausgabe noch was draus.«

»Ich?« Anaïs Maar starrte ihn an. »Warum gerade ich?« Möhring stand auf und verließ das Redaktionsbüro.

»Nun seien Sie mal nicht so zimperlich, junge Frau«, blaffte Kaiser. »Wir leben im 20. Jahrhundert – die bürgerliche Elitenkultur wandelt sich in Richtung Gebrauchs- und Populärkultur. Normalerweise hätte ich Ihren Posten sowieso mit einem Mann besetzt.«

Der Ton seiner letzten Worte lag irgendwo zwischen Ärger und Bedauern, und Anaïs wusste, was er dachte. Eine Frau an der Spitze der Kulturredaktion war ein Zugeständnis an den modernen Zeitgeist und ein deutliches Signal an die wachsende Zahl von Leserinnen und Abonnentinnen des Berliner Brennpunkt, ein Signal, das sich positiv auf die Auflage auswirkte. Von der Werbung für Mode, Haushaltsgeräte und Schönheitsmittel ganz zu schweigen. Alles in allem war die Situation auf dem Zeitungsmarkt prekär, die Holzpapierfabrikanten waren in Sorge über die Zollpolitik der Regierung, die Herausgeber über den Papiereinkauf, der Rückgang der Annoncen spiegelte den allgemeinen wirtschaftlichen Niedergang – an den Frauen führte kein Weg mehr vorbei, da musste man sich arrangieren.

»Ein Mann hätte kein Problem mit der Baker«, sagte Kaiser.

Anaïs Maar hob das Kinn, blies sich eine kurze schwarze Locke aus der Stirn und fixierte den Chefredakteur. »Ich wollte nur ausschließen, dass es noch andere Gründe gibt«, sagte sie, »dafür, dass Sie ausgerechnet mich mit der Baker-Geschichte beauftragen.«

Borowskis Mundwinkel zuckten, aber Kaiser warf ihm einen scharfen Blick zu, der seine Miene erstarren ließ.

»Wüsste nicht, welche«, sagte Kaiser süffisant.

Heinrich Kiesewetter, der inzwischen wieder aus seinem Tagtraum erwacht war, räusperte sich. »Warum schreibt eigentlich keener wat über den Mord gestern früh am Schlesischen Bahnhof?«

Anaïs wurde hellhörig, verkniff sich aber eine Nachfrage.

»Nicht schon wieder«, sagte Kaiser.

»Nee, diesmal isset besonders schlimm«, sagte Kiesewetter. »Ick wohne doch da, also: gestern Morjen – Riesenauflauf, Polente und wat weeß ick. Eene von den armen Mädels, soviel ick jehört habe.« Er blickte von einem zum anderen. »In 'nem Hinterhof. Hackepeter, heeßt et, hat der Mörder aus der jemacht.« Er schüttelte bekümmert den Kopf.

Kaiser fuhr zu Borowski herum. »Wo ist der Polizeibericht von heute Morgen?«

Hans Eschke, der Polizeireporter, hatte letzten Monat im Streit hingeschmissen, weil der Brennpunkt sich geweigert hatte, seine notorisch überhöhten Spesen zu übernehmen. Bis ein Nachfolger mit ähnlich guten Kontakten zu Unterwelt und Ordnungsmacht gefunden war, sollten die Polizeiberichte auf Anweisung des Chefredakteurs von Käthe Schmidt, der Redaktionssekretärin, an alle abwechselnd ausgegeben werden, sodass die Dreckarbeit jeden einmal traf. Auf diese salomonische Lösung war Kaiser stolz.

»Bei mir.« Borowski wühlte sichtlich nervös auf seinem Schreibtisch, Schweiß sammelte sich auf seiner Stirn. »Ich hatte bloß heute noch keine Zeit …« Er zog ein paar Blätter Papier hervor, hielt sie Kaiser hin und hob die Brauen. Was war schon eine tote Hure? In Berlin. Noch dazu in dem verrufenen Viertel um den Schlesischen Bahnhof. »Es sind Fotos dabei, aber das Ganze ist höchstens eine Meldung wert.«

»Das entscheide ich.« Kaiser überflog den Bericht, musterte die körnigen Aufnahmen des Polizeifotografen. Seine Miene hellte sich auf. »So ein Schlächter«, sagte er. »Neunundzwanzig Messerstiche laut Polizeiarzt. Und ausgeweidet hat er die Frau auch.«

»Bringen wir nicht, wa?«, fragte Kiesewetter.

»Natürlich bringen wir das«, sagte Kaiser. »Höchste Zeit, dass wir mal wieder einen spektakulären Kriminalfall haben. Borowski, Sie rufen umgehend Eschke an und –«

»Der arbeitet jetzt fürs Berliner Tageblatt«, sagte Borowski. »Die bezahlen ihm anscheinend, was er will.«

»Verdammt.« Kaiser runzelte die Stirn.

Kiesewetter sah zu Anaïs hinüber, Kaiser folgte seinem Blick. Ein schmales Lächeln erschien auf seinem Gesicht. Das Geplänkel von eben hatte er offensichtlich noch nicht vergessen.

»Na schön, Fräulein Maar«, sagte Kaiser. »Wenn Ihnen die Berichterstattung über Miss Baker nicht zusagt, muss man auf Ihre weiblichen Gefühle Rücksicht nehmen, was, Borowski?«

Borowski setzte ein bemühtes Grinsen auf.

Kaiser hielt Anaïs den Polizeibericht hin. »Dann übernehmen Sie bis auf Weiteres die Kriminalfälle, da gibt's ja auch derzeit mehr zu berichten als über die Kultur.« Es klang, als täte er ihr einen Gefallen, und nicht, als wollte er an ihr ein Exempel statuieren. »Ihr erster echter Fronteinsatz!« Im großen Krieg hatte Kaiser bei Ypern gekämpft, was er nie vergaß zu erwähnen. Er war noch immer schlank, sein sandfarbenes Haar war an den Seiten geschoren und sein Schnurrbart soldatisch an beiden Enden gekürzt, als müsste er jederzeit wieder unter eine Gasmaske passen. Es sah aus, fand Anaïs, als trüge ihr Chefredakteur eine Zahnbürste unter der Nase. Kaiser ballte die freie Hand zur Faust und schüttelte sie. »Jetzt können Sie sich bewähren, junge Frau. Zeigen Sie, was in Ihnen steckt.«

Anaïs schob die Hände in die großen aufgesetzten Taschen ihres gelben Strickkleides und rührte sich nicht. Das mit der

Baker war schlimm genug gewesen. Schon am zweiten Tag in der Redaktion hatte sie ein Gespräch mitbekommen zwischen Kaiser und einem Fotografen, der Bildmaterial gebracht hatte, bei dem es um sie gegangen war.
*Mein lieber Scholli, Kaiser, wer ist die Kaffeebohne?*
*Die Enkeltochter vom verstorbenen Textilfabrikanten Maar.*
*Ach nee! Die hole ich mir doch mal zu privaten Aufnahmen.*
Täuschte sie sich, oder war der Ton, der ihr begegnete, in letzter Zeit unverschämter geworden, hemmungsloser, sogar aggressiver? Manchmal hatte sie ein mulmiges Gefühl bei dem Gedanken, dass die Zeiten sich änderten und ihre Hautfarbe nicht mehr nur exotisch oder en vogue war, sondern zu einem echten Problem werden könnte.

Anaïs' Gereiztheit wandelte sich in handfesten Ärger. Keinesfalls würde sie sich die Arbeit aufbürden, mit der sich die Herren der Redaktion nicht die Hände schmutzig machen wollten. Bis ein neuer Polizeireporter gefunden war, das konnte dauern. Und wenn ihre Artikel den Lesern womöglich gefielen, dann wurde sie noch die Nachfolgerin dieses Eschke.

»Ist nicht mein Ressort«, brummte sie.
»Fräulein Maar, das ist eine tolle Geschichte.«
»Was für eine Geschichte? Es ist ein Frauenmord.«
»Ja, ganz frisch – da ist das Blut noch nicht mal trocken«, sagte Kaiser. »Ach, kommen Sie, wir haben alle mal klein angefangen.« Ein süffisantes Lächeln erschien auf seinem Gesicht. »Ihr Frauen wollt doch heutzutage alles genauso gut machen wie wir Männer, nicht wahr? Eine Zeitung ist nun mal kein Häkelkränzchen.« Touché, sagte seine Miene.
»Ich denke gar nicht dran.« *Touché.*
»Sie sollen hier nicht denken, Kindchen, sondern schreiben, dafür werden Sie schließlich bezahlt.« Kaiser schleuderte den Polizeibericht zu ihr hinüber, sodass sie die Blätter gerade noch mit beiden Armen auffangen und an die Brust drücken konnte, ehe sie zu Boden fielen. Er zog seine Taschenuhr hervor, klappte sie auf und warf einen Blick auf das Zifferblatt.

»Die Zeit ist knapp, also fangen Sie an und schreiben Sie.« Der Deckel der Taschenuhr schnappte wie ein gieriges Maul zu, es klang endgültig.

»Ich habe aber nur den Polizeibericht«, sagte Anaïs.

Borowski gab ihr mit der flachen Hand Zeichen.

»Dann werden Sie eben kreativ«, sagte Kaiser. »Machen Sie eine saftige Geschichte draus, verdienen Sie sich Ihre Sporen. Vertrauen Sie mir, Sie können das.«

»Das Gemetzel ausschmücken? Auf keinen Fall.« Borowski schüttelte warnend den Kopf.

»Dann war's das hier für Sie«, sagte Kaiser kalt.

»Was?«

»Entweder ich lese morgen einen entsprechenden Artikel aus Ihrer Feder«, sagte Kaiser. »Oder Sie können gehen. Und wen ich rausschmeiße, den stellt keiner mehr ein.« Er ließ den Blick über sie wandern. »Aber eine Frau hat ja noch andere Möglichkeiten. Also, wenn Sie lieber –«

»Ich leite die Kultur«, sagte sie in dem Ton, in dem man mit begriffsstutzigen älteren Leuten spricht.

Borowski fing an, sich irgendwelche Notizen zu machen.

Kaiser fixierte sie. Auf einmal brüllte er los: »Drauf gepfiffen. Wer glauben Sie eigentlich, wer Sie sind?«

Eine Welle der Wut durchlief Anaïs. Ihr wurde heiß. Sie fasste das Papierbündel fester und zwang sich zur Ruhe. Auf ihrer Wange zuckte ein Muskel, aber sie schwieg.

*Eine Frau hat ja noch andere Möglichkeiten.*

Sie hatte es aus eigener Kraft bis in diese Redaktion geschafft, sie verdiente ihr eigenes Geld. Und, verdammt, sie brauchte es. Denn sie hatte hochfliegende Zukunftspläne, die bisher außer ihr allerdings erst ein anderer Mensch kannte.

»Wie viele Zeilen?«, fragte sie sachlich.

»Na also, geht doch«, sagte Kaiser, durch seinen Sieg besänftigt. »Sie laufen jetzt hurtig ins Archiv, Kindchen, und lassen sich von Freese die letzten Artikel von Eschke geben. Nehmen Sie einfach ein paar passende Sätze raus, ersetzen Sie die Fakten und stellen Sie ein paar finstere Fragen in den

Raum und – *spektakuläre Überschrift nicht vergessen!*« An Kiesewetter gewandt setzte er hinzu: »Sie halten die Titelseite frei, ich komme später selbst in die Setzerei.«

»Mach ick.« Kiesewetter verließ die Redaktion.

Kaiser drehte sich zu Anaïs um. »Na, worauf warten Sie?«

Anaïs stieß sich wortlos vom Fensterbrett ab. Ohne die Männer eines einzigen Blickes zu würdigen, den Polizeibericht wie einen Schutzschild an die Brust gepresst, durchquerte sie hocherhobenen Hauptes die Redaktion, wobei sie die Absätze ihrer weißen Spangenschuhe auf den Boden hieb und schließlich noch mit der Ferse die Tür hinter sich zuknallte.

Das Archiv befand sich im Keller. Hans Freese, der junge Archivar, saß im Schein einer nackten Glühbirne an seinem Schreibtisch und las ein Buch. Seine Unterarme steckten in grünen Ärmelschonern, und eine dickwandige Teetasse stand vor ihm. Alle Wände waren mit Regalen bedeckt, in denen sich, nach Jahrgängen geordnet und mit Paketschnur zusammengebunden, Zeitungen stapelten. Es war stickig und roch nach Staub und Kamillentee. Als Anaïs eintrat, hob Freese den Kopf, blinzelte und stand dann, einen Finger als Lesezeichen auf dem aufgeschlagenen Buch, hastig auf.

»Fräulein Maar, was …?«

»Tag, Herr Freese«, sagte Anaïs und knallte den Polizeibericht auf seinen Schreibtisch. »Ich brauche ein paar Artikel Ihres untergetauchten Polizeireporters.«

»Eschke?« Freese zwinkerte. »Welche denn?«

»Egal, Hauptsache, Mord und Totschlag.«

Freese rührte sich nicht, er war sichtlich überfordert.

Anaïs zeigte auf das Buch. »Was lesen Sie denn gerade?«

»Thomas Manns ›Zauberberg‹.«

»Und? Gefällt Ihnen der Roman?«

»Ja, sehr.« Auf Freeses Gesicht erschien ein Lächeln. Anscheinend hatte er sich erinnert, dass Anaïs die neue Kulturredakteurin war. Er legte ein Stück Papier zwischen die Seiten und schlug das Buch zu. »Also, worum geht's?«

Anaïs seufzte. »Ich soll über den neuesten Hurenmord in Friedrichshain schreiben«, sagte sie. »Und ich weiß nicht, wie.«

Zwischen Freeses Brauen erschien eine steile Falte. »Warum denn ausgerechnet Sie?«

»Den Letzten beißen die Hunde, nehme ich an.«

»Na, dann passen Sie mal lieber auf sich auf.« Freese ging zum nächsten Regal, hob einen Packen Zeitungen heraus und legte ihn ihr in die Arme. »Hier, das letzte Vierteljahr. Da finden Sie genügend Anregungen – bei der Berliner Kriminalstatistik.« Er zögerte. »Sie müssten die Artikel nur hier lesen, die dürfen das Archiv nicht verlassen.«

Anaïs blickte sich um, die Zeit wurde knapp. Sie musste sich konzentrieren, eine gute Arbeit abliefern. Wenn sie versagte, konnte sie sich nach einer neuen Stelle umsehen.

*Wen ich rausschmeiße, den stellt keiner mehr ein.*

Ja, völlig klar.

»Kann ich da drüben schreiben?« Sie deutete mit dem Kinn auf einen Tisch neben der Tür, auf dem neben einem Papierstapel eine Lampe und eine abgedeckte Schreibmaschine standen.

»Selbstverständlich, und wenn Sie eine Frage haben …«

»… melde ich mich«, sagte Anaïs.

In der nächsten halben Stunde tauchte sie in die Berliner Kriminalfälle der letzten Monate ein. Da war die Kindsmörderin, die man sterbend aus der Spree gefischt hatte, nur um sie der Höchststrafe zuzuführen. Oder der arbeitslos gewordene Familienvater, der seiner Frau und den vier Kindern die Kehle durchgeschnitten hatte, weil er ihnen Hunger und Elend hatte ersparen wollen. Vielleicht wäre eine staatliche Unterstützung für die Familie billiger gewesen als das Gerichtsverfahren und die Kosten für die Hinrichtung des verzweifelten Mannes, dachte Anaïs. Und es hatte, verteilt auf das ganze Stadtgebiet, mehrere gewaltsam zu Tode gekommene Prostituierte gegeben. Eine aus dem Ruder gelaufene Kneipenschlägerei, ein Streit mit einem Freier oder einem Zuhälter, erschlagen, erwürgt, erstochen – nach einem elenden Leben wartete auf diese armen Frauen oft ein grausames frühes Ende. Anaïs spürte, wie sie Niedergeschlagenheit ergriff.

Zwischen all den Unterlagen fand sie auch einen handschriftlichen Zettel.

*Mord recherchiert, 10 Mark. Auto hin zur Leiche, 2 Mark. Autorückfahrt von der Leiche, 2 Mark. Schnaps zur Verarbeitung des Anblicks, 3 Mark, Schnaps für Polizeibeamten, 3 Mark, warmes Frühstück für weibliche Auskunftsperson, 8 Mark. Esch.*

Eschkes Rechnung war nicht unterschrieben, Kaiser hatte sie also nicht genehmigt und auch nicht zur Kasse weitergeschickt.

Anaïs nahm den Polizeibericht wieder zur Hand.

*Martha Teller, im zweiundvierzigsten Jahr stehend. Ohne geregelte Arbeit, unsteten Aufenthaltes.*

Die etwas unscharfen Fotos zeigten ein Schlachtfeld aus Blut und Eingeweiden. Wer das getan hatte, war kein Mensch. Das war ein Ungeheuer.

Anaïs legte den Kopf in den Nacken und schloss die Augen. Was würde Kisch an ihrer Stelle schreiben, wie würde er Martha Teller – und all den anderen »Unglücklichen«, wie man sie schönfärberisch nannte – eine Stimme geben? Niemand hatte je Anteil an Martha Tellers Leben genommen. Erst ihr grausamer Tod hatte das kurze Schlaglicht öffentlicher Aufmerksamkeit auf sie geworfen. Martha hatte nie eine Chance gehabt. Nicht so wie sie, Anaïs, die von einer reichen Verwandten an Kindes statt aufgenommen worden war. Was, wenn Tante Valeries moralisches Korsett enger gewesen wäre? Wenn sie das Kind ihrer gefallenen Schwester wie allgemein üblich für geringes Kostgeld einer armen Frau oder gleich dem Waisenhaus und der staatlichen Fürsorge überlassen hätte?

*Neger, Neger, Schornsteinfeger.*

Ihre Mitschülerinnen hatten sich über ihre dunkle Hautfarbe lustig gemacht, über ihr wildes Haar, das mit keiner Schleife zu bändigen war, auch über ihren hoch aufgeschossenen, dünnen Körper mit langen Beinen, zu gerade, um schön zu sein.

Alle hatten natürlich »Onkel Toms Hütte« gelesen.

Irgendwann hatte Anaïs Prügeleien angezettelt und immer heftiger zugeschlagen als ihre Kontrahentinnen. Dabei wollte sie gerne glauben, dass ihre Wutausbrüche, die hauptsächlich ihr selbst schadeten und ihren Ruf als hemmungslose Wilde noch verfestigten, durch das ihr angetane Unrecht hervorgerufen und gerechtfertigt worden waren. Stets war die Versuchung groß gewesen, ihre Gegnerin für die Konsequenzen verantwortlich zu machen. Erst jetzt, als Erwachsene, akzeptierte Anaïs die unangenehme Einsicht, dass sie manchmal ihre körperliche Gewandtheit und ihren eisernen Siegeswillen als Mittel ihrer Rache genossen hatte. Weder gutes Zureden noch Essensentzug noch wohlmeinende Züchtigung hatten sie von ihrem Verhalten abbringen können. Alle waren erleichtert gewesen, als Anaïs' Schulzeit beendet war und die Direktorin sie mit allen guten Wünschen für ihre Zukunft, ihrem Segen und einem Seufzer der Erlösung ins Leben entlassen konnte.

*Zehn kleine Negerlein ...*
Anaïs schlug die Augen auf.
*Neunundzwanzig Messerstiche.*
Die Schreibmaschine war eine kleine Erika, handlich und für die Reise gedacht. Anaïs blickte kurz auf die elfenbeinfarbenen, von einem silbernen Metallring eingefassten Tasten, dann nahm sie zwei Blatt Papier von dem Stapel neben der Lampe, legte einen Durchschlag dazwischen und spannte das Bündel ein.

Anaïs überlegte und – fing an zu tippen.

Es war schon kurz nach vier, als sie, das fertige Manuskript in den Händen, in Heinrich Kiesewetters Reich stürmte, in dem bereits hektische Geschäftigkeit herrschte. Männer eilten durch die Säle, gebrüllte Wortfetzen mit technischen Abkürzungen schwirrten durch die Luft.

Auf großen Tischen lagen Satzstücke aus Blei. An einer Wand stand die Abziehmaschine, daneben waren Haken in den Putz geschlagen, an denen schon Artikel hingen, lange Fahnen. Pappschilder über den Haken verkündeten *Innenpolitik*, *Außenpolitik*, *Feuilleton/Kultur*, *Sport* und *Lokales*. Auf anderen Schildern stand *Kaiser*, *Schramm*, *Kastner*, *Mayer/Pitterke*, *Möhring*, *Borowski*, und ein ganz neues Schild war mit *Maar* beschriftet. Der *Eschke*-Haken war leer.

Gerade kam Jan Romeike, der Abzieher, herein und brachte die eisernen Kuchenbretterschiffe aus der Maschinensetzerei. Unter jedem Bleistück lag ein Stück eines zerschnittenen Manuskripts. In rasender Geschwindigkeit nahm Jan den Satz aus den Schiffen heraus, tauschte sie mit den Satzstücken auf dem Tisch aus und setzte sie mit ihnen in neue Schiffe zusammen.

Anaïs trat zu einer Arbeitsplatte, an der ein junger Mann Manuskripte mit rotem Stift beschriftete. *Petit, 1/8, 65, 66, 67*, schrieb er, bei jeder Zahl wurde das Papier zerschnitten, so kamen die Seiten in den Setzsaal.

»Anton!« Kiesewetter hockte unter einem Tisch, auf dem Schiffe voll mit dem Satz von den Artikeln lagen, die noch nicht erschienen waren. Er versuchte, in der Spiegelschrift das Gesuchte zu finden. »Sieg des Ruderzweiers auf der Havel, Sportseite – wo is dit?«

»Weeß ick nich«, sagte der Mann am Manuskripttisch.

»Gleich is Umbruch, die Seite muss weg, ick krieg die Krätze!« Kiesewetter kam unter dem Tisch hervorgekrabbelt. »Ah, dit Fräulein Maar, wat is mit Ihrem Mörder?«

Anaïs zeigte ihr Manuskript. »Ist fertig.«

»Anton, vorziehen – dit is der Aufmacher«, blaffte Kiesewetter. »Und ab in die Setzerei damit.«

Anaïs reichte dem jungen Mann ihre Seiten. Ein paar Zahlen, ritsch, ratsch, die Arbeit der letzten Stunde zerfiel in Streifen. Anton nahm das zerstörte Werk und eilte in Richtung Setzsaal.

Kiesewetter stemmte die Hände in die Seiten und musterte

Anaïs. »Sie haben die Titelseite, junge Frau«, sagte er. »Dit is schon wat, wa? Der Kaiser steht uff Ihnen.« Er nickte anerkennend.

Anaïs holte tief Luft. »Der kann mich mal.«

»Ick meene, der findet Ihre Arbeit jut.« Kiesewetter verschränkte die Arme vor der Brust, die dicken runden Brillengläser schimmerten bläulich wie Insektenaugen. »Se haben 'ne jute Schreibe und een hellet Köpfchen, aber Se sollten sich mal fragen, wat Se damit anstellen wollen.«

»Ich gebe mein Bestes.« Sogar bei diesem Artikel.

»Ick meene, Literaten jut und schön, wa? Romanisches Café und so Zeugs«, sagte Kiesewetter. »Aber et jibt auch Wichtijeres im Leben als schöne Worte.«

»Ach ja?« Hoffentlich gefiel Kaiser ihr Text über den Mord.

»Die Jerechtigkeit, zum Beispiel.«

»Mhm.« Anaïs war nicht nach einem philosophischen Diskurs zumute. Was, wenn sie in ihrem Artikel übertrieben hatte?

Kiesewetters graue Haarsträhnen stachen über der Stirn in die Luft wie die Fühler einer Gottesanbeterin. »Wat haben Ihre Eltern Sie denn überhaupt so moralisch beijebracht?«

»Meine Eltern sind tot«, sagte sie.

Kiesewetter erstarrte, er wirkte irgendwie aus dem Konzept gebracht. Er sah aus, als wollte er etwas sagen, aber dann brummte er nur: »Na, det wusste ick jetz nich.« Nachdenklich rieb er sich ein paarmal den Nacken. »Etwa beede?«

»Ja, ist schon lange her.«

Draußen am Gang waren Männerstimmen zu hören und Schritte, die eilig näher kamen. Kaiser war im Anmarsch.

Anaïs fiel ein, dass es Kiesewetter gewesen war, der den Mord als Erster erwähnt hatte. Er hatte die Qualität ihrer Arbeit gelobt und damit Kaisers Aufmerksamkeit erst auf sie gelenkt und ihr den Artikel eingebrockt. Nicht weil Kaiser ihre Arbeit schätzte, sondern weil er selbst, Kiesewetter, wollte, dass sie den Artikel über eine ermordete, zerfetzte, geschändete Frau schrieb.

»Kannten Sie die Tote eigentlich?«, fragte sie.

»Nee«, sagte er und schüttelte den Kopf.

»Warum wollten Sie dann, dass ich über sie schreibe?«

Kiesewetters Grillenmund grinste. »Wollte ick det? Sie haben Mumm in die Knochen, sind 'ne Kämpferin, ick hab da Erfahrung.«

Anaïs erschrak – was wusste der Alte?

»Die Herren!« Kaiser stürmte in den Setzsaal, gefolgt von Borowski, Lokales, Mayer und Pitterke, Sport, und Möhring, Ausland. »Wo stehen wir?«

»Gleich fertig«, sagte Jan.

Der Abzieher war immer noch an der Maschine. Anton und er stemmten die mit Satz gefüllten Schiffe, legten sie auf die Abziehmaschine und einige Blätter Papier darüber. Ein Griff an der Maschine, und der Text stand wie gedruckt da.

»Haben wir den Hurenmord?«, fragte Kaiser ungeduldig.

Jan nickte, nahm eine große Fahne von der Abziehmaschine und reichte sie dem Chefredakteur.

Anaïs spähte über seine Schulter.

Da stand ihr Artikel, unterbrochen von den Namen der Setzer. *Schmidt Maschine 30, Labitzky Maschine 32, Rosenthal Maschine 34, Hoppstedt Maschine 23, Lipp Maschine 18.*

Kaiser überflog den langen Papierstreifen. »›Der Ripper von Berlin‹?« Er sah Anaïs ungläubig an.

Anaïs schluckte. »Nun ja – angesichts der Polizeifotos dachte ich –«

»Sie sollen nicht denken, Kindchen«, blaffte er. »Das ist großartig, hören Sie? Ganz großartig. Das knallt!«

Anaïs nickte und brachte kein Wort heraus.

Kaiser betrachtete erneut den Abzug und runzelte die Stirn. »Aber ach nee, Kinder, die Überschrift in Renata?«

»Was dann? Cicero?« Der Abzieher sah Kiesewetter an.

»Die Zeit is wahrlich knapp«, sagte der.

Hanke, der zweite Metteur, kam hinzu. »Oder Fette König«, sagte er. »Det is gerade sehr beliebt.«

»Fette König.« Kaiser klang angewidert. »Alle nehmen jetzt

Fette König.« Er überlegte. »Für den Artikel brauchen wir was Besonderes. Vielleicht ... ja, so machen wir's.«

»Wat denn nu?«, fragte Kiesewetter.

»Hier, Herr Romeike, bitte«, sagte Kaiser. »Die Überschrift Cicero, Cheltenham kursiv, fette Versalie!«

Der Setzereichef erschien. »Die Herren Redakteure, jetzt bitte zum Umbruch in den Setzsaal, es ist gleich halb fünf«, sagte er, und an Kaiser gewandt: »Was nicht in Ordnung?«

»Wir nehmen Cheltenham und Versalien für den Ripper«, warf Romeike ein. »Der Herr Chefredakteur meint ...«

»Man wechselt nicht genug mit den Typen hier«, sagte Kaiser. »Mehr fette Versalia wäre auch gut. Der Ripper ist der Aufmacher, was haben wir noch? Kiesewetter?«

»Wochenend und Sonnenschein am Wannsee«, antwortete der. »So mit propere Mädels im Badekostüm. Die Wehrdebatte im Ausschuss, der Antrittsbesuch vom neuen russischen Botschafter, dit Literatentreffen ins Romanische Café.« Er warf Anaïs einen Blick zwischen Entschuldigung und Anerkennung zu, da hatte das Teufelsmädel doch gleich zwei Artikel im Blatt. »Der Unfall vor der Jedächtniskirche mit der Elektrischen.«

Kaiser hob die Brauen und sah Borowski an.

»Der Verletzte ist doch noch gestorben«, sagte der.

»Prima.« Kaiser nickte. »Das wird der Debatte um den Kirchenabriss Aufwind geben, bleiben Sie da mal dran.«

»... der abjesagte Boxkampf«, fuhr Kiesewetter fort.

»Wieso abgesagt?« Kaiser sah Pitterke empört an, der zuckte jedoch nur die Schultern. »Ich wollte dahin.«

»Schmeling fehlt die Traute«, sagte Pitterke.

»Sagt wer?«, schnappte Anaïs.

»Wie bitte?« Pitterke sah sie überrascht an.

»Hein Domgörgen ist vielleicht der amtierende deutsche Mittelgewichtsmeister und hat eine überragende Boxtechnik«, sagte Anaïs, ehe sie über ihre Worte nachdenken konnte. »Aber Schmeling ist Europameister im Halbschwergewicht und sechs Jahre jünger, und wenn die beiden Anfang November in Leipzig aufeinandertreffen –«

»Fräulein Maar!« Kaiser wirkte schockiert. »Was reden Sie denn da? Davon verstehen Sie doch gar nichts.«

Anaïs wollte schon aufbegehren, doch sie besann sich gerade noch. »Ja«, sagte sie demütig. »Das stimmt natürlich.« War sie denn verrückt geworden? Sie hätte sich lieber die Zunge abbeißen sollen, als hier groß übers Boxen zu schwadronieren. In Zukunft musste sie besser aufpassen.

Pitterke schenkte ihr einen Blick voller Verachtung.

»Und – der Ripper«, tönte Kiesewetter und rettete damit die unerfreuliche Situation. »Der fette Aufmacher.«

Kaiser nickte zufrieden, der abgesagte Boxkampf und der Fauxpas seiner unerfahrenen Redakteurin waren vergessen.

Anaïs blickte erneut auf die Titelseite des Berliner Brennpunkt, so wie sie am nächsten Tag erscheinen würde.

*Der Ripper von Berlin geht um!*

Darunter stand ihr Name. *Anaïs Maar.*

Nun, in drei Schriftarten gedruckt und mit der reißerischen Titelzeile, sah der Artikel aus, als stammte er gar nicht aus ihrer Feder. So schrieb sie auch nicht, sie war doch eine Literatin. Trotz der stickigen Luft wurde ihr kalt.

Zum ersten Mal an diesem hektischen Tag beschäftigte sie sich mit den möglichen Konsequenzen ihres Artikels. Sie war nicht ängstlich, fürchtete nicht um ihr eigenes Leben, schließlich gehörte sie nicht zum Milieu, in dem dieser perverse Täter sein Opfer gesucht hatte. Was aber, wenn der Mörder sich durch eine solche Presse in seinem Tun bestärkt fühlte? Und wieder zuschlug? Oder ein Nachahmungstäter auftauchte? War sie dann nicht für den nächsten Tod verantwortlich? Nein, sie war eben der Redaktionsfrischling, noch dazu eine junge Frau, zu bedeutungslos und unerfahren, sich gegen die altgedienten Zeitungsmänner durchzusetzen.

Natürlich hatte sie den alten Hasen in der Redaktion beweisen wollen, dass sie ihnen das Wasser reichen konnte. Nun hatte sie die Beachtung und die Anerkennung bekommen, die sie sich gewünscht hatte.

*Die Titelseite.*

Nichts ist so alt wie die Nachricht vom Vortag, alte Journalistenweisheit, dachte sie. Spätestens in einer Woche, wenn die neue Ausgabe des Brennpunkt erschien, landete ihr Artikel bei Freese im Archiv und geriet in Vergessenheit.

»Meine Herren«, dröhnte Kaiser, »ab in die Setzerei, der Umbruch wartet.« Er streckte den Arm lang wie ein Schupo, der auf einer Kreuzung den Verkehr regelt, knallte die Hacken zusammen und deutete eine ritterliche Verbeugung vor Anaïs an. »Fräulein Maar – gehen Sie uns Männern voran.«

Anaïs gestattete sich ein erleichtertes Lächeln.

# DREI

Die Stunde zwischen Tag und Nacht, die angesichts ihres abendlichen Farbenspiels eigentlich zu Unrecht die blaue hieß, liebte er besonders. Wenn der Himmel im Westen Berlins in einem letzten kraftvollen Aufflammen feuerrot erstrahlte, ehe er in blassem Lavendelblau erstarb, und durch die Straßen bereits der sanfte Atemhauch des sich zur Ruhe legenden Tages strich.

Wie meistens nach einem langen Arbeitstag saß Maxim Bronski vor seinem Lieblingscafé an einem der kleinen runden Tische, die auf dem Trottoir des Kurfürstendamms standen, und genoss den Tagesausklang. Es war ein außergewöhnlich warmer Abend, fast konnte man meinen, der Sommer wäre für ein kurzes Gastspiel noch einmal zurückgekehrt. Vor Maxim schimmerte ein halb volles Glas französischen Rotweines, lagen verschiedene Zeitungen. Seit dem frühen Morgen hatte er im Atelier gestanden und wie besessen an einer neuen Ikone gearbeitet. Er malte auch andere Motive, aber die Ikonen hatten seinen Ruf und seinen Ruhm begründet. Das alte Holz, das ihm als Untergrund diente, ließ sein Werk wie eine Antiquität aussehen, und das viele Blattgold verlieh ihm Kostbarkeit. Vor allem aber wirkten seine Heiligen so lebendig, dass sie zu ihrem Betrachter fast zu sprechen schienen. Das hörte er von seinen Kunden immer wieder. Die Stunden am Maltisch waren wie in einem Rausch verflogen, jetzt war Maxim erschöpft, aber zufrieden mit seinem neuen Werk, der Darstellung eines segnenden Jesus Christus.

*Jesus als Salvator Mundi.*

Das ins Violette spielende Blau seines Mantels verlieh dem Gottessohn auf der Ikone eine mystische Aura, und der mit Blattgold belegte Heiligenschein leuchtete vor dem lichtblauen Hintergrund, als stiege Jesus eben vom Himmel herab, um die Menschheit zu retten. Wenn man den Zustand der Welt so betrachtete, dachte Maxim, während er durch die Tagespresse blätterte und die Schlagzeilen überflog, bräuchte es wahrlich einen Retter. Den Vogel schoss der Berliner Brennpunkt ab.

*Der Ripper von Berlin geht um.*
Also wirklich.

Maxim wollte schon weiterblättern, als am Horizont seiner Gedanken eine entfernte Erinnerung auftauchte und ihn innehalten ließ. Hatte er nicht erst kürzlich irgendwo über den Londoner Ripper gelesen? Den Frauenmörder, der gegen Ende des letzten Jahrhunderts mehrere Prostituierte erstochen hatte? Oder hatte ihm jemand etwas über diesen Verbrecher erzählt? Maxim konnte sich nicht erinnern. In letzter Zeit ließ ihn sein Gedächtnis gelegentlich im Stich, was ihm zunehmend Sorgen bereitete. Schnell schob er alle beunruhigenden Gedanken beiseite und widmete sich stattdessen nun doch dem Artikel im Brennpunkt.

Eine von den Prostituierten, die hinter dem Schlesischen Bahnhof ihrem elenden Broterwerb nachgingen, war mit zahlreichen Messerstichen dahingemetzelt worden. Und anscheinend war sie nicht das erste Opfer dieses Sadisten gewesen, wenn man der Journalistin Glauben schenken durfte.

Maxim spürte, wie sich sein Herzschlag beschleunigte und ihn eine heiße Welle des Abscheus durchströmte. Was für ein Ungeheuer musste man sein, um sich an so armen Frauen zu vergreifen. Er beugte sich vor und musterte das Bild der ermordeten Martha Teller. Ihr Gesicht kam ihm irgendwie bekannt vor, und er meinte, sie schon einmal gesehen zu haben.

*Martha, wann sind wir uns begegnet?*

Denn Maxim war die Gegend um den Schlesischen Bahnhof vertraut. Immer wieder suchte und fand er dort willige Modelle für seine Aktbilder. Die von Müdigkeit und Hoffnungslosigkeit gezeichneten Gesichter der Dirnen rührten und reizten ihn genauso wie ihre ausgemergelten Körper. Niemals arbeitete er mit den wohlgenährten Modellen der Akademie, die zwar auf dem Podest professionelle Posen einnahmen, aber deren Gesichter einen leeren Ausdruck hatten, als wünschten sie sich weit weg oder als wäre ihre Seele bereits in anderen Gefilden. Stets entlohnte er die Frauen großzügig, damit sie wenigstens einmal eine Nacht ruhig schlafen konnten. Mit Martha Teller hatte er möglicherweise gesprochen, gemalt hatte er sie nicht.

Maxim merkte, wie sich sein Abscheu in Wut über die aussichtslose soziale Lage der Berliner Straßenmädchen zu verwandeln drohte, als er ein Jucken in der linken Armbeuge spürte. Gedankenlos rieb er über die Stelle, bis ihm einfiel, dass er damit einen unangenehmen Eindruck an den Nachbartischen erwecken konnte.

Hastig blickte er sich um.

Da saßen sie, die satten Berliner, und genossen gedankenlos einen goldenen Herbst, nur wenige Fahrminuten vom Ort des Schreckens und doch eine ganze Welt von ihm entfernt. Aufgeputzte Frauen plauderten mit ihren Freundinnen über Nichtigkeiten, Männer rauchten, lasen Zeitung oder taten so, als lauschten sie mit Interesse dem Geschwätz ihrer Damen. Eine junge Frau am Nachbartisch trug unter einem pelzbesetzten Überwurf ein kurzes Tanzkleid mit Fransen am Saum, dessen Rock sich bis zur Hälfte ihrer Oberschenkel hinaufgeschoben hatte. Es waren schöne junge Frauen mit athletischen Figuren und glatten Gesichtern wie Schaufensterpuppen. Ganz anders als die geschundenen Geschöpfe, die ihm im Atelier für seine Aktbilder Modell standen. Äußere Schönheit reizte ihn nicht. Es waren die innere Anmut und Verletzlichkeit, die diese Frauen hinter ihrer Vulgarität und ihrer Maske der Abgestumpftheit verbargen, die ihn interessierten und die er mit seinem künstlerischen Schaffen zum Vorschein brachte.

Maxim leerte sein Weinglas auf einen Zug, dann zündete er sich eine Zigarette an, hob den Arm und machte dem Kellner, der gerade in seine Richtung blickte, ein Zeichen.

»Der Herr?« Der Kellner beugte sich zu ihm.

»Noch ein Glas Château Talbot bitte, Fritz«, sagte Maxim, und als der Mann den Kopf höflich senkte und sich zurückziehen wollte, konnte er nicht anders. Er deutete mit der Zigarette auf den Artikel im Berliner Brennpunkt.« »Haben Sie das hier gelesen? Über den Berliner Ripper.«

»Nein, mein Herr.«

»Ein Frauenmord, in Friedrichshain.«

»Bestimmt ein Ehekrach, mein Herr.«

»Nein, eine Prostituierte, Martha Teller war ihr Name.« Maxim blickte dem Kellner direkt ins Gesicht, konnte darin jedoch keine Spur des Mitgefühls erkennen. Seine Haut war trocken und fahl, zwei tiefe Falten hatten sich von den Nasenflügeln zu den Mundwinkeln gegraben. Der arme Mann war entweder magenkrank oder von seiner langen Tagschicht erschöpft. »Ich fürchte, unsere Ordnungshüter werden den Täter wieder nicht fassen – oder was meinen Sie, Fritz?« In Gegenden wie hinter dem Schlesischen Bahnhof herrschten eigene Gesetze.

»Man fragt sich, wozu die Polizei da ist, mein Herr.«

»Der Galgen ist zu gut für solche Bestien.« Das Jucken in der Armbeuge wurde unerträglich. Maxim war, als liefen tausend Ameisen über seine Haut. Das kam davon, wenn man die Farbpalette zu lange in der Hand hielt. Salvator Mundi. Er hatte wie ein Besessener gearbeitet, und die Zeit war ihm wie Sand zwischen den Fingern zerronnen.

Der Kellner wedelte mit seiner Serviette über eine Tischkante. »Möchte der Herr etwas speisen? Zwei Eier im Glas, wie sonst?«

Maxim faltete die Zeitung zusammen und legte sie auf den Tisch. »Danke, Fritz, aber ich habe keinen Hunger mehr.«

»Sehr wohl, der Herr.« Der Kellner verbeugte sich.

Maxim blickte dem Mann nach, wie er sich, in seinen ausgetretenen Schuhen schwimmend, zwischen den voll besetzten Tischen und den auf einen Platz wartenden Menschen hindurchlavierte. Wahrscheinlich lebte er auch in einem Viertel wie Friedrichshain. Dann war er wohl schon zu abgestumpft für jegliches Mitgefühl mit dieser armen Seele. Wenigstens hatte der gute Mann Arbeit. Auch keine Selbstverständlichkeit.

Mit diesem beruhigenden Gedanken nahm Maxim die Zigarette zwischen Daumen und Zeigefinger und beobachtete die zarten Rauchkringel, die von der Spitze himmelwärts stiegen. Dann dämpfte er sie im Aschenbecher auf dem Tisch aus. Er sollte mit diesem Laster aufhören. Eines war genug, dachte er, und von dem konnte, ja durfte er nicht lassen. Es weckte seine Kreativität und verlieh ihr Höhenflüge.

Ein paar junge Frauen gingen an der Caféterrasse vorbei, paarweise untergehakt ließen sie sich durch den Menschenstrom treiben. Sie trugen Herbstkostüme nach der neuesten Mode und kurze Haare, waren sportlich gebräunt und lachten mit weißen Zähnen. Die Mädchen hatten sich verändert, seit er Berlin vor fast zwanzig Jahren als Halbwüchsiger verlassen hatte. Selbstsicher waren sie geworden und dadurch unnahbar. Fast gehörten sie einer anderen Rasse an als diese Martha Teller, die die Zeit vergessen zu haben schien.

Ein Musikant zog vorüber, der vorne die Trommel und hinten die Pauke spielte, indem er mit einem Seil an seinem Knöchel den Schlägel bediente. Schellen klapperten auf dem gewaltigen Instrument im Takt seiner Schritte, als wollten sie einer gierigen Menge ein mittelalterliches Spektakel ankündigen.

Er nahm erneut den Berliner Brennpunkt zur Hand.
*Der Ripper von Berlin geht um.*
Der Artikel war spannend geschrieben, der Leser hatte direkt das Gefühl, als befände er sich in den dunklen Friedrichshainer Straßen, sähe das Ungeheuer auf Beute lauern. Dann die Frau, allein, nichts ahnend, ein finsterer Hinterhof und …
Er warf die Zeitung angewidert auf den Tisch. Diese Anaïs Maar machte jedenfalls den Eindruck einer guten Journalistin, kompetent und unerschrocken. Aber ihre Arbeit war nicht ungefährlich. Möglicherweise weckte sie damit ungebetene Geister. Zumindest, wenn dieser Ripper lesen konnte.

Die Sonne war über dem Grunewald untergegangen, und es war mit einem Schlag kühl geworden. In der Luft lag eine eigentümliche Spannung. Von Westen zogen dunkle Wolken auf, krochen über den stahlgrauen Himmel. Es würde eine regnerische Nacht werden. Zeit für ihn, sich auf den Heimweg zu machen, wenn er nicht nass werden wollte.

Maxim fasste in die Jackentasche, fischte ein paar Münzen von dem Geld, das er stets lose bei sich trug, heraus und legte sie neben das Glas mit dem schal gewordenen Wein, wobei er gewohnheitsmäßig seine Zeche großzügig aufrundete.

»Fritz? Die Rechnung bitte!«

Er nahm seinen Hut von dem Stuhl neben ihm und ging.

Über den Kurfürstendamm wehte der Atem der Großstadt, als Maxim, den Berliner Brennpunkt unter dem Arm, nach Hause wanderte. Die kühle Abendbrise trug ein Gemisch aus den Ausdünstungen der Pferde und dem Benzingestank der Automobile, den blumigen Parfüms der Frauen und dem Geruch toten Laubes heran. Vor seinen Augen rollte der Verkehr vorbei. Genau wie der graue Strom der Menschenmassen, der sich über den Kurfürstendamm wälzte, würde er auch in dieser Nacht noch lange nicht versiegen.

Berlin litt genau wie er selbst an Schlaflosigkeit.

Er hatte recht daran getan, zurückzukommen.

Berlin war seine Stadt.

Maxim konnte bereits die neue Fassade des Hotel Kempinski vor sich sehen, als ihm eine junge Frau in einem geblümten Kleid auffiel. Sie lehnte mit dem Rücken an einer Litfaßsäule, den rechten Fuß hatte sie hinter sich gegen die Plakatwand gestützt, in der einen Hand hielt sie ihre Handtasche, in der anderen eine Zigarette. Vor ihr stand breitbeinig ein Mann, die Jackenärmel aufgekrempelt, die Hände ungehobelt in den Hosentaschen, und redete auf sie ein. Die Frau zuckte die Schultern, schnitt eine Grimasse.

Es war eine gewohnte Szene im Straßenbild, und Maxim hätte dem Anblick normalerweise keine Aufmerksamkeit geschenkt.

Dieser Abend jedoch war anders.

Maxim blieb kurz unschlüssig stehen und wollte gerade weitergehen, als er bemerkte, dass er das Interesse der Frau geweckt hatte. Ihr Blick huschte über seinen blauen, maßgeschneiderten Mantel und blieb an den rahmengenähten Maßschuhen hängen, dann erschien ein geschäftsmäßiges Lächeln auf ihrem Gesicht. Sie hatte ein spitzes Kinn, und in ihren Augen lag ein fiebriger Glanz. Die Frau stieß sich von der Litfaßsäule ab und schubste gleichzeitig den Ungehobelten beiseite, sodass der überraschte Mann aus dem Gleichgewicht geriet und fast gestolpert wäre. Er drehte sich um und musterte Maxim gereizt.

Maxim ging zu der Frau hinüber.

»Der Herr sucht noch eine Abendbegleitung?«, fragte sie.

Maxim zog einen Geldschein aus der Tasche. Zehn Mark. So viel hatte er dieser Person nicht geben wollen, aber sie starrte schon auf seine Hand. Ihre Miene spiegelte ihre Gier.

»Ick habe auch die ganze Nacht Zeit«, sagte sie, ließ die Zigarette fallen und trat sie aus. »Ick heiße übrigens Jule.«

Maxim drückte ihr den Schein in die Hand. »Gehen Sie nach Hause, Fräulein Jule«, sagte er. Das Kleid war der Frau zu weit, sie wirkte knochig. »Und essen Sie auch etwas.« Damit hob er kurz seinen Hut zum Abschiedsgruß und ließ sie stehen.

Jetzt hatte Maxim es eilig.

Er schritt schneller aus, steuerte auf das Kempinski zu, nur noch wenige hundert Meter bis zu seiner Wohnung. Sein Arm juckte inzwischen zum Verrücktwerden. Trotzdem drehte er sich noch einmal kurz um, ehe er in die Fasanenstraße einbog. Da sah er Jule, die, eng an den Ungehobelten geschmiegt, eben in einen Bus stieg. Maxim dachte an seine zehn Mark, ärgerte sich und eilte weiter. Auf Höhe der Synagoge hatte er bereits das Gefühl, als kröchen klauenbewehrte Käfer seinen Oberarm hinauf und rissen mit ihren Krallen die Haut auf.

Nur noch wenige Meter.

Maxim verfiel in Laufschritt, bis er das rote Klinkerhaus erreicht hatte. Er rannte durch das von steinernen Löwen bewachte Portal hindurch und die Marmortreppen hinauf bis ins Dachgeschoss. Mit zitternden Fingern steckte er den Schlüssel ins Schloss, drehte ihn herum und stieß die Wohnungstür auf.

Fast wäre er über seine Mascha gestolpert, die ihm vor die Füße sprang. Die Katze fauchte und entwischte ins Treppenhaus, aber er hatte beim besten Willen keine Zeit mehr, ihr hinterherzulaufen. Sollte diese schwarze Teufelin doch wieder zur Straßenkatze werden.

Maxim stürzte ins Atelier und – atmete auf.

Da lag sie, hatte auf ihn gewartet.

*Die Spritze.*

Er war gerettet, wenigstens für ein paar Stunden.

# VIER

»Fräulein Josefine!«

Josefine drehte sich um. Da stand er, der dicke Mann, der etwas Besseres war, im Abendlicht direkt vor ihr und grinste wie ein Honigkuchenpferd. Sie hatte den Besseren vor zwei Tagen auf dem Tanzabend von der Josephine Baker kennengelernt, da, wo lauter nackte Mädchen herumliefen und der Champagner in Strömen floss. Sie hatte so viele Canapés mit Ei und Lachs und Kaviar gegessen, dass ihr nachher ganz schlecht gewesen war und sie bestimmt wie eine Ölsardine gerochen hatte. Aber dem Besseren hatte das nichts ausgemacht, im Gegenteil, er hatte sich für die Nackten und den vielen Alkohol bei ihr entschuldigt.

*Das ist doch nichts für Sie, Fräulein Josefine.*
*Wie meinen Sie das, mein Herr?*
*Na, so ein deutsches Mädel in dieser Lasterhöhle.*

Also, was seine moralische Befindlichkeit betraf, da war der alte Lustmolch ja auch aus einem bestimmten Grund gekommen.

*Ich bin ganz entsetzt von dem allen hier, mein Herr.*
*Vertrauen Sie mir, Fräulein Josefine.*

Sie hatte gewusst, was jetzt kam, aber sie war schon satt und es also eigentlich nicht nötig. Leider hatte Willy Fritsch nichts von einer Übernachtungsmöglichkeit gesagt. Dabei hätte sie wetten können, dass er vorher auf dem Ku'damm noch was Nächtliches ins Auge gefasst hatte. Inzwischen verlustierte sich der Treulose ganz angeregt mit einem kleinen Nackedei, und wenn die schon vierzehn war, dann fraß Josefine ihren Feh.

*Ich vertraue Ihnen, mein Herr.*

Der Bessere war um die dicke Mitte so rund wie ein Globus, hatte eine Glatze und schwitzte ganz gehörig, aber Josefine hatte schon genug Champagner getrunken, dass es für einen

Schwips reichte, und da kam es ihr dann immer nicht mehr so drauf an. Dafür würde ihn der Spaß zehn Mark kosten und ein warmes Bett für die ganze Nacht und außerdem noch ein großes Frühstück. Leider war der Dicke verheiratet, und die Frau Gemahlin fuhr erst in zwei Tagen auf Kur. Dabei hatte sie bestimmt so viel fabelhafte Garderobe, dass sie nicht merkte, wenn was fehlte, und wenn, dann würde sich ihr Herr Gemahl eher die Zunge abbeißen, als irgendwas Unanständiges zu gestehen. Immerhin hatte der Bessere ihr ein Taxi bestellt, aber den Fahrer nicht im Voraus bezahlt, der Geizhals. Mit dem Taxi war Josefine zum Bahnhof Zoo gefahren, um die Nacht im Wartesaal zu verbringen, und der nette Fahrer hatte ihr auch einen guten Preis gemacht, aber nun war sie fast pleite.

»So sieht man sich direkt vorm Bahnhof Zoo wieder«, sagte Josefine und strich sich elegant ein paar Haare hinters Ohr.

»Wollen Sie verreisen?«

»Ich habe meine Frau zum Nachtzug begleitet.«

»Ach, tatsächlich?«

Der Dicke wurde rot. »Ja, sie, äh, fährt an die Riviera.« Er hüstelte. Wenn Männer nicht mehr weiterwussten, fingen sie immer an zu husten. »Und was machen Sie hier, mein Fräulein?«

»Ich?« Josefine zeigte ihren Lilian-Harvey-Augenaufschlag. »Ich habe meine Großmutter hergebracht. Sie muss zurück nach München und sich um ihre Villa kümmern.« Das hatte sie zwar schon mal einem anderen Mann erzählt, aber das wusste der Dicke ja nicht. »Das Personal, Sie verstehen?« Sie seufzte.

»Aber nur zu gut, mein Fräulein, ein leidiges Thema.«

»Meine Familie stammt ja eigentlich aus dem Bayrischen.«

Der Bessere trat näher. »Wie interessant«, sagte er, und Josefine konnte hören, dass ihn ihre familiären Umstände nicht die Bohne interessierten. »Ich befürchte, Sie sind heute Abend schon vergeben, Fräulein Josefine?«

Josefine ließ ihn zappeln. »Oh ja, sehr schade, mein Herr.«

»Und da kann man gar nichts machen?«

Josefine seufzte noch mal. »Sie sind einfach zu charmant.«

Gleich stand er neben ihr und fasste sie unter dem Ellenbogen. »Ich wohne nicht weit von hier – wir könnten unser nettes Gespräch bei einem Gläschen Danziger Goldwasser fortsetzen, was meinen Sie?« Sein Griff war fest, zu fest für Josefines Geschmack. Aber es war schon nach acht Uhr, und eine dritte Nacht im Wartesaal vom Bahnhof Zoo konnte sie wegen der Obrigkeit nicht riskieren. Sie hatte keine Papiere, und der polizeiliche Sadist suchte vielleicht auch nach ihr.

»Also wenn Sie mir so nett bitten, mein Herr ...«

Die Wohnung lag am Tauentzien und hatte viele Zimmer, war also eine richtige Flucht, und in der Garderobe standen teure Schweinekoffer mit Plaketten drauf, fertig gepackt, weil der Bessere der Frau Gemahlin am nächsten Morgen zur Erholung und zum Französischsprechen an die Riviera nachreiste. Daneben stand eine fabelhafte Handtasche, für die bestimmt ein ganzes Krokodil hatte dran glauben müssen, und die hatte die Frau Gemahlin dagelassen.

Der Bessere wollte ihr die ganze Wohnung zeigen, was ja immer im Schlafzimmer endete, aber erst musste Josefine sich auf ein Sofa setzen, Danziger Goldwasser trinken und reden und so tun, als wären sie nur dafür hier.

Am liebsten wäre Josefine ja gleich zum Geschäftlichen gekommen, denn sie war schon sehr müde von dem langen, anstrengenden Tag. Aber der Fettsack redete und redete, und das kannte sie schon, dass die Männer immer alles aus sich rausquatschen und ihre schmutzigen Gedanken auf einem abladen wollten. Tatsächlich plapperte der Bessere am Stück, und Josefine erfuhr alles von den vielen Frauen, die hinter ihm her waren und mit denen er was gehabt hatte. Aber immer hatte er sie verlassen müssen, denn er war schließlich verheiratet und liebte nur seine Frau, und im Herzen war er der treu. Und in Paris war er auf Hochzeitsreise mit ihr gewesen, und sie war auch so blond und entzückend rosig wie das Fräulein Josefine, so ein erfrischend deutsches Mädel, und nicht so dunkel wie die Französinnen oder die Jüdinnen.

»Franzosen und Juden kann man doch gar nicht vergleichen«, sagte Josefine, einfach um ein wenig Konversation zu machen.

»Es gibt nur eine reine Rasse, die es wert ist, erhalten zu werden«, sagte er. »Die arische.«

»Die arische?« Mit der Rassenfrage hatte sich Josefine noch nicht befasst, obwohl sie natürlich darüber gelesen hatte.

»Ja, Fräulein Josefine«, sagte er und rückte näher, sodass sie seinen Schweiß und seine gelben Rauchfinger riechen konnte und direkt ein Mühlstein in ihren Magen plumpste. »Eines Tages wird es nur noch Arier geben – Menschen wie uns.«

»Ach«, sagte Josefine, »tatsächlich.«

Der Gedanke, dass eine schöne junge Frau wie sie und dieser schwitzende Fettsack, der demnächst sicher einen Herztod starb – mit etwas Pech sogar in ihren Armen –, derselben Rasse angehören sollten, ärgerte Josefine. Überhaupt hatte ihr ein Nationaler gerade noch gefehlt. Bei denen wusste man nie, wann die Unterhaltung gefährlich wurde. Schließlich las sie Zeitung, und in letzter Zeit hatte da doch viel von Anschlägen und politischen Morden gestanden. Ehe sie sich's versah, gehörte sie auch zu diesen sogenannten Aufständischen und beschaute sich die Radieschen von unten und war nur noch eine Schlagzeile. Gerne hätte sie dem Besseren ihre Meinung gesagt, aber sie konnte sich in ihrer Lage nicht in was Weltanschauliches einmischen. Josefine war auf dem Weg zum Film, da konnte sie sowieso nicht darauf Rücksicht nehmen, wer gerade so politisch das Sagen hatte.

»Belasten Sie Ihr hübsches Köpfchen nicht mit Politik, Fräulein Josefine«, sagte er. »Das sollten schöne Frauen nie tun. Dazu sind Berufenere da.«

Und damit meinte der Bessere eindeutig sich selbst. Jetzt schwadronierte er von Rasseneinheit, was ja eigentlich nur für Pferde galt, und von einer Weltverschwörung der Juden, so viel Unsinn hatte Josefine schon lange nicht mehr gehört. Nun hätte sie etwas Nettes über den korrekten Dr. Stern sagen können, aber es war besser, sich da rauszuhalten. Vielleicht hatten die Zeitungen nämlich recht, was die Juden betraf, und Dr. Stern war die Ausnahme gewesen. Also machte sie stattdessen auf Interesse und Bewunderung und warf immer mal wieder ein »Oh« und »Ah« und ein »Ach nein« ein. Männer glaubten immer, sie verstünden mehr von der Welt als Frauen. Und in dem Glauben ließ Josefine sie dann ja auch.

Inzwischen war sie fast wieder nüchtern, und ihr war die Lust vergangen. Der Abend war nicht verloren, sagte sie sich, denn immerhin hatte Willy Fritsch dafür gesorgt, dass sie ein Abendessen bekommen hatte. Nur diese politische Aufklärung, die war eine Beleidigung, denn so viel Bildung hatte sie natürlich. Die Politik vergiftete jede menschliche Beziehung, noch ehe sie richtig angefangen hatte, und endete ja dann eben auch in Mord und Totschlag. Wenn sie demnächst auf der Bühne im Glanz stand, würde sie auf solche Besseren wie diesen rassereinen Dicken pfeifen. Solche saßen dann nur im Publikum und durften höchstens noch mit Blumenbuketts auf sie werfen. Und nun reichte es ihr auch, und sie stand auf.

Gleich packte er sie am Arm, und zwar richtig fest. »Wo willste hin, Puppe?«

Nichts war mehr mit deutschem Mädel und schöner Frau. »Lassen Sie mir los, mein Herr, ich ersuche Sie.«

Er nahm die Hand weg, aber sein Blick hatte so was Lauerndes, das kannte Josefine aus der Destille im Krögel, wenn die Männer zu viel getrunken hatten und trotzdem wollten, und das war nicht ungefährlich. Sie musste weg.

Josefine machte Kinderaugen wie Lilian Harvey. »Ich muss mir mal ein bisschen frisch machen«, sagte sie, als wollte sie zum nächsten Programmpunkt übergehen, und warf dem Fettsack so einen schelmischen Blick von unten zu, dass die Schweißperlen auf seiner Stirn gleich nur so flossen. Ja, eines Tages würde sie auf einer Bühne im Glanz stehen, so schauspielerisch begabt, wie sie nun mal war. »Lauf mir ja nicht weg, du …« Sie drohte ihm mit dem Zeigefinger.

»Du Schelmchen«, krächzte er. »Das Bad ist im Flur.«

»Ich kenne mir aus.« Josefine verschwand schnell im Vorzimmer und machte die Tür hinter sich zu, ehe er auf die Idee kam, sie bräuchte Hilfe.

Auf Zehenspitzen huschte sie zur Eingangstür. Im Vorbeieilen, und weil sie doch einen beträchtlichen Zeitverlust und Verdienstausfall durch das Verhalten des Besseren gehabt hatte, schnappte sich Josefine nicht nur ihren Pelzmantel, sondern auch gleich noch die fabelhafte Krokodilledertasche, rannte aus der Wohnung, die Treppe hinunter und auf die Straße hinaus.

Der Fettsack konnte sie nicht einholen, da war sie sich sicher, und selbst wenn, würde sie eben laut nach dem nächsten Schupo schreien und behaupten, sie würde überfallen. Mit ihrer feinen Kleidung, dem edlen Feh und der Krokodilledertasche glaubte ihr das glatt jeder. Schnell räumte sie ihre Handtasche um und stellte die alte hinter eine Litfaßsäule. Der Bessere konnte sich ja schon mal eine Geschichte für die Frau Gemahlin überlegen, was deren Prachtstück betraf.

Doch nun hatte Josefine kein Bett mehr für die Nacht, und die konnte kalt werden, denn man sah gar keine Sterne, und bestimmt waren das Regenwolken da oben am Himmel. Die Stadt allerdings leuchtete im Schein Tausender bunter Glühbirnen, und hinter den großen Fensterscheiben der Cafés saßen Menschen, und wenn sie nicht redeten, lasen sie Zeitungen, auch ausländische, und sie saßen da und wussten, ihnen gehört die Stadt. An den Litfaßsäulen klebten Plakate für Shows wie »Morphium« und »Die Tänze des Lasters, des Grauens und der Ekstase«, und die große Künstlerin Madame Groteska imitierte Huren und Politiker, und vielleicht war das ja auch das Gleiche, nach dem, was man so in der Zeitung las oder was sie aus den Gesprächen all der gebildeten Männer heraushörte.

*Politik ist ein Hurengeschäft, Kleines.*

Das hatte Georg geantwortet, als sie mal wieder was Politisches gefragt hatte, aber erklären hatte er es ihr nicht wollen. Georg hatte sie ja auch nicht behalten, dabei war er so ein Schöner gewesen, bei dem man sich nicht abwenden musste, wenn man ihn nackt sah, und dafür war sie jedes Mal dankbar gewesen und hatte ihn sogar geküsst. Von ihm hatte sie auch nur Geschenke angenommen und nicht sein Geld, denn sie war verliebt gewesen und keine Dirne. Es war so furchtbar, wenn einem einer gefiel, denn wenn man das sagte, lachte er einen aus, weil er sowieso so von sich eingenommen war, und in dem Glauben musste man die Männer dann lassen.

Josefine, die nun bald berühmt sein und im Glanz stehen würde, schlich an der Gedächtniskirche vorbei. Sie war seit fast zwanzig Stunden auf den Beinen, und die Füße taten ihr weh, und das zerdrückte Kleid klebte an ihren Gliedern, und beinahe fielen ihr die Augen zu. Wie sehnte sie sich nach ihrer Matratze und den vertrauten Schlafgeräuschen von den Eltern, dem Ernakind und den Bettgehern.

Sie lehnte sich gegen eine Litfaßsäule und machte den Rücken krumm, weil ihr das Kreuz so wehtat vom Flanieren auf dem harten Asphalt. Gleich näherte sich ihr so eine Beamtennatur mit Taschentuch und Kneifer und wollte sie ansprechen, aber die Sorte kannte sie. So ein Spießbürger suchte eine Halbseidene, eine, die von einer Professionellen kaum zu unterscheiden war, die neben der Arbeit was dazuverdienen musste. Damit hatte er dann seine moralische Beruhigung und brauchte sich nicht einzugestehen, dass er zu den Huren ging.

»Mein Fräulein?« Die Beamtennatur tippte an den Hut.

»Belästigen Sie mir nicht, mein Herr, ich warte nur.«

»Auf wen warten wir denn, kleines Fräulein?«

»Auf meinen Ehemann«, sagte sie. »Georg von Scherer. Also begeben Sie sich weiter, oder ich rufe die Obrigkeit.«

Sofort riss die Beamtennatur den Hut vom Kopf. »Pardon, Gnädigste, ich konnte ja nicht ahnen …« Er blickte sich um. »Wann kommt denn der Herr Gemahl? Wirklich leichtsinnig, seine junge Ehefrau so allein hier warten zu lassen, wo doch der Ripper jederzeit wieder zuschlagen kann. Nicht dass ich damit andeuten wollte …« Er wurde so rot wie ein Puter.

Josefine war nur noch müde. »Welcher Ripper?«

»Der Ripper von Berlin«, sagte er. »Hat eine Frau erstochen, hinter dem Schlesischen Bahnhof.« Er schüttelte den Kopf. »Eine Gegend wie der Krögel.«

»Der – Krögel?« Josefine fühlte, wie ihr ein neuer Mühlstein in den Magen plumpste. Er hatte sie durchschaut.

»Abschaum, Gnädigste, nichts als Abschaum findet man dort«, sagte die Beamtennatur. »Kein Wunder, dass Gnädigste keine Kenntnis haben.«

»Nee, hab ick nich …« Das brannte richtig in den Augen. Was guckte der jetzt so? Sie machte sich ganz gerade und groß, so wie die Frau Gemahlin vom Notar Stern immer dagestanden war. »Ripper, sagten Sie?«

»Wie Jack the Ripper, in London.« Er nickte. »Dieser Serienmörder, der sich an – verzeihen Sie den Ausdruck – leichtfertigen Frauenzimmern vergreift. Neunundzwanzig Messerstiche, heißt es in der Presse.« Sein Blick streifte den Pelzmantel und das Krokodil an ihrem Arm, und Josefine wusste, was er dachte: junge Ehefrau, von zu Hause nach einem Streit ausgerissen. »Keine Angst, Gnädigste, es ist mir eine Ehre, mit Ihnen auf den Herrn Gemahl zu warten.« Sein Kneifer blitzte kalt, und bestimmt machte sich dieser Spießbürger Hoffnungen, weil sie doch ganz allein auf der Straße stand.

»Wen … wen hat er denn … der Ripper, meine ich?«

Die Beamtennatur zog die Brauen zusammen und rümpfte die Nase, der Kneifer hüpfte auf und ab. »Das Opfer heißt, wenn ich nicht irre, Keller, nein, Teller oder so.«

»Martha Teller?« Die hatte Josefine gekannt, die hatte in Pauls Destille als Kellnerin gearbeitet. Der waren erst ihr Stiefvater und dann die Flasche zum Verhängnis geworden, wie man so schön sagte, dabei hatte sie doch immer davon erzählt, dass sie irgendwann mal Fräulein vom Amt wird oder einen guten Mann heiratet, so einen mit Arbeit, ganz bestimmt. Aber wer nahm eine von denen schon? »Wirklich?« Josefine wurde ein wenig schlecht, und sie hätte gerne geweint um die Martha.

Gleich war wieder so ein Misstrauen in dem Blick, mit dem er Josefine abtastete. »Wer ist noch der Herr Gemahl?«

Aber jetzt reichte es Josefine. Sie riss den Arm hoch und winkte wie verrückt über seinen Hut hinweg. »Da kommt er schon, endlich«, rief sie. »Georg! Hier bin ich!«

Die Beamtennatur fuhr herum, und da ließ sie ihn stehen

I.L. CALLIS

# DOCH DAS MESSER SIEHT MAN NICHT

KRIMINALROMAN

emons:

emons: **Tel. 0221-56977-0 · info@emons-verlag.de**

Bitte senden Sie mir das aktuelle Verlagsprogramm zu

Ich möchte den Newsletter von emons: per E-Mail erhalten

Ich habe Interesse an Krimis aus folgender Region:

**f** Besuchen Sie uns auch auf www.facebook.com/EmonsVerlag

Name

Straße

PLZ/Ort

E-Mail

emons: **verlag**
**Cäcilienstraße 48**

**50667 Köln**

Ich bin damit einverstanden, dass meine hier angeführten Daten zu dem folgenden Zweck »Versand von Kundenprospekt« erhoben, verarbeitet und genutzt sowie unter Umständen an unseren Dienstleister zum Versand des angeforderten Kundenprospektes weitergegeben bzw. übermittelt und dort ebenfalls zu dem folgenden Zweck »Versand von Kundenprospekt« verarbeitet und genutzt werden. Hier werden die Daten unmittelbar nach dem Versand gelöscht. Im Fall des Widerrufs werden mit dem Zugang meiner Widerrufserklärung meine Daten gelöscht.

und rannte los, und weil sie Tränen in den Augen hatte, konnte sie auch nicht sagen, in welche Richtung. Sie hörte nur das Klappern ihrer Absätze, die so wild hämmerten wie ihr Herz.

Josefine rannte und rannte, und irgendwann stach es zwischen ihren Rippen, als wenn dieser Ripper schon sein Messer in ihren Körper gerammt hätte, und endlich blieb sie stehen.

*Marburger Straße*, stand an einer Hauswand, und da lag auch das Restaurant Zur Linde, nur jetzt hatte das bestimmt schon geschlossen. Es war eine vornehme Straße mit Türmchen auf den Dächern und Erkern und Balkonen, auf denen Spaliergrün wuchs, und an der Ecke gab es ein Delikatessengeschäft.

Aus einem Lokal, das Domino-Bar hieß, kam flotte Klaviermusik. In der offenen Tür lehnte ein Mann mit kurzen, nach hinten lackierten Haaren und rauchte eine Zigarette. Unter dem linken Arm klemmte eine Reitgerte, und in seinem rechten Auge steckte ein Monokel, und damit sah er direkt zu ihr her. Josefine überlegte, ob es sich angesichts der Reitgerte lohnte, ihn anzusprechen – denn der Sadist war ihr noch in allerschlechtester Erinnerung –, da fiel ihr auf, dass mit dem Mann etwas nicht stimmte. Er trug ein Frackhemd mit Fliege, eine rote Weste und eine Frackjacke. Aber darunter hatte er schwarze Spitzenhöschen an, die kaum das Hinterteil bedecken konnten, und Seidenstrümpfe und ein Strumpfband mit schwarzer Rose und rote Riemchenschuhe.

Der Mann war eine Frau.

»Was macht so'n Mädel wie du denn hier?«, fragte sie.

»Belästigen Sie mir nicht, meine Dame«, sagte Josefine, denn so eine war sie nicht, auch nicht für zwanzig Mark.

Die Frau lachte. »Siehst wie ein Vögelchen aus, das aus dem Nest gefallen ist. Brauchste 'ne Bleibe für die Nacht?« Sie zog die Reitgerte unter dem Arm hervor und ließ sie an der Schlaufe um den Zeigefinger kreisen.

»Ich ersuche Ihnen ernsthaft –«

»Versuch's mal im Charlottenheim.« Die Frau fing die Gerte mit der Hand. »Vielleicht haste ja Glück.«

»Was? Wo?« Josefine war so elend müde.
»Christliches Hospiz des Westens.« Die Frau steckte die Gerte wieder unter den Arm, nahm ihre Zigarette zwischen Daumen und Zeigefinger und betrachtete kurz die glühende Spitze, ehe sie sie vor ihre roten Schuhe fallen ließ und austrat. »Hausnummer vier, paar Meter die Straße runter. Du bist noch nicht lange auf der Straße, was? Ja, das sieht man. Kann sein, dass du da Glück hast.«
»Ich bin nich auf die Straße, was erlauben Se sich?«
»Versuch's einfach, ich mein's gut mit dir.« Die Frau nahm das Monokel aus dem Auge und zwinkerte Josefine zu. Dann drehte sie sich elegant um und verschwand mit wehenden Frackschößen in der offenen Tür.

Vor dem Charlottenheim standen zwei Krankenschwestern – oder zumindest zwei Frauen, die so aussahen, als wären sie welche – und unterhielten sich. Als sie Josefine auf sich zusteuern sahen, schnappten ihre Gesichter zu wie die volle Kassenschublade im Kolonialwarenladen.
Josefine fasste ihre neue Krokodiltasche fester und legte die Fingerspitzen der anderen Hand an den Pelzkragen. So elegant wie Lilian Harvey stöckelte sie auf die beiden Schnepfen zu, die Augen wie Spiegeleier machten.
»Ick hab jehört, hier kann man schlafen?«, fragte sie.
Eine der Schnepfen schüttelte den Kopf. »Sie nicht, mein Fräulein«, sagte sie knapp, aber nicht unfreundlich.
»Ach nee – und warum nich?«
»Sie müssen schon entschuldigen, aber ...«
»Bin ick Ihnen vielleicht nich fein jenug?« Josefine war zu müde für vornehme Konversation.
Schnepfe eins seufzte und guckte Schnepfe zwei so ganz hilfsbedürftig an. Und die sagte: »Wir bieten Mädchen eine Bleibe, die auf Stellungssuche in Berlin sind.«
Josefine war erleichtert. »Ick habe ooch keene Bleibe.«
»Sie verstehen nicht ...« Die Schnepfe wand sich wie ein Aal, aber dann erklärte sie doch, was sie drückte. »Das christ-

liche Hospiz soll Mädchen vor dem Abrutschen in Elend und Prostitution bewahren.«

Darauf konnte Josefine erst mal gar nichts sagen.

»Es gibt spezielle Hilfen für Frauen wie Sie.«

»Frauen wie ick, ja?« Josefine konnte es nicht fassen. »Denn bin ick in Elend und Prostitution, ja?«

Die beiden Schnepfen schwiegen sozusagen unisono.

Josefine drehte auf dem Absatz um und lief den Weg zurück, den sie gekommen war, die ganze Marburger Straße entlang, vorbei an der Domino-Bar. Schließlich bog sie in die Augsburger Straße ein, wo sie schon die Lichter des Kurfürstendamms sehen konnte. Und die ganze Zeit dachte sie an den Krögel und an ihr Zuhause und an ihre liebe Mutter, der ihre sechzig Mark im Monat fehlten und die ab jetzt noch mehr Spitzenborten klöppeln musste – und gleich hatte sie so ein Brennen hinter den Augenlidern, und sie musste schluchzen.

Sie fasste unter den dicken Mantel, ihre Finger suchten das Kreuz und klammerten sich um das warme Gold. Bestimmt suchte ihre Mutter schon nach der Kette und hielt sie nun für eine gemeine Diebin. Und im Grunde stimmte das ja auch.

Erste dicke Regentropfen fielen vom Himmel.

Josefine schlurfte zum nächsten Hauseingang und setzte sich auf die kalten Steinstufen. Den Mantelsaum legte sie über ihre Knie und starrte hoch zu der riesigen Lichterreklame auf dem Haus gegenüber, wo eine schöne blonde Frau und ein eleganter Mann sich mit Sekt zuprosteten, und in ihren Gläsern sprudelten in einem fort Luftblasen und stiegen wie Perlenschnüre in den Himmel, und das Ganze sah wirklich fabelhaft aus.

Als Josefines Augen von dem Leuchten und dem falschen Glanz dort oben noch mehr zu brennen anfingen, hielt sie es nicht mehr aus. Sie ließ sich vornüberkippen, vergrub ihr Gesicht in dem weichen grauen Fell auf ihren Knien und heulte vor lauter Verzweiflung wie ein Schlosshund.

# FÜNF

Karl Benatzkys Boxschule lag hinter dem Schlesischen Bahnhof. Es war eine wenig einladende Gegend, durch die Anaïs an diesem kalten Herbstabend hastete, in Hosen, Matrosenpullover und Strickmütze und mit einem Seesack über der Schulter.

Trotz ihrer Verkleidung war ihr bei jedem Schritt bewusst, dass dies die Gegend war, in der der Ripper Martha Teller ermordet hatte. War es sein Revier? Oder suchte er sich hier nur seine Opfer? Trotzdem hatte Anaïs das Gefühl, als wären ihre Sinne an diesem Abend schärfer als sonst.

Hier waren weder die Häuser frisch verputzt, noch verbreiteten die Leuchtreklamen vom Gendarmenmarkt ihren Zauber bis in diese Straßen. Wenn im einen Teil Berlins rund um die Uhr das Licht brannte, wenn die Hektik der Menschen, hupende Automobile, hell erleuchtete Straßenbahnen und Omnibusse die Nacht zum Tag machten, dann kroch im dunklen Teil der Stadt das Elend aus seinen Löchern.

Zwischen Obdachlosenasylen, Stundenhotels und Kellerbars blühte das Geschäft der Kokainverkäufer, Zuhälter, Diebe und Erpresser. Anaïs bewegte sich durch das Revier der Ringvereine mit so harmlosen Namen wie »Immertreu«, »Weiße Rose« oder »Deutsche Eiche«. Hier lagen ihre Vereinslokale, die nur einem einzigen Zweck dienten: der Tarnung des organisierten Verbrechens. Zur Kaiserzeit als Anlaufstelle für ehemalige Zuchthäusler gegründet, galten sie sich selbst als private Schutztruppe, was hieß, Schutzgelderpressung war ihr Hauptgeschäftsfeld.

Anaïs lief an Eckkneipen vorbei, aus denen Schanklärm tönte, und an den trotz der Kälte offenen Türen der Bordelle, die ihre Sogwirkung auf die ihr Vergnügen suchenden Männer entfalteten. Im roten Schein der Lampen verhandelten Dirnen mit ihren Freiern.

In einem Hauseingang saß ein Mann im Schneidersitz auf

der untersten Stufe. Während er rasend schnell Spielkarten vor sich auslegte, beugten sich zwei andere Männer, Geldscheine in den Händen, zu ihm hinunter und beobachteten aufmerksam das Spiel.

Schlesische Lotterie. Hier gewann nur, wem die Karten gehörten.

Der Arm des Gesetzes reichte nur selten in das Viertel um den Schlesischen Bahnhof, hier hatten Verrohung und Verbrechen eine eigene Ordnung hervorgebracht, die dem bürgerlichen Berlin Ruhe garantierte und ihm erlaubte, die Augen vor der Wirklichkeit dankbar zu verschließen. Erst dieses Jahr hatte Anaïs Fotoabzüge auf dem Schreibtisch gehabt, die den Chef der Berliner Kriminalpolizei, Oberregierungsrat Hans Hoppe, gut gelaunt auf dem Ball der Ringvereine zeigten.

Endlich erreichte sie das Tor zu dem Hinterhof, in dem sich in einem Kreuzgewölbe, das einst als Mietstall gedient hatte, nun die Boxschule von Karl Benatzky befand. Nach dem Krieg waren hier Faustkämpfer für ein Hungergeld in den Ring gestiegen. Es waren Wetten auf geschobene Kämpfe entgegengenommen und Hunde und Hähne aufeinandergehetzt worden. Bis Karl Benatzky, ein ehemaliger Boxer, der von seinen Anhängern kurz Kalle genannt wurde, den großen Raum übernommen und nach seinen Erfordernissen umgebaut hatte.

Kalle bildete junge Boxer aus, die er bei Hinterhofringkämpfen oder in einem Vorstadtring entdeckte. Wenn ihn leuchtende Augen oder ein perfekter Körperbau beeindruckten, machte er ein Angebot zur Zusammenarbeit. Anders als in anderen Boxschulen, in denen die Schüler Geld entrichten mussten, kostete sein Unterricht nichts. Kalle betrachtete sich als väterlichen Freund. Im Gegenzug für seine Freundschaft forderte er absoluten Gehorsam. Er ebnete den jungen Boxern den Weg ins Scheinwerferlicht, und sobald sie erfolgreich waren, erhielt er einen regelmäßigen Anteil von ihren Gagen.

Kalle war wählerisch, er verschwendete keine Zeit auf hitzköpfige oder schlagwütige junge Männer, sondern beschränkte seine Zuwendung auf hart arbeitende Talente. Geriet eines davon mit dem Gesetz in Konflikt, musste es die Boxschule auf der Stelle verlassen. Dabei handelte Kalle weniger aus moralischen Gründen als aus geschäftlichen Erwägungen. Einmischungen, ob von Polizei oder organisiertem Verbrechen, störten seinen Betrieb. Ein Boxer, der wegen einer Zuchthausstrafe einsaß oder sich wegen einer Fehde in Gangsterkreisen nicht auf die Straße traute, statt im Ring Erfolge zu feiern, bedeutete finanziellen Verlust. So waren aus seinem Stall schon viele große Namen des Boxsports hervorgegangen.

Als Anaïs an diesem Abend nach Wochen endlich wieder die Boxschule betrat, empfing sie der vertraute Geruch nach Schweiß, Leder und muffiger Sportkleidung. An den Wänden hingen Plakate ehemaliger Boxgrößen und legendärer Wettkämpfe. Der junge Max Schmeling war mit einem gerahmten und für Kalle persönlich signierten Foto vertreten. Darauf hielt er die Hände in den Boxhandschuhen vor der Brust und visierte den Betrachter mit dem Blick eines Scharfschützen an. Max Schmeling war Kalles Vorbild für seine Boxer.

*Der Maxe – keen Alkohol, keen Nikotin, keene Mädchen.*

Im Gewölbe trainierten junge Männer, sie machten Kniebeugen und Liegestütze, kämpften gegen Schatten. Auf einer Bank lag ein Mann auf dem Rücken und stemmte Gewichte, ein anderer ließ ein Sprungseil mit der Geschwindigkeit und Präzision einer Maschine um sich kreisen. Zwei Männer droschen auf Lederbirnen ein, die von der Decke hingen, und verwandelten sie in sirrende Schatten. Ein breitschultriger Mann, den Anaïs noch nie gesehen hatte, bearbeitete einen Boxsack. Die Muskeln unter der schweißnassen Haut auf seinem Rücken bewegten sich wie Seilzüge. Neben ihm stand ein kräftiger Mann im Unterhemd und feuerte ihn an.

Als er Anaïs entdeckte, hob er den linken Arm zum Gruß, der rechte lag in einem Schützengraben vor Verdun. Eine Granate hatte ihn ihm direkt unter der Schulter abgerissen. Seitdem hatte Matze Schlagseite, wie er es ausdrückte, denn sein Körper musste ständig das fehlende Gewicht ausgleichen.

Kalle hatte den Ex-Boxer eingestellt, ließ ihn putzen und mit Handtüchern und Wasser aushelfen in den drei Boxringen, deren Böden schwarz und glänzend vom Abrieb der Schnürstiefel, von Schweiß und Blut waren.
»'n Abend, Matze«, erwiderte Anaïs seinen Gruß.
Irgendwo brüllte Kalle: »Beinarbeit, na los! Rolle!«
»Wat machste bloß wieder hier?«, rief Matze herüber.

Anaïs lachte statt einer Antwort, winkte kurz und steuerte die Besenkammer an, die ihr Kalle zur Verfügung gestellt hatte, weil es nur eine Umkleidekabine für die Männer gab. Sie zog eine kurze schwarze Sporthose und ein schwarzes Trägerhemd an, schnürte ihre schwarzen Lederstiefel, die über die Knöchel reichten und so eng und weich wie Socken waren. Dann löste sie das Korallenarmband vom Handgelenk und steckte es zuerst in ihre Strickmütze und diese anschließend in den Seesack. Es war das Einzige, was ihr unbekannter Vater ihr hinterlassen hatte, und auch wenn Anaïs ihn nie kennengelernt hatte, fühlte sie sich dadurch mit ihm verbunden. Jetzt konnte sie ihre Hände bandagieren. Das Handgelenk, ein Kreuz über die Hand, eine Runde um den Daumen, zurück zum Handgelenk. Das Handgelenk war am wichtigsten, hatte ihr Kalle eingeschärft.

*Wenn deine Pfoten mal nicht wie die einer Gottesanbeterin vom Arm baumeln sollen – bandagieren und wieder bandagieren.*

Anaïs klemmte sich ihre Boxhandschuhe unter den Arm und kehrte in das Gewölbe zurück. Die Männer schenkten ihr kaum Beachtung, waren ganz mit sich selbst beschäftigt, was ihr ein so angenehmes wie seltenes Gefühl von Unauffälligkeit und Zugehörigkeit vermittelte.

Vor zwei Jahren hatte sie Tante Valeries Fahrer Hanke bei der Lektüre einer Sportzeitschrift angetroffen, während er hinter dem Lenkrad auf seine Arbeitgeberin wartete. Das Titelbild, das Foto eines schwarzen Boxers, war ihr sofort ins Auge gestochen. Sie hatte Hanke gebeten, ihr die Zeitschrift nach der Lektüre zu überlassen.

*Im Automobil liegt det Elejante Blatt, Frollein Anaïs.*
*Bitte, Gustav! Wenn Sie die Zeitung ausgelesen haben.*
*Na jut, aber nüscht dem Frollein Maar sagen, wa?*
Anaïs hatte einen Artikel über den Boxer Jack Johnson gelesen, der als erster schwarzer Amerikaner Weltmeister im Schwergewicht geworden war und am 4. Juli 1910 James Jeffries, die *große weiße Hoffnung*, im Ring geschlagen hatte. Der Kampf war von vornehrein als Entscheidung über die rassische Überlegenheit angekündigt worden. Johnsons Sieg hatte blutige Auseinandersetzungen zwischen Weißen und Schwarzen, zwei Dutzend Tote und Hunderte Verletzte und Verhaftete zur Folge gehabt. Johnson blieb trotzdem der Champion.
*Der Schwarze war stärker als der Weiße.*
Anaïs war gewesen, als hätte sich hinter den eisernen Stäben des bürgerlichen Käfigs, in dem sie angegafft wurde, in dem sie sich, als Exotin bewundert und gleichzeitig bemitleidet, seit ihrer Geburt gefangen fühlte, eine ganz neue Welt aufgetan. Es gab also da draußen ein Universum, in dem auch ein Mensch wie sie einen Platz hatte, in dem es in Ordnung war, zu kämpfen statt zu dulden. In dem ein schwarzer Boxer Weltmeister werden konnte, weil er stärker war und weil seine Überlegenheit anerkannt wurde.
Anaïs hatte am Radiogerät gesessen, als am 19. Juni 1927 um neunzehn Uhr fünfundvierzig der Kampf um die Europameisterschaft im Halbschwergewicht übertragen worden war. Der einundzwanzigjährige Max Schmeling gegen den Belgier Fernand Delarge. Bis dahin waren Sportreportagen von Ereignissen wie der Hamburger Alsterregatta übertragen worden. An diesem Abend hatte Schmeling nicht nur den Kampf gewonnen, er war zum ersten deutschen Radiostar geworden. Boxen war durch alle Gesellschaftsschichten hindurch populär geworden. Kurz darauf war Anaïs, als Mann verkleidet, zu ihrem ersten Boxkampf gegangen. Es war nicht ihr letzter geblieben.
Nach einem Kampf hatte Kalle sie im Sportpalast angespro-

chen. Sie hatte vor Aufregung tänzelnd, als stünde sie auf einer heißen Herdplatte, am Rand des Ringes gestanden, da hatte er auf einmal gesagt: *Looking for a fight, boy?*

Er hatte sie für einen Sklavennachfahren wie Jack Johnson gehalten, eine schwarze Nachwuchshoffnung aus Amerika.

*Nenn mich nicht boy, Mann!*
*Okay, Junge, du sprichst gut Deutsch.*
*Bin ja auch eine Deutsche. Aber Frauen dürfen nicht boxen.*
*Ach, kiek mal! Tja, ick seh aber, dass de boxen willst.*
*Der Verband Deutscher Ringkämpfer verbietet es.*
*Wer bei mir boxt, det entscheide ick.*

Zwei Tage später war Anaïs zu ihm in die Boxschule gegangen.

Der Anfang war hart gewesen, aber auch befreiend, denn Kalle hatte ihr die Angst vor ihrer Wut genommen.

*Die Menschen lieben Jewalt, können jar nich wegsehen. Aber beim Boxen jeht et nich um Jewalt. Et jeht um Anerkennung. Sie zu jewinnen und – sie dem Jegner zu nehmen.*
*Anerkennung, ja?*

Anerkennung war das Wort, das Anaïs ins Herz getroffen hatte. Nie in ihrem bisherigen Leben hatte sie Anerkennung erfahren, im besten Fall war es immer nur Duldung gewesen.

Sie hatte sich in das Training gestürzt, und als ihr Körper stärker wurde und sie ihn besser unter Kontrolle bekam, verkümmerte ihr ständiger Zorn zu einer kleinen Flamme, die gelegentlich noch auflodorte, aber nur mehr selten in einen unbeherrschbaren Flächenbrand ausbrach.

Kalle hatte ihr nichts geschenkt.

*Beinarbeit, los, Beinarbeit, die Linke, die Rechte, Bewegung, Beinarbeit, Püppi, so wird dit nie wat! Abtauchen, ein Haken, abtauchen, abtauchen – und wat soll dit nu sein? – Abtauchen, Beinarbeit, arbeete endlich!*
*Mir ist schwindelig, Kalle, ich kann nicht mehr.*
*Ausruhen kannste dir, wennde tot bist.*

Manchmal vermischten sich Training und Leben.

*Der Boxsack is wie een Mensch, ja? Der kommt uff dir zu*

*und jeht wieder weg, siehste? Du musst ihn umkreisen – Schultern zurück, Kinn zurück! – Schlag ihn, aber nich, wenn er uff dir zukommt! Jut so! Beweg dir, umkreise ihn!*

Seit dieser Lektion beobachtete Anaïs die Menschen genauer. Als sie an diesem Abend auf Kalle wartete, trippelte sie auf der Stelle und ließ die Schultern kreisen, um sie zu lockern, erst beide vor und zurück, dann abwechselnd links und rechts, machte Sprungwechsel. Dabei beobachtete sie zwei junge Männer in kurzen schwarzen Hosen und mit nackten Oberkörpern im nächsten Ring, die sich einen ungleichen Kampf lieferten. Während der eine sichtlich routiniert war, versteckte sich der andere hinter seinen Handschuhen, sodass er seinen Gegner nicht sehen konnte. Oder er nahm seine Deckung herunter, um sich zu orientieren, und steckte dafür gleich einen Hagel an Schlägen ein. Wenn er einmal die Rechte vorne hatte, fuchtelte er mit der Linken in der Luft herum, um in seinem schlechten Stand das Gleichgewicht zu halten.

»'n Abend, Leo«, sagte Kalle hinter ihr.

Anaïs drehte sich um und blickte in sein faltiges Gesicht. Mit den wulstigen Augenbrauen, der platt geschlagenen Nase und dem mächtigen Brustkorb sah er aus wie eine Englische Bulldogge. Kalle Benatzky war in seinem gut sechzigjährigen Leben durch zahlreiche Kämpfe gegangen, im Ring wie im Leben.

Er hatte Anaïs den Ringnamen Leo gegeben. Wegen ihrer schnellen, instinktsicheren Bewegungen und wegen ihres Kampfesmuts, wie er sagte. Und weil der Name Leo Respekt einflößte und dem Gegner von Beginn an zeigte, mit wem er es zu tun hatte. Ein Ring- oder Kampfname war eine Art Künstlername, den professionelle Boxer benutzten, wenn sie ihren eigenen Namen nicht verwenden konnten. So wie Anaïs, die hier illegal trainierte. Und Leo lenkte ihre Trainingspartner von der Tatsache ab, dass sie kein Mann war, und nahm ihnen irgendwann im Eifer des Gefechts die Hemmung, sich mit einer Frau zu schlagen.

»'n Abend, Kalle«, sagte Anaïs. »Störe ich heute?«

»Nee, dachte mir schon, dass de wieder auftauchst.«
»Ich habe gerade eine Menge Arbeit.«
»Weeß ick«, sagte er. »Hab den Brennpunkt jelesen.«
Sie spielte mit den Schnüren ihrer Handschuhe. »Und?«
»Starker Jegner«, sagte Kalle. »Jib mal.« Er half ihr in die Boxhandschuhe. »War dit nötig? Der Artikel, meene ick.«
»Hat mein Chefredakteur so bestimmt«, sagte Anaïs.
»Schön und jut, aber du musst dir entscheiden«, sagte Kalle. »Een Kampf is jenug. Und den kämpfste hier im Ring.«
»Es ist eine gute berufliche Gelegenheit für mich.«
»Ach nee – und warum biste dann hier?«
»Ich stehe unter Strom«, sagte sie. »Ich habe das Gefühl, wenn ich heute nicht boxe, explodiere ich.«
»Ick hätte een juten Deal in Amerika für dir jehabt«, sagte er. »Aber konnte mir ja keener sagen, wo de steckst.«
»Was – für mich? In Amerika?«
»Da dürfen Frauen ooch boxen«, sagte Kalle. »Da könnt ick uns beede reich und berühmt machen. Ick hab Kontakte.«
»Ich wandere doch nicht nach Amerika aus!«
»Det sagste jetzt, Leo, aber ...«
»Ich gehe nicht nach Amerika, Kalle«, sagte Anaïs. »Meine Zukunft ist hier in Berlin, als Journalistin, und irgendwann schreibe ich auch ein Buch.« Sie sah sein skeptisches Gesicht. »Aber ich bleibe nicht für immer beim Brennpunkt.«
»Dein Wort in Jottes Ohr«, brummte Kalle. »Ick versteh dir nich, du sprichst doch jut Englisch. Und Boxen lernste noch.«
»Na, vielen Dank!« Nanny McGuire, ihr Kindermädchen, hatte ihre Dankbarkeit wahrlich verdient, Anaïs sprach ein perfektes, ein wenig irisch eingefärbtes Englisch. »Ich boxe zur Ertüchtigung.«
»Boxen is keene Ertüchtigung«, schnappte Kalle. »Und wat deene Zukunft hier betrifft, haste dir mal umjesehen?«
Anaïs gab keine Antwort, wusste jedoch, was er meinte. Die zunehmende Gewalt entlud sich gegen politisch Andersdenkende, in Straßenschlachten zwischen Kommunisten

und Nationalsozialisten. Nach dem großen Krieg sehnte sich Deutschland nach Harmonie, nach einer Volksgemeinschaft, die alle Deutschen vereinte. Wer dem Bild nicht entsprach, wurde bereits in manchen Zeitungen als Feind des Volkes denunziert. *Die Juden sind unser Unglück.* Wo hatte sie das gelesen? Im Stürmer, dem *Nürnberger Wochenblatt zum Kampfe um die Wahrheit.* Sie war kein Volksfeind. Aber ein ungutes Gefühl blieb.

»An allen Litfaßsäulen in Berlin hängen se doch, die Plakate«, sagte Kalle. »Da werden Menschen von wer weiß wo ausjestellt! Als *Menschenfresser*!«

Anaïs biss die Zähne zusammen, dachte an die schreiend bunten Plakate von Hagenbeck in Hamburg. Natürlich waren ihr die aufgefallen. Aber sie hatte jedes Mal den Blick zornig abgewandt und war schnell weitergegangen. Vielleicht hatte Kalle aber auch recht, und sie malte sich eine Zukunft aus, die es für sie in Deutschland gar nicht geben konnte. Rheinlandbastarde und schwarze Schande nannten die Leute die Kinder der deutschen Frauen und der französischen Soldaten aus den afrikanischen Kolonien, die am Rhein stationiert waren. In der Boxschule hatte sich das anfängliche Entsetzen der Männer, das der Anblick einer boxenden schwarzen Frau ausgelöst hatte, schnell gelegt. Auch weil Kalle seine Haltung von Anfang an klargemacht hatte. Bei ihm zählte nur die sportliche Leistung im Ring. Religionszugehörigkeit, Hautfarbe oder Geschlecht interessierten ihn nicht. Wer das anders sah, konnte seine Sachen packen. Inzwischen war Anaïs für alle nur noch Leo.

Sie blickte in Kalles zerschlagenes Gesicht. »Ich kann auf mich selbst aufpassen«, sagte sie. »Und ich schaffe es in Berlin. Ich werde ein zweiter Egon Erwin Kisch, da kannst du Gift drauf nehmen.«

»Man lieber nich.« Kalle beugte sich vor und zurrte die Schnürung ihrer Handschuhe fest. »Aber du jibst nich auf, wa? Du jehst in jedem Kampf bis zum Ende, auch wennet nur een Fight is.«

»Sonst brauch ich doch gar nicht erst anzufangen.«

Kalles Hundegesicht verzog sich in die Breite. »Dit is meene Leo«, sagte er. »Diesen Erwin Kirsch oder so kenn ick ja nu nich. Aber sag deinem Chefredakteur, er soll sich wenigstens wen andern für seene Drecksarbeit suchen.«

»Ich krieg das schon hin«, sagte sie. »Glaub mir.«

Kalle seufzte. »Alle Boxer sind Sturköppe, sonst sind se keene Boxer«, sagte er. »Aber andere Boxer tun, wat man ihnen sagt.« Er verknotete die Enden der Schnürung. »Nur du fragst dies und dit, und am Ende machste, was de willst. So, hier, der rechte Handschuh braucht 'ne neue Schnürung.« Er gab dem dicken Leder einen Klaps.

Anaïs boxte ein paarmal in die Luft. »Weiß ich.«

»Dann kümmere dich gefälligst drum«, sagte Kalle. »Schlechte Vorbereitung is unprofessionell und jefährlich.«

Anaïs senkte die Hände. »Wir reden noch vom Boxen, ja?«

Kalle zuckte die Schultern. »Vom Boxen – vom Leben, is doch dit Gleiche«, brummte er. »Täte mir einfach leid, so een Talent wie dir zu verlieren.« Sein Ton lag irgendwo zwischen Ärger und Verlegenheit, sonst verachtete er jede Gefühligkeit.

Anaïs musste grinsen. »Ach Kalle, es war doch nur ein einziger Zeitungsartikel.«

»Für mir hat sich's aber wie die Ringglocke anjehört.«

»Und wennschon – ich bin fit, brauchst keine Angst um mich haben.«

Kalle sah ihr in die Augen. »Na schön, Leo«, sagte er. »Dit is wie mit dem Boxsack. Du stößt ihm an, und er kommt uff dir zu – dit is een physikalischet Jesetz.«

»Ja, klar, weiß ich.«

»Kommt mir aber nich so vor«, sagte er. »Denn wat machst du? Du jehst dem Boxsack noch entjejen. Eenes Tages sitzt de in der Bredouille. Ick hab een Riecher dafür.«

»Ich gehe nicht auf ihn zu, ich umkreise ihn.«

Kalle seufzte. »Du bist so een Sturkopp«, sagte er nicht ohne Anerkennung. »Wie lautet die erste Regel beim Boxen?«

Anaïs musste wieder grinsen. »Auf die Deckung achten.«

»Noch mal!«
*»Ich muss auf meine Deckung achten!«*
Kalle nickte, jetzt war er wohl endlich zufrieden. »Lass dir nie uff keen' Fight mit 'nem Psychopathen ein«, sagte er. »Det sind Irre und keene Menschen. Die kennen keene Rejeln.«
Anaïs tänzelte auf der Stelle, boxte in die Luft. »Habe ich nicht vor«, sagte sie. »Oder ich siege eben.«
Kalle schüttelte den Kopf. »Wie oft hab ick dit nich schon jehört?«, sagte er. »Solche Boxer enden mit 'ner weichen Birne. Wenn se viel Glück haben. Haste jut uffjewärmt?«
Anaïs nickte.
»Mundschutz?«
Sie zog den Mundschutz aus der Tasche und schob ihn sich auf die Zähne.
»Na, denn zeig mal, was de noch druffhast«, sagte Kalle.
Anaïs trippelte, lief, rannte auf der Stelle, schneller und immer schneller, ihre Füße berührten kaum den Boden, blieben nie auf einem Fleck, ihre Fäuste jagten vor und zurück, tanzten schützend vor ihrem Kinn, ihr ganzer Körper federte wie von einem Gummiband gezogen. Nach und nach ließ ihr Geist alle belastenden Gedanken der letzten Tage los, bis in ihrem Kopf nur noch Platz für ihren Körper war. Boxen war Magie, die Magie, über jeden Schmerz und über alle Grenzen zu gehen. Und einen Traum zu träumen, den außer ihr selbst bis jetzt nur Karl »Kalle« Benatzky kannte.

Als Anaïs sich bereit fühlte, trabte sie locker los.
Kalle wartete schon in dem Ring neben den beiden jungen Männern auf sie. Er trug Boxhandschuhe statt wie sonst Sparringshandschuhe und sah ihr mit verschlossener Miene zu, wie sie in einer fließenden Bewegung durch die Seile glitt.
Anaïs schnellte ein paarmal auf und ab, dann fing sie an, Kalle wie ein Hai zu umkreisen, konzentriert und immer im Uhrzeigersinn. Sie spürte die Muskeln in ihren Oberschenkeln. Beim Boxen kam die Kraft aus den Beinen, beim Zuschlagen musste der Körper eine einzige Linie der Energie bilden.

Kalle drehte sich mit, beobachtete sie.

»Jut so, Leo«, sagte er. »Aber kiek mir in die Augen.«

Anaïs' Blick begegnete Kalles, hielt ihn fest. Dabei bewegte sie sich immer weiter, Schritt für Schritt.

»Denk dir mein Jesicht in 'nem Fadenkreuz«, sagte Kalle. »Aber *du – du* siehst nur meene Augen, klar?«

Anaïs nickte kaum merklich, tänzelte.

Aus dem Augenwinkel sah sie, dass Matze heranschlenderte, ein nasses Tuch in seiner noch verbliebenen Hand.

»Glotz nich inne Luft! Sieh mir in die Augen – so isset jut!« Kalle drehte sich im Zentrum ihres Kreises. »Jetzt kannste deinem Gegner gleich eene mit deiner Linken verpassen. Bring ihn dazu, sich zu ducken und ohne Deckung wieder hochzukommen.« Er deutete die Bewegung an. »Dann schießte los und vernichtest ihn mit deener Rechten!«

Anaïs nickte.

*»Denk an den Ripper!«*

Anaïs fixierte ihn über ihre Handschuhe hinweg.

»Schlag mir!«

Anaïs blinzelte, zögerte immer noch.

*»Schlag mir!«*

Ihre Linke flog vor, klatschte auf das Leder seines Boxhandschuhs, prallte daran ab.

*»Mir sollste schlagen, Püppi, nich den Handschuh!«*, brüllte Kalle. »Ick verschwende hier meene Zeit mit dir!«

»Was?« Anaïs nahm die Fäuste herab.

Sofort ließ Kalle eine linke Gerade auf sie los und jagte seine Rechte genau in ihre fehlende Deckung. Anaïs stolperte rückwärts, wäre fast gestürzt, fing sich gerade noch wieder.

Matze drückte das Tuch mit einer Hand aus.

»Wat is?« Kalles Stimme triefte vor Verachtung. »Püppi.«

*Püppi!*

*Eine Frau hat ja noch andere Möglichkeiten.*

Anaïs krümmte ihre Schultern und senkte kaum merklich die Rechte. Eine tödliche Ruhe erfasste sie, und wie eine Schützin über Kimme und Korn visierte sie Kalle an.

*Püppi!*
*Wart's ab, Alter!*
Anaïs schlich wieder um Kalle herum, der sich langsam mit ihr mitdrehte. Geschmeidig. Lauernd. Auf dem Sprung. Der Gestank im Gewölbe, das Klatschen der Lederbirnen und das Stöhnen der Männer im Nebenring – all das wich zurück.
Selbstsicher feuerte sie eine Linke ab.
Aber Kalle tauchte mit einer schnellen Rolle darunter ab, überraschenderweise statt auf dem führenden linken Fuß nun auf dem rechten. Er täuschte die Haltung eines Linkshänders vor, mit der Rechten vorn, verwirrte Anaïs damit und jagte ihr gleich zwei rasche Rechte auf das linke Auge, die ihr in einem ernsthaften Kampf den Brauenbogen zertrümmert hätten.
Anaïs brauchte ein paar Sekunden, um sich zu fassen.
Matze blieb vor dem Ring stehen und wog das Tuch in der Hand.
Kalle federte zurück, lockerte sich in einem Meter Entfernung, wartete ab. Anaïs wusste, dass er sie bei einer echten Begegnung jetzt mit einem Hagel von Schlägen eindecken und sie in die Seile schicken könnte.
»Wo is deene Deckung?«, brüllte er. »Beweg die Füße.«
Anaïs biss die Zähne zusammen, nahm die Fäuste vor das Kinn, tanzte schneller um ihn herum, schneller, immer schneller.
»Beene unter die Schultern behalten«, schrie Kalle. Trotz seines Alters war er sprungstark, arbeitete sich auf angewinkelten Beinen um Anaïs herum, als suchte er eine Lücke in ihrer Deckung. Dabei hielt er seine eigene flach, die rechte Faust an der rechten Brust, die linke in gleicher Höhe. »Weeßte überhaupt noch, wo de bist, Leo?«
Anaïs geriet aus dem Takt. »*Verdammt, Kalle.*«
»Wenn de so weitermachst, beziehste Prügel.«
Anaïs wurde heiß, sie ließ sich provozieren, schlug zu.
*Rechts, links, rechts, links.*
Kalle zeigte sich wenig beeindruckt, blieb so stetig in Bewegung, als arbeitete ein Motor in seinem Körper. Ihre Schläge

gegen seinen Rumpf blockte er mit dem Ellenbogen ab, denen gegen seinen Kopf wich er mit einer Leichtigkeit, ja Nachlässigkeit aus, als kämpfte er gar nicht. Aber trotz seiner technischen Überlegenheit wich er immer weiter zurück, er begab sich in die Defensive.

Anaïs erkannte ihre Chance und griff an.

Matze kletterte durch die Seile, er lehnte sich in eine Ecke.

*Rechts, links, rechts, links.*

Kalle verteidigte sich lediglich, wich anscheinend unbeeindruckt aus, ging in Deckung, er jagte nur gelegentlich eine rasche Linke in ihre Richtung und blieb dabei so ruhig, als arbeitete er am Sandsack.

»Hör auf, so rumzufuchteln«, rief er.

Energisch setzte Anaïs nach, drängte Kalle zurück.

Plötzlich kippte Kalle nach hinten, warf sich mit dem Rücken in die Seile, ließ sich von ihrer Sprungkraft nach vorne schnellen, wie ein Geschoss aus einer Gummischleuder, tauchte in einer Rolle unter dem rechten Schwinger ab, den Anaïs gerade anbringen wollte, und platzierte von unten einen mächtigen Haken auf ihrem Kinn.

Anaïs keuchte, ihr war schwindelig, sie ging zu Boden.

Kalle spuckte den Mundschutz aus. »Dit nennt man eenen Jute-Nacht-Haken«, sagte er. »*Und eene miserable Deckung!*«

Mühsam setzte sich Anaïs auf, stützte die Hände hinter sich auf den Boden. Sie rang nach Luft. Auch wenn Kalles Schlag nur angedeutet gewesen war, hatte sie das Gefühl, als hätte er allen Atem aus ihr herausgepresst. Als wäre ihr Körper nur noch eine leere Hülle.

Matze ließ sich neben Anaïs auf den Knien nieder. Er legte das feuchte Tuch um ihren Hals, zog es um ihren Nacken und hielt es vor ihrer Kehle zusammen. Es war kühl und tat gut.

»Du atmest nicht richtig, Leo.« Kalles Stimme kam von weit her. »Immer wenn de unter Druck kommst, hältste die Luft an.«

Anaïs rollte ihren Kopf über dem Tuch von einer Schulter zur anderen und zurück, konzentrierte sich auf ihren Atem.

Matze erhob sich mühsam, wobei er mit seinem einen Arm Schwung holen musste, und verließ den Ring.

*Ein, aus, ein, aus.*

»Aber sonst warste nich schlecht.« In Kalles Stimme schwang eine Mischung aus Anerkennung und Belustigung. »Jar nich schlecht. Du hast Biss, du jibst niemals uff.«

Anaïs wandte sich um und sah ihm ins Gesicht.

»Da is irgendwat in dir drinne«, sagte Kalle. »So eene Wut! Die spürt dein Jegner, det is jut so – einerseits. Aber du musst lernen, diese Wut im Kampf jezielt einzusetzen und dir nich von ihr treiben zu lassen. Du lässt dir zu leicht aus die Reserve locken, und dit is jefährlich.« Sein Bulldoggengesicht wirkte bekümmert. »Vastehste mir?«

Anaïs rappelte sich auf, sie fuhr sich mit dem rechten Handgelenk über die schweißnasse Stirn. Ihr war noch immer schwindelig, aber sie nickte. »Die Wut ist da, ja.« Sie zog das feuchte Tuch vom Hals und schleuderte es in eine Ecke.

Kalle stellte sich vor sie hin, sodass sie seinen sauren Körperschweiß riechen konnte, und stützte die Fäuste in die Seiten. »Du bist jenau richtig«, sagte er und starrte unter seinen wulstigen Brauen hervor in ihre Augen, als wollte er ihr seine Botschaft durch Hypnose vermitteln. »Du bist 'ne Boxerin, hast et im Blut. Für so wat hab ick eenen Riecher.« Er tippte sich an die platte Nase. »Wenn du een Mann wärst, würd ich uns beede reich und berühmt machen.«

»Oder wenn Frauen wieder in Varietés boxen dürfen?«

»Überlass die Zimperlichkeiten den Weiberröcken, Leo«, sagte er und trat von ihr zurück. »Du bist 'ne Siegerin.«

»Ach ja?« Anaïs nestelte an ihren Handschuhen. »Du weißt doch selbst, dass ich keine echten Kämpfe bestreiten darf.«

»Dit janze Leben ist een Kampf, Leo.«

Anaïs dachte an Kaiser und den verdammten Ripper-Artikel und musste Kalle recht geben. »Im Leben kann ich mir nur leider meinen Gegner nicht aussuchen«, sagte sie. »Wie soll ich denn da seine Taktik studieren?«

Kalle schüttelte den Kopf. »Deen Jegner kündigt seine

nächsten Schläge an«, sagte er. »Du musst nur lernen, ihn richtig zu lesen. Wenn er seine Deckung kurz aufjibt, Leo, denn musste die Chance ergreifen!« Er schlug den rechten Boxhandschuh in den linken, das Leder klatschte, dass die Männer im Nebenring ihren Kampf unterbrachen und zu ihnen herübersahen. »Wenn deen Jegner im Clinch mit dem Kopf zustößt – dann drück ihm die Daumen in die Augen. Schlag zu, schick ihn in den Himmel, und zwar am besten für die Ewigkeit.« Er zerrte mit den Zähnen geschickt die Schnürung seiner Handschuhe auf, steckte das dicke Leder unter den linken Arm und streckte die Rechte nach ihren Handschuhen aus. »Lass mich det machen. Und dit nächste Mal seh ick dir mit neuer Schnürung, klar?«

»Klar.«

»Und noch wat.«

»Mhm?« Ihre Muskeln schrien nach Ruhe.

»Ick sag et unjern, Leo, aber du hast een jrosset Herz«, sagte er. »Deswejen hängste dir ooch so in die Sache mit dem armen Mädel rin, det wat det Schwein abjestochen hat.«

»Ja, gut möglich.«

»Herz is schön und jut«, sagte Kalle. »Nur – wer een Herz hat, der bezieht im Kampf immer Prügel. Und deen Jegner, dieser Ripper«, er klopfte mit der Hand auf seine breite Brust, »der hat an der Stelle hier keen Herz, der hat da 'nen Spreekiesel.«

Anaïs seufzte. »Ach, Kalle«, sagte sie. »Vielleicht hast du recht, und das ganze Leben ist ein Kampf.«

Kalle betrachtete sie kurz und nickte. »Jeder Mensch hat eene bestimmte Anzahl Kämpfe in sich«, sagte er in ungewohnt sanftem Ton. »Und … na ja, vielleicht is det mit dem Ripper eben jenau een Kampf zu viel für dir, Leo.«

»Mhm.«

»Jeh nach Amerika, hör uff mir.«

»Das kann ich nicht.«

Kalle seufzte. »Denk wenigstens drüber nach, ja?«

Anaïs musste lächeln. »Nein – aber danke, Kalle.«

Als Anaïs zwanzig Minuten später, das Haar unter der Strickmütze verborgen und den Seesack mit ihren Sportsachen über der Schulter, durch die breite Toreinfahrt vom Hinterhof auf die Straße hinaustrat, hatte es angefangen zu nieseln. An der Seite des Einfahrtstores glühte die Spitze einer Zigarette. Rauchwirbel wanden sich im Dunst.

Anaïs stellte sich neben den Mann im Dunkel. »Wie geht es dir, Matze?«, fragte sie. »Wieso stehst du hier draußen?«

»Wie soll's eenem alten Krüppel schon jehen?«, fragte er. »Boxkämpfe weg, Frau weg ... Immerhin hab ick Arbeet, kann heutzutage nich jeder von sich behaupten.« Er hielt den Handrücken vor den Mund und hustete. »Ick hab uff dir jewartet.«

»Willst du mir auch wegen dem Artikel die Leviten lesen?«

Die Zigarette glühte wieder auf. »Nee«, sagte Matze. »Ick will, dass de nich mehr herkommst.«

Anaïs schluckte. *Neger, Neger, Schornsteinfeger.* »Was? Wieso denn nicht?«

»Weil's zu jefährlich is, kleene Leo.«

»Weil hier der Ripper umgeht?«

»Nee, ernsthaft«, sagte Matze, und er klang auch ernst. »Nich in der Boxschule, det nich. Kalle is een juter Mensch, ooch wenn er mit dir Marie in Amerika machen will – nee, sag nüscht, ick hab euer Jespräch mitjehört.« Ein trockener Husten schüttelte ihn, und Anaïs fragte sich, ob das an den Zigaretten lag oder an dem feuchten Loch, in dem Matze hauste. »Leo, det Klima is jefährlich. Man hört ja dit und det inne Kneipe. Da braut sich wat zusammen. Ick will nich, det dir wat passiert.«

Anaïs fühlte sich beschämt. »Ich will aber boxen.«

Eine Pause entstand, in der der Zigarettenrauch wie ein Vorhang zwischen ihnen wallte. Schließlich räusperte sich Matze und sagte: »Kalle hatte schon mal so 'nen Boxer wie dir.«

»Wie mich?«

»Hat er dir nich erzählt, wa?«

»Ist Kalles Sache«, sagte Anaïs, obwohl sie sich ärgerte, dass sie zum ersten Mal von dieser Boxerin hörte.

»Wat jloobste, warum will Kalle mit dir nach Amerika?«

»Das weißt du doch«, sagte Anaïs. »Frauen dürfen in Deutschland nicht boxen.« Sie biss sich auf die Lippe.

Matze schüttelte den Kopf. »Den anderen Boxer haben se totjeschlagen«, sagte er. »Wie 'nen tollwütijen Hund. Eene Bande Jungs, hattet jeheißen, hamse aber nie erwischt.« Er deutete mit seiner Zigarette ins Dunkel. »Da drüben, jenau anne nächste Straßenecke. Müssen direkt uff ihm jelauert haben.«

Eine kalte Hand legte sich über Anaïs' Herz. »*Was?*«

»War jleich nach dem jroßen Krieg«, sagte Matze. »Erinnert sich außer mir sicher keener mehr dran. War een feiner Kerl.« Er zog nachdenklich an seiner Zigarette. »Aber eben een Jude.«

»Ich bin doch kein Jude.«

»Na ja, nich direkt.«

»Machst du dir Sorgen um mich, weil ich schwarz bin?«, fragte Anaïs. »Oder weil ich angeblich ein gutes Herz habe.«

»Beedet«, sagte er. »Kalle hat schon recht.«

Anaïs holte tief Luft. »Und wie hieß dieser Boxer?«

»Irgendwat aus die Bibel.« Matze warf den Rest seiner Zigarette in die Mitte der Straße, wo sie zischend erstarb. »Wie jesagt, is schon lange her. Ick hab damals ja auch noch jeboxt und den Kopf voller Flausen jehabt.« Er räusperte sich erneut. »Da dachte ick noch, ick hätte een Leben, wa?« Matze kniff den Mund zusammen.

Anaïs legte die Hand auf seinen Oberarm und drückte ihn leicht. »Danke, Matze, aber ich habe keine Angst.«

»Janz jenau«, sagte er. »Und det is det Problem.« Er lachte, aber sein Lachen klang nicht lustig.

Anaïs zog den Seesack höher auf die Schulter. »Na, dann mache ich mich mal auf den Heimweg«, sagte sie. »Das Wetter wird ja nun sicher nicht mehr besser, was?«

»Pass uff dir uff, Leo, und wenn, denn schlag als Erster zu.« Matze drehte sich um und verschwand wieder im Hinterhof, zurück zu seinen Blecheimern und Putzlappen.

Anaïs hatte das Gefühl, als müsste sie sich schütteln wie ein nasser Hund, Matzes Worte loswerden. War Kalle deswegen im Sportpalast auf sie zugekommen? Weil er schon mal ein auffallendes Pferd im Stall gehabt hatte? Warum, zum Teufel, hatte er ihr das verschwiegen? Wütend zog sie die Schultern gegen das nasskalte Wetter hoch und marschierte los. Es war nach elf, und sie wollte vor Mitternacht zu Hause sein.

Anaïs hastete an einer aufgelassenen Schuhfabrik vorbei. In den schwarzen Fensterlöchern steckten noch scharfe Scherben von Glas, in denen gelbes Gaslicht schwamm, die Wände waren mit zerfledderten Plakaten bedeckt. Das Nieseln ging in Regen über, Wasser tropfte in den Kragen ihres Pullovers, sammelte sich in Anaïs' Nacken und sickerte in Rinnsalen ihr Rückgrat hinunter. Ihre Schuhsohlen klatschten auf dem nassen Pflaster, an den Straßenrändern mischten sich Regenwasser und Taubenkot zu einer stinkenden Brühe. Im Rinnstein lag eine tote Katze, das zerrupfte Fell klebte schwarz an den durch die Haut stechenden Rippen. Es roch nach altem Fisch und Kloake. Die Straße war menschenleer.

Nur in den Hauseingängen krümmten sich schlafende Bettler zusammen, deren zerschlissene Kleider sich vom Regen dunkel färbten. In dieser Nacht gab es kein Dach für sie.

Einmal war Anaïs nach dem Training noch zum Schlesischen Bahnhof gegangen, an einen Ort, den eine anständige Frau freiwillig niemals aufsuchte, schon gar nicht in der Dunkelheit. Neugierig war sie gewesen und nach dem Boxen noch so aufgeputscht und voll von Adrenalin, dass sie sich an jenem Abend für unverwundbar gehalten hatte.

Furchtlos hatte sie den Bahnhof betreten, war durch die Wartesäle und die Gänge gelaufen und hatte in den dunklen Ecken dem nackten Elend ins Antlitz gesehen. Barfüßige Bettler in abgerissenen Lumpen, Obdachlose mit von Hunger und Kälte gezeichneten Gesichtern, Kriegsamputierte ohne Nasen oder Kiefer und mit hölzernen Krücken hatten sie mit stumpfsinnigen Blicken verfolgt, bis zur Willenlosigkeit erschöpft und von der Angst erfüllt, von der Polizei aus ihrem düsteren Unterschlupf in die eisige Winternacht gestoßen zu werden.

Menschlicher Abschaum, so hießen diese Elenden in den Schlagzeilen der Zeitungen, wenn einer von ihnen beim Mundraub ergriffen worden war, und so lautete das erbarmungslose Urteil der satten Berliner Bourgeoisie.

Die Scham, die sie damals im Schlesischen Bahnhof empfunden hatte, hatte sich in Anaïs festgefressen. Lange war sie die Bilder nicht mehr losgeworden. Vielleicht hatte der Anblick all der zerstörten Menschen dazu beigetragen, dass sie das Schicksal dieser Martha Teller so berührte. Am Schlesischen Bahnhof in Friedrichshain hatte vor gut zehn Jahren auch der Serienmörder Carl Großmann, ein gelernter Schlachter, mindestens zwanzig Mädchen aufgelesen, getötet und sie anschließend zu Wurst und Dosenfleisch verarbeitet.

*Neunundzwanzig Messerstiche.*
*Du hast een jrosset Herz, Leo.*

Als sie in die Mühlenstraße einbog, sah sie die Rote Mühle vor sich, ein altes Kellerrestaurant, dessen Kabarettprogramm eine abgehalfterte Chanteuse, ein bayrischer Volkssänger und ein Entfesselungskünstler, der zeigte, wie man sich aus den Handschellen der Polizei befreite, bestritten. Das Publikum bestand aus Zuhältern, Kokainverkäufern und Kontrollmädchen. Gelegentlich verirrten sich Touristen in die Rote Mühle, um einen neugierigen Blick in einen Abgrund zu werfen, den es in ihrer heimatlichen Provinz nicht gab. Ein junger Boxer, der sich beim Oberkellner Geld zu Wucherzinsen geliehen hatte, war bei Kalle rausgeflogen.

*Dit Ende is doch immer nur dit Kokainjeschäft.*

Neben der Tür lehnten zwei junge Frauen schutzsuchend unter dem Dachvorsprung an der Hausmauer und warteten trotz des nassen Wetters auf Freier.

»Süßer!«, rief die eine ihr zu. »Süßer, komm doch mal.«

Überrascht blieb Anaïs stehen, fuhr sich mit der Hand über das nasse Gesicht und zwinkerte. Regentropfen hatten sich in ihren langen Wimpern verfangen, sie brannten kalt in ihren Augen.

Die Frau war blond, jung, kaum älter als Anaïs. Sie trug nur ein dünnes Kleid, das irgendwann einmal in Mode gewesen war. Ihr stark geschminkter kleiner Mund wirkte im Licht der Gaslaternen schwarz. Die zweite Frau hatte grellrote Haare, die wohl zu dem schütteren Fuchspelz passen sollten, der über ihrer Schulter hing. Während sie Anaïs musterte, zog sie an einer Zigarettenspitze und blies den Rauch auf die Straße hinaus, wo er sich im strömenden Regen auflöste.

»Na, Süßer? So janz alleene?«, rief die Blonde.

Anaïs gab keine Antwort, sie dachte an den Ripper. Natürlich, so leicht war es, an diese Frauen heranzukommen. Sie gingen mit jedem Fremden mit, das war ihr Beruf.

»Wie alt biste denn schon?« Die Blonde ließ nicht locker.

»*Sailor?*«, versuchte sich die Rote auf Englisch.

Anaïs schüttelte nur den Kopf.

Die Raucherin lachte, zog an ihrer Zigarette, und hinter dem Regenschleier leuchtete ein rotes Auge auf.

»Willste keene Jesellschaft, Kleener?« Die Blonde schob ihr Kleid über die Schulter hinunter, entblößte spitze Knochen, die Anaïs an ein Hühnergerippe erinnerten. »Na?« Sie zog den Rock über das Knie, stellte ihren Fuß in einem zu großen Spangenschuh geziert auf die Spitze, präsentierte die armselige Parodie eines teuren Mannequins.

Und jetzt begriff Anaïs – mit ihrer dunklen Haut und in dieser Aufmachung sah sie wie einer der Schiffsjungen aus Übersee aus, die, endlich auf Landgang, ihre Heuer durchbrachten. Sie schüttelte noch einmal den Kopf, ruckte den Seesack höher auf die Schulter und setzte ihren Weg fort.

»Hey, Nigger, hier jibt et zwee für eene!«

Anaïs drehte sich nicht um, lief weiter und versuchte dabei, ihre Wut zu ersticken.

*Berliner Nächte.*

*Neunundzwanzig Messerstiche.*

Anaïs hob das Gesicht zum Nachthimmel und ließ den

Regen über ihre Haut rinnen. Mit der Kühle kehrte ihre innere Ruhe zurück. Sie durfte sich nicht provozieren lassen. Das Boxen war anstrengend gewesen, aber es hatte ihr Kraft gegeben. Und Zuversicht. Sie würde ihre Arbeit machen, Geld verdienen, unabhängig werden. In ihrer Zukunft war sie eine berühmte Journalistin, die Zeitungsverlage würden sich um sie reißen. In diesem Moment schien Anaïs der Ruhm zum Greifen nah.

# SECHS

Am Freitag, vier Tage nach Erscheinen ihres Artikels, zog Anaïs aus ihrem Jugendzimmer im Haus ihrer Tante am Schlachtensee nach Charlottenburg.

Es war ein früher Morgen, die Sonne schon golden und das Licht rosafarben, als Anaïs auf dem Trottoir stand, dort, wo die Droschke sie mit ihrem Koffer abgesetzt hatte. Andächtig betrachtete sie das imposante Gebäude, das sich auf der anderen Seite der Fasanenstraße vor ihr erhob.

Das Haus war ein roter Klinkerbau mit kleinen Erkern und Balkonen, dessen helle Fensterstöcke in neugotischem Stil an Venedig erinnerten. Im Dachgeschoss gab es eine Reihe riesiger bogenförmiger Glasflächen, die nach moderner Großstadt und Industrie aussahen. Ein mächtiger Efeu rankte sich an der einen Seite des Hauses bis in den vierten Stock hinauf und hing in langen grünen Strähnen von den Balkonen.

Hier würde sie ab jetzt allein wohnen. Tante Valerie lebte schon lange nicht mehr hier. Die Wohnung in der Fasanenstraße stand seit über zehn Jahren leer.

*Tante Wally, lass mich dort einziehen.*

*Etwa ganz allein, Kätzchen? Kommt gar nicht in Frage.*

*Aber arbeitende Frauen wohnen heute allein.*

*Trotzkopf – na gut, ich sage der Concierge Bescheid.*

Natürlich wusste Anaïs, dass arbeitende Frauen keine Zimmerflucht in Charlottenburg bewohnten, sondern in billigen Pensionszimmern lebten oder sich eine große Wohnung mit vielen anderen Mietern teilten. Sie war sich ihres Privilegs bewusst.

Tante Valerie hatte mehrere Mietshäuser von ihren Eltern geerbt. Natürlich kümmerte sie sich nicht selbst darum, sondern überließ den Kontakt mit den Mietern und vor allem das Eintreiben der Miete einem Verwalter. Sie vermietete nur einzelne Zimmer und keine Wohnungen, was, wie sie betonte, aus karitativen Erwägungen geschah. Anaïs hatte mit ihrer Tante oft darüber gestritten.

*Tante Wally, da wohnen ganze Familien in einem Raum.*
*Diese Leute können sich nun mal nicht mehr leisten.*
*Du könntest ihnen immerhin helfen.*
*Deine Ideen immer – ich bin doch kein Sozialist!*

Anaïs überquerte die Fasanenstraße. Eine niedrige Steinmauer grenzte das Grundstück zum Bürgersteig ab. Darauf ruhten zwei Löwen aus hellem Sandstein und bewachten eine schmiedeeiserne Pforte, hinter der ein mit Flusskieseln gepflasterter Weg zum Eingang führte. Auf der schwarz lackierten Eingangstür blinkte Anaïs ein Türklopfer, ein Löwenkopf mit einem Ring im Maul, entgegen. Anaïs stieß die schwere Tür auf. Fast wäre sie über eine schwarze Katze gestolpert, die direkt hinter der Schwelle kauerte.

»Na, Mieze, wohnst du auch hier?«

Anaïs wollte das Tier hochnehmen, doch die Katze fauchte, schlug blitzschnell nach ihr und grub die Krallen in ihre Hand. Dann sprang sie auf die Straße. Auf Anaïs' Handrücken zeichneten sich drei tiefe Kratzer ab. Der mittlere färbte sich bereits rot. Was für ein Empfang. Vorsichtig betrat sie die Halle.

Hier war es empfindlich kälter als auf der Straße. Nur gedämpft fiel das Tageslicht durch die Glasscheiben der Eingangstür auf einen in floralen Mustern verlegten Boden aus schwarzen, weißen und rostroten Marmorplatten. Von der Decke hing ein Kronleuchter, dessen Kristallprismen sich im letzten Luftzug der Eingangstür drehten.

Auf der rechten Seite der Halle wand sich eine mit einem roten Läufer belegte Marmortreppe hinauf, deren schmiedeeisernes Geländer wie in Wirbeln und Wellen von oben herabzufließen schien. In einer bogenförmigen Wandnische stand die Marmorbüste eines bärtigen alten Mannes in einer Toga. In einer Hand hielt er einen Stab, in der anderen eine aufgeklappte Steintafel, auf der die römischen Zahlen von eins bis zehn eingemeißelt waren, Moses mit den Zehn Geboten.

Die Skulptur stammte sicher wie das ganze Gebäude aus dem letzten Jahrhundert.

Neben dem Treppenabsatz gruppierten sich auf einem abgetretenen Orientteppich eine schwere Sitzgarnitur aus Leder und ein runder Tisch mit einer Tiffanylampe.

»Mascha?« Eine Männerstimme erklang aus den oberen Stockwerken. »Mascha …?«

Wie zur Antwort öffnete sich unter der Treppe eine Tür, die Anaïs bis jetzt nicht aufgefallen war. Eine korpulente Frau um die sechzig erschien in der Halle. Sie trug eine Küchenschürze und ein graues Kopftuch, das sie über der Stirn geknotet hatte, sodass die beiden Tuchzipfel wie Teufelshörner in die Luft standen. In der linken Hand hielt sie einen Milchtopf, dessen blaue Emaille fast abgeschlagen war, in der rechten eine Gartenschere.

Die Frau musterte Anaïs. »Sie wünschen?«

»Mascha!«

Anaïs trat einen Schritt vor. »Mein Name ist Anaïs Maar, ich ziehe in die Wohnung im ersten Stock.«

»Ach nee«, sagte die Frau. »Det Frollein Maar, wa? Die Nichte von det jnädije Frollein Maar. Ick bin die Frau Schiller, die Hausmeisterin.«

*La concierge also.* Anaïs schenkte ihr ein Lächeln.

»Ihre Frau Tante hat mir schon instruiert«, fuhr Frau Schiller fort. »Sie sind ja 'ne janz berühmte Reporterin.«

»Na ja, berühmt …«

»Ick lese klarerweise den Brennpunkt.«

Anaïs holte tief Luft. »Das freut mich natürlich.«

»Jenau jenommen bin ick sojar Abonnentin.«

»Wie schön.«

Frau Schiller stach mit der Spitze ihrer Gartenschere in Richtung Rückseite des Gebäudes. »Ick hole nur jrade een Kohlkopp. Wenn Se im Sommer mal wat brauchen, ick baue in meene Plantasche praktisch allet an.«

Durch eine zur Hälfte verglaste Tür konnte Anaïs in einen typischen Berliner Hinterhof sehen. Dieser hier war säuberlich in Beete eingeteilt, deren Pflanzen ganz offensichtlich Sonnenlicht fehlte, und erinnerte an einen Schrebergarten. Hatte Tante Valerie nicht gesagt, die Concierge wäre Kriegerwitwe? Der Garten sicherte wohl den bitter nötigen Zuverdienst.

»Eenen Brunnen kriejen wir ooch wieder. Da war früher eener im Hinterhof – keene Ahnung, warum se den zujeschüttet haben, aber so sind se, die Leute. Wenn se denn mal 'ne Wasserleitung haben, denn halten se sich für zu modern für so wat. Aber icke, ick zieh da bald Obst.« Sie nickte ein paarmal.

»Ich kann leider überhaupt nicht kochen«, sagte Anaïs. Da sie jetzt allein lebte, würde sie es wohl lernen müssen.

»Die werte Frau Tante hat mir bereits anjewiesen«, sagte Frau Schiller. »Die Wohnung is schon jeputzt. Ick hab den Schlüssel. Wenn Se wollen, koch ick ooch für Ihnen.«

Jemand kam die Treppe herunter. Anaïs drehte sich um, gerade rechtzeitig, um einen schlanken Mann die letzten Stufen hinunterlaufen zu sehen.

Frau Schiller rief über Anaïs' Schulter hinweg: »Isset schon wieder weg, det Mistviech, Herr Bronski?«

Der Mann trug ein kragenloses graues Leinenhemd, das ihm über der Hose bis fast auf die Knie hing, dazu orientalische Samtpantoffeln an den nackten Füßen. Er war nur mittelgroß, aber breitschultrig, und seine braunen Augen unter dem schwarzen Lockenschopf, der sich über einer hohen Stirn bereits zu lichten begann, hatten einen neugierigen Ausdruck. Zusammen mit einer schmalen Hakennase verliehen sie dem Mann den Eindruck eines aufmerksamen Falken. Anaïs schätzte ihn auf Ende dreißig.

»Oh«, sagte er. »Wir haben Besuch.«

»Dit is die neue Bewohnerin von die Bell Etasch«, sagte Frau Schiller. »Det Frollein Maar is die Nichte von –«

»Anaïs Maar«, sagte Anaïs. »Guten Tag.«

Der Mann blickte zum Eingang hinüber und wieder zurück.

»Frollein Maar is Reporterin beim Brennpunkt«, sagte Frau Schiller. »Und dit is Herr Maxim Bronski, der Maler.«

Bronski zwinkerte, schien sein Gedächtnis zu durchforsten, dann hob er seine Brauen und musterte Anaïs eingehend. »Oh – sehr erfreut, mein Fräulein.«

»Det Frollein Maar hat den Artikel über den Ripper jeschrieben«, sagte Frau Schiller und wedelte mit ihrer Gartenschere. »Haben Se nich jelesen? Der Berliner Ripper, Herr Bronski, der wo die Frau in Friedrichshain abjestochen hat, wissen Se nich?«

»Doch, doch, natürlich!« Bronski nickte lebhaft.

»Ach, lassen Sie nur, Frau Schiller«, sagte Anaïs. Der verdammte Artikel verfolgte sie bis hierher.

»Nee, nee, wenn wir schon so eene Berühmtheit im Haus haben, wat, Herr Bronski?« Frau Schiller nickte Anaïs zu.

Draußen auf der Straße klapperten Pferdehufe vorbei, eine Autohupe ertönte, und ein Mann schimpfte lauthals.

Bronski fuhr sich mit der Hand durch die schwarzen Locken. »Sie müssen meine Begriffsstutzigkeit verzeihen, wertes Fräulein, aber ich habe bis in die Morgenstunden im Atelier gestanden, kaum geschlafen.« Er machte eine schuldbewusste Miene, doch in seinen Augen lag ein zufriedenes Lächeln, als bereute er keine Sekunde in seinem Atelier. »Und nun ist auch noch meine Mascha weg. Dabei habe ich sie gerade erst wieder von der Straße geholt.«

Anaïs hielt die zerkratzte Hand hinter ihren Rücken, die Striemen brannten ganz ordentlich. »Eine schwarze Katze ist gerade durch die Haustür entwischt.«

Maxim Bronski seufzte. »Mascha, Mascha«, sagte er. »Schön und treulos wie alle Frauen, was soll ich nur mit ihr machen?« Er breitete die Arme in einer Geste hilfloser Verzweiflung aus und setzte seinen Weg in Richtung Haustür fort. Dabei verfiel er wie geübt in einen leichtfüßigen Trab, als wollte er sich für einen Waldlauf aufwärmen. Augenblicke später war er verschwunden, nur seine lockenden Rufe waren noch zu hören.

»Der immer mit seene Katzenluder«, sagte Frau Schiller. »Ständig angelt er wieder so een kleenet Viech aus eener von die Mülltonnen, und denn päppelt er et mit Milch und Hackepeter uff, bis et ihm an Ende wieder stiften jeht. Aber wat rede ick – ick bin ja nur die olle Putze, wa?« Sie schnaubte erbost. »Und mit seene Modelle isset jenau jleich. Na, Se werden schon sehen.«

»Ach, Herr Bronski arbeitet auch im Haus?«

Frau Schiller nickte. »Dem jehört det Dachjeschoss, und det hat er zu 'nem Atelier umfunktioniert«, sagte sie. »Wegen die Fenster und det Nordlicht, sagt er. Nu hat er ständig andere Weiber da – *Modelle*. Schön sind se nich, und ick will nich wissen, wo er se herhat.« Sie schüttelte den Kopf. »Man weeß jar nich, wat die so für Krankheiten einschleppen.« Sie zwinkerte Anaïs zu. »Wenn Se vastehen, wat ick meene.«

Herr Bronski schien das Leben eines Berliner Bohémien zu führen. »Jetzt muss ich aber wirklich.« Anaïs griff ihren Koffer.

Frau Schiller seufzte theatralisch. »So een netter Mann, der Herr Bronski. Und jut betucht isser ooch. Aber findet keen anständijet Mädel zum Heiraten, wa?« Sie richtete einen prüfenden Blick auf Anaïs.

Das Letzte, was Anaïs gerade in ihrem Leben fehlte, war ein bestimmt zehn Jahre älterer Bohémien mit Künstlerallüren und Katzen. »Man erwartet mich in der Redaktion«, sagte sie. »Ich stelle schnell den Koffer ab und bin auch schon wieder weg.«

Die Wohnung roch stark nach Bohnerwachs und sah noch genauso aus, wie Anaïs sie in Erinnerung hatte. Sie war als Kind ein paarmal bei ihren Großeltern zu Besuch gewesen. Zur Straßenseite gab es eine Zimmerflucht, die durch zur Hälfte verglaste Doppelflügeltüren getrennt war. Da war auch der lange dunkle Flur, an dessen Ende eine alte Küche mit Gasherd und der Personal- und Lieferanteneingang lagen. Und der darüber angebrachte Hängeboden, auf dem das Dienstmädchen seine Matratze ausbreiten durfte.

Von den Stuckdecken hingen Messinglampen mit Milchglaskugeln herab, Sessel und Sofas verschiedenster Größe und

Stilrichtungen unter Staubhüllen bildeten auf bunten Orientteppichen Inseln, zeugten vom einst regen Gesellschaftsleben der Familie. In einer Ecke stand ein Konzertflügel. Im Verbindungszimmer zwischen dem Blauen und dem Gelben Salon, dem sogenannten Berliner Zimmer, verbargen Leintücher einen langen Esstisch und mindestens zehn Stühle aus Mahagoni. Anaïs' Großvater, ein Textilfabrikant, war oft in England gewesen. Wahrscheinlich hatte er die Möbel von einer Geschäftsreise mitgebracht.

Von den Wänden blickten Porträts auf sie herab – der Großvater lesend im Garten, die Großmutter im Blauen Salon auf einem Sofa, zwei junge Mädchen in weißen Spitzenkleidern und mit Seidenschleifen im Haar vierhändig am Flügel, außerdem Berliner Seenlandschaften, elegante Reiter im Tiergarten – ein echter Liebermann – und ein lebensgroßer Foxterrier. Anaïs' Großvater hatte einen Ruf als Kunstliebhaber und Kunstkenner gehabt, der weit über Berlin hinausgegangen war. Zahlreiche Reisen hatten ihn ins Ausland geführt, und stets hatte er sie nicht nur für Geschäfte, sondern auch für sachverständige Ankäufe genützt. So steckte ein beträchtlicher Teil seines vererbten Vermögens in einer Bildersammlung, die jetzt die Villa seiner Tochter Valerie am Schlachtensee zierte.

Im Arbeitszimmer, das in der Familie das Herrenzimmer genannt wurde, stand ein ausladender Schreibtisch vor einem verglasten Bücherschrank, daneben Sessel und ein kleiner Rauchtisch. Anaïs' Großeltern waren 1920 kurz nacheinander an der Spanischen Grippe gestorben – als jeder bereits dachte, die Gefahr wäre vorüber. Anaïs konnte noch immer eine Spur von kaltem Zigarrenrauch riechen.

Anaïs suchte sich das kleinste Schlafzimmer aus, dessen Seidentapeten aus dem Textilgeschäft des Großvaters stammten. Hier standen ein Empirebett, ein englisches Chesterfield-Sofa und ein Ungetüm von einem Kleiderschrank. Auf einer Kommode reihte sich eine ganze Sammlung alter Fotografien in englischen Silberrahmen. Anaïs nahm das Bild einer jungen Frau im weißen Kleid, die in die Kamera lachte und einen Tennisschläger schwang, in die Hand. Melanie Maar, ihre Mutter, als sorgloser Backfisch. Anaïs stellte das Bild wieder auf die Kommode zurück. Die anderen Fotografien zeigten Melanie und Valerie als kleine Mädchen im Ponywagen, Melanie in Schuluniform, als Debütantin, mit ihrem Foxterrier im Sommer am See. Dies musste Melanies Jungmädchenzimmer gewesen sein.

In der Beletage des großen Klinkerhauses in der Fasanenstraße herrschte noch immer der Geist ihrer früheren Bewohner, Anaïs' Großeltern und ihrer Mutter. Kein Wunder, dass Tante Valerie lieber am Schlachtensee wohnte. Aber Anaïs war nicht abergläubisch. Sie würde diese Wohnung zu der ihren machen. Und mit den Geistern leben.

Anaïs rannte die Treppen hinauf, erreichte die Redaktion gerade noch rechtzeitig zu Dienstbeginn und stieß in der Eile fast mit Wilhelm Kaiser zusammen. Ihr Chefredakteur war mit einem Stapel Zeitungen aus seinem Büro getreten.

»Fräulein Maar«, rief er erfreut. »Wir suchen Sie schon!«

»Tut mir leid, dass ich so spät dran bin. Ich bin gerade umgezogen«, sagte Anaïs.

»Macht ja nichts, macht ja nichts.« Seine Stimme und sein Blick waren väterlich. »Kommen Se mit, junge Frau.« Kaiser legte ihr die Hand auf die Schulter und schob Anaïs vor sich her durch die Tür des Großraumbüros. »Hier, meine Herren, da ist es, unser Teufelsmädel.«

Die ganze Redaktion schien sich versammelt zu haben, alle Schreibtische waren besetzt. Freundlicher Applaus erklang. Emil Borowski stand auf und klatschte. Bertold Möhring saß hinter seinem Schreibtisch und hielt den Kopf gesenkt. Mayer erhob sich hinter seinem mit Sportjournalen bedeckten Schreibtisch und applaudierte mit hocherhobenen Händen. Sein Kollege Pitterke steckte zwei Finger in den Mund und pfiff wie beim Berliner Sechstagerennen. Kiesewetter, der Metteur, stand mitten in der Redaktion, eine gedruckte Seite in den Händen, und nickte Anaïs zu. Am Fenster lehnte, mit dem Rücken zur Straße und den Händen in den Taschen seiner schwarzen Hose, ein blonder Mann mit militärisch kurzem Haarschnitt. Sein Gesicht war braun gebrannt, straffe Haut spannte sich über hohe Wangenknochen und seinen kräftigen Unterkiefer. Die Ärmel seines weißen Hemdes waren bis über die Ellenbogen aufgerollt. Es war Kastner, der für die Innenpolitik zuständig war und sich in München aufgehalten hatte. Jetzt zog auch er die Hände aus den Taschen und klatschte. Einmal, zweimal, dreimal, dann brach er ab.

Kiesewetter fixierte ihn durch die dicken runden Gläser seiner Drahtbrille wie mit kalten Insektenaugen. Sein Mund schien noch schmaler als gewöhnlich, und die beiden Haarsträhnen vor seiner Stirn wirkten spitz. Der Metteur erinnerte heute weniger an eine Grille als an eine Gottesanbeterin.

»Großartig, Fräulein Maar, ganz großartig.« Kaiser geleitete sie zu ihrem Platz. Er legte die Zeitungen auf eine Ecke des Schreibtisches und schüttelte die oberste auf. »Hier, bitte, das Berliner Tageblatt ... *Wie der Berliner Brennpunkt in seiner neuesten Ausgabe berichtet!*« Er blickte von einem zum anderen. »Das Tageblatt! Und hier – sogar der Standard! Man zitiert uns, was sagen Sie dazu?«

»Der Standard?« Anaïs' Herzschlag beschleunigte sich.

»Ja – ganz großartig.« Einen wunderbaren Augenblick lang sah Anaïs sich in einem großen Eckbüro beim Standard sitzen und über Literatur und Kultur berichten. Sie würde reisen und ...

»Fräulein Maar?«

»Ja ... ja?«

»Habe ich mich also doch nicht in Ihnen getäuscht, was?« Kaiser zeigte auf einen Karton mit zum Teil bereits geöffneten Briefen, der neben einem Strauß weißer Lilien auf ihrem Schreibtisch stand. »Der Ripper von Berlin ist seit Montag in aller Munde«, sagte er. »Bitte, da ist die Leserpost – alles Zuschriften für Sie, das Echo ist gewaltig. Vor allem unsere Leserinnen interessieren sich für Sie – Sie ergreifen in Ihrem Artikel Partei für die Tote. Das Opfer sozusagen als Sinnbild für die chancenlosen und geschundenen Frauen dieser Welt. Eine Zuschrift nennt Ihren Artikel gar ein flammendes Plädoyer für die Frauen. Das ist ein ganz neuer, ein weiblicher Ansatz.«

»Ich schreibe nur die Wahrheit«, sagte Anaïs.

»Sie, liebes Fräulein Maar, repräsentieren die moderne, junge, arbeitende Frau«, sagte Kaiser. »Man hat sogar schon beim Portier nach Ihnen gefragt und ein Bukett für Sie abgegeben.« Er deutete auf den Blumenstrauß auf Anaïs' Schreibtisch, der den für Lilien typischen süßlichen Geruch verbreitete.

Friedhofsblumen, dachte Anaïs, aber nein, eigentlich war die Geste sehr nett, auch wenn ihr Sonnenblumen besser gefielen.

»Und das Beste«, sagte Kaiser, »die Nachfrage nach Abonnements ist schlagartig gestiegen, und was das für unsere Auflage und das Annoncenaufkommen bedeutet, brauche ich ja Ihnen allen nicht zu erklären.« Er warf einen scharfen Blick in die Männerrunde und setzte, an Anaïs gewandt, hinzu: »Also, lassen Sie alles andere liegen, Kindchen, ab jetzt sind Sie für diese Sache freigestellt.«

»Was? Wie – freigestellt?«

»Da kommt noch was, mein Instinkt hat mich noch nie getäuscht, diese Geschichte geht in die nächste Runde.« Kaiser wedelte mit dem Berliner Tageblatt, und Pitterke lachte und boxte ein paarmal in die Luft. »Da bleiben wir – Sie – dran! Die Leser verbinden die Geschichte jetzt mit Ihrem Namen, man hängt an Ihren Lippen – respektive Ihrer Feder, natürlich.« Er lächelte über seinen eigenen Scherz. »Man glaubt Ihnen! Und Sie ...«, Kaiser drehte sich zu Borowski um, »Sie geben gleich mal Fräulein Maar Ihren Polizeikontakt.«

»Also, ob Mieze damit einverstanden –«

»Noch viel besser«, sagte Kaiser. »Fräulein Maar, Sie machen sich an diese Mieze ran – so ganz von Frau zu Frau. Seit letztem Jahr soll's ja auch Kommissarinnen bei der Polizei geben. Na, ich weiß nicht, ob das so klug ist. Indiskretion, dein Name ist weiblich, was?«

Borowski kritzelte etwas auf einen Zettel, stand auf, kam auf Anaïs zu und hielt ihr das Papier am langen Arm hin. »Marie Lemberger«, sagte er. »Mieze arbeitet im Vorzimmer vom Vizepolizeipräsidenten.«

Kaiser sah Borowski an. »Etwa diesem ... diesem Weiß?«

»Dr. Bernhard Weiß.« Borowski betonte den Titel.

»Sohn jüdischer Kaufleute«, warf Kastner ein.

Kaiser drehte sich zu ihm um. »Hat erst im Mai die NSDAP in Berlin und Brandenburg verboten. Aber promovierter Jurist, immerhin. Kluger Kopf. Der bringt's noch weit.«

Kastner grinste. »Würde ich nicht drauf wetten.«

»Was soll das heißen? Gibt's da etwa wen Neuen?«

»Noch nicht, aber ich sage nur: abwarten. Wenn, wird's jedenfalls kein Jude sein.«

»Aha, ich verstehe.« Kaiser drohte Kastner mit dem Zeigefinger. »Ich hoffe, Sie machen sich nicht mit diesen Hakenkreuzlern gemein. Man braucht diesem Hitler ja nur zuzuhören, dann weiß man, was einen erwartet.«

»Wahrer Freiheitskampf ist Antisemitismus«, sagte Kastner. »Kampf gegen das Judentum ist auch Kampf für die Freiheit des Volkes.«

Kaiser sah Kastner scharf an. »Unsere Blattlinie ist konservativ und liberal, verstanden, Kastner? Deutschland braucht keine Bierkellerrevolutionäre, sondern einen neuen Bismarck!« Kaiser schnaubte. »Dieser österreichische Gefreite hat es ja nicht einmal zum Offizier geschafft.«

Kastner schwieg, sein Mund war eine schmale Linie.

»*Bitte!*«, sagte Borowski und wedelte mit seinem Zettel vor Anaïs' Nase herum. Er war blass geworden, und seine Augen hatten einen starren Ausdruck bekommen.

Anaïs griff nach dem Zettel. »Danke, aber ich weiß nicht recht ...« Kaisers Ausbruch hatte sie überrascht. Außerdem war sie doch die Kulturredakteurin.

»Sie übernehmen bis auf Weiteres Eschkes Ressort.« Kaisers Ton erlaubte keine Widerrede. Anaïs nickte stumm. »Sehr schön. Und für die nächste Ausgabe lassen Sie sich wieder was Schönes einfallen, ja? Ich meine, bis wir die nächste Tote haben.«

*Was Schönes. Die nächste Tote.* »Und meine Kulturseite?«, fragte Anaïs.

»Das ist bereits geregelt.«

»Wie – geregelt?«

»Ab heute ist Möhring für die Kultur zuständig«, sagte Kaiser. »Der ist ja für seine umfassende Belesenheit bekannt.« In seiner Stimme schwang ein drohender Unterton mit. Als wüsste Kaiser von einem Geheimnis, dessen Entdeckung Möhring schaden konnte. »Ist doch so, nicht wahr, Möhring?«

Alle sahen zu Bertold Möhring, der nur weiter auf seinen Schreibtisch starrte.

»Herr Möhring liest nicht nur den Montag, dieses Kommunistenblatt, sondern sogar den Vorwärts, wie man mir berichtet«, fuhr Kaiser fort. »Politik verantwortet hier in Zukunft Kastner.« Er nickte dem Mann am Fenster zu. »Aber enttäuschen Sie mich nicht, junger Mann!«

Kastner schenkte Möhring ein breites Grinsen.

Kiesewetter knüllte die Seite in seinen Händen zu einem Papierball zusammen. »Na, ick muss denn mal wieder, wa?«, sagte er und marschierte grußlos aus der Redaktion.

Bert Möhring stand auf, zog eine Zigarettenpackung aus der Jackentasche und folgte dem alten Metteur ohne ein Wort.

Als die Tür hinter den beiden ins Schloss gefallen war, ließ Kastner seinen Blick zu Anaïs hinüberwandern. Ihre Spannung wandelte sich in Angriffslust. Sie schätzte schon mal Kastners Gewicht und Beweglichkeit. Er war an die einen Meter achtzig groß, starkknochig, aber nicht sportlich, wog um die achtzig Kilo. Halbschwergewicht, jedoch im Ring nur ein Klotz. Sie verschränkte die Arme vor der Brust. »Ich habe hier die Stelle als leitende Kulturredakteurin.«

»Irrtum«, sagte Kaiser, nicht unfreundlich. »Die Stelle haben Sie nicht mehr. Sie sind jetzt unser Polizeireporter.«

Anaïs starrte auf den Karton mit den Leserzuschriften, am liebsten hätte sie den Männern den ganzen Kram vor die Füße geschmissen. Alle Augen waren auf sie gerichtet. Jetzt durfte sie sich keine Blöße geben. Nicht weinen, keine Szene machen, nicht kündigen. Sie grub die Finger in die Oberarme, damit sie sich nicht zu Fäusten ballen und selbstständig machen konnten.

Niemand in der Redaktion sagte etwas, jeder schien auf ihre Reaktion zu warten. Kastner hatte keinen Blick mehr für sie übrig. Aber Borowskis Miene war düster. Zwischen seinen Brauen stand eine steile Falte. Seinen Polizeikontakt hatte er bestimmt nicht an sie weitergeben wollen.

Anaïs hatte Erfolg, ihr Auftrag war kein Strafkommando mehr, sondern eine berufliche Gelegenheit. Ein Mann konnte jetzt Abenteuerlust, Mut und Expertise zeigen, alles, was die Zeitungsleser bewunderten, sich schreibend einen Namen machen und vielleicht sogar literarischen Ruhm erwerben.

Wie Egon Erwin Kisch.

Anaïs sah Kaiser ins Gesicht. »Herr Chefredakteur«, sagte sie, »ich danke Ihnen für Ihr Vertrauen. Ich werde mein Bestes geben.«

»Sehr gut, großartig, Fräulein Maar«, sagte Kaiser. »Ich wusste, dass ich mich in Ihnen nicht getäuscht habe. Der Herr Großpapa wäre stolz auf Sie gewesen – so etwas nenne ich reinstes deutsches Unternehmerblut.« Er nickte bedeutungsvoll.

Kastner fing an zu lachen. Als er bemerkte, dass sich alle Augen auf ihn richteten, hielt er sich schnell die Hand vor den Mund und überspielte sein Gelächter mit einem vorgetäuschten Hustenanfall.

*Neger, Neger ...*

Anaïs steckte Borowskis Zettel ein, nahm ihr Notizbuch und einen Stift, packte beides in ihre Handtasche und ging zur Tür. »Na, dann mach ich mich am besten auch gleich an die Recherche, was?« Sie hob die Hand zum Abschiedsgruß und verließ die Redaktion, ohne die Männer noch einmal anzusehen.

Bert Möhring lehnte mit dem Rücken am Gangfenster, die

Beine überkreuzt und die Arme vor der Brust verschränkt, und rauchte. Als er Anaïs erblickte, ließ er die Hand mit der Zigarette sinken und stieß den Rauch des letzten Zuges zur Seite aus.

»Na, des kollegialen Gemetzels überdrüssig?«, fragte er.

Anaïs zuckte die Schultern. »Ich gehe auf Recherche.«

»Ach ja. Und wo, wenn man fragen darf?«

Anaïs wollte schon etwas von großer Chance und Vertrauen des Chefredakteurs sagen, als ihr sein Gesichtsausdruck auffiel, der irgendwo zwischen Mitleid und Anerkennung lag.

»Keine Ahnung«, sagte sie.

Möhring lachte, hob die Zigarette vor die Augen und musterte die glühende Spitze. »Sie müssen eben ein Außenseiterrennen laufen und gewinnen. Zeigen Sie's denen!«

»Ein Außenseiterrennen?«

»Na, was denn? Sie sind nicht wie diese geifernden Köter.«

Anaïs musterte ihn, das Tweedjackett, die runde Hornbrille, das schmale Gesicht. Sie dachte an Kastners vorgeschobenen Unterkiefer und die hochgekrempelten Ärmel, ein Bild des deutschen Arbeiters, wie auf den Propagandaplakaten, die an jeder Straßenecke hingen. Als verdiente er sein tägliches Brot nicht, ohne sich die Finger schmutzig zu machen, an der Schreibmaschine, sondern durch harte körperliche Arbeit an der Werkbank. Oder als wäre er bereit, jederzeit zuzupacken.

»Sind Sie vielleicht ein geifernder Köter?«, fragte sie.

Möhring hob die Brauen. »Ich?«

»Sie stehen doch hier draußen – mutterseelenallein.«

Möhring musste lachen. »Sie haben recht.« Er drehte sich um, öffnete das Fenster und schnippte die Zigarettenkippe hinaus. »Wenn Sie wollen, frage ich mal bei einem ehemaligen Kollegen bei der London Times an. Tom Bowers hat eine Artikelserie über die Whitechapel Five geschrieben und mir erzählt, dass er auch einen Kontakt bei Scotland Yard hat.«

»Whitechapel Five?«

Möhring schloss das Fenster und drehte sich wieder zu Anaïs um. »Jack the Ripper hat 1888 mehrere Prostituierte im

Armenviertel Whitechapel hingemetzelt. Fünf – nimmt man an.«

»Das weiß ich natürlich.«

»Finden Sie nicht, dass es ein paar offensichtliche Parallelen zu dem Fall gibt, für den Sie da recherchieren? Haben Sie überprüft, ob es in Berlin in der letzten Zeit noch andere Morde nach dem gleichen Tatmuster gegeben hat?«

Anaïs spürte, wie ihr Gesicht heiß wurde. »Nein.«

»Dann tun Sie das, solche Tatortfotos wie das von dieser ...« »Martha Teller.«

»Wie von dieser Teller sieht man ja nicht allzu oft.« Er machte eine Pause. »Aber beeilen Sie sich.«

Jack the Ripper? Anaïs hatte die Schlagzeile, den Ripper von Berlin, unter Zeitdruck erfunden. Hatte sich der so berühmte wie berüchtigte Londoner Frauenmörder unbewusst in ihre Arbeit eingeschlichen? Sie dachte an den Polizeibericht, der noch immer auf ihrem Schreibtisch lag. »Der Mörder hat die Martha Teller praktisch ausgeweidet.« Sie sah Möhring an. »Schon möglich, dass es da ein paar Parallelen gibt. Danke.«

»Gern geschehen.« Er schenkte ihr ein Lächeln.

»Warum helfen Sie mir?« In der Redaktion herrschte das Recht des Stärkeren, so viel hatte sie schon begriffen.

Hinter der geschlossenen Tür des Redaktionsbüros waren laute Männerstimmen zu hören. Es klang wie eine Auseinandersetzung zwischen Kastner und Kaiser, bei der der junge Reporter den alten Chefredakteur übertönte.

Möhring zeigte mit dem Finger wie mit einem Pistolenlauf auf sie. »Ich möchte nicht, dass man irgendwann Ihre Leiche in einem Hinterhof findet, nachdem Sie dem Mörder über den Weg gestolpert sind. Peng! Das ist ein Ungeheuer.« Er hob den Zeigefinger und pustete über die Spitze, als müsste er Pulverrauch verblasen, und ließ die Hand wieder sinken. »Was Sie da tun, ist gefährlich. Und Kaiser weiß das. Er nimmt es jedoch in Kauf.« Möhring verzog den Mund. »Passen Sie also auf, dass Sie nicht zu seiner besten Schlagzeile werden.«

Anaïs versuchte zu schlucken, aber ihre Kehle war wie

ausgedörrt. Natürlich – den Redaktionsfrischling, noch dazu eine junge Frau, mit dieser Geschichte zu betrauen konnte aus Sicht des Chefredakteurs gar nicht schiefgehen. Entweder sie hatte mit ihrer Artikelserie bei den Lesern Erfolg, oder sie landete selbst als Opfer auf der Titelseite – als gefundenes Fressen für den Boulevard. Anaïs biss die Zähne zusammen und hörte das Knirschen. Da würde Kaiser sein blaues Wunder erleben.

»Danke für die Warnung«, sagte Anaïs ruhig. »Aber was ist mit Ihnen?« Sie deutete mit dem Kopf in Richtung Redaktion. »Warum tun Sie sich das da drinnen überhaupt an?«

Möhring schob die Hände in die Hosentaschen. »Ich bin erst im letzten Winter von der London Times zurückgekommen und habe nicht gleich eine feste Stelle gefunden. Meine Mutter war sehr krank. Außerdem dachte ich, das Vaterland könnte mich in der aktuellen politischen Lage gut gebrauchen.« Ein mattes Lächeln erschien auf seinem Gesicht. »Ziemlich größenwahnsinnig, was?«

»Geht es Ihrer Mutter wieder gut?«

»Nein.«

»Das tut mir leid.«

Möhring zuckte die Schulter. »Kriegerwitwe, kleine Rente, Tuberkulose ... So was ist heute ein Massenschicksal.« Er stieß sich vom Fenster ab. »So, und jetzt machen Sie sich endlich auf den Weg. Ich melde mich.« Möhring holte Luft und straffte die Schultern. Dann ging er zur Redaktionstür und riss sie auf. »Meine Herren, was ist denn los?« Die Tür krachte zu.

Zunächst lief Anaïs in Richtung Gedächtniskirche, folgte dem Menschenstrom, ließ sich auf der Suche nach einer Inspiration von ihm treiben. Eine Weile schwirrten Bert Möhrings warnende Worte noch wie hässliche Nachtfalter durch ihren Kopf, unheimlich und nicht zu greifen, aber mit jedem Schritt, den sie sich von der Redaktion entfernte, mit jedem Lachen eines Vorübergehenden, mit jeder klimpernden Tanzmelodie, die aus einem Café klang, wurde seine Stimme mehr zu einem

Wispern und verstummte schließlich ganz. Bis zum Tiergarten hatte Anaïs das Tempo der Stadt aufgenommen.

Das Vergnügen fand im Westen statt, am Kurfürstendamm und am Tauentzien bis zum Luna-Park mit Wasserrutsche, Völkerschauen und Feuerwerk, das Amüsemang lockte an jeder Ecke. *Früher mal hatten wir eine Armee, jetzt haben wir prima Perversitäten!* Klaus Mann hatte das geschrieben. Und er hatte recht. Touristen erlebten alles in Berlin, was die Stadt erlaubte und die Provinz verbot. Manche Schlepper entführten ausländische Herren in gutbürgerliche Wohnungen, wo Kriegerwitwen sich oder ihre Töchter verkauften. Die Not verbarg sich auch hinter eleganten Fassaden.

Anaïs folgte der Kurfürstenstraße durch Charlottenburg.

Bald kam sie an den Lokalen der Christengemeinde vorbei, an Studentenbuden und kleinen Hotels. Mädchen standen auf den Straßen, verkauften Zillefiguren, in den Hauseingängen saßen Einbeinige. Hinter diesen abblätternden Fassaden lebte das arbeitende Volk. Wenn es denn Arbeit hatte, dachte Anaïs.

Ein barhäuptiger Mann stand, die Ärmel seines blauen Hemdes hochgekrempelt, auf der Ladefläche eines Lastwagens, an dessen Seiten Plakate mit Hammer und Sichel der KPD hingen, und hielt eine Ansprache.

»... für einen Generalstreik!«, brüllte er gerade. Den linken Daumen hatte er unter den breiten Hosenträger gehakt, mit der rechten Hand gestikulierte er über den Köpfen seiner Zuhörer, die ihm aufmerksam lauschten. »Genossinnen und Genossen – es ist hoch an der Zeit für uns!«

Applaus erhob sich.

Die Männer trugen Schirmmützen statt Hüten. Einer von ihnen hatte den Vorwärts zusammengerollt unter den Arm geklemmt. Zwei Frauen blieben mit ihren hochrädrigen schwarzen Kinderwagen neben Anaïs stehen und hörten ebenfalls zu. Sie hatten strähniges Haar und unnatürlich große Augen. Anaïs sah wieder Kastners selbstgefälliges Gesicht vor sich. Braunes Gesindel, hatte Kaiser gesagt, sozialrevolutionäre Schreihälse. Diese Leute würden auch denen zuhören.

Anaïs ging weiter und passierte an der Straßenecke zwei Männer in Reithosen und braunen Hemden. Mit den Händen im Rücken hörten sie aus der Entfernung ebenfalls dem Mann auf dem Lastwagen zu. Doch als der eine von ihnen sie bemerkte, musterte er sie aufmerksam. Anaïs beschleunigte ihre Schritte, widmete ihre Aufmerksamkeit den Puppen mit leeren Gesichtern, die im Schaufenster eines Trikotagengeschäfts standen. Sie trugen rosa Hemdchen mit gelben Spitzen. Damenstrümpfe, echt Kunstseide! Daneben Möbel und Mäntel auf Abzahlung. Dazwischen Leihhäuser, Naturheilpraxen und Rechtsbüros mit zwei Eingängen, Ehescheidungen und Strafsachen getrennt.

Am Alexanderplatz kaufte Anaïs für sehr viel Geld eine große, dickschalige Orange, hielt sie sich unter die Nase und sog ihren Geruch ein. Vielleicht wuchsen solche Früchte im Land ihres Vaters, sogar im Herbst. Nicht zu wissen, wo seine Wurzeln lagen – das konnte einen schon mürbemachen.

Anaïs ließ die Orange von einer Hand in die andere wandern, genoss ihre kühle Glätte, setzte ihren Weg fort. Bald hatte sie Friedrichshain erreicht, nur noch ein paar Straßen zum Schlesischen Bahnhof. Noch ein Stück weiter, und die Schlachthöfe der Stadt würden vor ihr liegen. Dieses Viertel hatte sie bisher nur als Mann verkleidet betreten. Es fühlte sich seltsam an, in ihrem primelgelben Kleid und den guten Schnürschuhen an den engen Durchfahrten vorbeizugehen, den finsteren Höfen und den Häusern, deren verfallende Ziegelmauern von oben bis unten mit Plakaten beklebt waren. *Sind's die Augen, geh zu Mampe, gieß dir ein'n auf die Lampe, kannste alles doppelt sehen, brauchste nich zu Ruhnke gehn.* Schuhlokal, Strumpfvertrieb, Hosenzentrale. Vor dem Lumpenkeller hingen alte Kleider zum Verkauf. *Zahle höchste Preise.* Neben dem Eingang drehte ein Mann, dessen Augen von einer schmutzigen Binde bedeckt waren, seinen Leierkasten. Ein Teller mit zwei Münzen stand darauf.

Zwei kleine Mädchen in schmuddeligen Schürzen, Schleifen wie riesige Schmetterlinge auf dem Kopf, schoben ramponierte Puppenwagen, schnatterten geschäftig wie ihre Mütter. Mehrere Jungen verschiedenen Alters standen an einer Ecke und steckten die Köpfe zusammen. Zigarettenrauch stieg zwischen ihnen auf.

Anaïs blieb stehen, sah ihnen zu. Die Jungen waren noch keine zehn Jahre alt, genossen wohl die letzten Züge einer gefundenen Kippe und ihrer Kindheit zugleich. Und dann? Was hatte sie irgendwo gelesen? Hundertfünfzehn Mark im Monat, denn es war nicht immer volle Schicht, dreißig Mark für Miete und zehn Mark Rente für den alten Vater. Oder hundertfünfzig Mark, wenn man sich als Reisender die Hacken ablief, Treppe rauf und Treppe runter, und fünfundzwanzig Mark Spesengeld. Und zu Haus die Familie und die Frau in Heimarbeit. Aber immerhin – Arbeit.

Einer der Jungen, der Kleinste, hustete und drehte sich um. Sein Blick fiel auf Anaïs, und er zwinkerte. Einer schwarzen Frau war er offensichtlich noch nicht begegnet.

Anaïs lächelte und streckte ihm die Orange entgegen.

Der Kleine zögerte, dann warf er mit Schwung sein Haar zurück, zog die kurze Hose hoch und kam auf sie zu. Mit etwas Sicherheitsabstand, gerade so, dass Anaïs ihn nicht greifen konnte, blieb er stehen.

»Wollen Se vielleicht Schokolade, Frollein?«

»Wie bitte?«

»Drei Tafeln zwee Mark.« Er starrte auf die Orange. »Wat kostet denn so wat?«

Anaïs fing an, die Orange zu schälen. Klebriger Saft lief ihr über die Finger, und sie hatte natürlich kein Taschentuch dabei. »Die kostet nichts«, sagte sie. Die Fruchtsäure brannte in den Striemen, die ihr die Katze beigebracht hatte.

»Maxe!« Einer der anderen Jungen fuchtelte mit der Hand in der Luft herum. »Du jehst sofort zu Hause, ick sag es Vatern.«

»Hier.« Anaïs brach das Fruchtfleisch auseinander, köstlicher Duft stieg auf.

Der Kleine starrte wie hypnotisiert auf ihre Hand, er kannte eine Orange wahrscheinlich nur vom Hörensagen.

»Könnt ihr euch teilen, wenn ihr wollt.« Wohin mit der Schale? Fast musste sie lachen, wen interessierte das schon. Sie ließ sie auf den Boden fallen.

Keiner der Jungen rührte sich.

»Und Schokolade möchte ich auch«, setzte sie hinzu.

Der Kleine schaute zu den anderen hinüber.

»Moment, schönet Frollein.« Ein größerer Junge hakte die Daumen hinter die Schnüre, die ihm als Hosenträger über einem Jackett dienten, und kam gemessenen Schrittes näher.

»Sechs Tafeln bitte«, sagte Anaïs.

Die Jungen boxten sich gegenseitig mit den Ellenbogen in die Seite, einer stieß einen Pfiff aus.

»Na, denn hol ick mal schnell die Ware, wa?«, sagte der Verkäufer und verschwand im nächsten finsteren Hauseingang.

Anaïs hielt die geschälte Orange von ihrem Kleid weg.

Es waren fünf oder sechs Jungs, mager und viel zu klein für ihr Alter, aber muskulös und sicher flink wie die Ratten auf ihren nackten Füßen. Anaïs spürte ein Kribbeln zwischen den Schulterblättern. Sechs Tafeln Schokolade, war sie verrückt geworden? Sie hatte dem Kleinen helfen wollen, aber vier Mark war hier eine Menge Geld, und die Jungen erwarteten bestimmt noch mehr. Ihr Kleid aus gutem Stoff und die fast neuen Schuhe waren hier einiges wert.

Im Hauseingang tauchte der Junge mit den Hosenträgern wieder auf. Er trabte zu ihr herüber und blieb so dicht vor ihr stehen, dass sie den muffigen Geruch seiner Kleider wahrnehmen konnte. Dabei hielt er ihr einen Stapel sauber verpackter Schokoladentafeln hin. Die Papierbanderolen schimmerten makellos hell wie Elfenbein. Darauf waren drei kleine schwarze Kinder in Turbanen und Pluderhosen abgebildet, die Tabletts mit Schokolade trugen. *Kakao, Schokolade, Pralinen – Sarotti.*

»Det macht vier Mark, Frollein«, sagte der Junge so geschäftsmäßig wie ein Ladeninhaber. »Und die Orange da.« Er deutete mit dem Kinn auf die tropfende Frucht.

Anaïs starrte auf die Mohren.

»Wollen Se nu doch nich, oder wat?«

Anaïs räusperte sich. »Wo hast du die Schokolade her?«

»Is kürzlich vom Lieferwagen jefallen.«

Anaïs sah in sein mageres Gesicht. Der Junge erwiderte ihren Blick ungerührt.

»Verstehe«, sagte Anaïs leise.

»Und? Wat is nu mit die Orange?«

Anaïs legte dem Jungen das Fruchtfleisch in die Hände. Dann griff sie mit klebrigen Fingern in ihre Tasche. Ohne ihr Portemonnaie herauszuziehen, entnahm sie ihm vier Markstücke und tauschte die Münzen gegen die Schokolade. Der Mensch, dachte sie, muss leben. Dafür passt er sich seiner Umgebung an. Am Ende war sie auch nicht besser als die Jungen.

Die Markstücke verschwanden in der Hosentasche des Verkäufers, die Orange wurde aufgeteilt und andächtig verzehrt. Anaïs setzte ihren Weg fort.

»*Frollein!*«

Sie drehte sich um, der große Junge hielt noch einen halben Orangenschnitz in der Hand. »Ja?«

»Wo wollen Se denn hin? Det is der komplett falsche Weg.« Er deutete in die Richtung, aus der sie gekommen war. »Da jeht's lang.«

Anaïs schüttelte den Kopf. »Ich gehe zum Schlesischen Bahnhof.«

»Wollen Se denn verreisen?«

»Nein, ich will mir nur die Gegend ein wenig ansehen.«

Die Kinder hörten auf zu essen und starrten sie an, als hätte sie gesagt, sie wollte zum Mond. Der Junge löste sich aus der Gruppe und kam auf sie zu.

»Nee, nee, da wollen Se nich hin«, sagte er ernst.

»Aha, und woher weißt du das?«

»Waren Se denn schon mal da?«

»Nein, deshalb gehe ich ja hin«, log Anaïs.

»Und wat wollen Se da? Elend kieken, oder wat?«

Anaïs starrte in sein zu schmales und zu altes Gesicht. Er dachte wohl, sie wäre hergekommen, um sich an dem schweren Leben anderer Leute zu ergötzen, so wie Tante Valeries Freundinnen am Sonntag mit Bibeln und Selbstgestricktem in die Arbeitshäuser einfielen. Auf einmal schämte sie sich ihres Mitleids – und der Orange.

»Vielleicht hast du recht«, sagte sie leise.

»Janz bestimmt.« Seine Stimme klang tröstend, geradezu väterlich. »Jehn Sie man wieder in Ihre Revue.«

»In meine – Revue?«

Die anderen Jungen kamen näher.

»Sie sind doch die da«, rief einer. Er warf die Arme in die Luft und drehte sich im Kreis, wobei er wie wild mit dem Hinterteil wackelte und die Zähne fletschte wie ein Gorilla.

»Josephine Baker?«, fragte Anaïs. Sie dachte an Borowskis private Soiree, an die Herren im Smoking und die nackten Mädchen, die der Baker beim Tanzen zugesehen hatten.

Die Jungen nickten.

»Großer Gott, nein, das bin ich nicht.«

Die Jungen grinsten, schwiegen.

»Det macht doch nüscht«, sagte der ältere Junge. »Muss ja jeder kieken, wo er bleibt, wa? Aber det janze Drumherum vonne Bahnhof, det is een jefährlichet Flaster für solche Mädels wie Sie. Gerade jetze.« Er senkte das Kinn und sah sie von unten eindringlich an.

»Für solche Mädels wie mich?«

»Na, schon mal wat vom Berliner Ripper jehört?«

*Solche Mädels wie Sie.* Solche, die halb nackt vor Herren im Smoking tanzten.

Ein Revuegirl war also nicht besser als eine Dirne. Eine, der ein Straßenjunge Ratschläge erteilen konnte. Anaïs' Blick wanderte über die Schulter des Jungen hinweg und die Mauern der Häuserschlucht entlang. *Destille zur Pfandkammer.* Ein Lumpenbündel, aus dem ein Holzbein ragte, lag zusammengekrümmt im Rinnstein davor, die Reste einer menschlichen Existenz. *Leihanstalt.*

*Elend kieken, oder wat?* Die Kinder hatten ja recht.

Anaïs streckte die Hand aus, der Junge ergriff sie mit ernstem Gesicht und schüttelte sie. »Mach's gut«, sagte sie. »Und – viel Glück.«

Vor dem Revuetheater an der Ecke Kurfürstendamm und Fasanenstraße wartete das Publikum bereits auf Einlass. Lacklederschuhe, Pelze, Abendgarderobe. Ein Mann im Smoking mit geweißtem Gesicht, schwarz umrandeten Augen und blutroten Lippen verteilte Werbezettel. Als er Anaïs erblickte, verzog er den Mund und tänzelte auf sie zu.

»Na, dunkle Schöne der Nacht, noch auf der Suche?«
»Gehen Sie mir aus dem Weg, guter Mann.«
»Oh, wir sind was Besseres? Tatütata!«
Anaïs setzte ihren Weg wortlos fort. Sie hörte, wie er mit hoher Stimme einen Gassenhauer hinter ihr hersang:
*»Ick bin die allerneuste Zeiterscheinung,*
*Sie treffen mir an allen Orten an.*
*Ick pfeife uff die öffentliche Meinung,*
*weil ick als Raffke mir det leisten kann ...«*

In der Fasanenstraße brannte nur hinter einem Fenster in der Kellerwohnung und in der Eingangshalle schwaches Licht.

Anaïs drückte die Haustür auf. In der Halle verbreitete die Tiffanylampe auf dem kleinen Sofatisch ihren opalisierenden Schein, warf blaue und rosa Prismen auf die Wände, in den Ecken hockten Schatten, die oberen Stockwerke lagen im Dunkel. Vorbei an Moses mit den Gesetzestafeln lief Anaïs die Treppe hinauf in die Beletage, schloss die Wohnungstür auf und warf sie hinter sich ins Schloss.

In der Wohnung war es dunkel und kalt. Der Bakelit-Lichtschalter neben der Tür summte leise. Die Glühbirne in der Flurlampe knisterte. Das alte Parkett knackte.

Eine Gänsehaut kroch über Anaïs' Arme, breitete sich auf ihrem Rücken aus. Sie ging in ihr Schlafzimmer, wo noch immer ihr Koffer stand, den sie am frühen Morgen dort abgestellt hatte.

Statt den Koffer auszupacken, wühlte Anaïs in ihren Kleidern und zog den bestickten Hausmantel aus dickem Brokat heraus, den sie an Winterabenden vor dem Kamin trug, während der Wind um Tante Valeries Haus am Schlachtensee heulte. Natürlich hätte sie die Kachelöfen einheizen müssen. Sie kuschelte sich in den schweren Stoff, zog die Kordel um ihre Taille fest zu. Aber ein Gefühl der Geborgenheit wollte sich einfach nicht einstellen. Was würde sie jetzt für eine heiße Schokolade und Tante Valeries Gesellschaftsklatsch geben.

Seit dem Frühstück hatte sie nichts gegessen und auch im Lauf des Tages nicht daran gedacht, Lebensmittel einzukaufen. Außer sechs Tafeln süßer Schokolade. In der Villa am Schlachtensee hatten dienstbare Geister geputzt, gewaschen, gekocht und geheizt. So diskret und nahezu unsichtbar, dass Anaïs sich nie Gedanken über die Anforderungen eines Haushalts gemacht hatte. Sie brauchte Hilfe, so viel war klar. Allerdings war der Gedanke, die geschwätzige Frau Schiller in ihrer Wohnung walten und schalten zu lassen, nicht allzu verlockend.

Um sich von ihrem Hunger abzulenken, setzte sich Anaïs mit ihrem Notizblock an den Schreibtisch im Herrenzimmer. Sie wollte unbedingt noch die Eindrücke des heutigen Ausflugs festhalten. Die Begegnung mit den Jungen würde ihrem nächsten Artikel Lebendigkeit und Lokalkolorit verleihen. Sie hob den Kopf und ließ die Füllfeder sinken. Ein nächster Artikel über den Ripper? Sie wartete tatsächlich schon wie Kaiser ...

Auf einmal hatte Anaïs das Gefühl, beobachtet zu werden. Sie richtete den Blick auf die offene Flügeltür, in das Dunkel des angrenzenden Salons, erwartete fast, die glühenden Augen eines Nosferatu zu sehen. Sie hatte die Filmpremiere von »Nosferatu« heimlich besucht, deshalb hatte sie auch über ihre Alpträume mit niemandem sprechen können. Doch es schwebte keine Teufelsfratze in der Finsternis des Salons, Nosferatu hatte an diesem Abend wohl anderweitige Verpflichtungen. Anaïs musste lächeln. Ihre Nerven hatten ihr einen Streich gespielt. Kein Wunder, wenn man von seinem

Chefredakteur gezwungen wurde, sich mit einem Ungeheuer zu befassen.

Hatte sie die Kette an der Wohnungstür vorgelegt? Anaïs stand auf und ging in den Flur.

Die Kette hing schlaff herab, ihre Glieder schimmerten im schwachen Schein der Flurlampe wie eine Reptilienhaut. Schnell packte sie das dicke Ende und schob es in die Schiene am Türblatt, dann kehrte sie ins Herrenzimmer zurück und setzte sich wieder an den Schreibtisch.

Aber sosehr sie sich auch bemühte, es gelang ihr nicht mehr, den roten Faden in ihrem Gedankengang wieder aufzunehmen. Sie schrieb es ihrer Müdigkeit zu. Immerhin sah Anaïs ihren Karriereweg nun klarer vor sich. Eines Tages würde sie so bekannt wie ihr großes Vorbild Egon Erwin Kisch sein, immer am Puls der Zeit und mit Geschichten aus einer Welt, die ihre Leser bisher nicht kannten. Eine warme Welle der Freude und Erleichterung durchlief sie. So war es dann doch ein guter Tag gewesen, einer, der Klarheit gebracht hatte. Anaïs schraubte die Füllfeder zu, löschte die Tischlampe und ging zum Fenster, um die Vorhänge zu schließen.

Auf der anderen Seite der Fasanenstraße stand ein Mann im Lichtschein der Laterne und sah zu ihr herauf. Er trug eine zu weite Jacke, deren Schnitt vor Jahrzehnten modern gewesen sein mochte, und grobe Arbeitsschuhe. Die Hände hatte er in den Taschen seiner ausgebeulten Hose vergraben. Der Schirm seiner Ballonmütze warf einen Schatten über sein Gesicht, sodass Anaïs seine Züge nicht erkennen konnte.

Plötzlich war ihr, als hörte sie Bert Möhrings Stimme.

*Ich möchte nicht, dass man irgendwann Ihre Leiche in einem Hinterhof findet, nachdem Sie dem Mörder über den Weg gestolpert sind. Das ist ein Ungeheuer.*

Anaïs packte instinktiv die dicken Samtfalten. Von dort unten konnte man das Licht in ihrer Wohnung und das Herumwandern ihres eigenen Schattens gut sehen. Schnell zog sie die Vorhänge zu. Wie lange hatte der Mann schon da unten gestanden und sie beobachtet? Unsinn, ihre Arbeit machte sie nervös. Wahrscheinlich hatte die Aufmerksamkeit des Mannes gar nicht ihr gegolten. Sie linste durch einen Spalt zwischen den Vorhangbahnen. Da stand er, der Unbekannte, und starrte noch immer zur Beletage hinauf, als hoffte er, dass es wieder etwas zu sehen gäbe. Auf einmal drehte er ihr das Gesicht zu, als spürte er, wo sie sich vor ihm verbarg. Anaïs rührte sich nicht. Nach ein paar Minuten wandte er sich nach links und schlenderte davon. Sie sah ihm nach, bis er aus ihrem Blickfeld verschwand.

Hatte der Mann eine Einbruchsmöglichkeit ausbaldowern wollen? Sie wollte über das Leben in den Vierteln wie Friedrichshain schreiben, aber was wusste sie schon vom Alltag derer, die dort lebten? Sie wohnte hier oben und blickte nur aus der Vogelperspektive auf sie hinab.

*Weil ick als Raffke mir det leisten kann.*

Anaïs hatte einen bitteren Geschmack im Mund.

# SIEBEN

Der Himmel war schwarz, und selbst das letzte Tageslicht am Horizont wirkte kalt und bedrohlich, so wie das bleifarbene Meer darunter. Am Ufer lag ein Toter am Boden, der von zehn Schwertern durchbohrt war. Es war eine entsetzliche Karte.
*Die Zehn der Schwerter.*
Im Tarot ein gefürchtetes Blatt.

Tadeusz Janowsky war Hellseher und Wikinger, wiedergeboren auf einem Bauernhof im hintersten Ostpreußen, und nannte sich Thor Jonasson. An diesem Spätnachmittag saß er am Schreibtisch in seiner Wohnung im vornehmen Stadtteil Wilmersdorf, in der die Spitzen der Berliner Gesellschaft ein und aus gingen und seinen Rat suchten, und starrte auf die Tarotkarte, die in der Legung, die er für sich selbst vorgenommen hatte, stets erneut auftauchte. Entgegen den Regeln hatte er verschiedene Legungen versucht, immer in der Hoffnung, sie möge nicht mehr erscheinen. Doch die Karten ließen wie immer nicht mit sich handeln. Die Zehn der Schwerter bedeutete den Schlussstrich, den plötzlichen, gewaltsamen Schnitt, der etwas Krankes beendete – oder den schmerzhaften Verlust. Angesichts der Zehn der Schwerter lautete Thors Rat für seine Kunden stets gleich.

*Beenden Sie sofort das, wonach Sie gefragt haben.*

Beim Tarot durfte man nur die Fragen stellen, auf die man auch die Antworten zu hören bereit war. Wie oft hatte er das am Beginn einer Legung zu einem Ratsuchenden gesagt? Nun hatte er selbst gegen diese eiserne Regel verstoßen. Thor schob die Karten mit beiden Händen auf einen Haufen und klopfte sie dann zu einem Stapel zusammen. Seine Vorhersagen stimmten immer.

Anders als die der zahlreichen selbst ernannten Medien, die in Berlin für ihre Schwarze Kunst einen fruchtbaren Boden fanden. In diesem Deutschland der Depression und der

Hoffnungslosigkeit wuchsen sie zu Hunderten wie aus dem Nichts, die Wunderheiler, Schamanen, Propheten und Erweckungsprediger, mit langen Haaren und in härenen Gewändern und geeint in dem Versprechen, eine patriotische Mission zu erfüllen und das Vaterland nach dem verlorenen Krieg und dem schändlichen Vertrag von Versailles zu einer nie geahnten Machtfülle zu führen. Überall stießen sie auf offene Ohren, ob in der Bourgeoisie, der Industrie oder beim Militär. In Berlin sammelte der Heilmagnetiseur Joseph Weißenberg mehr als hunderttausend Anhänger in seiner »Vereinigung ernster Forscher von Diesseits nach Jenseits« und kandidierte für den Reichstag. In Bayern behauptete der Alchemist Franz Tausend unter politischen Esoterikern, Gold herstellen zu können, und begeisterte auf diese Weise sogar den Weltkriegshelden Erich Ludendorff mit der Aussicht, auf diese Weise die Reparationen auf einen Schlag abzuzahlen und das Joch der Fremdherrschaft abzuwerfen. In München wurde der Bierkellerrevolutionär Adolf Hitler mit seinen Heilsversprechen zum Führer nicht nur der extremen Rechten. Je mehr sich seine Visionen verbreiteten, umso erfolgreicher traf er die Mitte der Gesellschaft, streifte er den Makel des Berufsrevolutionärs und der Bierkeller ab.

Im Gegensatz zu all diesen dubiosen Gestalten genoss Thor Jonasson einen geradezu wissenschaftlichen Ruf. Dazu trug auch seine beeindruckende Bibliothek bei, in der das goldene Pendel einer Standuhr wie ein lebendiges Herz schlug und die verrinnende Lebenszeit zählte. Hier, inmitten seiner Bücherschätze, die er stetig um Neuerscheinungen und antiquarische Kostbarkeiten erweiterte, empfing Thor seine Klienten, und hier sammelte er das Wissen, das ihm in seiner ostpreußischen Dorfschule vorenthalten worden war.

Fast zwanzig Jahre Berufserfahrung halfen Thor bei der Einschätzung seiner Kundschaft, deren Zukunft er mittels Legung von Tarotkarten zu klären versuchte. Seine deutsche Großmutter hatte ihm nicht nur die deutsche Sprache und die deutschen Dichter nahegebracht, sondern ihn auch die Kunst des Kartenlegens gelehrt, wobei sie ihm eingeschärft hatte, er dürfe sie nur zu gottgefälligen Werken nutzen. Stets achtete er während einer Sitzung auf das Mienenspiel des Ratsuchenden, verwickelte ihn beiläufig in ein Gespräch, stellte Rückfragen und entlockte seinem Klienten auf diese Weise die nötigen Informationen für seine Prognosen.

Handelte es sich bei dem Ratsuchenden um eine bekannte Persönlichkeit, so griff Thor Jonasson zusätzlich auf seine Spione bei Politik, Presse und Polizei zurück, schlecht entlohnte Mitarbeiter, die ihm vorab Indiskretionen zutrugen. Diese Investition machte sich stets bezahlt.

In letzter Zeit mischten sich jedoch unter die Damen, die ihn in Liebesdingen befragten, und unter die um ihre wirtschaftliche Zukunft besorgten Herren aus Handel und Industrie zunehmend diskrete Männer mit Interesse an Politik. Sie betraten seine Bibliothek erst nach Einbruch der Dunkelheit, wenn die Samtvorhänge an den hohen Fenstern schon zugezogen waren. Ihre Kleidung war bescheiden, und ihre soldatisch anmutenden Staubmäntel wirkten abgetragen, aber sie verfügten über große finanzielle Mittel. Damit gingen sie so sorglos um, dass es sich dabei nicht um ihr eigenes Geld handeln konnte. Die Fragen jedoch, die seine Besucher ihm stellten, und die Überzeugungen, die sie mit leuchtenden Augen abgaben, irritierten ihn.

*Es herrscht eine antikapitalistische Sehnsucht, Thor.*
*Wir stehen vor einer grandiosen Zeitenwende.*
*Der Liberalismus wird überwunden werden, werter Meister, und ein neues Denken in der Wirtschaft und eine neue Einstellung zum Staat sind im Begriff zu entstehen.*

Thor nutzte die Informationen, die er am Rande der Sitzungen von seinen Klienten aus der Wirtschaft erhielt, für ein paar kurzfristige Prognosen, die naturgemäß alle eintrafen, und prophezeite den Männern selbst und ihrer Bewegung, bei der es sich um eine Art Geheimbund zu handeln schien, Erfolg. Doch die Auskünfte, die ihm seine Spione über diese Herren lieferten, bereiteten ihm Sorgen. Zunehmend sah er sich in ein Netz aus politischer Machtgier gezogen, und das machte ihm Angst. Thor Jonasson hatte tatsächlich ein Gespür für die Zukunft. Die hochfliegenden Pläne dieser Umstürzler, sollten sie wirklich eines Tages die Macht ergreifen, konnten eigentlich nur auf eine einzige Weise finanziert werden. Thor fühlte sich jedoch zu alt für einen neuen großen Krieg. Er saß in Berlin praktisch auf gepackten Koffern.

Thor konnte nicht nur in die Zukunft sehen. In seiner Jugend war er mit einem Wahrsager und Hypnotiseur über die Jahrmärkte in Polen gezogen. Von ihm hatte er den Blick in die Vergangenheit gelernt. Es war diese Fähigkeit, die zum Grundstein seines Erfolges geworden war, als er seiner persönlichen Neigungen wegen in das weltoffene Berlin übersiedeln musste.

Thor versetzte seine Klienten auf ihrer Suche nach einer früheren Inkarnation in Hypnose und murmelte dann Jahreszahlen, die immer weiter zurückreichten. Meist verharrten die Hypnotisierten eine Weile reglos, wie schlafend und so, als gingen seine Worte ins Leere. Doch irgendwann begannen sie, sich zu regen und mit geschlossenen Augen von Orten und Menschen zu erzählen, die lange vor ihrer Zeit auf dieser Erde ihre Spuren hinterlassen hatten. Sie stöhnten, wenn sie in Gedanken wieder ihre Todesstunde erreichten, oder lächelten still in sich hinein, ohne ihre Erinnerung mit ihm zu teilen. Es waren intensive Erfahrungen, die Thor mit Ehrfurcht erfüllten, und nie vergaß er, anschließend ein Gebet an die Schwarze Madonna von Tschenstochau zu richten, damit sie ihn beschütze und das Böse, das er bei diesen Sitzungen gelegentlich spürte, von ihm fernhalte.

Eine goldene Ikone der Schwarzen Madonna hing in seinem Arbeitszimmer, davor flackerte Tag und Nacht eine rote Ampel. An kirchlichen Feiertagen ging Thor durch die ganze Wohnung, verbrannte Weihrauch und betete. Für Thor waren der Glaube an Gott und der an die Wiedergeburt kein Widerspruch. Woher rührten Sympathie und Antipathie, bevor auch nur ein einziges Wort gewechselt worden war? Was war die Liebe auf den ersten Blick? War nicht jeder schon einmal Menschen oder Orten begegnet, die er nicht erst seit wenigen Augenblicken, sondern bereits sein ganzes Leben zu kennen glaubte?

Er selbst hatte nach einem klarsichtigen Traum, aus dem er wie gelähmt erwacht war, keinen Zweifel daran, einst als Wikinger nach Grönland gesegelt zu sein und dort den Tod gefunden zu haben. Deshalb trug er sein dickes, langsam ergrauendes rotes Haar in einem mit Bändern umwickelten Zopf, der sich über seine breiten Schultern wand wie eine Anakonda, und sein geflochtener Bart reichte ihm bis auf die Brust.

Seit ein paar Tagen trieb Thor eine beunruhigende Frage um, sodass er alle Termine abgesagt hatte. Die Lektüre eines reißerischen Artikels im Berliner Brennpunkt hatte eine Saite in ihm zum Klingen gebracht, deren Nachhall nun rund um die Uhr an seinen Nerven zerrte. Es war eine Erinnerung, von der er nicht wusste, wie er mit ihr umgehen sollte.

*Die Zehn der Schwerter.*

Thor packte den Kartenstapel und schleuderte ihn quer durch das Arbeitszimmer, wobei sich gerade zum Stundenschlag der großen Standuhr die Tür öffnete, ein Junge seinen schwarz gelockten Kopf hereinsteckte und von dem Kartenregen getroffen wurde. Schnell zog er sich in Deckung zurück.

»Was willst du?«, fragte Thor.

Der Junge hieß Oskar und war schon achtzehn – beides behauptete er zumindest –, und Thor hatte ihn vor drei Monaten am Nollendorfplatz zwischen Bösen Buben in Lederkluft und Puppenjungs aufgelesen und wie einen verlassenen und ziemlich schmutzigen Hundewelpen mit nach Hause genommen. Oskar hatte nicht nur einen knabenhaften Körper, sondern auch einen Augenaufschlag wie Rudolph Valentino, und inzwischen hing der Junge tatsächlich mit geradezu hündischer Ergebenheit an seinem neuen Herrn und Liebhaber. Thor verabscheute Tuntenbälle und Matrosenfeste, besuchte keines der einschlägigen Berliner Etablissements. Oskar war eine menschliche Schwäche, die Thor sich leistete und vor seinen Klienten sorgfältig verbarg.

Oskars Gesicht tauchte wieder im Türspalt auf. »Die Gräfin Jablonskaja hat schon wieder angerufen«, sagte er und bemühte sich hörbar um gutes Deutsch. Thor konnte Gassenjargon nicht ausstehen.

»Was hast du ihr gesagt?«
»Na, dass du immer noch in Meditation bist.«
»Gut, ja, sehr gut.«

Thor stand auf, wanderte eine Runde durch sein Arbeitszimmer, kehrte zu seinem Schreibtisch zurück und starrte auf die Titelseite des Berliner Brennpunkt, die seit Tagen dort lag.

»Der Ripper von Berlin«, sagte Thor nachdenklich. »Oder der Ripper von London, was meinst du?«

Oskar schloss die Tür hinter sich, lehnte sich an den Rahmen und verschränkte die Arme vor der Brust. »Du glaubst, dieser Ripper ist wiedergeboren?«, fragte er spöttisch.

Oskar hatte nie erwähnt, woher er stammte, aber Thor empfand es als angenehm, dass er nicht den unverschämten Berliner Dialekt sprach, sondern sich um einen kultivierten Ton bemühte. Nur manchmal kam der Straßenjunge in Oskar durch, der er wohl gewesen war. Warum sonst ließ sich ein Kind auf den Strich ein, wenn nicht für Essen, Kleidung und ein Dach über dem Kopf? Gerne redete Thor sich ein, Oskar wäre aus gutem Haus ausgerissen und freiwillig bei ihm. Am Nollendorfplatz hatte er jedenfalls unter den abgebrühten Strichern wie ein verirrter Engel gewirkt. Thor beschloss, ihn bei Gelegenheit einmal zu fragen.

»Nein … ich meine, wie könnte ich das?«, sagte Thor und nahm seine Wanderung wieder auf. »Es würde meiner Theorie zuwiderlaufen, dass Reinkarnation spirituelles Wachstum bedeutet.« Er blieb stehen, sah den Jungen an. »Du verstehst doch, was ich sage?«

Oskar klimperte mit den Augen. »Nee, eigentlich nicht.«

»Ein Serienmörder würde seine Taten nicht wiederholen«,

erklärte Thor, »sondern im Gegenteil in einem neuen Leben, das ihm geschenkt wird, dafür büßen.«

»Versteh ich trotzdem nicht.«

Thor schloss die Augen und kniff sich mit Daumen und Zeigefinger in die Nasenwurzel. Seit Tagen dachte er über die Frage nach, ob er zur Polizei gehen und seine Hilfe anbieten sollte. In letzter Zeit war der Londoner Ripper mehrmals Thema in seinen Sitzungen gewesen.

*Heilige Madonna von Tschenstochau, steh mir bei.*

»Es gibt in Asien kleine Kinder«, sagte er zu Oskar, »die kennen Einzelheiten aus ihren früheren Inkarnationen.« Wenn er zur Polizei ginge, würde man ihn vermutlich nur auslachen. »Später verlieren sich diese Erinnerungen leider. Ich kenne keinen Erwachsenen, der sein einstiges Leben allein – ohne fachkundige Rückführung – reflektieren kann.« Davon lebte er schließlich.

»Ich wette, das war der Ripper selbst«, sagte Oskar. Er schien sich für das Thema zu erwärmen. »Wiedergänger, das ist doch so was wie Vampire oder Werwölfe oder so Zeugs.«

Thor nahm die Hand herunter und bedachte Oskar mit dem durchdringenden Blick, der seinen Erfolg als Hellseher und Hypnotiseur zu einem guten Teil ausmachte. »Soll heißen?«

»Wann hat dieser Engländer denn so zugeschlagen?«

»Vor etwa vierzig Jahren, in Whitechapel«, sagte Thor. »Das ist ein Elendsviertel in London.« Die Standuhr schlug zwei Mal, die halbe Stunde. »So wie ...«

»Wie Friedrichshain«, sagte Oskar. »Da hast du es! Wenn der Mann jetzt so um die sechzig ist, ist er immer noch stark genug, um so ein mageres Huhn von Hure zu massakrieren.« Sein Ton war betont abfällig, wie bei allen Menschen, die ihre Herkunft verachten und sie verschleiern wollen.

»Dann muss der Ripper seine Taten fast vierzig Jahre ausgesetzt haben«, sagte Thor. »Das passt nicht zu einem Serienmörder. Da werden die Abstände eher kürzer.«

»Woher willste das denn wissen?«

»Schon mal was von Kriminologie gehört?«

»Nee.« Oskar runzelte die jugendlich glatte Stirn. »Vielleicht hat dieser Ripper in der Zwischenzeit ja wegen einer anderen Tat gesessen«, schlug er vor. »Jetzt haben sie ihn rausgelassen – oder er ist getürmt –, und er hat sich hierher abgesetzt. Hätte ich bestimmt getan.« Da war sie, die Schläue der Straße, diese Mischung aus Evolution und Erfahrung. Oskar war nicht so naiv, wie er sich verkaufte.

»Ein Engländer in Berlin?« Thor überlegte. »So einer fällt doch auf, noch dazu im Krögel. Oder halt – nein, hat die Londoner Polizei damals nicht einen deutschen Seemann oder Schuster verdächtigt?« Der Gedanke gefiel ihm, er überlagerte den anderen, weitaus unangenehmeren. »Du bist ein kluger Junge.«

»Weiß ich«, sagte Oskar, stieß sich vom Türrahmen ab und kam zum Schreibtisch herüber, schritt über das Meer von Tarotkarten, als ginge er über Wasser, und trat das Schicksal unbekümmert mit Füßen. Er griff nach einem Briefbeschwerer aus Bronze, einem nackten Speerwerfer, drehte ihn in den Händen. Das Licht der Schreibtischlampe spielte auf den starken, glatten Muskeln des Mannes. Ein unangenehmer Gedanke schien ihn zu streifen, denn er verzog angewidert den Mund und stellte die Figur schnell zurück.

»Gehen wir heute aus, Thor?«

»Nein.«

»Wir sitzen seit Tagen jeden Abend zu Hause.«

»Ich muss arbeiten.«

»Mumpitz, du hast alle Termine abgesagt«, sagte Oskar. »Ich dachte, wir fahren mal irgendwohin. In die Berge vielleicht oder ans Meer. Ganz wie du willst.« Sein Gesicht erhellte sich hoffnungsvoll. »Ich war noch nie in den Bergen, ja?«

»Mhm?« Thor hatte nicht zugehört.

Der Ripper war hier gewesen. Hier, in seiner Wohnung. Je länger er darüber nachdachte, umso sicherer war er.

*Heilige Mutter von Tschenstochau!*

»Also – fahren wir nun?« Oskars Ton wurde quengelig.

»Was? Ach so, nein«, sagte Thor. »Ich werde in nächster

Zeit sehr beschäftigt sein.« Er betrachtete das Puppengesicht des Jungen. »Du bist natürlich frei zu tun, was du möchtest.«

Oskars Blick wurde misstrauisch. »Das sind ja ganz neue Töne«, sagte er. »Willste mich etwa aus dem Haus haben?«

»Fühl dich einfach nicht an mich gebunden.«

»Also, wenn de mich satthast, dann sag's doch einfach.«

»Geh allein aus, du tust mir einen Gefallen damit.«

»Du gibst mir also den Laufpass?«

Langsam verlor Thor die Geduld. »Du hörst mir nicht zu«, sagte er scharf. »Ich muss arbeiten.« Dieses Kind und sein unruhiger Affengeist gingen ihm auf die Nerven.

»Sonst krallste mich doch immer wie eine Riesenspinne.«

»Netter Vergleich, ich muss schon sagen.«

Oskar malte mit der Spitze seines Zeigefingers Kreise auf dem glatten Rücken des Speerwerfers. »Und wenn ich einen anderen Kerl kennenlerne?« Sein Ton war provokant, lauernd.

Thor holte tief Luft. »Mach doch, was du willst.« Vielleicht wurde es wirklich Zeit, sich von Oskar zu trennen. Dreißig Jahre Altersunterschied waren eben nicht leicht zu überbrücken, und wenn ein Liebhaber begann, sich an ihn zu klammern – und das taten sie alle irgendwann –, beendete Thor die Affäre. »Vielleicht bin ich zu alt für dich.«

»Es ist also aus?« Der Junge war wirklich nicht dumm.

»Das habe ich so nicht gesagt.«

Oskar zwinkerte, seine Augen waren verdächtig feucht geworden. Offensichtlich war der kleinen Ratte bewusst geworden, dass sie mit dem Feuer gespielt und mit ihrer Provokation zu weit gegangen war. »Kann ick meen Zimmer noch een bisschen behalten?«, fragte Oskar in gepresstem Ton. »Ick meene, nur bis ick wat anderes habe.«

Da war er wieder, der Gassenjargon. Es sollte wohl tapfer klingen, aber die Angst in seiner Stimme war unüberhörbar. Angst vor den Nächten im Wartesaal. Angst vor sadistischen Freiern und uniformierten Horden. Angst vor der Straße.

»Meinetwegen, es eilt ja auch nicht so …« Thor brach ab, als ihm klar wurde, was er da gesagt hatte. Aber nein, er wollte

seine Worte nicht zurücknehmen, bereute seinen Entschluss nicht. »Du brauchst dir keine Sorgen zu machen.«
Er dachte an eine Sitzung vor ein paar Wochen.
*Kann die Seele eines Menschen von einem anderen Besitz ergreifen, Meister? Gibt es so was wie – Seelenwanderung?*
*Das ist eine Frage für einen Priester.*
*Aber – habe ich schon einmal gelebt?*
*Sie haben eine Erinnerung an ein früheres Leben?*
*Ja, vielleicht in England ...*
*Ich werde Sie hypnotisieren, dann sehen wir weiter.*
Die Hypnose hatte nicht so gut gewirkt wie immer. Der Mann hatte trotz seiner Bitte wohl Vorbehalte gehabt, hatte sich nicht fallen lassen können, sondern sich unbewusst gegen die Trance gesträubt. Das kam gelegentlich vor, insbesondere wenn ein Klient Angst vor der gedanklichen Wiederholung eines schweren Lebens oder einer grausamen Todesstunde hatte.
*Oder vor dem Verlust der Kontrolle.*
Thor hatte sich besonders konzentrieren müssen, und tatsächlich war vor seinem inneren Auge ein Bild aufgestiegen. Pferde, Rinder, Schafe, das Fell blutig, die Augenhöhlen leer, ein Meer aus toten Tieren lag vor ihm. Dann, plötzlich, unter all den Kadavern – der Kopf eines Mannes. Er lag in einer Blutlache, das Gesicht eine Maske, weiß und schmerzverzerrt, die weit aufgerissenen Augen spiegelten Angst und Schrecken. Die Umgebung war hinter wallendem Nebel nicht zu erkennen gewesen. Zuerst dachte Thor, dass die Rückführung doch noch Erfolg gehabt hatte. Aber dann erkannte er, dass es der Kopf des Mannes war, der gerade vor ihm saß, und er wusste, dass er nicht in die Vergangenheit, sondern in die Zukunft blickte. Der Tod seines Klienten war nah und würde gewalttätig sein.
Thor hatte den Mann aus der Hypnose geholt.
*Leider konnte ich keine frühere Inkarnation erkennen.*
*Warum sehen Sie mich so an? Wie lautet Ihr Rat, Meister?*
*Widmen Sie Ihrer Familie Zeit, genießen Sie Ihr Leben.*
*Ich werde also sterben.*
Thor hatte nicht geantwortet, doch der Mann hatte wohl

sein gewaltsames Ende in seinen Augen erkannt, denn sein Gesicht hatte alle Farbe verloren. Er war aufgesprungen und aus der Wohnung gerannt, als wäre der Henker hinter ihm her. Und ohne sein Honorar zu zahlen. Thor hatte gedacht, dass er zurückkommen und seine Schuld begleichen würde, doch er hatte den Mann nie wiedergesehen. Nur einmal noch hatte ein Klient nach dem Ripper von London gefragt.

Er würde zur Polizei gehen. Es würde keine weiteren Opfer mehr geben. Er, Thor Jonasson, hatte von höheren Mächten die Gelegenheit, ja sogar die Pflicht übertragen bekommen, dem Unhold Einhalt zu gebieten.

Die große Standuhr schlug drei Mal.

*Heilige Schwarze Madonna, hilf mir.*

Er blickte Oskar an, der mit trotziger Miene zurückstarrte. Thor fing an, sich zu ärgern. Er hatte keine Nerven für die Allüren eines männlichen Backfischs. »Wenn du hier wohnen und essen willst, musst du dich nützlich machen.«

Oskar grinste. »Ich dachte, das täte ich schon.« Er hatte seine Fassung und seine Berliner Chuzpe wiedererlangt. »Oder denkste, ich bin zum Vergnügen …?«

Thor bezwang sich mit Mühe. »Pass auf, Kleiner«, sagte er. »Ich bin heute nicht zu Scherzen aufgelegt. Wir haben ein ernsthaftes Problem, also überleg dir, was du sagst.«

Oskar nickte, wirkte eingeschüchtert. »Entschuldige, Thor, entschuldige«, stotterte er. »Ich könnte doch dein Sekretär sein, dein Privatsekretär. Ich kann schreiben.«

Thor musste wider Willen lächeln und erkannte sofort am Gesichtsausdruck der kleinen Straßenratte, dass er verloren hatte. »Na gut, warum nicht?«, sagte er. Er war ein kräftiger Mann von über einem Meter achtzig. Aber er war nicht mehr jung, und der Gedanke an eine leere Wohnung war wenig verlockend. Außerdem hatte er keine eigenen Kinder und sich an die Gegenwart des Jungen gewöhnt. Die Haushälterin ging am Abend, und ein Sekretär könnte seinen Klienten gegenüber Eindruck machen. »Meinetwegen, dann bleib eben als Sekretär bei mir.«

»Oh, danke, Thor.« Hoffnung und Erleichterung schwangen in Oskars Stimme, die Straße schien mit einem Schlag in weite Ferne gerückt. Thor hoffte, dass Oskars Freude nicht hauptsächlich der Aussicht geschuldet war, keinen alten Liebhaber mehr ertragen zu müssen. »Ich werde dir sehr nützlich sein, du wirst schon sehen.«

»Ja, davon bin ich überzeugt.«

Inzwischen war draußen die Dämmerung hereingebrochen. Ein starker Herbstwind war aufgekommen und wirbelte tote Blätter am Fenster vorbei. Ein Sonnenstrahl, der durch die Wolken stach, ließ die bunten Tarotkarten am Boden noch einmal aufleuchten. In den Zimmerecken hockten Schatten.

Auf einmal schien eine neue Schwingung in der Luft zu liegen. Thor, der Wikinger und Kenner der nordischen Mythologie, hatte das Gefühl, als schwebten die drei Nornen, die sein Schicksal webenden Frauen, vor seinen Augen.

Die Vergangenheit, die Gegenwart, die Zukunft.

*Welches Schicksal webt ihr für mich, ihr Nornen?*

Hörte er sie leise lachen?

*Die Zehn der Schwerter.*

Leichtfertig hatte er die Karte auf den Boden geschleudert, als könnte dieses kindische Verhalten sein Schicksal abwenden. Vielleicht sollte er statt zur Polizei an die Öffentlichkeit gehen, ein Interview geben. Er würde einfach seine hellseherischen Fähigkeiten anbieten. Dann brauchte er nicht zu erwähnen, dass er den Mörder bereits getroffen hatte, und sein Erfolg würde umso eindrucksvoller sein. Bestimmt war der gewaltsame Tod, den er gesehen hatte, das Werk des Henkers an einem Mörder gewesen, den er, Thor Jonasson, geholfen hatte zu fassen.

Thor versuchte seinem Lächeln Zuversicht zu geben und sagte zu Oskar: »Wenn du auch die Stelle als Köchin willst, kannst du mir jetzt Tee und Brote machen. Ich habe heute Prager Schinken liefern lassen. Bedien dich auch daran.«

Oskar nahm den scherzhaften Ton dankbar an. Er kicherte, drehte sich geziert um und zog die Schultern hoch. Mit lang an den Körper gepressten Armen und abgespreizten Händen wackelte er ein paarmal mit dem Hinterteil, eine groteske Parodie dieser amerikanischen Tänzerin, die gerade Furore machte.

Thor musste lachen. »Hau ab, du Satansbraten«, sagte er. »Ich muss ein wichtiges Telefonat führen.« Er würde die Polizei bei ihrer Arbeit unterstützen.

Oskar verschwand in Richtung Küche.

Thor wandte seinen Blick zu der Ikone der Schwarzen Madonna an der Wand und bat sie in Gedanken um Beistand. Die gemalten Augen starrten mitleidlos zurück.

Das Werk der großen Standuhr zog sich rasselnd auf, als wollte es Luft holen, und begann metallisch zu schlagen, und mit jedem Schlag schienen die schwarzen Schleier, die die körperlosen Silhouetten der Nornen umwehten, näher zu kommen. Thor hob abwehrend die Hände, doch die Frauen wirbelten um ihn herum wie die Blätter hinter dem Fenster, schneller und immer schneller, in einem wahren Hexentanz, und quälten ihn mit ihrem schallenden Gelächter.

Thor kniff die Augen zu, presste die Hände auf die Ohren und hörte nicht, dass ihm die Uhr die Stunde schlug.

# ACHT

Es war der elfte August gewesen, er hatte in der ersten Reihe auf dem offenen Oberdeck des Autobusses gesessen. So hatte er allen anderen Fahrgästen den Rücken zugewandt. Auf den Sitzen hinter ihm hatten sich zwei Männer, mit Strohhut und Stock und in Straßenanzügen, gut gelaunt unterhalten. Biedere Bürger auf dem Weg zu einem harmlosen, wohlverdienten Feierabendvergnügen.

Über ihm wölbte sich der Himmel im Osten noch immer blau, im Westen war er schon flammend rot und wie mit goldenen Fäden durchzogen. Von der Menge, die auf dem Trottoir flanierte, wehte ein Lachen und Schwirren empor, so prickelnd wie französischer Champagner. *Moët & Chandon* und *White Star Sekt*, schrieben die Leuchtreklamen in die Luft, als der Autobus über den Potsdamer Platz fuhr, Funkeln und Glitzern erfüllte den Abend. Berlin erwachte zu seinem nächtlichen Leben.

Die Männer, die hinter ihm saßen, redeten über Politik.

»Bei einem wachsenden Teil des Volkes mag Schwarz-Rot-Gold ja anerkannt sein«, sagte einer von ihnen mit gesenkter Stimme. »Aber die, auf die es ankommt – die Finanzwelt, Beamtenschaft und Universitäten –, stehen der Republik doch feindlich gegenüber.« Er hüstelte. »Wir brauchen endlich ein geeintes Deutschland. Jetzt heißt es, einen guten Riecher für die neuen Zeiten zu haben und bei den Ersten zu sein.«

Die Antwort des zweiten Mannes hörte er nicht mehr mit, denn Politik hatte ihn noch nie interessiert. Einem kleinen Mann konnte es egal sein, von wem er regiert wurde. Von den Versprechungen der Politiker war noch niemand satt geworden.

In der Königsallee stieg er die Treppe am Heck des Omnibusses hinab und machte zwei elegant gekleideten Frauen Platz, die ihn angeekelt ansahen, als wäre er eine Kanalratte, und sich sicher fragten, was einer wie er hier oben zu suchen hatte, er, in seinen altmodischen Klamotten. Er nahm seine Mütze in die Hand, so wie er es gelernt hatte, und wartete höflich, bis die beiden Frauen an ihm vorbei die Stufen hinuntergestiegen waren. Die eine von beiden war jung und hübsch und roch nach Maiglöckchen.

Als er den kiesbedeckten Weg von der Königsallee zur großen Freitreppe des Luna-Parks hinaufging, hörte er bereits das Rattern, das Läuten und das Kreischen des Rummels. Sein letzter Besuch lag schon fast zwanzig Jahre zurück, aber nun kam es ihm gar nicht mehr so lang vor. Er war etwas besorgt gewesen, doch zu seinem Erstaunen stellte er fest, dass er beim Anblick des Rummels gar nichts fühlte.

Unter dem rot-weiß gestreiften Vordach eines Zeltes holte er die halb leere Zigarettenpackung heraus und zündete sich eine an. Rauchend stieg er die große Freitreppe hinunter. Der Halensee war kaum zu sehen, er konnte es in seiner grauen Bescheidenheit aber auch sowieso nicht aufnehmen mit dem funkelnden Meer des Vergnügens. Die Karussells und die Schieß- und Würfelbuden machten einen Höllenlärm, die Berg- und Talbahn stürzte sich auf ihrem Gestänge in die Tiefe und zog einen Drachenschwanz schauerlicher Schreie und verzückten Quietschens hinter sich her. Auf den Weinterrassen fiedelte eine ungarische Kapelle eine Melodie. Sie stammte aus der neuen Lehár-Operette »Der Zarewitsch«, und für einen Augenblick fragte er sich, woher er das wusste. Die Kapelle war jedoch nahezu machtlos gegen die Blechbläser des Bierzeltes daneben. Heiße Bockwurst gab es da.

Er wählte keinen Weg, ließ sich von der Menge treiben.

Vor der Schießhalle entließ ihn der Menschenstrom. Hinter dem Tresen standen Mädchen in bayrischer Tracht, luden Gewehre und reichten sie den Pärchen und den paar Einzelgängern, die sich vor ihnen drängelten und die mechanischen Zielscheiben, von denen es unentwegt klingelte und trommelte, anvisierten.

Es war wie bei seinem letzten Besuch.

Wenn er die Augen zusammenkniff, sah er sich wieder als Junge verzweifelt durch dieses Sodom und Gomorrha irren. Gab es sie noch, die Wasserrutschbahn, die im See endete, und das Wellenbad, das im Volksmund Nuttenaquarium hieß, weil es den frivolen Berlinerinnen die Gelegenheit bot, den lüstern am Beckenrand sitzenden Männern Bademode und Körper zu präsentieren? Hier hatte er seine Mutter schließlich gefunden, damals. Unter den Badenden, kokett mit Wasser um sich spritzend und in Gesellschaft zweier Männer. Sie hatte ihn nicht bemerkt, und wenn, so wäre ihr seine Anwesenheit gleich gewesen. Oder sie hätte ihn weggeschickt. So wie immer.

*Jurek, hau ab! Glotz nich so blöde – komm inne Hufe!*

Jurek verdrängte den verstörenden Gedanken und warf einen Blick auf die Mädchen am Schießtresen. Eine von ihnen, mit langen blonden Zöpfen und einem netten Lächeln, sah zu ihm herüber. Das Lächeln auf ihrem Gesicht verschwand. Auf einmal reizte es ihn, hinüberzugehen und sie anzusprechen.

Diese leichtlebigen Frauen waren selber schuld, wenn ihnen was passierte. Boten sie sich durch ihre Willfährigkeit nicht geradezu an, missbraucht, vernichtet und entseelt zu werden?

Das Mädchen war bestimmt nur so eine Halbseidene, die einen Zuverdienst zu ihrem bescheidenen Lohn suchte. Trotzdem hatte sie bereits ihre unschuldige Seele verloren, so wie sie die Männer angrinste.

Er könnte das Zopfmädchen fragen, wann es Arbeitsschluss hatte. Wenn sie nichts Besseres fand, würde sie auch mit ihm gehen und sein Geld nehmen, da war er ganz sicher. Und dann? Dann würde er weitersehen. Er spürte, wie eine neue, unbekannte Erregung in ihm hochkam. Kurz wurde er schwankend, zu groß war die Versuchung. Doch im letzten Augenblick entsann er sich wieder seiner Aufgabe. Hier und an diesem Abend konnte er so wenig ausrichten wie ein Soldat, der allein und ohne Befehl aufs Schlachtfeld zog.

Jurek drehte der Schießbude den Rücken und schlenderte auf die Freitreppe zu. Eine lärmende Gesellschaft junger Leute kam ihm entgegen. Die Mädchen hatten einander untergehakt und sangen laut und unbekümmert den Gassenhauer, mit dem Claire Waldoff gerade Furore machte.

*»Ach Gott, was sind die Männer dumm ...«*

Jurek trat beiseite, ließ die Truppe vorüberziehen. Wie jung sie alle waren, kaum zwanzig Jahre alt, nur wenig älter als er damals. Was wohl die Eltern dieser hoffnungsvollen jungen Menschen zu der Umgebung sagten, in der sie sich so arglos herumtrieben?

Er dachte wieder an seine Mutter, obwohl er es nicht wollte. Seine Mutter hatte ihn geboren und gehasst, weil er ein Sohn war, ein Junge, der an ihrem Schürzenband hing, und ein zukünftiger Mann, von dem sie sich ihr Leben lang nie würde befreien können.

*Jurek, hau ab oder ick mach dir Beene!*

An eine Umarmung, an ein tröstendes Wort oder auch nur einen wohlwollenden Blick konnte er sich beim besten Willen nicht erinnern. Er hatte sie trotzdem geliebt, wie sehr, hatte sie wohl erst am Ende ihres Lebens begriffen.

Auf der kalkigen Häuserwand hinter dem Hippodrom spielte eine Lichterreklame, das Berliner Tageblatt empfahl sich seinen Abonnenten als Weltblatt, Schultheiss war die Biermarke der Berliner, Norderney das fashionable Seebad der Saison.

Er hätte nicht herkommen sollen, dachte er, der Schmerz war immer noch zu groß. Er hatte seine Mutter verehrt, auch wenn sie eine Frau gewesen war. Frauen spielten Liebe oft nur vor. Echte Liebe war mit Gewalt verbunden. Die einzige Form der Zuwendung, die seine Mutter ihm hatte angedeihen lassen, waren regelmäßige Prügel und Essensentzug, wenn er mal wieder ihr Missfallen erregt hatte. Ein Kind war denen ausgeliefert, die es großzogen, quälten, seine unschuldige Seele missbrauchten. Als er das letzte Mal hier im Luna-Park gewesen war, hatte er beschlossen, dass er nie wieder ein Opfer sein würde. Ab jetzt würde er selbst bestimmen. Über sein Leben und das der anderen. Und damit der Welt Gutes tun.

Langsam stieg Jurek die Stufen der großen Freitreppe

hinauf. Der Besuch im Luna-Park war nicht umsonst gewesen. Die Gedanken an seine Mutter hatten Jurek zu einem Entschluss bewogen. Bald, sehr bald würde es Zeit sein, ihn in die Tat umzusetzen. Die Aufgabe musste erfüllt werden. Er versuchte sich sein Opfer vorzustellen, doch es gelang ihm nicht. Es gab so viele Seelen, die seiner Hilfe bedurften. Wenn diese verdorbenen Frauen doch zur Einsicht gelangen und ihrem Lebenswandel abschwören würden, dann bräuchte er sie nicht zu retten. Doch diese Weiber erfüllte es mit einem Hochgefühl, die überlegenen Spielerinnen zu sein – die Dirnen mit den geschminkten Fratzen und der aufreizenden Kleidung. Wie mussten sie die Männer hassen, dass sie sich ihnen gegenüber so gegen ihre mütterlich sorgende Natur verhielten. Ja, die Seelen der Huren waren durch und durch verderbt.

Jurek konnte einen Seufzer des Mitleids nicht unterdrücken. Bald würde er eine der Verdammten von ihrem irdischen Elend befreien.

Am Ausgang des Parks stand eine Reihe Taxis. Er öffnete den Schlag des ersten Wagens.

»Wat willste?«, fragte der Mann hinter dem Steuer.

»Eine Fahrt, wat sonst?«

»Haste denn Jeld?«

»Wär ick sonst hier?«

»Na denn – zu Diensten, der Herr«, sagte der Mann.

Jurek setzte sich auf die Hinterbank und nannte dem Chauffeur eine beliebige Anschrift in der Nähe des Hauses. Dann schwieg er, blickte von jetzt an nur aus dem Fenster. Die Flaggen an den Häusern hingen, ermüdet von der Hitze des Tages, schlaff in der Sommernacht.

»Zum ersten Mal im Luna-Park jewesen?«, fragte der Fahrer.

»Nee«, sagte er.

»Soll ja so mondän wie der in New York sein.«

Junge Männer in soldatischen schwarzen Hemden zogen vorüber, lachten. Irgendwo hatte er mal einen Artikel über den italienischen Faschismus gelesen. Oder hatte ihm jemand davon erzählt? Dieser Mussolini wollte jedenfalls dem im Laufe der Geschichte verweichlichten italienischen Volk von außen einen künstlichen Heroismus aufpfropfen. Was für ein unsinniges Unterfangen, dachte er und wunderte sich über den Gedanken.

»So mit Völkerschauen und Revuen und mit Boxkämpfe«, sagte der Fahrer. »Janz wie in Amerika, wa?«

Der Wagen bog in Richtung Halenseer Brücke ab.

»Der Max Schmeling, ja? Also der Boxer, ja? Der hat ja letztet Jahr hier seinen ersten Titelkampf jewonnen. Hab ick mir natürlich anjesehen.«

Heldentum ließ sich nicht verordnen, es musste aus dem Menschen selbst erwachsen, oft unter Schmerzen. Wer wusste das besser als er selbst? Auch die Italiener würden das noch feststellen. Seine ihm bald bevorstehende schwere Aufgabe erfüllte Jurek in seinem Innersten mit Stolz. Wie ein Soldat stand er nun eisern auf seinem Posten, wich und wankte nicht. Es machte ihn glücklich.

Ein paar Leute drängten sich am Straßenrand, umringten ein schwer beladenes Holzfuhrwerk. Zwischen den Deichseln lag ein braunes Pferd reglos auf der Seite, die Augen starr, die Flanken hinter den hervorstehenden Rippen eingefallen. Neben dem Kopf des toten Tieres hockte ein Junge, vielleicht dreizehn Jahre alt, und streichelte unentwegt das Maul, aus dessen Seite die Zunge auf das Pflaster quoll.

Jurek schauderte beim Anblick des Jungen und des toten Tieres. Böse Erinnerungen wollten aus den Tiefen seines Gedächtnisses emportauchen, aber es gelang ihm, sie zurückzudrängen.

Der Fahrer räusperte sich und schwieg endlich.

Jurek lehnte die Stirn gegen das kalte Glas des Fensters. Hinter dem Halensee stieg das allabendliche Feuerwerk auf und erhellte die Nacht mit sprühenden Flammenrädern in Rot und Gold. Der Anblick erinnerte ihn an ein Höllenfeuer. Als kündigte sich Luzifer an, um der Erde das Licht zu bringen.

Bald, bald war es so weit.

# NEUN

Wartesaal Bahnhof Zoo.

Seit Tagen saß Josefine hier und wechselte immer wieder den Tisch, und die Kellner waren so unfreundlich, weil ihr Geld kaum mehr fürs Essen reichte. Es roch nach kaltem Zigarrenrauch und Maggis Suppenwürze, und die hatte sie sich schon in eine Tasse heißes Wasser getan, und das war dann eine Suppe. Die Klosettfrau hatte ihr ein halbes Käsebrot geschenkt, und das hatte Josefine ein schlechtes Gewissen gemacht, weil so eine Frau musste ja auch leben, denn sie war alt und hässlich und ohne glanzvolle Zukunft, und deswegen putzte sie zwölf Stunden am Tag die Klosetts. Trotzdem hatte sie Josefine ein paar Groschen zugesteckt, und die hatte sich dafür geschämt.

Auf dem Bahnsteig spielte ein Beinamputierter den ganzen Tag die Mundharmonika, so schmissige Schlager.

*Frollein, was wollen Se denn hören?*

Josefine hatte kein Geld übrig, das sie in seine kaputte Schiebermütze legen konnte, deshalb spielte er umsonst für sie. Sie hatte auch schon daran gedacht, den Feh zu versetzen, aber wer war sie dann noch, so ohne Pelz? Außerdem konnte sie nicht in die Pfandleihanstalt gehen, weil sie ja keine Papiere hatte, sondern nur zu einem Wucherer in einem Hinterhof, und dann waren die paar Mark den Feh nicht wert, und sie fror auf der Straße.

Gestern war Josefine mit einem Mann mitgegangen, der sie angesprochen und für etwas gehalten hatte, das sie doch gar nicht war. Aber die Huren auf dem Kurfürstendamm und in dem Tauentzien und die ganz vielen am Alex, die sahen auch nicht immer wie Huren aus, bis auf den Gang, der so langsam war und unentschlossen und schwer, weil alle Huren einen Mühlstein im Magen mitschleppten. Und wie Josefine da so vornehm um die Gedächtniskirche herumflaniert war,

da hatte der Mann sie angesprochen und war ein Besserer mit langem Mantel mit Pelzkragen und so Hut tief im Gesicht gewesen.
*Haste Zeit für mich, mein Kind?*
*Was erlauben Sie sich? Ich bin eine Dame.*
*Verstehe – dann darf ich Sie also einladen, Gnädigste?*
War der Bessere mit Josefine doch in ein Weinlokal im Keller gegangen, so mit einzelnen Tischen und dickem Rauch in der Luft und einer Kapelle, aber niemand tanzte. An der Bar saßen Mädchen vom Strich in billigen Fähnchen und mit ausgetretenen Schuhen. Josefine hatte Hunger, aber der Bessere bestellte einen Wein nach dem anderen und wurde ganz weinselig und war Arzt und redete ihr den Kopf voll mit schlüpfrigen Sachen. Wenn Josefine in seine Augen sah, dann wurde ihr ganz schwummerig vor Beklemmung, denn die waren so kalt und ohne Mitleid, und gleich musste sie wieder an den polizeilichen Sadisten denken. Da hatte es ihr gereicht.
*Ich muss mal meine Nase pudern – Sie entschuldigen mir?*
*Komm nur gleich wieder, Kleines.*
*Nicht weggehen, ja?*
Da ist sie dann durch den roten Samtvorhang, der wo das Lokal vom Eingang trennte, aber nicht zu den Klosetts, sondern gleich zur Garderobe und hat ihren Feh verlangt, aber kein Geld für die Abholung gehabt.
*Das zahlt mein Gemahl, der kommt gleich, legen Sie ihm man nur schon den langen blauen Mantel da raus.*
Josefine ist raus auf die Straße, und da ist sie dann gelaufen, als wenn der Teufel hinter ihr her wäre. Und vielleicht war er das ja auch.
Und nun saß sie wieder im Wartesaal Zoo und hörte die Züge pfeifen und die Lokomotiven fauchen wie Drachen, und sie fragte sich, was sie nun mit ihrem Leben anfing.
Der ganze Ärger kam natürlich von den Kerlen.
Leider war man ja auf sie angewiesen, und das machte Josefine ganz aufgebracht vor Ekel und Verärgerung, aber was

sollte man tun? Der Glanz ließ auf sich warten, und sie hatte noch keinen Weg gefunden, wie sie als Filmgöttin auf die Leinwand kommen sollte.

Natürlich blieb noch eine Karriere als Filmstar.

Manchmal überlegte Josefine, sich ins Film-Café zu setzen und Zeitung zu lesen und wie Lilian Harvey zu lachen und zu hoffen, dass man sie als Statistin entdeckte. Andererseits hatte sie mit Georg einen Film gesehen, in dem eine fabelhaft schöne Schauspielerin nur als Wasserleiche in der Spree herumtrieb, und sie hatte die Augen verdreht gehabt wie eine echte Tote, und die blonden Haare wuselten so um den Kopf wie kleine Aale, und vielleicht war man dann auf die Rolle der Wasserleiche festgelegt.

Oder sie wurde erst einmal Bardame.

Letztens war sie mit so einem Besseren im Café des Westens gewesen – viel vornehmer als das Weinlokal von dem Kaltäugigen –, und da hatten die Bardamen den ganzen Tag kichern und Eierlikör trinken und Kerle voller Sinnlichkeit und Prahlerei bewundern müssen, na, danke schön.

War Bardame nun besser als Hure? Nee.

Dann doch lieber Film.

Jedenfalls brauchte sie als Erstes eine Bleibe. Oder sie besuchte einen Kursus für feines Benehmen und vornehmes Kochen, denn wenn das mit dem Ruhm nicht bald wurde, musste sie Gemahlin werden. Schließlich wurde sie bald neunzehn und auch nicht jünger.

Aber von den Kerlen auf der Straße hatte sie genug.

»Darf ick mir zu Sie setzen?« Der ältere Mann hatte einen Pappkoffer in der einen Hand und ein Päckchen aus Zeitungspapier in der anderen.

»Sie irren sich, mein Herr«, sagte Josefine vornehm.

»Mädel, ick will mir nur setzen.«

Die blaue Jacke von dem Mann war sauber, aber an den Ärmelkanten abgewetzt, das Flanellhemd hatte keinen Kragen, und auf seinem Kopf saß eine Schiebermütze. Seine Hände waren groß, mit so ganz dicken Fingern, dass man sehen konnte:

Der Mann war kein Besserer, sondern ein Arbeiter, was ja vielleicht dann auch erst recht was Besseres war.

Josefine rückte beiseite. »Bitte sehr.«

»Ick danke.« Der Mann stellte seinen Koffer hin und setzte sich. »Mein Zug jeht inne halbe Stunde, um viere.«

Das war ja nun kein Gespräch voller Anregung, aber auf vornehme Konversation konnte Josefine dann gerade nach dem letzten Abend gut verzichten. Der Mann wickelte auch gleich sein Zeitungspäckchen aus, und da waren belegte Brote drinnen. Er schnappte sich eins – Zervelatwurst, soweit sie riechen konnte – und biss kräftig hinein. Josefine guckte gleich zur Tür rüber, wo hinter einem Fenster der Bahnsteig zu sehen war, um eine Ablenkung zu haben. Die Wurststulle roch gut, und Josefine war ganz flau im Magen. Und durfte nicht um ein Stück bitten.

»Willste ooch eene?«, fragte der Mann und kaute dabei.

Josefine guckte auf die dicken Stullen, und da war auch eine mit Käse und vielleicht sogar Butter, aber nach Geld sah der Mann bestimmt nicht aus. Und wer wusste schon, was der sich für das Käsebrot Unanständiges einbildete. Andererseits hatte sie einen furchtbaren Mordshunger.

»Ick habe gerade im Restaurant gespeist.«

Der Mann guckte so komisch, und dann nahm er eine Stulle – die mit Käse! – und legte sie vor Josefine hin.

»Nein, wirklich ...« So ein Loch im Bauch.

»Mädel, ick weeß, wat Hunger is«, sagte der Mann. »Da jeht et uns allen gleich. Ick fahr ins Ruhrjebiet, weil inne Braunkohle, da jibt et jede Menge Arbeit, heeßt et.« Er zeigte auf die Stullen. »Und nu nimm det Brot.«

»Ick kann's aber nicht bezahlen.«

»Meenste, det weeß ick nich?«

»Was müsste ich denn dafür ...?«

»Willste mir beleidijen?«

Der Mann schien wirklich ohne Berechnung, und deswegen nahm Josefine das Käsebrot und biss hinein. Und gleich merkte sie, dass echte Butter drin war und wie gut es schmeckte. Und dass ein einzelnes Brot für ihren Hunger nicht reichte. Auf einmal war ihr der Gedanke unerträglich, dass dieser anständige Mann sie für was Billiges hielt.

»Ich warte hier nur ein bisschen«, sagte Josefine. »Ich gehe nämlich bald zum Film.«

Der Mann hörte auf zu essen. »Ach, wat de nich sagst.«

»Ja, ich bin schließlich eine moderne Frau.«

»Ach nee«, sagte der Mann wieder und legte den Rest von seinem Brot auf das Zeitungspapier. »Denn will ick dir mal wat sagen, kleenet Fräulein. Moderne Frau, wa?« Er wischte sich einen Brotkrümel aus dem Mundwinkel. »In die neue Jesellschaft, wa? Unsere sojenannte Industriejesellschaft hat nüscht wie Probleme jebracht.« Er sah sich um und beugte sich vor. »Massenarbeitslosigkeit, Verelendung und Kriminalität, sage ick. Und alle Macht dem Kapital, aber der Arbeiter kann just daneben bei vollem Lohn verhungern.« Er schüttelte den Kopf. »Heute denkt jeder an sich selbst, da jibt et keene Solidarität nich mehr. Nur wir stehen für Solidarität. Verstehste mir?«

Josefine nickte, wie wenn sie ein Verständnis hätte.

»Und wer is wir?«, fragte sie dann doch.

Am Nebentisch saßen zwei Männer in braunen Hemden und mit Schirmmützen und Schleifen um den Oberarm wie Saalordner im Filmtheater und tranken Bier und guckten jetzt ganz aufmerksam zu Josefine und dem Mann herüber. Josefine guckte böse zurück, weil sie ja nun wirklich nicht auch noch eine äußere Einmischung und Meinung brauchen konnte.

»Wir«, sagte der Mann, »das sind die Sozialisten.«

»Ach«, sagte Josefine. Schon wieder so ein Politischer, man war ja nirgends mehr sicher. Sie hatte von den Straßenschlachten gelesen, die sich diese Kommunisten oder Sozialisten oder nationalen Sozialisten ständig lieferten. Und immer blieb mindestens ein Toter auf dem Trottoir zurück. Gut, dass eine zukünftige Filmgöttin nichts mit Politik am Hut haben musste. Trotzdem fragte sie aus Höflichkeit: »Dann sind Sie wohl inne Partei, was?« Der Ärmste, konnte man ja direkt Mitleid mit so einem haben.

»Janz jenau«, sagte der Mann. »Weil – wegen die mangelnde Solidarität mit die arbeitende Klasse sind unsere Wert- und Moralvorstellungen den Bach runter.«

Josefine war sprachlos. »Was für Moralvorstellungen? Meinen Sie etwa mir damit?«

»Du bist nur een weiteres Opfer unserer Jesellschaft.«

Draußen pfiff wieder ein Zug, man hörte das Donnern von Eisenrädern auf den Schienen und das Kreischen von Bremsen, und auf einen Schlag war der Bahnsteig hinter dem Türfenster voller Dampf. Die Wartenden im Saal nahmen ihre Mäntel und Koffer und strebten zum Ausgang, und auch der Mann stand auf.

Josefine wollte gerade antworten, da sagte der Mann: »Unsereens muss zusammenhalten.« Dann legte er noch ein Wurstbrot auf eine Zeitungsseite und schob es ihr hin.

»Ja, stimmt«, sagte Josefine. »Ick danke.«

»Brauchste mir nich zu danken, Mädel«, sagte der Mann und nahm seinen Pappkoffer. »Nimm dir lieber eene richtije Arbeet, wenn de wat findest. Allet is besser als die Straße für een Mädel wie dich. Guck nur, wo de jetzt schon jelandet bist. Schmeißt dich 'nem Mann für 'ne Stulle an 'nen Hals.« Und dann gab er Josefine noch ein paar Groschen.

Josefine hätte gerne weiter ein Gespräch mit dem Mann gehabt und vielleicht einen Rat bekommen, was sie denn nun als Nächstes tun sollte, aber da war er schon aus der Tür hinaus, und der Dampf auf dem Bahnsteig hatte ihn verschluckt.

Die beiden Braunen mit der Armbinde am Nebentisch guckten sich so voller Bedeutung an und sprangen auf, und der eine fasste sich hinten an den Hosenbund. Dann rannten sie Josefines Wohltäter in den Dampf der Lokomotive nach.

Josefine aß gleich noch das Wurstbrot.

Draußen auf dem Bahnsteig entstand ein Tumult.

Ein Mann brüllte, als ginge es ihm ans Leben, und Josefine dachte schon, dass das der Mann mit den Stullen war, und ihr fielen die beiden Männer mit den Armbinden ein, und sie überlegte, ob es sich um eine politische Ermordung handelte und ob sie nicht auf den Bahnsteig laufen sollte – so aus Solidarität mit der arbeitenden Klasse und wegen der Stullen und so –, aber im Grunde ging sie das Ganze natürlich gar nichts an. Dann hörte das Gebrüll auch schon auf, und dafür schrien die Menschen durcheinander, und man rief nach der Polizei, und dann schrillten Trillerpfeifen.

Josefine dachte gerade nach, ob nun lieber Kurfürstendamm oder doch Alex, da stach ihr die Titelzeile von der wurstfleckigen Zeitung ins Auge. Es war der Berliner Brennpunkt, und die Überschrift hieß *Der Ripper von Berlin*. Gleich fiel ihr die Beamtennatur ein, die von dem Ripper von Berlin und der armen Martha geredet hatte, und da las sie den ganzen Artikel.

Danach war Josefine schlecht.

Vor der Tür zum Wartesaal schrie jemand »Mörderbande« und »Hilfe, Hilfe«, und Polizisten rannten hinter der Scheibe vorbei.

Josefine wollte in nichts verwickelt werden, schließlich war sie gar nicht politisch veranlagt, schnappte sich schnell die Zeitung und das Geld von dem netten Mann und lief zur anderen Tür, der, die in die Eingangshalle führte, hinaus. Dann machte sie sich auf den Weg zur Post, von wo sie beim Berliner Brennpunkt antelefonierte und den Emil Borowski verlangte, den sie im Frühling beim Zeitunglesen in einem Café am Ku'damm kennengelernt hatte, was, wie er gesagt hatte, sein Stammcafé war. Der Emil hatte sie mit ihrer vornehmen Garderobe für was Besseres gehalten und sie zum Abendessen eingeladen, und sie hatte ihm erzählt, dass ihr Vater ein reicher Notar im Bayrischen und sie nur zu Besuch in der Hauptstadt war. Der Emil war ganz erfreut gewesen, und außerdem war er einer von den Intellekten, aber nicht so eine arme Dichternatur, weil er bei seiner Zeitung fest angestellt war. Die Sache mit Emil hatte nicht lange gedauert, weil der immer was über irgend so eine neue Bewegung in München hören wollte, und wenn bei Männern das Politische und das Erotische Hand in Hand gingen und man sich ständig was wegen einer Überzeugung anhören musste, dann hatte Josefine die Schnauze bald gestrichen voll. Da war sie dann ganz offiziell nach München abgereist. Der Emil hatte auf alle Fälle eine eigene Wohnung und keine Zimmerwirtin mit sozialistischer Moralvorstellung.

Emil freute sich sehr, von ihr zu hören.

»Ja, Emilchen, ich bin erst ganz kurz wieder hierzulande, du weißt ja, mein Vater braucht mich in München für die Beaufsichtigung des Haushalts in der Villa«, sagte Josefine. »Und das hat ja Priorisierung.«

»Ja, klar, aber erzähl mal – man hört ja ganz dolle Sachen aus München. Wie isses denn gerade da unten?«

»Kennst du München?«

»Nee, leider gar nicht.«

Da hatte der Emil Glück, weil sonst hätte Josefine sich noch eine Großmutter auf einem bayrischen Dorf ausdenken müssen, und da kannte sie überhaupt keins, und außerdem brauchten diese Intellekten eine großstädtische Imponierung.

»Also es ist eine sehr schöne Stadt«, sagte sie.

»Und sonst so? Ich meine – so politisch?«

»Doch, politisch isses natürlich auch.«

Und dann erzählte Josefine ihm schnell, dass sie gerade für ein paar Tage in Berlin gewesen war und just wie sie erster Klasse den Zug nach München besteigen wollte, im Brennpunkt über den Frauenmörder gelesen und an ihren Emil ganz fest hätte denken müssen. Und sein Beruf interessierte sie auch, weil sie eventuell was Schriftstellerisches ins Auge gefasst hatte, in Die Dame oder Das elegante Blatt, und ob man sich nicht treffen und über Berufliches reden und ein wenig an die alten Zeiten anknüpfen wollte.

Emil klang nicht mehr so erfreut. »Eigentlich habe ich ein nettes Mädel in petto«, sagte er. »Ehrlich gesagt – könnte sogar was Langfristiges werden.«

*Was Langfristiges.*

Gleich hörte Josefine wieder Georg, den Schuft, mit seinen Mädeln zum Liebhaben und den Mädchen, die man heiratet, und seiner Bankiersschnepfe aus Dahlem, und sie hatte eine mordsmäßige Verärgerung.

Josefine wollte schon sagen, dass sie dann doch lieber erster Klasse nach München fährt, aber irgendwohin musste sie ja, und diese Redaktion war so gut wie alles andere. Und außerdem konnte Emil sie mit wem bekannt machen, der was Besseres war oder ein Filmkritiker, bei den Zeitungsfritzen wusste man ja nie, und deswegen beschloss Josefine, ihrem Emil das nette Mädel zu verzeihen.

»Gut, Emilchen, denn mach dir mal bereit für mir.«
»Was? Äh, Josefine …?«
»Ja?«
»Du willst doch nicht in die Redaktion kommen?«
»Passt dich das etwa nich, Emilchen?«
»Doch, doch … es ist nur …«
»Was nur?«
Josefine konnte hören, wie der Kerl schluckte. »Wäre besser, wenn wir uns offiziell nicht so gut kennen«, sagte Emil endlich. »Man soll Berufliches und Privates trennen.«
»Da bin ick ganz deiner Meinung, mein Allerwertester.«

Die Redaktion vom Berliner Brennpunkt war nicht weit vom Bahnhof Zoo entfernt, aber als Josefine gegen fünf dort ankam, war nur eine dicke Frau in grauem Rock und weißer Bluse und flachen Schnürschuhen anzutreffen, was Josefine gleich an ihre Arbeit bei Dr. Stern erinnerte.

»Sie wünschen, Fräulein?«, fragte die Dicke und guckte, als wenn Josefine es auf die Portokasse abgesehen hätte.
»Ick suche einen gewissen Herrn.«
»Ich fürchte, Sie haben sich in der Tür geirrt.«
»Nee, ick möchte zu Herrn Borowski«, sagte Josefine und legte die Fingerspitzen elegant an den Fehkragen. »Er erwartet mir.«
»Der Herr Redakteur Borowski ist schon gegangen«, sagte die Frau. »Kommt auch heute nicht mehr ins Haus.«
Emil, der Schuft. »Und ein anderer Herr?«
»Alle Herren Redakteure sind bereits im Feierabend«, sagte die Dicke, doch auf einmal schien ihr ein Licht aufzugehen,

und sie fasste Josefine genauer ins Auge. »Sie wollen zum Fräulein Maar, stimmt's?« Sie guckte immer noch so mit Misstrauen. »Sie sind eine Auskunftsperson, was?«

»Eigentlich wollte ick nur …«

»Schon klar, kommen Se mit.« Die Sekretärin winkte ihr und drehte sich um und watschelte auf ihren flachen Schuhen davon, und Josefine blieb nichts anderes übrig, als ihr zu folgen. »Ich glaube, das Fräulein Maar ist noch in der Redaktion. Für Frauen bleibt sowieso immer die ganze Arbeit übrig.« Das klang so, als meinte sie auch sich selbst.

Dem konnte Josefine ja nun nur beipflichten. Sie überlegte schon, wie sie einen diplomatischen Abflug machen konnte, als eine Tür aufging und Miss Josephine Baker auf den Flur trat und Josefine eine Bestätigung hatte, was die Filmbeziehungen der Zeitung betraf. Ein Glück, dass sie gekommen war.

»Wir sind bekannt«, sagte sie vornehm zu Miss Baker.

Miss Baker hob die fein gezupften Brauen, und Josefine fand, dass sie seit der Soiree ziemlich abgenommen hatte, was sicher vom vielen Tanzen kam, aber auch eine falsche Optik sein konnte, weil damals ja nicht so viel Licht im Zimmer war und Miss Baker das letzte Mal ja nur den rosa Mullschurz getragen hatte, was Josefine jetzt doch ein bisschen verlegen machte.

»Ach, Fräulein Maar, gut, dass Sie noch da sind.« Die Sekretärin machte mit dem Kinn so eine Bewegung zu Josefine hinüber. »Hier ist eine Auskunftsperson – aus dem Milljöh.« Das letzte Worte sagte die Dicke so, dass es klang, als wenn sie einen Kirschkern ausspucken wollte.

Miss Baker guckte Josefine so komisch an, dann sagte sie: »Sind wir uns denn schon begegnet?«

»Ja, Miss Baker, auf einer Soiree.«

»Ich bin nicht Miss Baker.« Die schöne schwarze Frau klang jetzt böse. »Zu wem möchten Sie denn?«

»Dann lasse ich Sie mal«, sagte die Sekretärin und ließ Josefine neben der Frau, die nicht Miss Baker war, stehen.

Die Frau musterte Josefine, sodass die sich trotz des vornehmen Fehs und der hohen Schuhe ganz klein vorkam. Der Emil, der Schuft, das würde er ihr büßen, und zwar jetzt.

»Ich bin eine gute Bekannte von Herrn Borowski«, sagte sie. »Eine sehr gute Bekannte, wenn Sie verstehen, was ich meine.« Sie machte zur Unterstützung den Lilian-Harvey-Blick.

»Ach ja«, sagte die schwarze Frau, und dann lachte sie ganz nett und hielt Josefine die Hand hin. »Man kennt seine Kollegen anscheinend zu wenig. Ich bin Anaïs Maar.«

»Hocherfreut«, sagte Josefine vornehm und nahm die Hand, und über der war so ein hübsches kleines Korallenarmband. »Hoffmann ist mein Name, Josefine Hoffmann.«

»Sie kommen aus Friedrichshain, Fräulein Hoffmann?«

Friedrichshain war genauso schlimm wie der Krögel, und gleich plumpste der Krögel-Mühlstein mit Wucht in Josefines Magen. »Was? Wie meinen Sie das …?«

»Haben Sie Informationen für mich?«, fragte Fräulein Maar. »Aus dem Milljöh? Für meinen nächsten Artikel?«

Josefine fasste unter den Feh und zog das goldene Kreuz um den Hals raus und merkte, wie ihre Finger zitterten. Da war sie von ihrer lieben Mutter und überhaupt von zu Hause weggegangen, um Filmgöttin zu werden und im Glanz zu stehen, aber nun kamen ihr doch Zweifel. Sie wurde den Krögel einfach nicht los, er klebte an ihren Hacken wie der Straßenteer im Juli, egal, wie stur sie war und ihrem Traum hinterherlief. Und vielleicht musste sie ja auch ihren Traum ganz aufgeben, und gleich brannte es wieder in ihren Augen und kratzte es in ihrem Hals.

Fräulein Maar sah aus, als wenn sie nun direkt nicht mehr wüsste, womit sie noch eine Konversation machen konnte.

»Das ist ein sehr schöner Anhänger, Fräulein Hoffmann«, sagte sie nach einer Weile. »Und wertvoll. Ein Erbstück?«

»Von meiner Mutter«, flüsterte Josefine, und bei dem Gedanken an ihre arme Mutter und die Nächte im Wartesaal musste sie weinen, und als Fräulein Maar ihr die Hand auf die Schulter legte, heulte sie dann so richtig los. »'tschuldigung …«

»Hören Sie«, sagte Fräulein Maar. »Hier ist vielleicht nicht der rechte Ort für ein vertrauensvolles Gespräch.« Sie drückte Josefine ein Spitzentaschentuch in die Hand. »Wollen Sie heute Abend zu mir nach Hause kommen?«

Josefine, die keine Bleibe für die Nacht und auch schon wieder einen leeren Magen hatte, nickte und putzte sich heftig die Nase. Dann wollte sie das vornehme Taschentuch wieder zurückgeben, aber Fräulein Maar schüttelte den Kopf.

»Wissen Sie, wo die Fasanenstraße ist?«
Josefine zog die Nase hoch. »Kenne ick.«
»Gegenüber der Synagoge ist ein rotes Klinkerhaus.«
»Bei die Synagoge? Finde ick.«
»Gut, dann gehen Sie jetzt schon mal vor«, sagte Fräulein Maar. »Mein Chefredakteur möchte noch etwas mit mir besprechen, und dann komme ich nach.« Sie sah Josefine an und lächelte. »Ich nehme auch was zum Abendessen mit.«

Josefine riss die Augen auf. »Oh ja, bitte.« Sie wusste nicht, was diese fabelhafte Frau von ihr hören wollte, aber für ein Abendessen – und vielleicht eine Nacht auf ihrem Diwan – würde sie ihr alles erzählen, was sie wollte.

Die Fasanenstraße fing da an, wo an der Ecke das neue Kabarett war und gegenüber das neue Kempinski, weil Charlottenburg nahm gerade einen eleganten Weg. Vor dem Eingang zu dem Etablissement standen Leute in ganz fabelhafter Garderobe, und ein Mann im Smoking rauchte, und eine Frau trug ein Kostüm in Schwarz mit einem großen weißen Pelzkragen und dazu einen weißen Glockenhut. Auf den Plakaten waren schöne Frauen zu sehen, und Josefine hatte so ein Herzziehen bei dem Gedanken, dass sie ja nun auch bald von so einem Plakat runterlächeln würde.

Am Hintereingang lungerten natürlich wieder ein paar Lumpengestalten herum – mit ganz kleinen Kindern sogar, dass Josefine gleich an das Ernakind denken musste und an ihre Mutter, der jetzt die sechzig Mark fehlten –, und die hofften auf ein Almosen, wenn die feinen Herrschaften mit dem kulturellen Amüsement fertig waren und eine moralische Beruhigung für den schönen Abend brauchten.

Das rote Klinkerhaus fand Josefine dann auch gleich.

Sie stellte sich zu einem von den beiden Löwen, die da aus Stein neben dem Eingang Wache hielten, was einen sehr vornehmen Eindruck machte. Während sie wartete, überlegte Josefine schon mal, was sie Fräulein Maar erzählen konnte, denn der Krögel war ja eigentlich überhaupt nicht erzählenswert. Dann dachte sie an das Abendessen und freute sich, weil ihr Magen ein einziges Loch war. Und so verging die Zeit, und Josefine trat von einem Bein auf das andere. Das Licht wurde blau, und die Leute, die vorbeigingen, wurden weniger und dafür eleganter. Immer wieder schaute Josefine die Straße entlang, aber von Fräulein Maar war einfach nichts zu sehen. Ob sie sie vergessen hatte? Ein gutes Gefühl hatte Josefine jedenfalls nicht bei der Warterei, schließlich war sie die einzige Person weit und breit, die auf dem Trottoir herumstand. Da machte man leicht einen billigen Eindruck.

Irgendwann kam ein Mann mit Hut vom Kurfürstendamm heraufspaziert. Er trug einen blauen Mantel, bei dem man schon von Weitem sah, dass ihn ein vornehmer Herrenschneider genäht hatte, und in der Hand hatte er einen eleganten Spazierstock, mit dem er hin und her tändelte.

Josefine machte sich groß und guckte zur Synagoge hinüber, als gäbe es dort etwas von Interesse zu sehen.

Der Mann blieb neben ihr stehen, klemmte sich den Spazierstock unter den linken Arm und kramte in der Manteltasche. Dabei betrachtete er sie, jedenfalls glaubte sie das, weil das taten Männer eben immer, und unter der Hutkrempe konnte sie seine Augen nicht sehen.

»Warten Sie auf jemanden?«, fragte er. »Kann ich Ihnen behilflich sein?« Seine Stimme war leise und freundlich, es war eindeutig einer von den Intellekten.

»Ich bin verabredet, mein Herr.«

»Soll ich für Sie irgendwo anläuten?«, fragte er.

»Ich warte auf das Fräulein Maar.«

Der Mann nickte. »Und wie lange warten Sie schon?«

»Was erlauben Sie sich?« Glaubte er etwa, sie wartete auf Kundschaft? »Ich bin eine Auskunftsperson.« Immerhin war er höflich und behandelte eine Dame mit Respekt. »Aber wenn ich mich vielleicht irgendwo hinsetzen könnte …«

»Natürlich«, sagte er. »Natürlich, verzeihen Sie meine Unhöflichkeit. Sie sagen, Sie sind eine Auskunftsperson? Worüber geben Sie denn Auskunft?« Wieder diese sanfte Stimme.

»Über den Ripper«, sagte Josefine, und am liebsten hätte sie gleich ihre Zunge verschluckt, denn der Mann sah sie so komisch an, und jetzt würde er ihr sicher nicht mehr helfen. Sie guckte schnell beiseite und sah, dass der Griff seines Spazierstocks ein silberner Katzenkopf war, was sehr vornehm aussah. Georg hatte einen Stock mit dem Kopf eines Jagdhundes gehabt – seines eigenen Jagdhundes Greif, natürlich.

Der Mann schwieg und betrachtete sie wieder. »Mein Name ist Maxim Bronski«, sagte er schließlich. »Ich weiß nicht, wie Fräulein Maar so eine nette junge Dame vergessen konnte – aber ich werde nicht zulassen, dass Sie hier weiter auf der Straße ganz allein herumstehen.«

Josefine guckte dankbar, der Kerl hielt sich für ihren Retter, und in dem Glauben ließ man einen Mann ja dann auch.

»Sie sind ein Kavalier«, hauchte sie wie Lilian Harvey. »Ich fühle mir immer ganz unwohl so allein und schutzlos auf die Straße.«

»Kommen Sie, mein Fräulein«, sagte er und zog einen Schlüsselbund aus der Manteltasche, »ich wohne unterm Dach. Da warten wir einfach gemeinsam, bis Fräulein Maar heimkehrt. Sie ruhen sich inzwischen ein wenig aus und leisten mir beim Abendessen Gesellschaft. Mögen Sie Gänseleber?«

Herr Bronski wartete gar nicht, bis Josefine einverstanden war, sondern ging gleich zu der vornehmen schwarzen Tür mit dem goldenen Löwenkopf und schloss auf.

»Gänseleber?«, fragte Josefine. »Aber ganz sicher doch.«

Und sie lief schnell hinter ihm her, und er führte sie in ein hochherrschaftliches Treppenhaus – mit glanzvollem Marmor und roten Stufen, wie die, wo die Filmgöttinnen immer im rosaseidenen Negligé und mit Marabufedern um den Hals und Pompons auf den Pantoletten runterschritten. Gleich hatte Josefine eine Überwältigung, in so einem herrschaftlichen Haus war sie noch nie gewesen.

War dies etwa der erste Schritt in den Glanz?

Herr Bronski wartete auf dem Treppenabsatz auf sie und lächelte zu ihr herunter. »Kommen Sie?«

»Aber mit dem allergrößten Vergnügen, mein Herr.«

Und dann schwebte Josefine wie eine Filmgöttin die Marmortreppe hinauf und hörte gerade noch, wie unten in der Halle die schwarze Eingangstür ins Schloss fiel und zuschnappte, und das klang wie das stinkende Maul vom Rottweiler vom Schlächter Chalupsky im Krögel.

# ZEHN

*»Schluss! Aus! Hör uff!«*

Die Worte schoben sich in Anaïs' Bewusstsein. Sie öffnete widerstrebend die Augen und stellte fest, dass es gerade nach Tagesanbruch war. Diffuses Licht lag auf den grauen Seidentapeten ihres Schlafzimmers und schuf eine unwirklich schwebende Stimmung. Der riesige Kleiderschrank war ein schwarzer Klotz.

Der letzte Abend fiel ihr ein. Sie war spät nach Hause gekommen, Kaiser hatte sie mit einer ganz großartigen Neuigkeit für den Brennpunkt, wie er sagte, empfangen. Das Radio hatte in der Redaktion antelefoniert und Anaïs in die Nachmittagssendung »Frau von heute« eingeladen, um den Hörern die Kriminalreporterin vorzustellen, deren Namen derzeit in aller Munde war. Kaiser hatte ihr so viele Ratschläge mit auf den Weg gegeben, dass sie sie sich unmöglich hatte merken können. Außerdem war die Sendung erst in einer Woche. Anschließend hatte sie noch Brot und Hering in Sahnesoße und etwas Obst gekauft, und als sie endlich in der Fasanenstraße angekommen war, hatte niemand mehr auf sie gewartet. Anaïs hatte sich mit dem Gedanken getröstet, dass dieses Fräulein Hoffmann vielleicht gar nicht aufgetaucht war, es hatte nicht gerade vertrauenswürdig gewirkt.

*»Mann, Mann, Mann!«*

Das Gebrüll kam aus dem Hinterhof unter ihrem Fenster. Anaïs drehte sich in dem unbequemen schmalen Empirebett zur Seite und warf einen Blick auf die winzige Damenuhr, die auf dem Biedermeierstuhl lag, den sie als Nachttischchen benutzte.

Kurz nach halb sieben.

Anaïs ließ sich wieder auf den Rücken fallen und schloss die Augen. Jetzt erinnerte sie sich daran, dass Frau Schiller etwas von einem neuen Brunnen erzählt hatte. Wahrscheinlich hatten die Bauarbeiter um sechs mit der Tagschicht begonnen.

»*Hol mir ruff, Mann!*«

Anaïs schlug erneut die Augen auf, zog sich die Bettdecke bis unter das Kinn. Hatte sie richtig gehört? Oder träumte sie noch? Sie lauschte angestrengt, konnte jedoch nichts mehr hören. Aber jetzt war sie wach. Anaïs stieß die Decke weg, schwang die Beine über den Bettrand und gähnte. Dann tappte sie zum Fenster und zog die Seidenvorhänge beiseite.

Unten auf dem Hof standen drei Männer in Arbeitskleidung in der sandigen Erde und beugten sich über ein mit groben Steinen eingefasstes Loch, in das ein Seil hinabhing. Um sie herum lagen wild verstreut Schaufeln und Hacken, eine Schubkarre war umgestürzt, ihr Inhalt hatte sich auf Frau Schillers Kohlkopfbeet ergossen.

Frau Schiller kreischte in der Halle.

Während Anaïs noch verständnislos auf die Szene unter ihrem Fenster starrte, hörte sie im Treppenhaus Schritte die Stufen herabpoltern. Gleich darauf war Maxim Bronskis aufgeregte Stimme zu hören, die sich in das hysterische Gezeter von Frau Schiller mischte. Anaïs schlüpfte in ihre Samtpantoffeln, warf ihren bestickten Hausmantel über und zog, bereits im Laufen, die Kordel um ihre Taille fest.

In der Halle war es eiskalt.

Die Hintertür stand offen, und Anaïs sah, dass ihre Mitbewohner sich inzwischen zu den Arbeitern gesellt hatten, bei denen nun noch ein vierter Mann stand. Sein Gesicht war dreckverschmiert, und um seine Mitte war ein Seil geschlungen. Bestimmt war er es gewesen, der auf der Brunnensohle gearbeitet hatte, ehe die anderen ihn zurück ans Tageslicht gezogen hatten. Frau Schiller, in Kittel und Kopftuch, hatte die Hand vor den Mund geschlagen und schien zur Salzsäule erstarrt. Maxim Bronski, die schwarzen Locken noch wirr von der vergangenen Nacht, blickte in das steinerne Rund des Brunnens und schüttelte unablässig den Kopf, als könnte er den Anblick, der sich ihm bot, nicht glauben. Seine Lippen bewegten sich lautlos, als betete er.

Mit einem flauen Gefühl ging Anaïs in den Hinterhof.

Sie trat neben Bronski und beugte sich ebenfalls über das Aushubloch. Zwischen der aus grob behauenen Steinen gemauerten Umrandung tat sich ein Schacht auf. Eisige Kälte wehte aus der Tiefe herauf und feuchter Moderdunst. Das frühe Morgenlicht reichte bis auf den Grund und traf dort auf Geröll und morsche Äste und ein paar vermoderte Lumpen. Mehr war nicht zu sehen. Der Brunnen war irgendwann versiegt oder trockengelegt worden, als die neuen Wasserleitungen eingebaut worden waren. Anaïs richtete sich wieder auf, sah noch ein letztes Mal nach unten.

Und da entdeckte sie etwas Weißes.

Sie ging in die Hocke und ließ ihren Blick zentimeterweise über den Grund wandern. Geröll, morsche, mit grüngrauem Schimmel überzogene Äste und ein Stoffbündel. An der Schachtmauer lag ein schmutziges Wollknäuel. Und darunter lugte etwas Weißes hervor, etwas Elfenbeinfarbenes, Glattes, Rundes. Anaïs' Herzschlag beschleunigte sich. Sie schaute genauer hin.

Es war die Schädeldecke eines Menschen.

Sogar in dem schwachen Licht des frühen Tages waren die schwarzen Knochennähte und das gezackte Loch, wo sich einmal die Nase befunden hatte, deutlich zu sehen. Der Gesichtsschädel war nach unten geneigt, und der Unterkiefer lag auf der Brust, sodass keine Zahnreihen zu erkennen waren. Die Augenhöhlen waren zum Teil von dem Knäuel verdeckt, das, wie Anaïs bei näherem Hinschauen entdeckte, auch nicht aus Wolle bestand. Es war ein wirrer und wie ein Skalp von der Schädeldecke abgelöster Schopf zu einer Krone aufgesteckten Haares. Unter der Staubschicht schimmerte es noch immer gelblich, Haarnadeln ragten wie Stacheln daraus hervor, und ein breites Spitzenband war an einer Seite daran befestigt.

»Da unten liegt ein Skelett«, sagte Anaïs.

»Ja«, sagte Bronski. Er trug einen schlichten grauen Leinenkaftan, seine sonst eher dunkle Gesichtsfarbe wirkte fahl. Er sah aus, als wäre er eben selbst wie ein Geist aus der Gruft gestiegen. »Unfassbar ... ich ... ich meine, warum graben die denn hier?«, sagte er, als wenn das die Frage wäre, die sich stellte. Er wirkte ehrlich aufgewühlt.

»Der alte Brunnen soll, glaube ich, wieder befüllt werden...« Anaïs brach ab, ihr Hals war trocken. Tagelang hatte sie hier gewohnt, direkt über dem Hinterhof und – diesem Grab. Sie wagte noch einen Blick in die Tiefe. »Es sieht aus, als wäre es eine Frau – und als läge sie da schon lange.« Die Arbeiter hatten anscheinend beim Auftauchen des Schädels aufgehört zu graben, der Rest des Skeletts lag noch unter der Erde.

Bronski kratzte sich gedankenverloren in der linken Armbeuge, als hätte ihn dort ein Insekt gestochen.

Anaïs stand auf. »Wer sie wohl war?«, fragte sie. Überall in Berlin tauchten nach und nach die Gespenster des großen Krieges, der Niederlage, des Hungers und der Not, schnell verscharrt und dann vergessen, aus ihren Gräbern auf, als suchten sie das Tageslicht. Man nahm sich dieses stummen Heeres nur halbherzig an, es waren zu viele, und niemand schien sich der namenlosen Toten erinnern zu wollen. Die Lebenden hatten genügend andere Sorgen. »Wir werden es vielleicht nie herausfinden.«

Bronski kratzte sich noch immer, als wollte er sich durch sein Hemd die Haut vom Arm kratzen. Als er Anaïs' Miene bemerkte, ließ er so abrupt seinen linken Arm los, als wäre ihm gerade erst bewusst geworden, was er tat. Er fuhr sich mit der Hand über das Gesicht, als wollte er den Alpdruck wegwischen.

»Furchtbar«, sagte er.

Anaïs bemerkte mit Erstaunen und einem Anflug von Rührung, dass er Tränen in den Augen hatte. Um ihn nicht in Verlegenheit zu bringen, sah sie sich nach den anderen um. Ein Arbeiter stand bei Frau Schiller, die ständig nickte, und redete auf sie ein. Ein zweiter lehnte an der Hausmauer und rauchte. Wo waren die anderen?

Bronski folgte ihrem Blick. Er räusperte sich, dann sagte er mit veränderter, nun sachlicher Stimme: »Zwei Männer holen bereits die Polizei. Auch wenn ich bezweifle, dass hier noch etwas ausgerichtet werden kann.« Er sah Anaïs ins Gesicht, seine Augen waren leicht gerötet. »Wir können für diese arme Seele nichts mehr tun.«

Anaïs nickte, zog die Schultern hoch und schlang die Arme um ihren Körper. Ihr war kalt, was nicht nur an der morgendlichen Kühle lag. »Wer sie wohl war?«, fragte sie erneut.

In der Halle waren Männerstimmen zu hören. Gleich darauf erschien ein Arbeiter mit zwei uniformierten Polizisten, die Anaïs und Bronski kurz ins Auge fassten und dann weiter zum Brunnenloch gingen und hinunterspähten.

»Wir werden nie erfahren, wer sie war«, sagte Bronski zu Anaïs. »Aber Sie holen sich in dem dünnen Mantel auch noch den Tod. Kommen Sie, ich mache Ihnen eine gute Tasse russischen Tee. Die Polizei braucht uns hier nicht.«

Ein Polizist drehte sich zu ihnen um. »Wann ist der Brunnen denn aufgelassen worden?«

Anaïs versuchte sich zu erinnern.

*Keene Ahnung, warum se den zujeschüttet haben, aber so sind se, die Leute. Wenn se denn mal ne Wasserleitung haben.*

»Vermutlich als das Haus an die Wasserversorgung angeschlossen wurde«, sagte sie. »Die Hausmeisterin weiß –«

»Das reicht, meine Herren«, sagte Bronski. »Sie sehen doch, dass die junge Dame friert. Und ihre Nerven sind angegriffen. Wenn Sie also noch Fragen haben: Sie finden uns im Dachgeschoss in meinem Atelier. Kommen Sie, meine Liebe, ich koche Ihnen einen Tee.«

Anaïs zögerte, man fand schließlich nicht oft ein Skelett im eigenen Hinterhof. Und vielleicht ergab sich ja da eine Geschichte. Niemand fragte nach den zahlreichen Dienstmädchen, die jede Woche vom Land in die Stadt strömten, in der Hoffnung auf ein besseres Leben. War es nicht die Pflicht einer Reporterin, auch diesen Frauen eine Stimme zu geben? Was hätte Egon Erwin Kisch getan? Das Skelett mit dem Spitzenhäubchen würde der Aufhänger sein. Anaïs hatte mehrmals bei der Polizei angerufen, um weitere Einzelheiten über den

Mord in Friedrichshain zu erfahren. Doch da wollte niemand mit ihr reden. Wie hatte Eschke das bloß gemacht?

Der Polizist wirkte nett. Aber er war wieder an das Brunnenloch getreten und wandte ihr den Rücken zu. Wahrscheinlich durfte auch er keine Auskünfte erteilen.

»Kommen Sie?«, rief Bronski von der Tür.

Maxim Bronski führte sie die Treppe hinauf, bis sie im Dachgeschoss vor seinem Atelier standen. Ein Messingtürklopfer, ein Löwenkopf, der einen Ring mit den gefletschten Reißzähnen hielt, saß in Augenhöhe auf dem Türblatt. Auf der Mauer war ein kleiner Klingelknopf montiert, das Namensschild war leer. Als Bronski die Tür aufschloss, strich ihm sofort eine dreifarbige Katze schnurrend um die Knöchel. Er gab den Weg frei und machte eine einladende Armbewegung. Die Katze fauchte, stob davon und verschwand in den Tiefen der Wohnung.

»Sie müssen meine Sophia entschuldigen«, sagte Bronski. »Sie lebt erst seit Kurzem bei mir und ist noch sehr scheu.«

Anaïs trat in den Flur. »Was ist mit Ihrer Mascha?«

»Meine schöne Schwarze?« Er seufzte. »Die habe ich stundenlang in allen Höfen gesucht, leider vergeblich.«

Der Flur wurde nur von einer brennenden Ampel erhellt. An den Wänden hingen aufwendig mit Blattgold verzierte Ikonen. Die Gesichter mit den hypnotischen Augen vermittelten Anaïs ein unangenehmes Gefühl, doch die warmen Farben der Malerei verliehen dem Raum eine wohltuende Ruhe, einen schwer fassbaren Zauber. Anaïs war, als hätte sich hier, mitten im modernen Berlin, unvermittelt eine alte Welt vor ihr aufgetan. Der graue Morgen und der entsetzliche Fund waren mit einem Schlag weit weg. Staunend betrachtete sie die Heiligenbilder.

»Sie sammeln Ikonen?«, fragte sie.

Bronski trat neben sie. »Gefallen sie Ihnen?«

»Sehr, aber … also, diese Menge ist ungewöhnlich.«

»Ich fertige sie selbst, ich bin Ikonenmaler.«

Ikonenmaler. Das war es also, was sie von Beginn an so an

ihm fasziniert hatte. Für diesen Mann schien das Innenleben der Menschen ein offenes Buch zu sein. Diese Menschenkenntnis spiegelte sich in der Darstellung der Heiligen. Ein unangenehmer Gedanke streifte sie. Stahl er damit den Menschen nicht auch ein Stück ihrer Seele?

»Ist es schwer, das Blattgold aufzubringen?«

Er lachte. »Nicht, wenn man es gelernt hat.«

*Bronski.* »Stammt Ihre Familie aus Russland?«, fragte Anaïs. »Sie sprechen sehr gut Deutsch.«

»Meine Mutter stammte aus dem Baltischen«, sagte er. »Die Revolution hat uns von Sankt Petersburg nach Paris verschlagen.«

Anaïs hatte gelesen, dass die französische Hauptstadt ein Zentrum der russischen Aristokratie und ausgewanderten Künstler geworden war. »Verstehe.« Zu einem anderen Zeitpunkt hätte sie ihren Gastgeber mit neuen Augen gesehen, ihn vielleicht um ein Gespräch für einen Artikel gebeten. *Der Ikonenmaler von Berlin.* Bestimmt kannte er auch bedeutende russische Literaten im Exil. Doch die tote Frau, auch wenn sie schon seit Jahrzehnten in dem Brunnen lag, warf einen Schatten über ihre Gedanken. »Und warum Berlin?«

Bronski sah sie einen Augenblick mit seinen lebhaften braunen Augen, die immer so aussahen, als nähmen sie an seinem Gesprächspartner echten Anteil, an. »Ich habe diese Wohnung geerbt«, sagte er schließlich. Ein Anflug von Trauer schwang in seiner Stimme. »Von einer alten Dame.« Er räusperte sich. »Einer guten Freundin meiner Mutter. Sie hat fast ihr Leben lang hier gewohnt.« In seine Augen trat ein schmerzlicher Ausdruck.

»Ihre Mutter lebt nicht in Berlin?«

»Nein.« Anscheinend hatte Anaïs einen wunden Punkt in seiner tragischen Familiengeschichte berührt. Oder seine Auskunftsbereitschaft einer Journalistin gegenüber war einfach erschöpft, denn er wechselte das Thema. »Macht es Ihnen etwas aus, den Tee mit mir im Atelier einzunehmen?«, fragte er. »Frau Schiller räumt erst später die Küche auf, aber ihr indiskretes Geschwätz ist eine Zumutung, finde ich.«

Seine Grobheit überraschte Anaïs, sie schien nicht zu dem ruhigen, freundlichen Mann zu passen. »Und da komme ich und frage Ihnen auch noch ein Loch in den Bauch«, sagte sie, ehe ihr einfiel, dass er es gewesen war, der sie in seine Wohnung gebeten hatte. »Ich trinke Tee immer im Atelier.«

»Dann gehen Sie durch die Tür geradeaus.« Er fuhr sich mit der Hand durch das ungekämmte Haar und stutzte, als bemerkte er jetzt erst dessen Zustand. »Oh, bitte entschuldigen Sie mein Negligé – was müssen Sie nur von mir denken! Ich mache mich schnell frisch, und dann serviere ich Ihnen einen echten russischen Tee.« Er drehte sich um und verschwand hinter der nächsten Tür. Kurz darauf konnte Anaïs Wasser rauschen hören.

Anaïs trat in einen großen Dachraum, der von dem Morgenlicht, das durch bodentiefe Fenster fiel, erhellt wurde. Alle Wände waren mit Regalen bedeckt, in denen sich Rollen von Zeichenpapier stapelten. Auf einem langen, mit Farbflecken übersäten Tisch bildeten Malzubehör, eine halb leere Weinflasche, zwei benutzte Gläser und ein mit braungelbem Fett verschmierter Teller ein Stillleben. Staubkörnchen tanzten in den Lichtbahnen, die wie Speere durch den großen Raum stachen, es roch nach altem Holz, nach Farbe und Lösungsmittel.

Mitten im Atelier standen ein Beistelltisch mit Zeichenutensilien und einem Klappmesser, ein Hocker und eine Staffelei mit einer auf Holzleisten aufgezogenen Leinwand.

Darauf war eine Kohleskizze angelegt.

Das Bild zeigte eine unbekleidete junge Frau, die auf dem Hocker saß, ein Bein angezogen, die Arme locker darumgeschlungen, den Kopf seitlich geneigt und mit der Wange auf das Knie gestützt. Sie warf dem Betrachter unter langen Wimpern einen herausfordernden, fast trotzigen Blick zu, der irgendwie nicht zu ihrem zarten Gesicht passen wollte. Zwischen ihren Brüsten hing das Kreuz. Trotz der professionell laszivEn Pose strahlte die Nackte eine mädchenhafte Unschuld aus. Es war ein nicht nur äußerlich gelungenes Porträt von Josefine Hoffmann, Maxim Bronski schien eine Seite ihrer Persönlichkeit erfasst und auf die Leinwand gebannt zu haben, die Anaïs bei ihrer Begegnung mit der Frau entgangen war.

*Eine Auskunftsperson – aus dem Milljöh.*

»Gefällt es Ihnen?« Bronski war hinter sie getreten. Er war glatt rasiert, sein Haar mit Pomade nach hinten gestrichen, sodass seine Locken eng wie das glänzende Fell eines Persianermantels anlagen, und verbreitete einen Duft nach Zitronen und einer holzigen Note. Mit beiden Händen hielt er ein schweres Silbertablett. Darauf standen ein Samowar mit einer Teekanne auf dem Aufsatz, zwei hohe Teegläser in silbernen Haltern und eine Schale mit braunem Kandiszucker. »Es ist erst eine Skizze, natürlich.«

»Fräulein Hoffmann wollte zu mir«, sagte Anaïs und zog den Gürtel ihres Morgenmantels fester zu. Auf einmal war sie sich unangenehm des Eindrucks bewusst, den sie, ungewaschen, unfrisiert und halb angekleidet – noch dazu neben einem weiblichen Akt –, machen musste. Immerhin war dieser interessante, weltgewandte Mann viel zu höflich, um ihr Unbehagen zu bemerken. »Ich hatte ihr meine Adresse gegeben, aber wir hatten keinen genauen Zeitpunkt vereinbart.«

»Ist das Fräulein Hoffmann?«

»Ja, natürlich – Josefine Hoffmann.«

»Josefine, ja.« Ein Lächeln huschte über sein Gesicht. »Sie haben das arme Mädchen versetzt. Ich habe sie auf der Straße aufgelesen. Zum Dank hat sie mir Modell gestanden.«

Anaïs betrachtete etwas widerstrebend das freizügige Bild. »Und sie hat sich einfach von Ihnen dazu überreden lassen?«

»Nein.« Er stellte das Tablett auf dem Tisch ab.

Wieder stieg ihr sein Seifengeruch in die Nase. Es war eine angenehme Note. Zitrone? Nein, Bergamotte. »Nein?«

»Nein, ich meine, es ist doch ganz offensichtlich ihr Beruf, sich für Geld auszuziehen«, sagte Bronski, nahm die Teekanne vom Samowar und goss fingerbreit fast schwarzen Tee in die Gläser. »Aber es hat sich auch noch keines meiner Modelle über meine Bezahlung beklagt.« Er hielt die Gläser unter den

Hahn des Samowars und ließ kochend heißes Wasser hineinlaufen. Der Tee nahm die kostbare Farbe alten Goldes an, verbreitete seinen aromatischen Duft und überlagerte den stechenden Geruch nach Farben und Lösungsmitteln. »Ich rate Ihnen, viel Zucker zu nehmen.« Er reichte Anaïs ein Glas. »Erst dann entfaltet sich das Aroma vollkommen.«

»Sie ist so jung«, sagte Anaïs, die den Blick jetzt nicht von dem Porträt wenden konnte. »Sie muss doch Arbeit finden.«

»Oder einen Ehemann«, sagte Bronski. »Die Ehe bietet heutzutage die meiste Freiheit aller Lebensformen.«

»Nicht für alle Frauen«, sagte Anaïs.

»Ich bitte Sie, Fräulein Maar, eine verheiratete Frau hat dreimal so viele Verehrer wie ein junges Mädchen«, sagte Bronski. »Und für einen Mann lohnt sich die Investition in eine Ehefrau. Sie ist billiger als eine Geliebte, und er bekommt eine Mutter für seine Kinder.«

»Die Kriminalstatistik ist voll mit Mädchen ohne Ehemann, dafür mit Kind«, sagte Anaïs. »Sie sollten mal die Polizeiberichte auf meinem Schreibtisch sehen.«

»Ja, man hört so dies und das«, sagte Bronski. »Die Feigheit, ein lediges Mädchen zu schwängern und zu verlassen, ist doch im Grunde eine zynische und selbstgefällige Vorstellung der romantischen Bourgeoisie. Allerdings gebe ich zu, dass das Thema die Kunst ungemein beflügelt hat.«

Anaïs' Blick wanderte durch das Atelier, blieb an den Weingläsern und der halb leeren Flasche auf dem großen Tisch hängen. Josefine Hoffmann hatte ihr Honorar kassiert, man hatte Wein getrunken, war wohl im Bett gelandet. War der Ablauf der Nacht von vorneherein klar gewesen?

Bronski schob die Malsachen neben dem Samowar zusammen, nahm die Weinflasche und die Gläser und stellte sie auf den Boden hinter ein Tischbein, als wollte er mit den Gegenständen auch die letzte Nacht aus Anaïs' Blickfeld räumen. Dann zog er zwei Stühle an den Tisch.

»Ich hoffe, das ist nicht zu unbequem?«, fragte er.

»Natürlich nicht«, sagte Anaïs, setzte sich und warf drei

braune Kandisstücke in ihr Glas. Während sie lauschte, wie die Zuckerkristalle knisternd in dem heißen Tee zersprangen, sagte sie, ohne nachzudenken: »Ich frühstücke leider immer allein.« Jetzt hätte sie sich am liebsten auf die Zunge gebissen. Da saß sie mit einem Bohémien in dessen Atelier und gab Intimes aus ihrem Leben preis. »Also ... meistens.«

»Wirklich, Anaïs? Ich darf doch Anaïs sagen?«

»Natürlich.« Sie roch an ihrem Tee, der immer noch zu heiß zum Trinken war. »Gerne ... Maxim.«

Er lächelte. »Es ist ein spanischer Name, nicht wahr?«

»Stimmt, aber ich bin in Berlin aufgewachsen«, sagte Anaïs. »Bei einer Tante.« Warum erzählte sie ihm das?

Bronski hob die dunklen Brauen. »Und Ihre Eltern?«

»Am 28. Juni 1904 ist das Passagierschiff ›Norge‹ auf einen Felsen aufgelaufen und gesunken.« Anaïs schwenkte ihr Teeglas, der geschmolzene Kandiszucker zog Schlieren. »Es war auf dem Weg von Kopenhagen nach New York. Nur einhundertsiebzig Passagiere haben überlebt, über sechshundert sind gestorben. Darunter auch meine Eltern.« Sie nahm einen kleinen Schluck, verbrannte sich und verzog das Gesicht vor Schmerz. »Ist schon lange her.«

»Vermissen Sie Ihre Eltern?«

*Wer ist man, wenn man nicht weiß, woher man stammt?*

»Ich habe keine Erinnerung an sie«, sagte sie.

Er nickte bedächtig. »Und diese Tante ...?«

»Die Schwester meiner Mutter«, sagte Anaïs. Oh Gott, was würde Tante Wally erst sagen, wenn sie von dem Skelettfund im Hinterhof erfuhr. »Sie hat mich aufgenommen, in eine gute Schule gesteckt und versucht, das Beste aus der Situation zu machen und mich für ein Leben im Großbürgertum zu erziehen. Wahrscheinlich bin ich ihr zu Dank verpflichtet.« Anaïs machte eine Pause, und dann entfuhren ihr die Worte, die sie sonst kaum zu denken und schon gar nicht auszusprechen wagte: »Alle haben mich immer nur angegafft, wie ein ... wie ein Pantherjunges. Niedlich ... gefährlich.«

Er lachte. »Ja, das kann ich mir bei Ihnen sehr gut vorstellen«, sagte er. »Ihre Tante hat viel für Sie geopfert, sie muss viel Liebe für Sie empfinden.«

In der Berliner Gesellschaft bewunderte man Valerie Maar für ihre Großherzigkeit, sich so selbstlos um die kleine Wilde zu kümmern. Aber Anaïs wusste es besser. »Ich glaube«, sagte sie, »Tante Valerie sieht mich als guten Vorwand, sich nicht wie ihre Freundinnen von dem Geld und den Launen eines Ehemannes abhängig zu machen. Dank des Erbes meiner Großeltern unternimmt sie weite Reisen, unterhält einen literarischen Salon und trifft interessante Menschen.« Anaïs machte eine Pause. »Sie hat mir übrigens ihre Wohnung hier überlassen.«

»Ach, Ihre Tante hat selbst in diesem Haus gelebt?«

»Tante Valerie war damals noch ein Kind.«

Bronski schwenkte sein Teeglas, legte den Kopf in den Nacken und musterte Anaïs. »Ich habe Ihren Artikel über den Berliner Ripper gelesen«, sagte er. »Warum betätigen Sie sich ausgerechnet als Kriminalreporterin?«

Anaïs zögerte. Er hatte ihr zugehört, aufmerksam und höflich und ohne ein Werturteil erkennen zu lassen. Sie hatte das Gefühl, als könnte er jeden mit seiner sanften Stimme zur Preisgabe aller Geheimnisse bringen. Es fühlte sich so gut an, einmal offen mit jemandem reden zu können.

»Eigentlich bin ich Kulturredakteurin.«

»Oh – das klingt, als wären Sie sehr stolz darauf.«

»Sollte ich es nicht sein?«

Er lachte. »Doch, es ist nur auch – sehr deutsch.«

Anaïs starrte ihn an, fragte sich, ob das eine Anspielung auf ihr Äußeres war. Bis ihr einfiel, dass er ja aus Russland stammte und in Frankreich gelebt hatte, er sie beide wohl als Weltbürger betrachtete. »Niemand hat mich bisher *sehr deutsch* genannt.« Sie schüttelte den Kopf.

»Aber, meine Liebe, Sie sind es!«, sagte Bronski. »Strebt der Deutsche nicht immer nach einem Ideal – wie der Kultur?« Es war eine rhetorische Frage. »Der Deutsche läuft doch jeder Idee hinterher, wenn sie nur im Gewand der Philosophie oder

Metaphysik daherkommt. Kultur? Was bedeutet das? Sollten wir nicht eher dem realistischen, berechnenden Willen und der Realität huldigen?«

Anaïs starrte ihn an. »Was wären wir ohne Kultur?«

»Was ist denn Kultur?« In Bronskis hellen Augen schillerte Spott. »Diese Monumentalbauten, die unsere schöne Stadt beherrschen? Bahnhöfe, Theater, Rathäuser, Brücken, die Liste ist endlos. Zu teuer für ein vom Krieg gebeuteltes Volk, zu prächtig – oder nennen wir es einfach größenwahnsinnig. Deutschland stellt seine Kultur anscheinend stets über die Kosten.«

»Ich möchte hauptsächlich über Literatur schreiben.«

»Die Literaten.« Bronski wiegte den Kopf. »Ja, ich sehe sie im Romanischen Café sitzen, diskutieren und sich selbst gefallen und dabei doch kaum anderes als *l'art pour l'art*, wie wir in Paris sagen, produzieren. Und wenn diese Schreiberlinge kruden politischen Ideen anhängen und an eine bessere Welt glauben, dann verändern sie die Verhältnisse mit ihren Romanen doch nicht.« Er lächelte sanft. »Sagen Sie, Anaïs, finden Sie das nicht selbstverliebt und – größenwahnsinnig *deutsch*?«

*Größenwahnsinnig.* Warum sah er sie so an? Wollte er ihr mit seinen Worten sagen, dass er sie auch für größenwahnsinnig hielt? Oder hatte er eine Rechnung mit dieser Gesellschaft offen?

»Gerade habe ich wenig Zeit für Literatur«, sagte sie. Ohne über ihre Worte nachzudenken, fügte sie hinzu: »Ich versuche, wenigstens regelmäßig zum Sport zu kommen.«

»Ich nehme an, Sie sind eine passionierte und ausdauernde Reiterin. Nein, halt – Sie fechten, habe ich recht?«

»Ich boxe.« Die Worte waren ihr so herausgerutscht.

Bronski hob die Brauen. »Ach wirklich? Ich habe es mal mit dem Ringen versucht, aber ich muss zugeben, der Sport ist nicht halb so anmutig wie ein guter Fight im Boxring.«

Anaïs schluckte. »Sie interessieren sich – fürs Boxen?«

»Dieses Spiel der Kräfte fasziniert mich, der Kampf bis zum bitteren Ende.« Er zwinkerte ihr zu. »Wo boxen Sie denn?«

Anaïs zögerte. Bronski wusste offensichtlich, dass Frauen nicht boxen durften. Aber er plauderte so unbefangen mit ihr, als ginge es um eine Partie Bridge. »Bei Kalle Benatzky.«

»Bei Karl Benatzky? Dem ehemaligen Schwergewichtschampion?«

»Er hat jetzt eine Boxschule, in Friedrichshain.«

»Ach – vielleicht nehmen Sie mich mal mit?«

»Ich …« Anaïs verstummte. »Ich muss darüber nachdenken. Im Moment habe ich sehr viel zu tun.«

Er nippte am Tee. »Richtig, der Ripper von Berlin.«

»Ja – was halten Sie von meiner Arbeit?«

Bronski trank ruhig ein paar Schlucke Tee und musterte sie über den Glasrand hinweg. »Es gibt bessere Themen für eine junge Frau«, sagte er endlich. »Finden Sie nicht?«

Anaïs setzte ihr Glas ab, faltete die Hände, legte sie auf den Tisch und schaute auf ihre wie im Gebet verschränkten Finger hinunter. »Das dachte ich zunächst auch, aber …« Sie hob den Blick, sah ihm ins Gesicht. »Aber muss man, wenn man schreibt, nicht auch über den Zustand der Gesellschaft schreiben? Bei dieser Geschichte geht es mir sogar um mehr – um Gerechtigkeit.«

Bronski stellte seine Tasse ebenfalls auf den Tisch. »Gerechtigkeit, großer Gott«, sagte er. »Wie fühlen Sie sich dabei, über so einen bestialischen Mord zu schreiben? Über den Tod einer armen Frau, die von Geburt an keine Chance auf ein lebenswertes Leben gehabt hat?«

Anaïs seufzte. »Nicht gut, was denken Sie?«

Er nickte wissend. »Schlechte Träume?«

»Gelegentlich.« Gelegentlich fast jede Nacht.

»Angst?«

Was für eine Frage, noch dazu jetzt, mit einem Skelett im Hinterhof. »Ehrlich gesagt – auch das.«

»Wovor, Anaïs?«

Anaïs dachte nach. »Davor, dass ich einen Fehler mache«, sagte sie. »Dass mich dieser Mord bis in meine Träume verfolgt.« So wie die Polizeifotos der verstümmelten Martha

Teller. »Dass ich gefährliche Irre auf Ideen bringe.« Sie holte tief Luft und sagte in scherzhaftem Ton: »Und dass mein Chefredakteur mich rausschmeißt und ich bei keiner Zeitung mehr eine Anstellung finde.« Das klang angemessen bescheiden, stimmte aber natürlich nicht.

Bronski schmunzelte. »Warum tun Sie's dann?«

»Sagte ich doch schon – ich will Gerechtigkeit.«

Er schüttelte den Kopf. »Nein, die wollen Sie nicht.«

»Was?«

»Sie wollen den Aufstieg, die Anerkennung, den Ruhm.«

Darauf gab Anaïs keine Antwort.

»Warum nennen Sie den Mörder den Ripper?«

Anaïs zuckte die Schultern. »Wenn Sie die Polizeifotos gesehen hätten, würden Sie nicht fragen«, sagte sie. »Das war ein Schlächter, genau wie damals in London.« Sie sah ihm ins Gesicht. »Was geht in so einem Menschen vor?«

Warum lag die Tote im Brunnenschacht? Ein Unfall? Mord? Vielleicht ein Soldat, der eine Hausangestellte – denn darauf deutete das Spitzenband im Haar hin – vergewaltigt, getötet und die Leiche in das nächste Loch geworfen hatte?

Bronski kratzte sich in der linken Armbeuge. »Sie können noch so tief in die moderne Psychologie eintauchen«, sagte er, als hätte er ihre Gedanken gelesen, »aber in die Abgründe eines solchen Mörders werden Sie nie vordringen. Das wäre, als legten Sie sich unters Henkersbeil, um seine Schärfe zu prüfen.« Er bewegte den Arm auf und ab, Handgelenk zur Schulter und zurück. »Muskelzerrung, kommt davon, wenn man die Palette stundenlang in einer Hand hält.«

Anaïs nickte. »Ob es wohl weitere Morde geben wird?«

Bronski schien seine nächsten Worte abzuwägen. Endlich holte er tief Luft, als wollte er sagen: was soll's, und antwortete: »Ja, Anaïs, wenn Sie mit Ihrem Vergleich recht haben, werden noch mehr junge Frauen sterben.« Die dreifarbige Katze hatte sich unbemerkt herbeigeschlichen, strich um seine Beine. »Sophia, *ma belle*!«

»Ermutige ich dieses Monster mit meinen Artikeln?«

»Kennen Sie die Fabel vom Frosch und dem Skorpion?« Bronski hob die Katze hoch, drückte sie an seine Brust und kraulte sie unter dem Kinn. Die Katze fing an zu schnurren.

»Nein.«

»Ein Frosch und ein Skorpion standen vor einem über die Ufer tretenden Fluss«, sagte Bronski. »Der Frosch bot an, den Skorpion auf seinem Rücken mitzunehmen, er dürfe ihn jedoch nicht stechen. Der Skorpion versprach es. Der Frosch nahm den Skorpion auf den Rücken und schwamm zum anderen Ufer hinüber.« Er sah auf die Katze hinunter, die sich mit geschlossenen Augen vertrauensvoll dem Genuss hingab. »Kurz bevor sie das Ufer erreichten, stach der Skorpion zu. ›Jetzt werden wir beide untergehen‹, sagte der sterbende Frosch, ›warum hast du das getan?‹« Bronski sah Anaïs an.

Anaïs hob fragend die Brauen.

»›Ich kann nicht anders‹, sagte der Skorpion, ›es liegt in meiner Natur.‹« Ein schmales Lächeln erschien auf Bronskis Gesicht. »Sehen Sie sich diese Katze an. Sie denkt nicht an die Maus, die sie quält. Es liegt in ihrer Natur. Auch dieser Mann – und wer sagt uns, dass es keine Frau ist – macht, was ihm seine Natur befiehlt.«

»Der Ripper ist ein Psychopath«, sagte Anaïs. »Das behauptet zumindest mein …« Sie brach aus Gewohnheit ab, aber dann sagte sie: »Mein Boxtrainer. So ein Täter ist doch seelisch krank, nicht wahr?«

Aber Bronskis Interesse an Frauenmördern schien erschöpft. Statt eine Antwort zu geben, ließ er den Blick zu dem Bild der jungen Frau hinüberschweifen, als suchte er ein anderes Gesprächsthema. Auf einmal stieß er die Katze von seinem Schoß, was diese mit einem gereizten Fauchen quittierte, und sagte: »Anaïs, ich bedaure, nun gleich auf Ihre charmante Gesellschaft verzichten zu müssen. Tatsächlich erwartet mich jedoch ein Freund …« Er verstummte, hatte wohl seine Unhöflichkeit bemerkt.

»Natürlich«, sagte Anaïs schnell, überrascht von seinem plötzlichen Stimmungsumschwung und dem Rauswurf. »Ich habe Sie schon viel zu lange aufgehalten. Außerdem komme ich zu spät in die Redaktion. Vielen Dank für den Tee.«

Bronski geleitete sie in den Flur. Vor der Ikonenwand blieb er stehen, betrachtete die Heiligen und sagte, als spräche er zu ihnen: »Haben Sie sich eigentlich schon mal mit Wiedergeburt befasst?«

War es die unwirkliche, schwebende Stimmung im Flur, die sie schon bei ihrem Eintritt gespürt hatte, oder die Blicke der Heiligen, die auf sie herabstarrten – auf einmal hielt Anaïs für möglich, was sie vor Kurzem noch in das Reich des Aberglaubens zurückgewiesen hätte.

Anaïs schüttelte den Kopf. »Nein, aber wenn der Londoner Ripper wiedergeboren unter uns wandeln sollte, dann wüsste die Polizei wenigstens, wie alt er ist, nicht? Nur – warum jetzt ausgerechnet Berlin?«

»Vielleicht ist ja auch nur seine Seele gewandert?«

Anaïs starrte ihn an. »Glauben Sie das wirklich?«

Ein Lächeln huschte über sein Gesicht, in seinen Augen saß der Schalk. »War nur so ein Gedankenspiel«, sagte er. »Ich möchte Sie jemandem empfehlen.« Er öffnete die Tür für Anaïs.

»Natürlich, gerne.«

»Wenden Sie sich mit einem schönen Gruß von mir an Professor Magnus«, sagte Bronski. »Leopold Magnus, er lebt in Dahlem. Ich habe für ihn eine Ikone angefertigt – eine Muttergottes. Er ist Kriminologe, zwar schon emeritiert, aber vielleicht kann er Ihre Fragen zum Täter beantworten. Er befasst sich mit der Vererbung des Bösen.« Auf einmal umgriff er mit beiden Händen ihre Rechte und sah ihr eindringlich in die Augen. »Geben Sie nicht auf, Anaïs.«

»Aufgeben liegt mir nicht.«

Bronski ließ ihre Hände los und fing wieder an, sich in der linken Armbeuge zu kratzen. »Ich habe kein gutes Gefühl bei der Sache.« Sein Blick richtete sich auf eine Ikone, auf der ein ernst blickender Jesus in blauem Mantel die Hand mahnend erhoben hatte. »Ganz und gar nicht.«

Anaïs zeigte auf seine gekrümmten Finger. »Soll ich mir Ihren Arm mal ansehen?«, fragte sie. »Ich kenne mich mit Muskelsachen aus. Gut möglich, dass ich helfen kann.«

Bronski ließ wie ertappt seinen Arm los. Anscheinend handelte es sich um einen Tick, der ihm selbst gar nicht mehr auffiel. »Ach das, nein, da hilft ein wenig Schonung«, sagte er hörbar verlegen. »Ich habe das Foto von der verstümmelten Frau gesehen. Versprechen Sie mir etwas, ja?«

Anaïs lachte, aber sie hörte selbst, wie gezwungen ihre Heiterkeit klang. »So ernst? Soll ich einen Eid leisten?«

»Passen Sie gut auf sich auf, Anaïs.«

*Du musst besser uff deene Deckung achten, Leo.*

»Ich werde mich bemühen, Maxim.«

»Vertrauen Sie niemandem, hören Sie?« Mit seinen braunen Augen blickte Bronski sie fest an. »Viel Glück.«

In der Halle sprachen jetzt die Polizisten mit Frau Schiller. Die Hausmeisterin redete wie ein Wasserfall, einer der Polizisten nickte dazu und machte sich in einem schwarzen Büchlein Notizen, der andere starrte, die Hände auf dem Rücken verschränkt, vor sich hin. Anaïs konnte ihn verstehen. Es war ja nur ein altes Skelett. Hatte man die Frau vermisst? Nach ihr gesucht? Sicher nicht lange. Für ein Dienstmädchen fand sich immer schnell Ersatz.

Als Anaïs auf die Straße hinaustrat und sich auf den Weg in die Redaktion machte, hatte sich der Morgennebel aufgelöst, und die Herbstsonne strahlte von einem wolkenlosen Himmel. Vor der Synagoge standen ein paar junge Männer in kurzen Hosen. Sie blockierten das Trottoir, hatten die Köpfe zusammengesteckt und flüsterten miteinander. Als einer der Männer sie entdeckte, stieß er seinen Nachbarn mit dem Ellenbogen in die Seite und nickte in ihre Richtung. Das Gespräch verstummte, und alle Augen richteten sich auf sie.

Anaïs hielt auf die Gruppe zu, in der Erwartung, dass man ihr als Frau Platz machen würde. Niemand trat beiseite.

»Kiekt mal – der Sarotti-Mohr«, feixte einer.

»Wat kostet denn so wat Süßet?«, fragte ein anderer.

Vielleicht lag es an dem aufwühlenden Gespräch mit Maxim Bronski oder seinem Rat, gut auf sich aufzupassen. Oder an seinem Rausschmiss. Oder der namenlosen Toten, in einen alten Brunnen geworfen wie Abfall. Oder an dem Gedanken, dass dieses männliche Gewürm hier dachte, sich einer einzelnen Frau gegenüber etwas herausnehmen zu können.

Anaïs blieb stehen und fixierte die grinsenden Gesichter. Heiße Wut stieg aus ihrer Brust hinauf, brannte in ihrem Hals und explodierte in ihrem Kopf. Vor ihrem inneren Auge tauchte das Bild der geschändeten Martha Teller auf, mit aufgerissenen Augen und obszön klaffendem Leib.

*Der Sarotti-Mohr?*

Anaïs spürte, wie sie innerlich ganz ruhig wurde.

*Ein ruhiger Boxer ist ein gefährlicher Boxer.*

*Ganz recht, Kalle.*

Anaïs schenkte den jungen Männern ein breites Lächeln. Dann jagte sie dem am nächsten stehenden ohne Vorwarnung und so schnell wie der Prankenhieb einer Raubkatze die Faust direkt unter das Herz, mitten in den Solarplexus. Speichel spritzte aus seinem Mund, er klappte zusammen wie ein Klappmesser, rang nach Luft. Der Angriff war so plötzlich gekommen, dass seine Kumpane, ungläubig über das, was sie gerade gesehen hatten, sekundenlang in Erstarrung verharrten, ehe sie entsetzt zurückfuhren. Der Geschlagene krümmte sich, presste die Hand auf den Magen, würgte und erbrach sich auf das Pflaster. Säuerlicher Gestank verbreitete sich.

Anaïs machte einen schnellen Schritt zur Seite, um ihre Schuhe vor dem Brei aus halb verdautem Brot und Bier zu schützen. Sie hörte das Rauschen ihres Blutes in den Ohren und spürte eine tiefe Befriedigung. Am liebsten hätte sie weiter zugeschlagen. Für sich. Für die namenlose Tote. Für Martha Teller. Für Josefine Hoffmann, die einem Fremden in seine Wohnung gefolgt war und sich vor ihm ausgezogen hatte.

*Jut so, Leo, schick die Scheißkerle zu Boden.*

Die Männer hatten ihren Schreck überwunden, rückten

näher. Anaïs machte mit der Rechten eine Faust und schlug sie ein paarmal in ihre Linke. Die Männer blieben stehen.

Anaïs hob das Kinn. »Sie gestatten, meine Herren?«, sagte sie und schritt durch die schmale freie Gasse.

»Zulu-Metze«, zischte eine Stimme dicht an ihrem Ohr, und säuerlicher Mundgeruch kroch ihr in die Nase.

Die Wut wollte zurückkommen, aber diesmal gelang es Anaïs, sie zu bezwingen und so zu tun, als hätte sie die Worte nicht gehört. Die ganze Fasanenstraße entlang bis hin zum neu eröffneten Hotel Kempinski spürte sie das Hochgefühl des Sieges und die hasserfüllten Blicke, die sie verfolgten.

Auf ihrem Schreibtisch in der Redaktion lag ein großer Umschlag, der weder adressiert noch frankiert war. Außer Borowski an seiner Schreibmaschine war niemand im Büro.

Anaïs zog ihren Mantel aus und legte ihn über die Stuhllehne. »Ist der Brief für mich?«, fragte sie, nahm den Umschlag und drehte ihn hin und her. »Leserpost?«

»Ist mit Boten gekommen«, sagte Borowski, während er mit zwei Fingern auf die Tastatur einhämmerte. »Frag Käthe, die hat ihn gebracht. Ich habe knappe Abgabe.« Dann schien ihm etwas einzufallen, denn er rief Anaïs über die Schulter zu: »Ist übrigens gestern nach mir gefragt worden?«

»Nein, nicht dass ich wüsste.«

»Kein Besuch für mich hier gewesen?«

Anaïs riss den Umschlag auf. »Nur eine Auskunftsperson, aber die wollte zu mir.«

»Sehr gut.« Borowski wirkte erleichtert, tippte weiter.

In dem Umschlag steckte ein Blatt Papier mit einer groben Bleistiftzeichnung und ein paar ungelenken Buchstaben. Auf den ersten Blick dachte Anaïs an eine Kinderzeichnung – bis sie erkannte, was die Skizze darstellte. Ein schwarzes Strichmännchen hielt einen zugespitzten Stock – wohl ein langes Messer – hoch über den Kopf erhoben. Zu seinen Füßen lag eine Frau, Arme und Beine wie eine Gekreuzigte von sich gestreckt. In ihrem Hals klaffte eine Lücke, und ihre weit auf-

gerissenen Augen starrten zum Himmel empor. Die Frau trug ein kurzes Tanzkleid, dessen Saum mit Fransen besetzt war. Darunter standen drei Wörter:
*Grüße vom Riper.*
Anaïs starrte auf das Papier, sah, wie es in ihren Händen zu zittern begann wie der Flügelschlag eines gefangenen Vogels. Ihr Mund wurde trocken, trotzdem schaffte sie es, Borowski zu fragen: »Wann ist das abgegeben worden?«
»Ich sag doch, frag Käthe«, sagte Borowski hörbar genervt. »Was ist los? Hast du Halsweh?«
Anaïs gab keine Antwort, schluckte.
Borowski drehte sich um. »Hartnäckiger Verehrer?«
Anaïs stopfte die widerliche Zeichnung zurück in den Umschlag und stürmte damit aus der Redaktion und den Flur hinunter ins Sekretariat.
Käthe war dabei, mit einer auf Hochglanz polierten Messingkanne tröpfchenweise die vielen Kakteen zu wässern, die sie im Fenster in kleinen Töpfen zog. Bei Anaïs' Eintritt blickte sie von ihren Lieblingen auf. Es kam nicht oft vor, dass die wichtigen Redakteure sie persönlich aufsuchten.
»Fräulein Maar ...?«
»Wann ist der hier abgegeben worden?« Anaïs wedelte mit dem Umschlag. »Wann? Und wer hat ihn gebracht?«
Käthe stellte die Kanne auf ihre Handfläche, wohl damit keine Wassertropfen den Holzboden befleckten. »Das war ein Bote«, sagte sie. »So ein verhungerter Rotzjunge von der Straße, barfuß, zu großes Hemd und zu große Hose und Strippen als Hosenträger. Und so eine speckige Schiebermütze auf dem Kopf. Ich wollte ihn schon gar nicht reinlassen, weil ich dachte, der hat was Ungesetzliches vor. Oder will hier um Essen betteln, und ich bin ja großzügig, aber wenn man da erst mal anfängt ...«
»Was hat der Junge gesagt?«
Käthe zwinkerte. »Was soll er denn gesagt haben?«, fragte sie. »Nichts hat er gesagt, hat nicht mal die Mütze abgenommen, der Flegel, sondern mir nur den Umschlag auf den Tisch

geknallt.« Erst jetzt schien sie Anaïs' Miene zu bemerken. »Stimmt was nicht damit, Fräulein Maar?« Sie deutete mit der Spitze der langen Kannentülle auf einen Kaktus, dessen Stacheln blutrote Blüten zierten, die wie aufgespießte Herzen aussahen. »Aber nun sehen Sie doch mal, ist das nicht schön?«

Anaïs zwang sich zur Ruhe. »Wann war das?«

Käthe runzelte die Stirn, ob aus Überlegung oder vor Beleidigtsein, war unklar. »Vor etwa einer halben Stunde.«

»*Erst?* Würden Sie ihn wiedererkennen?«

»Von diesen Lümmeln gibt's doch jede Menge da draußen auf der Straße«, sagte Käthe. »Die sehen alle gleich dreckig aus. Außerdem, wer merkt sich schon solches Gesindel?«

Genau das war die Absicht gewesen, dachte Anaïs, man sollte die Spur nicht verfolgen können. »Ab jetzt fragen Sie jeden Überbringer einer Nachricht nach dem Absender.«

Käthe holte tief Luft, versuchte sichtlich, Haltung zu wahren. »Vielleicht sprechen Sie in dieser Angelegenheit doch lieber mit unserem Herrn Chefredakteur, Fräulein Maar.«

»Verlassen Sie sich drauf.« Anaïs war schon auf dem Weg zur Tür, als ihr etwas einfiel und sie sich noch einmal umdrehte. »War Fräulein Hoffmann übrigens noch mal da?«

»Wer?«

»Die junge Frau von gestern.«

»Nein«, sagte Käthe so würdevoll wie abschließend, »und die Herren Redakteure treffen weibliche Auskunftspersonen aus dem Milljöh auch grundsätzlich dortselbst. Wo sie auch hingehören.« Es klang, als zöge diese neue Redakteurin mit ihrer Arbeit Ungeziefer an. Käthe drehte Anaïs den Rücken zu und widmete sich wieder der Pflege ihrer Kakteen.

Anaïs unterdrückte die scharfe Antwort, die ihr auf der Zunge lag, und kehrte in die Redaktion zurück.

Sie warf das Blatt auf ihren Schreibtisch, setzte sich auf ihren Bürostuhl und starrte auf die dilettantische Zeichnung und die ungelenken Buchstaben. Was für ein Unterschied zu der gefühlvollen Porträtskizze von Josefine Hoffmann.

*Grüße vom Riper.*

Dieselben Finger hatten dieses Blatt berührt, die auch Martha Teller massakriert hatten. Vielleicht wollte der Ripper ihr einen neuen Mord ankündigen.
*Haben Sie Angst?*
*Ja, allerdings, Maxim.*
Nun war der Ripper auf einen Schlag so real für sie geworden wie Borowski da drüben an seiner Schreibmaschine, deren Geklapper immer durchdringender wurde und an ihren Nerven zerrte. Sie stützte die Ellenbogen auf den Schreibtisch und vergrub ihr heißes Gesicht in den Händen.
*Der Mörder kennt dich, du selbstgefällige Suse.*
Das Tastengeklapper wurde lauter und lauter, wurde zu rennenden Schritten, die auf sie einstürmten. Er kannte ihren Arbeitsplatz, bestimmt wusste er auch, wo sie wohnte. Aufgeben war jetzt erst recht keine Option mehr. Sie nahm die Hände von ihrem Gesicht und spürte, wie sie ruhig wurde.
*Tut mir leid, Kalle, aber der Fight ist eröffnet.*
Das Telefon auf ihrem Schreibtisch fing an zu klingeln.
Anaïs fiel der Mann mit der altmodischen Jacke und der Schirmmütze wieder ein, der in ihrer ersten Nacht in der Fasanenstraße auf der anderen Straßenseite gestanden und sie beobachtet hatte.
»Alles gut?« Borowskis Stimme kam von weit her.
»Was? Ach so, ja.«
Das Telefon klingelte weiter.
»Du siehst besorgt aus. Die Leserpost?«
»Auch, ja.«
»Leser.« Verachtung schwang in Borowskis Stimme. Er ließ den Rollladen an seinem Schreibtisch herunter, nahm ein neues Farbband heraus und setzte es in seine Schreibmaschine ein. Mit der Spitze eines Bleistifts drehte er die Spule so lange vor, bis die blau gefärbte Baumwolle in der Mitte lag. »Da tippt man sich die Finger wund, bis das Blut unter den Nägeln hervorspritzt, und die haben was zu melden.« Er warf einen Blick auf das Telefon. »Kannste nicht mal rangehen?«
Anaïs hob den Hörer ab. »Maar?«

»Ein Ortsgespräch für Sie«, sagte die sachliche Stimme aus der Vermittlung. »Ein Herr Jonasson, nehmen Sie an?«
*Jonasson?* »Ja, danke, stellen Sie bitte durch, Hella.«
»Thor Jonasson.« Eine ruhige, sonore Männerstimme.
»Maar«, sagte sie. »Kann ich etwas für Sie tun?«
»Ich glaube, ich kann etwas Wichtiges für Sie tun.«
»Ach wirklich, Herr …?«
»Jonasson. Ja – ich kenne den Ripper von Berlin.«

# ELF

Er war vom Tiergarten ostwärts gelaufen, zunächst ohne Absicht. Je weiter er kam, umso klarer schälte sich ein Ziel aus dem Spaziergang, umso schneller wurden seine Schritte.

Es trieb ihn zurück, dorthin, wo es angefangen hatte. Auch damals hatte er Angst vor dem Untergang gehabt, seine kindliche Welt war ein führerloses Boot ohne Anker gewesen. Viele Jahre hatte er nicht mehr daran gedacht, jetzt zog es ihn wie an unsichtbaren Schnüren vorwärts. Endlich hatte er das Landsberger Tor erreicht, den Zentralvieh- und -schlachthof, der sich hier über fast hundertneunzig Morgen mit seinen Verwaltungsgebäuden, Verkaufshallen, Ställen und Schlachthäusern erstreckte. Er wanderte an der Ringbahn entlang, betrachtete die langen Rampen und Ausladebuchten.

Eine Ewigkeit war er nicht hier gewesen.

Im Börsengebäude versammelten sich um diese Uhrzeit Viehhändler, Agenten und Großschlächtermeister, besiegelten mit Handschlag den Handel, bestimmten die Preise, besprachen Untersuchung und Unterbringung der Tiere. Er wusste es nur aus Erzählungen. Denn er war Jurek, neunzehn Jahre alt, der uneheliche Sohn eines Dienstmädchens, ohne einen Groschen in der Tasche, und hatte wenig Wert in dieser Welt des Handels und des Geldes, sondern war nur ein menschliches Werkzeug. Wenn es unter der Belastung zerbrach, konnte es jederzeit aus einem Heer arbeitswilliger junger Männer ersetzt werden. In das Innerste des Schlachthofs war Jurek nie vorgedrungen.

Er wanderte an den Hallen entlang, Viehhändler in langen Mänteln, die ihm begegneten, schenkten ihm keine Beachtung, es gab ihn nicht für sie. Für diese Herren war ein schlecht gekleideter Junge unsichtbar. Vor den groben Treibern und Schlächtern wich er an den Straßenrand aus, so wie es ihn der Gebrauch der Treiberstöcke gelehrt hatte. Die Männer streiften ihn allerdings nur kurz mit Blicken und gingen dann weiter ihren Geschäften nach. Vor ihnen fühlte er sich wieder klein, minderwertig, wie in seiner Erinnerung. War es eine Erinnerung oder nur ein böser Traum, der ihn hierhergetrieben hatte?

Er blieb stehen, sah zu den Hallen hinüber, aus denen das Gebrüll der Rinder und das Blöken der Hammel zu hören war. Die Schweinehalle fasste in ihren Buchten fünfzehntausend Tiere, wenn er sich recht erinnerte. Schweine waren intelligente Lebewesen, sie hatten immer gewusst, was sie erwartete. Angst, Hoffnung und endlich Verstehen hatten stets in den schlauen Augen der Schweine gelegen. Der letzte Blick eines Tieres war so viel herzergreifender als der eines Menschen.

Dabei fiel ihm wieder der Wahrsager ein.

Wenn er an die stechenden Augen des Hellsehers dachte, die ihn so durchdringend unter den buschigen roten Brauen angesehen hatten, wurde ihm übel. Würde er zur Polizei gehen? Vielleicht arbeitete er schon mit der Polizei zusammen. Das taten viele von diesen Lügnern und Aufschneidern. Sie suchten nach Vermissten, nach Leichen.

Er konnte die Stimme des Rotschopfes geradezu hören.

*Vor ein paar Monaten war ein Mann bei mir, er wollte nach London zurückversetzt werden. Er wirkte nervös.*

*Der Ripper von London hat sich an Sie gewandt?*

*Nein – ich glaube, es war der Ripper von Berlin.*

Man würde ihn diesem neumodischen Apparat aussetzen. Wie hieß er noch? Diesem Polygraphen. Der Atmung und Puls misst und anzeigt, ob der Proband lügt. Physiopsychologisches Verfahren nannte man das, er hatte darüber gelesen und sich den Ausdruck gemerkt. Er lernte immer gerne dazu.

Vielleicht war er ja wirklich wiedergeboren. Konnte man für Dinge, die man in einem früheren Leben begangen hatte, von der selbst ernannten irdischen Gerechtigkeit bestraft werden? Hatte er etwas verbrochen? Und wenn – wann war das gewesen?

Er hätte mit einem Priester sprechen sollen.

Wenn seine Mutter am Sonntag einmal freihatte, waren sie in den Gottesdienst gegangen. Darauf hatte sie bestanden. Die Welt ist die Hölle, hatte sie gesagt, aber das Paradies wartet auf die, die es sich verdienen. Das predigte ja die Kirche. Ein Priester hätte ihn verstanden, gebilligt, was er für diese Welt auf sich nahm, weil er das Schlechte ausmerzte und dem Guten Platz verschaffte. Ein Priester hätte ihm die Absolution erteilt, denn er verdiente sich den Eintritt ins Paradies. Außerdem unterlag ein Priester dem Beichtgeheimnis.

Er wanderte weiter in Richtung Dungverladung, Seuchenhof und Häutesalzerei. Da waren sie, die Stallungen, durch deren drei Tore an Markttagen die Rinder, Kälber und Schafe zum Schlachthof getrieben wurden. Nur die Schweine führte ihr letzter Gang an den Schienensträngen entlang.

Thor Jonasson hatte ihm einen gewaltsamen Tod vorausgesagt. Ein Ende als Mörder unter dem Fallbeil? Oder die Schutzvereine, diese Gewerkschaft der Zuhälter, setzten ein Kopfgeld auf ihn aus. So was taten sie, wenn man ihr Geschäft störte und ihre Kontrollmädchen für ihr Schutzgeld keinen Schutz bekamen. Die Huren sollten ungestört ihrem lasterhaften Lebenswandel nachgehen können, auf dem Straßenstrich und in ihren Kabaretts, wo sich nackte Frauen in Abendtoiletten zwischen Verbrechern in Frack und Fliege rekelten, daneben Ausländer, Offiziere, Neger und Juden.

Bei dem Gedanken schüttelte es ihn.

Der große Krieg war vorbei, überall konnte man lesen, dass eine Revolution im Gange war. Wann, wenn nicht jetzt, hieß es, konnte man die Gesellschaft erneuern? Dazu musste man sie zunächst von Unrat und Ungeziefer befreien. Das hatte er schon früh erkannt, und darauf war er stolz. Seit diesem lange zurückliegenden Schicksalstag hatte er nach und nach gespürt, dass er zu Höherem berufen war. Natürlich ging das nicht immer ohne Gewalt, aber das war eben der Preis für diese neue, helle Welt. Und für die göttliche Vergebung und das Paradies.

Eine Herde Schweine hastete vor ihm zu dem großen

roten Gebäude des neuen Schlachthauses, das er noch gar nicht kannte. Der Stock des Treibers sauste auf die rosa-grau gescheckten Rücken, Haut zuckte, Schwänzchen wedelten, Beinchen rannten schneller dem Tod entgegen. Wie magisch angezogen folgte er der Herde.

Die Schlachthalle war erfüllt vom Geruch des Blutes und der Innereien und vom heißen Dampf der Brühkessel. Schnell schloss er die Augen, lief in Gedanken Jahre zurück, bis die Bilder so klar vor seinem inneren Auge standen, als wären seit seiner Jugend nur Tage vergangen. Jetzt war er wieder dreizehn Jahre alt, der barfüßige Junge, der die Kessel befeuern musste.

*Schon wieder det Backpfeifenjesicht! Komm inne Hufe, du Flitzpiepe, oder ick mach Schweinefutter aus dich!*

Dazu immer die Todesschreie der Tiere. Ihr letztes Röcheln. Und ihr plötzliches Verstummen.

Thor Jonasson konnte ihn jederzeit dem Henker ausliefern. Fast hörte er die Zellentür, die sich öffnete, und roch den frischen jungen Morgen, der der letzte seines Lebens war. Die Vögel würden singen, der Himmel blau sein, die Sonne scheinen – noch einmal würde er sich all der Pracht erfreuen dürfen. Dann ein langer Gang, ein Raum mit einem hölzernen Podest und darauf – die Guillotine. Schweigend und mit ernsten Mienen würden die vorgeschriebenen Zeugen in Frack und Zylinder in einigem Abstand vom Schafott stehen, wie ein Schwarm Krähen, der geduldig auf den Leichenschmaus wartet. Würde er das Fallbeil hören? Den schneidenden Schmerz noch spüren und die Kälte, die sich seines Körpers bemächtigen würde, wenn das Blut stockte? Wann schwand das Bewusstsein eines Geköpften?

Er riss die Augen auf.

An einem Holzverschlag öffnete sich eine Klappe. Ein kleines Schwein sprang heraus. Verstört blieb es stehen. Ein junger Mann in Hemdsärmeln trat vor, holte gelassen mit der Axt aus und schlug sie dem Tier vor den Kopf. Es sackte zur Seite, und ein zweiter Mann versetzte ihm den Halsstich. Jetzt zappelten nur noch die Beinchen, als wollte das Schwein doch noch einen Fluchtversuch unternehmen. Der Kadaver wurde weggezogen, das zweite Tier schlüpfte bereits durch die Luke. Der Mann hob die Axt.

Er drehte sich um und verließ den Ort des Schreckens.

Das massenhafte Töten in dieser modernen Maschinerie war gut organisiert und hinterließ kaum Spuren. Stets wurden Innereien und Gedärm weggeschafft, das Blut vom Boden gewaschen, sodass nichts mehr an das Morden erinnerte.

Vorbei am Rinderschlachthaus, in dem es auch eine rituelle Ecke gab, wo der Schächter dem kopfunter hängenden Rind den Halsschnitt setzte, zog es ihn in die Halle, in der man den Hammeln das Fell abzog. Hier hatte er damals viel Zeit verbracht, Muskeln, Sehnen, das Zusammenspiel der Knochen studiert und gelernt, was ihm später von Nutzen war. Das Wunderwerk des Körpers faszinierte ihn.

Auch jetzt beobachtete er gebannt, wie der erste Schnitt in den Pelz eines braun-weiß gefleckten Lammes gesetzt wurde, ein Mann daruntergriff und das Fell abstreifte, sodass es sanft wie ein Mantel herabglitt. Darunter kam ein Wesen von bleicher Schönheit und Reinheit zum Vorschein. Das Lamm war im Christentum nicht umsonst das Sinnbild der Unschuld.

Der Schlächter unterbrach seine Arbeit. Das halb abgezogene Fell baumelte wie der Pelzmantel einer schönen Frau von der nackten Schulter des Tieres. Der Mann, das blutige Messer in der Hand, musterte ihn.

»Biste etwa der neue Jeselle von Jerber Pautzke?« Er fuhr sich mit dem Handrücken über die schweißnasse Stirn. Das Licht tanzte auf der Messerklinge. »Ick hab die Häute schon herjerichtet, sach ihm.«

»Seh ick so aus?«, fragte Jurek.

Der Mann ließ die Hand mit dem Messer sinken. »Nee, bisken alt für«, sagte er. »Suchste Arbeet? Ick könnt wen brauchen.«

»Nee ...«

»Und wat willste denn hier?« Er stach die Spitze in Jureks Richtung. »Een' Mann beim ehrlichen Broterwerb stören, wa?«

»'tschuldigung, Meister.« Jurek bekam es mit der Angst.

»Raus hier, mach, dass de Land jewinnst.« Der Schlächter schüttelte den Kopf und packte das lockige Fell. »So een Penner.« Ritsch, ratsch, der Mantel des Schafes fiel zu Boden.

Er überließ die nackten Hammel ihrem Schicksal und eilte zum Ausgang. An Eisenstäben, den sogenannten Laufkatzen, hingen Haken und daran die geschlachteten Tiere, die wie in einer Polonaise des Todes zu ihrer eigenen Choreografie durch die Halle glitten. Dann der Fleischmarkt und dahinter die neuen Bauten, Kühl- und Gefrierhäuser und das verzinkte Eisenblech des Konservenfleisches.

Draußen blieb er in der Sonne stehen und ließ den Blick zu einem Gebäude am Ende des riesigen Areals wandern.

Halb verborgen von alten Kiefern und Pappeln und wild wucherndem Dorngestrüpp lag dort abseits der Geschäftigkeit eine alte Schlachthalle. Unverputzte Ziegelmauern mit leeren Fenstern, in deren Stöcken verbogene Gitter zu erkennen waren, ein mit schweren Ketten gesichertes rostiges Tor und ein zur Hälfte eingestürztes Dach verliehen dem Bau den Anschein von Trostlosigkeit und Verlassenheit. Solange er sich erinnern konnte, war die Halle nicht mehr benutzt worden. In seiner noch fast kindlichen Phantasie war sie keine Ruine, sondern eine Trutzburg gewesen, die ihm Versteck und Sicherheit bot, wenn der Rücken vom Treibstock des Meisters schmerzte und die Seele von der unerfüllten Sehnsucht eines hilflosen Kindes.

Nachdenklich betrachtete er die alte Schlachthalle. Er erinnerte sich noch gut an den staubigen Steinboden, die Rinderschädel in der einen Ecke und der Haufen hohler Hörner mit blutverkrusteten Rändern in der anderen. Vor seinem inneren Auge tauchten die rostigen Haken und Ketten auf, die noch immer von der Decke hingen, und die mit getrocknetem Kot verschmierten Holzverschläge, in denen die Tiere auf ihr Ende gewartet und dabei am ganzen Leib gezittert hatten, während sie die Todesschreie ihrer Leidensgefährten hörten und deren dampfendes Blut witterten. So wie das kleine Schwein eben in der neuen Schlachthalle.

Niemand hatte ihn je in den Verschlägen gefunden.
Jurek wandte den Blick zum wolkenlos blauen Himmel.
Vielleicht sammelten sich dort oben, so wie die Pfarrer behaupteten, ja die toten Seelen. Bei den Tieren war sich Jurek dessen ganz sicher. Aber die Menschen hatten das Paradies nicht verdient, so wie die Welt aussah. Noch drei Wochen, und er musste deswegen wieder nach Friedrichshain.
Diese Anaïs Maar fiel ihm ein.
Es drängte ihn, ihr eine neue Nachricht zu schicken.

# ZWÖLF

Leopold Magnus wohnte in Dahlem.

Sein Haus, das inmitten einer laubbedeckten Wiese lag, über die ein Plattenweg zur Haustür führte, war in dem Cottage-Stil erbaut worden, der im letzten Jahrhundert so en vogue gewesen war und von der ewigen Sehnsucht des situierten Großstädters nach reiner Bergluft und unverfälschter Natur zeugte. Über einem weiß getünchten Erdgeschoss saßen ein mit verwittertem Holz verkleideter erster Stock mit grünen Fensterläden und darüber ein Dach mit drei Giebeln. Einer davon, quer zu den anderen gelegen, hatte ein Dachfenster mit bleigefassten Butzenscheiben. Eine Holzveranda zog sich über alle drei Stockwerke und überdachte einen großzügigen Balkon. Efeuranken kletterten an den Holzstreben empor, und in den Balkonkästen wucherten blutrote Geranien. Es war ein kalter, sonniger Herbsttag.

Anaïs folgte dem Weg zur Haustür und drückte auf die Klingel unter dem Messingschild.

*Professor Leopold Magnus.*

Maxim Bronski war ihr, ein zitterndes weißes Kätzchen auf dem Arm, im Hausflur begegnet. Sie hatte das Tier gestreichelt, die zerbrechlichen Knochen dieses zarten und doch zähen Tieres gespürt. Eine Katze hatte sieben Leben, sagte man. Und eine Raubkatze? Ein Leopard zum Beispiel?

*Es ist eine Kätzin, ich habe sie gerade halb tot im Bodensatz einer Regentonne gefunden. Die Grausamkeit der Menschen kennt keine Grenzen. Man könnte es direkt mit der Angst zu tun bekommen.*

*Wem sagen Sie das?*

*Ich habe Sie gestern Abend im Radio gehört. Sie werden berühmt, Anaïs. Und immer noch auf der Fährte des Rippers.*

*Eifriger denn je.*

*Dann wird es Sie freuen, dass ich mit Professor Magnus ge-*

*sprochen habe. Ich habe ihm Ihr Anliegen geschildert, er freut sich, Sie zu empfangen und Ihnen weiterzuhelfen.*

Professor Magnus trug Knickerbocker, eine Tweedjacke, und sein Hemd zierte eine selbst gebundene weinrote Fliege. Auf seiner Nase saß eine Lesebrille, über deren Rand er Anaïs mit klaren hellgrauen Augen fixierte. Ein dichter weißer Haarschopf, der ihm im Nacken bis auf den Hemdkragen reichte, betonte die Bräune seiner Haut, und scharfe Falten zeugten von einer Vorliebe für das Leben im Freien.

Anaïs hatte sich innerlich gegen den ersten Blick gewappnet, den ihre Erscheinung normalerweise auslöste. Doch Magnus wirkte in keiner Weise überrascht, seine Miene war höflich und aufmerksam, wie sie einem von einem Freund empfohlenen Gast zukam, vielleicht ein wenig wachsam. Letzteren Eindruck schrieb Anaïs dem Thema zu, das diesem Treffen zweier einander völlig Unbekannter zugrunde lag.

»Fräulein Maar«, sagte Magnus mit angesichts seines Alters und seiner Aufmachung überraschend junger Stimme. »Mein lieber Freund Maxim hat Sie mir bereits avisiert. Bitte, kommen Sie doch herein, bitte, bitte.«

Er trat von der Tür zurück und machte eine einladende Armbewegung. Anaïs stellte fest, dass er überraschend groß war und seine Tweedjacke breite Schultern und kräftige Arme eng umspannte. »Wir gehen am besten gleich in mein Arbeitszimmer. Meine Frau macht Besorgungen, aber sie hat uns Tee und – nun ja, irgendwelchen Kuchen hingestellt.« Er warf Anaïs einen komisch schuldbewussten Blick zu. »Leider ist Clara keine besonders gute Köchin.« Er seufzte. »Aber nach vierzig Jahren Ehe lässt sich das wohl nicht mehr ändern.«

Nur sein Name an der Tür, dafür mit Titel.

»Das ist vielleicht Geschmacksache, nicht?«

Magnus, der bereits ein paar Schritte vorgegangen war, blieb stehen und drehte sich um. »Ich bin Wissenschaftler«, sagte er. »Für mich zählen Tatsachen. Und leider lässt die Faktenlage, was die Fähigkeiten meiner Frau betrifft, keinen Interpretationsspielraum zu.« In seiner Stimme schwang ein Unterton mit, als gälte seine Kritik nicht nur den Kochkünsten seiner besseren Hälfte. »Wir werden die Probe aufs Exempel machen müssen. Bitte, hier entlang.«

Er führte Anaïs durch ein holzgetäfeltes Entree, in dessen Mitte ein Tisch mit einer Milchglaslampe und einer Silberschale für Visitenkarten stand. Eine Vase mit einem Strauß weißer Lilien verbreitete einen süßlichen Geruch. Auf dem Boden lagen abgetretene Orientteppiche, die einmal teuer gewesen sein mussten.

»Sie betreiben Alpinsport?«, fragte Anaïs, als sie Magnus durch einen Gang mit Fotografien folgte, die Männer mit Seilen und Eispickeln unter Gipfelkreuzen und vor beeindruckendem Alpenpanorama zeigten. Immerhin erklärte das seine offensichtliche körperliche Stärke und Gewandtheit.

»Das ist kein Sport, mein liebes Fräulein.«

»Ach, nicht?«

»Was Sie da auf den Bildern sehen, ist eine Weltsicht.« Er musterte sie über seine Brille hinweg. »Eine Bergkameradschaft gilt auf Leben und Tod.«

»Ich verstehe.«

»Das glaube ich kaum«, sagte er, nicht unfreundlich. »Eine Frau hat andere Interessen, Aufgaben, die ihrer Natur eher entsprechen. Dort in der Mitte steht übrigens Luis Trenker neben mir.« Er zeigte auf eine Fotografie im Goldrahmen, die von anderen Bildern kreisförmig umrahmt wurde. Eine Sonne, umgeben von Planeten.

»Trenker ist mir natürlich ein Begriff«, sagte Anaïs.

»Nächstes Jahr begleite ich Luis bei den Dreharbeiten zu seinem neuen Film«, sagte Magnus. »›Der Kampf ums Matterhorn‹ wird er heißen.« Er öffnete die nächste Tür. »So, und da wären wir, bitte sehr.« Er ließ ihr den Vortritt.

Das Zimmer erinnerte eher an eine Bibliothek als an ein Arbeitszimmer. Alle Wände waren mit Bücherregalen bedeckt, an den Buchrücken erkannte Anaïs, dass die meisten Bände alt waren. Auf dem Schreibtisch stapelten sich Zeitungen, Notizbücher und beschriebenes Papier. Ein durchgesessenes

Ledersofa, zwei Ohrensessel und ein niedriges Tischchen mit Teegeschirr und einem Teller Gebäck standen vor einem Kamin, in dem ein heimeliges Feuer knisterte. Darüber hing eine reich mit Blattgold verzierte Ikone, eine Maria mit Kind, und verbreitete die gleiche Heiterkeit und Wärme, die Anaïs in Bronskis Atelier wahrgenommen hatte. Zweifellos war er der Schöpfer des Werkes. Die Flammen warfen von unten Lichter auf das Gold und erfüllten die Ikone mit Leben. Ein Schutzbild für einen Mann mit einer gefährlichen Passion, dachte sie. Bergsteiger waren gläubig.

Anaïs drehte sich zu Magnus um und wollte etwas über die Ikone sagen, als ihr das Wort im Hals stecken blieb.

Auf der Wand, die die Tür umgab, hingen in Reihen übereinander wächserne Gesichter. Ihre Mienen waren verzerrt, die Augen geschlossen, die Münder zusammengepresst oder in stummem Schrei aufgerissen. Über jedem Gesicht war ein Schild befestigt, auf dem mit schwarzer Tinte ein Name und ein paar Worte dazu vermerkt waren.

Anaïs spürte, wie ihr Mund trocken wurde.

Magnus, der ebenfalls eingetreten war, drehte sich um und folgte ihrem Blick. »Wie ich sehe«, sagte er, »haben Sie meine Sammlung von Totenmasken bereits entdeckt. Es sind alles Enthauptete.« Er lächelte wieder. »Beeindruckend, nicht wahr?«

Anaïs nickte stumm, das Grauen des Anblicks hatte ihr die Sprache verschlagen.

Die Mienen der Hingerichteten erzeugten nicht die Illusion friedlich Schlafender, wie man sie sonst von Totenmasken kannte, man sah ihnen die Angst vor dem schrecklichen Ende und vor der Qual der Enthauptung an. Hatten sie ihre Taten, die sie auf das Schafott gebracht hatten, am Ende ihres Lebens bereut?

Vielleicht kannte der Mensch, der als Letzter Hand an sie gelegt hatte, die Antwort. Der sie mit breiten Lederriemen auf die Pritsche der Guillotine geschnallt und unter das Fallbeil geschoben hatte. Der das letzte Angststöhnen des Delinquenten, das Herabsausen der Schneide und den dumpfen Aufschlag des vom Rumpf getrennten Kopfes im bereitgestellten Korb gehört hatte. Wenn der Scharfrichter ihn am Haarschopf in die Höhe riss, um ihn den vorgeschriebenen Zeugen als Beweis zu zeigen, dann flatterten in dem blutleeren Gesicht noch minutenlang die Augenlider, und der Mund formte lautlos Worte, hatte sie gelesen. War das der magische Augenblick, in dem die dunklen Geheimnisse des Hingerichteten auf seinen Henker übergingen?

»Ich sehe, Sie sind beeindruckt, mein Fräulein.«

»Das ist ja entsetzlich.«

»Nein, das ist Gerechtigkeit.« Magnus lächelte milde. »Über Mörder verhängt das Gesetz nun mal die Todesstrafe. Sie ist nach Paragraph 13 Strafgesetzbuch durch Enthauptung zu vollziehen. So will es das Recht, und so will es das gesunde Volksempfinden.«

Anaïs starrte ihn an. »Das gesunde *Volksempfinden?*«

»Eine gesunde Volksgemeinschaft«, dozierte Magnus, als stünde er am Katheder eines Hörsaals, »eliminiert rechtzeitig schädliche Elemente. So wie wir einen faulen Apfel entfernen, bevor seine Fäulnis gesundes Obst befällt.« Er deutete auf die Gesichter der Hingerichteten. »Sehen Sie sich allein diese Physiognomien an – waren das etwa Menschen?«

»Sie sprechen ihnen das Menschsein ab?«

»Es waren Schädlinge«, sagte Magnus mit der Genugtuung eines Mannes, der eine Ratte mit dem Schaufelblatt erschlagen hat. »Sie wurden als Abschaum geboren, und genau so sind sie auch gestorben.«

»Sie meinen, man wird schon als Verbrecher geboren?«

Magnus nickte beifällig. »Allerdings«, sagte er. »Sehr scharfsinnig, Fräulein Maar.« Der Professor lobte die eifrige Studentin. »Sagt Ihnen der Name Lombroso etwas?«

Anaïs schüttelte den Kopf. »Nein.«

»›Il delinquente nato‹«, sagte Magnus. »Der geborene Verbrecher, so heißt sein Standardwerk. Der italienische Irren- und Gefängnisarzt Cesare Lombroso hat festgestellt, dass Wesen und Verhalten von Verbrechern nicht von der Umwelt hervorgerufen werden, sondern angeboren sind. Er konnte sogar Verbrechertypen nach körperlichen Merkmalen klassifizieren.« Magnus zeigte erneut auf die Totenmasken, ließ seine Hand über die Reihen der Gesichter wandern. »Sehen Sie genau hin. Fliehende Stirnen, ein abgeplatteter Hinterkopf, überhaupt eine besonders kleine Schädelkapazität – anhand solcher Zeichen lässt sich sogar der Grad einer Verbrechernatur bestimmen.« Er sah Anaïs an. »Nennen Sie so was erbgesunde Menschen?«

Anaïs hatte das Gefühl, sich in einer anderen Welt zu bewegen. War sie, Anaïs, denn erbgesund? Wenn sie doch nicht einmal wusste, was das Erbe ihrer Eltern war? Wer oder was schlummerte in ihr und würde sich, wenn Magnus recht hatte, irgendwann Bahn brechen, ohne dass sie etwas dagegen tun konnte? Sie dachte an Kalle, die Boxschule und an die Befriedigung, die sie bei der Ausübung der Gewalt verspürte. Wenn ihr Vater nun auch ein Verbrecher gewesen war?

*Vater, wer warst du?*
*Vater, wer bin ich?*

»Faszinierend, nicht wahr, Fräulein Maar?« Magnus hatte ihr Schweigen wohl in seinem Sinne gedeutet. »Für Frauen ist diese Materie natürlich kaum zu verstehen. Sie sind von Natur aus ganz auf das Gebären und Wachsen und das Bewahren des Lebens eingestellt – und nicht auf Gewalt und Tod.« Er drehte sich um und ging zum Kamin. »Setzen wir uns doch, Fräulein Maar.«

Anaïs folgte ihm und ließ sich in den ihr zugewiesenen Sessel sinken. Das Kaminfeuer knisterte und verströmte angenehme Wärme. Auf einem Korb mit Brennholz lag ein Stapel Zeitungen, die das Dienstmädchen wohl zum Anfachen des Feuers benutzte. Sie wollte sich schon ihrem Gastgeber zuwenden, als ihr eine Seite ins Auge sprang, auf der unter der Titelzeile eine auffallende Fotografie prangte. Sie zeigte zwei Männerhände mit gespreizten Fingern und zwischen den Händen ein Paar helle Augen, deren Blick eindringlich, ja geradezu hypnotisch auf den Betrachter gerichtet war.

*Medium von Berlin hilft bei Mördersuche!*
*Ein Bericht von Anaïs Maar.*
Es war die letzte Ausgabe des Brennpunkt.
»Wie möchten Sie Ihren Tee, wertes Fräulein?«
»Mit Milch bitte.« Anaïs zeigte auf die Zeitung. »Am nächsten Montag erscheint ein Interview mit Herrn Jonasson. Er behauptet, den Ripper von Berlin zu kennen, und will ihn im Gespräch enthüllen.« Sie kannte den Namen selbst noch nicht, denn die Honorarverhandlungen zwischen Kaiser und dem Wahrsager liefen noch. »Was halten Sie von Jonasson?«
Magnus fixierte sie, die Teetasse blieb in der Schwebe. »Das ist natürlich Humbug«, sagte er hörbar verärgert. »Diese Leute bieten an, mit paranormalen Kräften alles Mögliche aufzuspüren.« Er reichte ihr die Tasse. »Sie stören die polizeilichen Ermittlungen und bringen unbescholtene Leute in Verdacht. Im Fall des London-Rippers hatte sich auch ein Hellseher gemeldet, Scotland Yard hat jedoch die Zusammenarbeit von vornherein abgelehnt.« Er runzelte die Stirn. »Robert James Lee, wenn ich nicht irre. Oder wie Scotland Yard sagte: ein Dummkopf und Wahnsinniger.«
»Bei der hiesigen Polizei hat Herr Jonasson auch kein offenes Ohr gefunden.« Anaïs rührte in ihrer Teetasse. »Deshalb hat er sich an mich gewandt. Es ist ihm ernst.«
Magnus fuhr sich mit der Hand durch die weiße Haarmähne. »Ich kenne weder diesen Mann, noch habe ich Ihren Artikel gelesen«, sagte er. »Für Esoterik interessiere ich mich nicht. Ich bin Wissenschaftler, kein Zauberer.«
Anaïs musste lächeln. »Aber Sie können mir helfen.«
Magnus lehnte sich zurück. »Mein Freund Maxim hat mir berichtet, dass Sie für Ihre Arbeit ein paar Auskünfte von einem alten Kriminologen brauchen könnten.« Er stützte die Ellenbogen auf und legte die Fingerspitzen vor seinem Kinn aneinander. »Warum interessiert denn eine junge Dame wie Sie sich ausgerechnet für so ein Thema?«
»Ich glaube, der Mörder hat sich bei mir gemeldet.«
Magnus' Brauen schossen in die Höhe. »*Nein!*«

Anaïs fasste in ihre Tasche und zog die Zeichnung heraus, die ihr in der Redaktion überbracht worden war. Sie legte sie auf den Tisch, wo sie in dem gutbürgerlichen Stillleben von Keksteller und Teekanne geradezu surreal wirkte, und drehte sie so, dass Magnus sie betrachten konnte.

»Sehen Sie?«, sagte sie. »Das ist doch unheimlich.«

Magnus griff nach dem Blatt und hielt es sich vor die Augen. Minutenlang sagte er nichts, während er die Zeichnung betrachtete. Endlich ließ er das Papier sinken. Er nahm seine Lesebrille ab, schloss die Augen und fuhr mit seiner freien Hand über die Lider, als wollte er ein Bild wegwischen oder einen Eindruck oder eine unangenehme Erinnerung. Dann räusperte er sich, warf die Zeichnung auf den kleinen Tisch zurück und richtete einen scharfen Blick auf Anaïs.

»Sie wissen, was das bedeutet?«, fragte er.

Anaïs zögerte. »Eine Warnung? Eigentlich dachte ich, dass der Mörder seine Opfer in einem bestimmten … Milieu sucht.«

»Was verstehen Sie unter Milieu?«, fragte Magnus. »Einen Ort? Elendsviertel finden Sie in jeder Großstadt. Oder meinen Sie eher, dass die Opfer einem Schema entsprechen? Dass diese Frauen leichtlebig, käuflich, verzeihen Sie – *Huren* sind?«

»Zumindest, dass der Mörder sie als solche ansieht.«

Sie erschrak über ihre eigenen Worte. Entsprach sie etwa auch diesem Klischee? *Gehen Sie zurück in Ihre Revue.* Was galt eine Revuetänzerin einem Frauenmörder?

Der Professor hatte weitergesprochen. »Viertel wie Whitechapel oder die dunklen Straßen um den Schlesischen Bahnhof werden vom Verbrechen regiert und nicht vom Gesetz, da herrschen andere Regeln.«

Anaïs dachte an die Boxschule. »Ich weiß.«

»Ach ja?« Der Professor musterte sie mit neu erwachtem Interesse. »Wie darf man das verstehen?«

Anaïs bildete sich ein, dass sein Tonfall herablassender, ja kälter geworden war. *Gehen Sie zurück in Ihre Revue.* Er hatte sie nicht nach ihrer Herkunft oder ihrem Werdegang gefragt. »Ist das nicht allgemein bekannt? Mich interessiert vielmehr, was für ein Mann der Ripper aus der Sicht eines Kriminologen ist.«

Magnus räusperte sich, der unangenehme Augenblick war vorüber. »Die meisten Verbrechen werden von Jugendlichen und Kriegsveteranen begangen«, sagte er. »Der Krieg hat unser Land verändert, wertes Fräulein. Die von der Front zurückkehrenden deutschen Soldaten haben Gewalt und Tod im Tornister wie eine Seuche mit in die Heimat gebracht. Eine ganze Generation unserer Jugend ist aus den Trümmern unserer Kultur erwachsen, eine ganz andere Art neuer Menschen ist entstanden. Auf welche Pfeiler der Moral kann sich die Jugend heute noch stützen?«

»Aber das betrifft doch unsere ganze Gesellschaft.«

»Sie sind wirklich eine aufgeweckte junge Frau«, sagte Magnus. »Diese Morde dagegen sind banal, nicht wahr?« Er zuckte die Schultern. »Vielleicht haben diese Prostituierten einen Freier ausgelacht, oder sie wollten ihn betrügen«, sagte Magnus. »Vielleicht hasst er Frauen überhaupt, und dann ist eine Dirne eine leichte Beute.« Ein Lächeln spielte um seinen Mund. »Von Berufs wegen muss sie ihn in ihre Nähe lassen.« Er runzelte die Stirn. »Möglicherweise hat er auch eine Rechnung in seinem bürgerlichen Leben offen.«

»Schlechte Erfahrungen mit anderen Frauen?«, fragte sie.

Magnus breitete die Hände aus. »Sehr wahrscheinlich, ja«, sagte er. »Frauen sind heute sehr viel selbstständiger als noch in meiner Generation. Der große Krieg hat auch einiges im Verhältnis der Geschlechter verändert. Denken Sie an das Heer arbeitender Frauen, das es heute gibt.« Er nickte ihr zu. »Sind Sie nicht selbst das beste Beispiel dafür?« Er blickte zu der Ikone der Muttergottes hinauf. »Sind Sie übrigens katholisch?«

»Nein.«

»Natürlich nicht.« Magnus nickte versonnen. Dachte er etwa, sie hinge einer afrikanischen Naturreligion an? »Der Feminismus – diese flüchtige Modeerscheinung unserer Tage – ist eine Umkehrung des göttlichen Schöpferwillens. Kardinal Joseph Roth schreibt ganz richtig, dass nicht die verselbstständigte Amerikanerin, sondern die deutsche Mutter das gottgewollte biblische Bild der Frau ist.«

»Haben Sie Kinder?«

Er wich ihrem Blick aus. »Es war uns nicht bestimmt.«

»Unser Ripper ist also ein älterer Mann?« Magnus' Interesse an ihr war ihr unangenehm, es hatte etwas Klinisches, Beobachtendes, das Interesse eines Wissenschaftlers an einem Versuchstier. Oder an einem Pygmäen, den es zu vermessen und zu katalogisieren galt. Zudem zweifelte sie nicht daran, dass er diese Unterhaltung mit einem Mann weniger belehrend und dafür sachlicher und auf Augenhöhe führen würde. »Ein alter Mann mit einer trostlosen Lebensgeschichte?« Sie lächelte unschuldig.

Magnus' Augen verengten sich. »Auf jeden Fall körperlich oder geistig zurückgeblieben, aus einer unterprivilegierten Schicht, hat Gewalt von klein auf erlebt. Vielleicht belastet ihn eine unglückliche Kindheit mit einer dominanten oder ständig abwesenden Mutter. Wenn ihm überhaupt Schulbildung zuteilgeworden ist, dann nur kurz. Dafür sprechen die fehlerhafte Rechtschreibung und die ungelenke Zeichnung. Mit einem Stift kann er nicht umgehen.«

»Anders als mit einem Messer.«

»Ein Handwerker des Todes, genau.« Magnus faltete die Finger vor dem Kinn, fixierte Anaïs darüber hinweg.

Anaïs dachte an die tote Frau in der Fasanenstraße. Niemand würde je erfahren, wer sie gewesen war oder wie und durch wen sie zu Tode gekommen war. »Hat Ihnen Herr Bronski übrigens von dem Skelett im Hinterhof berichtet?«

»Ein Skelett? Nein.«

»In einem alten Brunnenschacht hinter unserem Haus lagen die Überreste einer Frau«, sagte Anaïs. »Die Tote trug ein Spitzenhäubchen wie ein Dienstmädchen.« Aber kein Kleid, warum kein Kleid? »Und, nun ja, sonst nur Reste von Unterwäsche, wie sie vor dem Krieg üblich war.«

»Dann liegt sie ja seit über zehn Jahren dort.«

»So sieht es zumindest aus.«

Magnus starrte sie an. »Faszinierend, Fräulein Maar, das ist ja äußerst spannend. Würden Sie mich hinzuziehen, wenn es kriminologische Fragen gibt?«

»Ich fürchte, der so lange zurückliegende Tod eines Dienstmädchens wird nicht weiter untersucht werden«, sagte Anaïs. »Ich möchte nicht wissen, was alles zum Vorschein käme, wenn man sämtliche Berliner Hinterhöfe aufgraben würde.« Sie stand auf. »Jetzt habe ich Ihre Zeit aber lange genug in Anspruch genommen, Herr Professor. Vielen Dank für dieses Gespräch.«

Magnus erhob sich ebenfalls, und wieder fiel Anaïs auf, wie kraftvoll und geschmeidig er sich trotz seines schweren Körpers bewegte. Wie ein alter Löwe, dachte sie und musterte seine weiße Haarmähne, im Kampf nicht zu unterschätzen.

»Nachdem Maxim mit mir gesprochen hat«, sagte er, »habe ich mir erlaubt, in Erwartung Ihres Kommens ein paar Unterlagen für Sie zusammenzusuchen. Die Bibliothek eines emeritierten Kriminologen gibt ja so einiges her.« Er ging rasch zum Schreibtisch, nahm einen Stapel Bücher und Zeitschriften an sich und drehte sich mit Schwung wieder um. »Es sind Bücher, zwei oder drei Aufsätze – ich habe mir erlaubt, ein paar meiner Erkenntnisse beizulegen – und ...«

Ein vergilbter Zeitungsausschnitt war aus dem Konvolut gefallen, segelte auf den Teppich. »Oh, Pardon.«

Anaïs bückte sich schnell, hob ihn auf und warf einen Blick darauf. Es war ein englischer Text, das Papier schon mürbe und mit einem Wasserfleck auf einer Seite, trotzdem war er noch lesbar. Der Artikel stammte aus The Waterford News, und zwar vom 9. November 1888.

»Was ist das?«, fragte Anaïs.

Magnus stand jetzt so dicht vor ihr, dass es Anaïs unangenehm war. »Der Artikel ist ein Bestandteil meines wissenschaftlichen Archivs.« Er deutete mit dem Finger auf das körnige Papier. Das Foto zwischen den Textspalten war ziemlich unscharf, trotzdem konnte man die nackte Frauenleiche auf dem zerwühlten Bett und die dunkle Höhle ihres klaffenden

Leibes gut erkennen.«Dieser Anblick ist natürlich nichts für zarte weibliche Nerven.«

Anaïs räusperte sich. »Darf ich mir den Artikel ausleihen?«

»Nein!« Magnus' Antwort kam wie aus der Pistole geschossen. »Leider«, setzte er in konzilianterem Ton hinzu. »Ich gebe Originale niemals aus dem Haus. Ich fürchte, mir sind schon zu viele dieser Dokumente abhandengekommen.«

Anaïs sah ihn an. »Wie – abhandengekommen?«

Magnus zuckte die Schultern. »Ein offenes Fenster«, sagte er. »Ein Windstoß. Clara ignoriert jede Bitte, mein Arbeitszimmer unangetastet zu lassen, und lüftet es ständig. Obwohl ich mir das Rauchen inzwischen abgewöhnt habe.«

Anaïs reichte ihm den vergilbten Zeitungsausschnitt und nahm dafür die für sie bestimmten Unterlagen entgegen. Während sie sie in ihrer großen Handtasche verstaute, fragte sie sich, ob es nicht noch mehr von diesen Artikeln gab.

»Ist das der einzige verbliebene Artikel?«, fragte sie.

»Bedauerlicherweise ja«, sagte Magnus, und sie hörte, dass er log. »Kommen Sie gerne noch einmal wieder, wenn Sie etwas brauchen und vor allem, wenn Sie neue Erkenntnisse haben. Der Fall interessiert mich sehr. Beruflich, meine ich.« Er ließ den Zeitungsausschnitt in der Jackentasche verschwinden. »So, und jetzt sehen Sie mich an meinen Schreibtisch eilen – ein wichtiger Aufsatz muss heute noch zur Druckerei, man wartet schon dringend darauf.«

Anaïs reichte ihm die Hand zum Abschied. »Vielen Dank für Ihre kostbare Zeit«, sagte sie. »Sie haben mir sehr geholfen.« Sein Händedruck war zupackend, kräftig, die Hand eines Bergsteigers. »Hoffen wir, dass nichts mehr passiert.«

»Ja«, sagte Magnus ernst. »Hoffen Sie das.«

Draußen war ein frischer Wind aufgekommen, der das erste tote Laub über die Rasenflächen wirbelte. Anaïs schlug den Kragen ihrer Jacke hoch, senkte den Kopf und lief schnell den Plattenweg zur Gartenpforte hinunter. Sie stand schon auf der Straße, wollte gerade die Pforte hinter sich zuklappen, als ihr

Blick noch einmal auf das alpenländische Haus fiel, das ihr jetzt zwischen den anderen Dahlemer Villen mit ihren bodentiefen Fenstern, Erkern und Wintergärten auf einmal wie ein Fremdkörper vorkam. Das weit auskragende Vordach und die kleinen Holzsprossenfenster von Professor Magnus' Haus schienen sein Innenleben vor der Außenwelt abzuschirmen, als müsste es hier, mitten in Berlin, einem rauen Bergklima widerstehen. Oder als hütete es ein Geheimnis. Der Wind riss ihr die Pforte aus der Hand, und sie schlug mit einem metallischen Knall zu.

Anaïs wollte sich schon zum Gehen wenden, als ihr aus dem Augenwinkel eine Bewegung auffiel. Halb verdeckt vom Vorhang stand an einem Fenster im ersten Stock Magnus, das Kinn von einer Hand umschlossen, und sah auf sie herab.

*Sie sehen mich an meinen Schreibtisch eilen.*

Anaïs winkte noch einmal zum Abschied zu ihm hinauf. Magnus ließ den Vorhang vor sein Gesicht fallen.

*Hoffen wir, dass nichts mehr passiert.*
*Ja, hoffen Sie das.*

Es war bestimmt eine Freud'sche Fehlleistung gewesen.

## DREIZEHN

Anaïs frühstückte mit heißen Brötchen und Schokolade im Romanischen Café an der Ecke des Kurfürstendamms, das aus einem Schwimmer- und einem Nichtschwimmerbassin bestand, je nachdem, wie erfolgreich und anerkannt man sich nennen durfte.

Nicht dass Anaïs das Romanische Café besonders schätzte, es war schmutzig, voller Zigarettenrauch und schlechter Manieren der Menschen, die sich der gewöhnlichen Klasse aufgrund ihrer Intellektualität überlegen und daher nicht genötigt fühlten, den Verhaltenskodex des verachteten Bürgertums an den Tag zu legen. Darüber hinaus herrschte ein wahres Völkergemisch von Polen, Österreichern, Letten, Dänen, Jugoslawen, Ungarn, um nur einige zu nennen, und den Juden, die aus dem Osten nach Berlin gekommen waren. Jeder fand hier einen Landsmann, mit dem er in der Muttersprache parlieren und sich mit Worten eine Heimat schaffen konnte. Auch wenn Berlin die Amerikaner hofierte, seine Gäste kamen aus dem Osten. Denn Berlin war nicht elegant, war nicht en vogue wie London, Paris oder Rom, wo man gerade hinfuhr. Berlin war Provinz, war Endstation und Sackbahnhof, und im Romanischen Café suchten und fanden die Zuzügler eine vertraute Welt.

Nur Anaïs nicht.

Doch immerhin erregte sie im Romanischen Café nicht so viel Aufsehen wie im Kranzler, wo sie in letzter Zeit vermehrt neugierige und zudem unfreundliche Blicke trafen. Dass dies im Romanischen Café seltener der Fall war, lag aber möglicherweise weniger an der Weltläufigkeit der intellektuellen Gäste im Romanischen Café als an dem blauen Qualm der Zigaretten, der wie ein Schleier vor den Gesichtern und Gesprächen hing.

Außerdem saß sie nun im Schwimmerbassin, der Kellner

hatte sie, ohne zu fragen, an einem Fenster mit freiem Blick auf die Gedächtniskirche platziert, nicht ohne vorher noch mit seiner Serviette den Tisch abzuwischen und den Stuhl zurechtzurücken.

*Wenn Sie gestatten, gnädiges Fräulein, bitte sehr.*
Ganz Berlin kannte jetzt Anaïs Maar.

In ihrem eben erschienenen Artikel hatte sie die Informationen über die Vererbung des Bösen, die sie von Professor Magnus bekommen hatte, für ihre Leser verständlich und spannend verarbeitet. Dazu hatte sie eine eindrucksvolle Zeichnung von John Tenniel abdrucken lassen. Das Bild hieß »The Nemesis of Neglect«, war 1888 im englischen Punch erschienen und zeigte ein Horrorwesen wie einem Murnau-Film entstiegen, das mit gezücktem Messer durch die bröckelnden Mauern von Whitechapel schwebte. Wie dem Originaltext zu entnehmen war, hatte John Tenniel mit seiner Zeichnung auf die soziale Not in dem Londoner Armenviertel hinweisen wollen, die einen Jack the Ripper hervorgebracht hatte.

Kaiser hatte jubiliert.

*Das Erbe des Bösen, großartig, Fräulein Maar. Und Ihre Radiosendung, meine Frau und ich hatten wichtige Gäste und haben natürlich zugehört – Sie waren großartig, ganz großartig! Das Elegante Blatt und Die Dame von Welt haben ja auch fashionable Aufnahmen von Ihnen gebracht, wie ich höre.*

*Das nächste Mal kann ja Kastner in seiner Lederhose ...*

*Papperlapapp! Unsere Leserinnen erkundigen sich schon nach Ihrem Schneidersalon und Ihrer Hutmacherin. Ganz im Vertrauen – meine Frau lässt auch fragen, wo Sie arbeiten lassen.*

Den Absatz, in dem sie Parallelen zwischen Whitechapel und dem Krögel gezogen hatte, hatte sie erst nach Abnahme ihres Artikels durch Kaiser hinzugefügt. Kiesewetter hatte ihr auf die Schulter geklopft und ihn in der Neufassung gedruckt. Kaiser hatte sich weder Überraschung noch Ärger anmerken lassen, denn das Berliner Tageblatt und der Berliner Standard – *der Berliner Standard* – hatten zitiert und auf den gesellschaftspolitischen Sprengstoff solcher Viertel hingewiesen, den die allseits bekannte Kollegin Maar zu Recht ins Spiel gebracht hatte.

An diesem Morgen war Kaiser ganz aufgekratzt gewesen.

*Fragt mich doch gestern Abend im Foyer der Deutschen Oper Oberregierungsrat Hoppe – Sie wissen, dass er der Chef der Berliner Kriminalpolizei ist? –, also sagt er doch: »Ihre neue Journalistin – Gratulation! Sehr begabt geschrieben, eine ausgezeichnete Warnung für unsere Bevölkerung.« Ich sogleich: »Wir tun nur unsere Pflicht, Herr Oberregierungsrat, nur unsere Pflicht.«*

Unter den neidvollen Blicken der Kollegen hatte Anaïs das Büro verlassen und war ins Romanische Café gegangen. In Zukunft würde sie ihre Artikel öfter hier, umgeben von Deutschlands bekanntesten Schriftstellern, schreiben. Es war ein erhebendes Gefühl, und ihre neue Sonderstellung in der Redaktion erlaubte ihr bestimmt gewisse Freiheiten.

Anaïs trank einen Schluck von der Schokolade.

Am Tisch schräg hinter ihr nahmen zwei Männer Platz, anscheinend von der schreibenden Zunft, denn der eine fing sofort an zu schimpfen. »Ich habe immer noch keinen Verlag gefunden«, sagte er, »dabei kann das ja nicht nur an den Papierpreisen liegen.«

»Sie sind in Ihrem Werk eben sehr modern, wenn nicht sogar gesellschaftskritisch«, sagte der zweite. »Das gefällt nicht jedem. Übrigens – haben Sie gerade Tucholsky gesehen? Macht wohl mal wieder Besuch in Deutschland. Sitzt da breit und fett im Entree mit dem Chefredakteur von –«

»Tucholsky ist passé«, lautete die prompte Antwort. »Wird Zeit, dass mit den jüdischen Schreiberlingen kurzer Prozess gemacht wird, dieses ganze verweichlichte Geschwafel. Antipatriotisch nenne ich so was.« Zustimmendes Brummen war zu hören. »Wir brauchen ein ganz neues Schrifttum. Mit dem Finger auf den Punkt – in die Wunde sozusagen –, und zwar aus unserer deutschen Sicht.«

»Richtig«, sagte der zweite Mann.

»Wozu haben wir seit letztem Jahr das Gesetz gegen Schund- und Schmutzschriften. Ich frage Sie!«

Anaïs spürte, wie sich ihre Nackenmuskeln versteiften.

»Ganz recht – wir brauchen kommende Leute wie Sie.«

»Ach, na ja …« Die Bescheidenheit klang aufgesetzt. »Natürlich wäre ich schon früher viel bekannter gewesen, aber der Lump, den ich in Augsburg zum Redakteur hatte, der hat mir immer die Pointen gestrichen. *Jahrelang!* Was sagen Sie dazu?«

»Unfassbar – und jahrelang?«

»Wie soll man sich einen Namen als Literat machen, ich frage Sie, wenn einem ständig die Pointen gestrichen werden?«

Anaïs warf einen schnellen Blick über die Schulter. Die beiden Männer waren so in ihr Gespräch vertieft, dass sie ihre Aufmerksamkeit nicht bemerkten. Der eine war ein dicker Glatzkopf mit runder Nickelbrille, ihm gegenüber rauchte ein Blonder in einer goldbestickten Seidenjacke, die aussah, als hätte der Mann vergessen, am Morgen seine Hausjacke auszuziehen. Keiner der beiden kam ihr bekannt vor.

Anaïs holte ihre Unterlagen und ihr schwarzes Notizbuch aus ihrer Aktentasche und legte sie neben die Tasse. Nach dem Besuch bei Professor Magnus hatte sie einen ganzen Tag bei Freese im Archiv verbracht und die Ausgaben des Brennpunkt der letzten drei Monate auf der Suche nach Frauenmorden, die dem Tatbild entsprachen, durchgearbeitet. Und sie war fündig geworden. Anaïs versuchte, das Geschwätz am Nebentisch zu ignorieren, und machte sich an die Arbeit.

Professor Magnus hatte ihr ein Rechtsgeschichte-Lehrbuch, ein Handbuch der Medizingeschichte sowie ein paar eigene kriminologische Aufsätze über berühmte Mörder des 19. Jahrhunderts zur Verfügung gestellt. In allen Quellen hatte er sorgfältig die in Frage kommenden Stellen mit Bleistift markiert. Anaïs fragte sich, ob er sich diese Arbeit für sie gemacht hatte oder ob sich der Professor in seinen Vorlesungen nicht schon mit dem Londoner Ripper befasst hatte. Sie würde sich auf jeden Fall noch einmal mit ihm treffen müssen.

Anaïs nahm einen Schluck von ihrer Schokolade.

Der erste Mord hatte sich am 7. August 1888 ereignet. Die Prostituierte Martha Tabram war kurz vor fünf tot in Whitechapel aufgefunden worden. Ihr Hals, ihr Rumpf und ihre Genitalien wiesen neununddreißig Stichwunden auf. Das Foto zeigte eine korpulente Frau Ende dreißig, eine der Ärmsten der Armen.

Anaïs hob den Blick und sah aus dem Fenster.

Vor der Gedächtniskirche herrschte reges Treiben, Menschen in dicken Mänteln eilten vorbei, doch zu ihr drang kein Laut vor. Ein Schupo stand auf der Mitte der Kreuzung, einen Arm ausgestreckt, und regelte den Vormittagsverkehr. Omnibusse, Droschken, Pferdefuhrwerke und Fußgänger bewegten sich, ohne einander in die Quere zu kommen, wie in einer einstudierten Choreografie um ihn herum.

Anaïs blätterte weiter in den Unterlagen.

Am Freitag, dem 31. August 1888 war die Prostituierte Mary Ann Nichols in Buck's Row, einer Seitenstraße in Whitechapel, um drei Uhr fünfundvierzig von einem Wagenfahrer vor einem Stalleingang gefunden worden. Der Ripper hatte ihre Kehle zweimal von links nach rechts durchgeschnitten und ihren Unterleib durch einen tiefen, in Zacken geführten Schnitt verstümmelt. Dazu kamen noch mehrere flache Schnitte quer durch den Bauch. Die Frau war dreiundvierzig Jahre alt geworden.

Wie – Anaïs warf noch einmal einen Blick in den Polizeibericht – wie Hanna Schmerold, die Prostituierte, die der Ripper am 31. August erstochen hatte.

Ein Mann in einem Staubmantel ging schwungvoll an ihrem Tisch vorbei und riss sie aus ihren Gedanken. Der Geruch nach Straße und kaltem Zigarettenrauch stieg aus seinen wehenden Schößen auf.

»Ja, der Herr Architektus!«, tönte es vom Nachbartisch.

Der Staubmantel blieb stehen. »Habe die Ehre, die Herren.«

Anaïs sah noch einmal über die Schulter.

Der Mann, der Architekt war, setzte sich zu den verhinderten Literaten, breitete einen Plan aus. »Hier, ich war gerade auf dem Amt«, sagte er. »Alles auf Schiene.«

Die drei beugten sich über den Plan.

Anaïs wandte sich ab und versuchte sich zu konzentrieren. Annie Chapman, siebenundvierzig, hatte man am Sonnabend, dem 8. September 1888 gegen sechs in einem Hinterhof gefunden. Ihre Kehle war von links nach rechts durchgeschnitten worden. Der Ripper hatte sie ausgenommen und ihre Eingeweide über beide Schultern und den Unterleib geworfen. Erstmals war die Ansicht aufgetaucht, der Mörder verfüge über chirurgische Kenntnisse. Sie blickte in ihr Notizbuch. Die Berlinerin Karoline Lipinsky hatten spielende Kinder am 8. September fachgerecht zerlegt hinter Mülltonnen gefunden.

Das Gespräch am Nachbartisch wurde lauter.

»Die Spandauer-Straßen-Häuser, die Stralauer Straße und die Jüdenstraße sollen fallen«, sagte der Architekt. »Alles weg.« Er schlug den Plan auf einer Seite weiter auf, faltete die andere zusammen, legte ihn wieder auf den Tisch. »Und hier – bitte – an Stelle der Kaiser-Wilhelm-Gedächtniskirche.«

»Famos!«, sagte der eine der Männer.

»Nicht wahr?« Pure Selbstzufriedenheit. »Ein Hotel mit tausend Einheitszimmern, jedes Zimmer sieben Mark.«

»Grandios!«

»Allerdings, ganz neuer Baustoff, fast alles nur Glas.«

Anaïs sah wieder aus dem Fenster.

Die Kaiser-Wilhelm-Gedächtniskirche mit ihren spitzen Türmen ragte aus dem Verkehrsstrom wie ein Archipel aus dem Meer, ein unerschütterlicher Fels in der Brandung der Stadt. Das große Zyklopenauge des Hauptturms schien sie anzublicken, wissend, spöttisch, herablassend. Ich werde noch hier sein, bedeutete es ihr, wenn ihr alle, die ihr dort eitel sitzt und über meine Zukunft richten wollt, nicht mehr über diese Erde wandert.

*Der Mörder verfügte über chirurgische Kenntnisse.*
*Ein Arzt? Ein Prosekturgehilfe? Ein Schlächter?*
*Warum immer ältere Frauen?*

Anaïs blätterte weiter durch die Unterlagen.

Am Sonntag, dem 30. September 1888 wurden die Leichen der Prostituierten Elizabeth Stride, vierundvierzig, und Catherine Eddowes, sechsundvierzig, gefunden. Während Stride nur einen tödlichen Schnitt durch die Kehle aufwies, hatte der Ripper Eddowes verstümmelt. Der Polizeiarzt schätzte das Messer, mit dem ihr zunächst die Kehle durchtrennt worden war, auf ein scharfes, spitzes Messer von mindestens fünfzehn Zentimeter Länge. Der Ripper hatte das Gesicht und den Unterleib verstümmelt, die Eingeweide zwischen Oberkörper und linkem Arm herausgezogen. Die linke Niere und der größte Teil der Gebärmutter fehlten. Der Täter, so der befasste Pathologe, musste anatomische Kenntnisse gehabt, neben der Leiche gekniet und allein gearbeitet haben. Wahrscheinlich war er bei Stride gestört worden.

Gleich zwei Frauen – *am 30. September 1888*.

In Berlin hatte man allerdings nur Martha Teller gefunden. Was nicht hieß, dass es kein zweites Opfer gab. Die Parallelen waren jedenfalls offenkundig. Der Londoner Ripper war das Vorbild des Berliner Mörders. In Whitechapel war die Serie weitergegangen. Es war zum Verzweifeln.

»... genau das habe ich auf dem Empfang gestern Abend zu Graf Mackenrodt gesagt.« Die Gesprächsfetzen vom Nachbartisch wehten wieder herüber, zerrten an ihren Nerven. Der Architekt brüstete sich. »Diesem Polo- und Golfspieler.«

»Kenne ich, kenne ich.«

»Ich baue seine neue Stadtvilla.«

»Famos!«

»Allerdings, es waren alle dort.« Der Sprecher warf sich mit der Stimme erneut in die Brust. »Bankier Meyer mit Gattin, Komtesse Lichfield, Herr von Treptow vom Auswärtigen Amt und dieser Großindustrielle ... Na ja, Sie wissen schon.«

»Famos, wirklich, ganz famos.«

»Und als die Damen gegangen sind ...«

»Verstehe! Frischfleisch von Madame Yvonne?«

»Allerdings – und ein Mädel süßer als das andere.« Der

Redner senkte die Stimme, aber nicht so tief, dass Anaïs ihn nicht hören konnte. »Sie wissen ja, meine Herren, Madame lässt sich beim Kaufpreis für die Mädchen bei den Eltern nicht lumpen. Großzügigkeit an der richtigen Stelle macht sich bezahlt, sage ich immer.«

»Oh Gott, ich wünschte, ich wäre mit von der Partie gewesen.«

»*Blamier mich nicht, mein schönes Kind, und grüß mich nicht unter den Linden*«, sagte einer der Männer. »Heinrich Heine wusste Bescheid, was?« Die anderen lachten.

»Wer, wenn nicht ein Jud?« Wieherndes Gelächter.

Anaïs kniff den Mund zusammen, las weiter.

Die Prostituierte Mary Jane Kelly hatte man am Freitag, dem 9. November gefunden. Die etwas unscharfen Fotos zeigten eine junge Frau auf einem zerwühlten Bett, das in einer armseligen Kammer vor einer stockfleckigen Wand stand. Sie lehnte mit den Schultern in den aufgetürmten Kissen, ihr Kopf war auf die Brust gesunken, ihr Blick aus weit aufgerissenen Augen stierte ins Leere. Es sah aus wie nach einem Schlachtfest. Wieder war der Arzt am Tatort Dr. Bagster Phillips. Er glaubte, dass der Mörder sein Opfer durch den schon bekannten Schnitt durch die Kehle getötet hatte. Danach hatte er der Frau die Bauchhöhle aufgeschnitten, ihre Eingeweide entnommen und im ganzen Zimmer verteilt. Er hatte ihr Gesicht bis zur Unkenntlichkeit verstümmelt, ihre Brüste abgeschnitten, ihr die Gebärmutter entfernt und die Muskeln ihrer Oberschenkel bis auf die Knochen zerfetzt.

Anaïs legte alle Unterlagen auf einen Stapel und schob ihn von sich weg. Der 9. November. Wenn der Berliner Ripper tatsächlich den Londoner Serienmörder nachahmte, dann würde die Stadt in nur wenigen Tagen erneut von einem furchtbaren Verbrechen erfahren. Der Mord an Mary Jane Kelly war noch dazu der grausamste gewesen. Wohl weil er sich in einem Privatzimmer abgespielt und der Mörder genügend Zeit zur Ausführung seiner Gräueltat gehabt hatte. Mary Jane, die erst fünfundzwanzig Jahre alt gewesen war, hatte ihre Kleider ordentlich gefaltet auf einen Stuhl gelegt, war nur mit einem dünnen Hemd bekleidet gewesen. Hatte sie den Täter gekannt? Ein Freund? Oder vielleicht ein Freier?

Alle anderen Opfer waren wesentlich älter gewesen als Mary Jane Kelly, ja, es schien, als hätte es der Ripper sonst auf die Prostituierten am unteren Ende ihrer Hierarchie abgesehen. Die Frauen, zerstört von Armut, Alkohol und dem Leben auf der Straße, die keine Wahl mehr hatten und jeden Freier annahmen. Hatte der Ripper die junge Frau gewählt, weil sie ihm angeboten hatte, mit ihr in ihr Zimmer zu gehen, und er dort mehr Zeit hatte als bei seinen anderen Taten? Oder hatte er sich gesteigert, wie Professor Magnus prophezeit hatte? Dem Opfer, das dem Ripper von Berlin in der Nacht vom 8. auf den 9. November in die Hände fiel, stand ein grauenvolles Schicksal bevor. Wenn es den Mörder in sein Quartier mitnahm.

Anaïs bedeutete dem Kellner, die Rechnung zu bringen.

Die Männer am Nebentisch waren zur Kultur übergegangen.

»Die gute Kritik für das Porträt von der Baker stand in der Großberliner Woche«, sagte einer gerade mit Besitzerstolz in der Stimme. »Junger Maler – Paul Seemann – ganz ungewöhnlicher Künstler, hochsensibel. Übrigens – Dr. Tennenbaum hat sehr gut gekauft.« Der Sprecher schien ein Galerist zu sein. »Aber hier, was sagt man nun dazu – der Völkische Aufbruch.« Anaïs wandte den Kopf und sah aus dem Augenwinkel, wie der Mann eine Zeitung aufschlug. Es war der Blonde in der chinesischen Jacke. »Ich zitiere: *Hier ist wieder mal ein abstoßendes Beispiel für die viehische Klaue des snobistischen Kurfürstendamm-Bürgertums gegeben...*« Die anderen machten verächtliche Laute. »*Das abartige Untermenschenbild eines Paul Seemann verspottet den Reingeist der deutschen Kultur! Der Schreiber nennt Seemanns Werk Gorillamenschen-Malerei*!« Er ließ die Zeitung sinken.

»Gorillamenschen, sehr gut.« Der Staubmantel nickte.

»Kann sich nur auf das Porträt der schwarzen Hupfdohle

beziehen«, sagte der Galerist. »Dieser primitiven Baker. Ich habe gleich von dem Sujet abgeraten. Neue Zeiten brauchen neue Vorbilder. Wir haben doch da die neue Brünhilde an der Oper, blond und sehr ansehnlich. Unter uns, ihr Gönner ist …« Er beugte sich über den Tisch und flüsterte.

Die beiden anderen Männer brummten Anerkennung.

Anaïs wurde heiß, aber sie konnte nicht wegsehen.

Der Galerist faltete die Zeitung zusammen. »Die Großberliner Woche ist jedenfalls allerbeste Werbung«, sagte er. »Prinzessin Mikitin hat bereits ein Porträt ihrer russischen Windhunde bestellt.«

»Paul Seemann – muss man sich merken.« Der Dicke nickte. »Könnte ja mal mit meinem Kulturredakteur reden. Wenn ich über Seemann schreibe – bekomme ich bei einem Bild Prozente?«

»Aber selbstredend, mein Lieber, selbstredend!«

»Und Tennenbaum, ja?« Der Staubmantel klang ehrfürchtig.

»Zwölf Bilder, den ganzen Berlin-Zyklus, ich lüge nicht.«

Anaïs stand auf und warf ein paar Münzen auf den Tisch. Dann stieß sie ihren Stuhl mit Schwung zurück, sodass die Stuhlbeine über das Parkett schrammten.

Das Gespräch am Nebentisch verstummte.

Ohne hinüberzusehen, packte sie sorgsam ihre Unterlagen in ihre Tasche, behielt nur den Polizeibericht von Martha Teller in der Hand. Mit den furchtbaren Fotos. Dann drehte sie sich zu den drei Männern und nahm sie ins Visier. Mit einem breiten Lächeln trat sie an ihren Tisch.

»Wenn man vom Teufel spricht«, raunte der Dicke.

Der Mann im Staubmantel zwinkerte ihr zu. »Na, meine Schöne«, sagte er. »Wie kommen wir denn hier herein?«

»Kann man Ihnen helfen, kleines Fräulein?« Der Galerist grinste die anderen Männer an.

Anaïs genoss den Augenblick. »Ach nein, meine Herren«, sagte sie. »Sie kamen mir nur einfach gleich so bekannt vor.« Sie blickte von einem zum anderen, bemerkte die Verwirrung.

Offensichtlich überlegten die Männer, in welchem Etablissement oder Varieté man der Frau schon begegnet war und ob man sich nun in einer peinlichen Situation befand.

Tatsächlich drehte sich der Dicke nach dem Kellner um.

»Und nun habe ich Sie direkt wiedererkannt«, fuhr Anaïs fort. »Ich schreibe nämlich über den Ripper von Berlin.«

Dem Galeristen ging ein Licht auf. Er sprang auf und deutete eine Verbeugung an. »Fräulein Maar, wie unangenehm. Wir konnten ja nicht ahnen ... Sie geben uns doch die Ehre?«

Anaïs hob charmant die Hand. »Ich bitte Sie, mein Herr, das ist doch nur allzu verzeihlich. Gesichter wie meines sind auch schwer auseinanderzuhalten, nicht wahr?«

Der Galerist hob abwehrend die Hände. »Fräulein Maar ...«

Die anderen Männer waren auch aufgestanden, der Dicke rückte mit beiden Händen einen Stuhl für sie zurecht. »Dürfen wir auf Ihre Gesellschaft hoffen, gnädiges Fräulein? Kellner, ein Glas Champagner für die Dame!«

Anaïs schenkte sich eine Antwort. »Gerade mache ich eine Recherche zu einem zugegeben etwas heiklen Thema. Vielleicht könnten mir die Herren ja bei ein paar Fragen aushelfen?«

Die Männer lächelten, nickten jovial.

»Genau gesagt, geht es um minderjährige Prostituierte«, fuhr Anaïs fort und blickte von einem zum anderen, bemerkte mit Genugtuung die plötzliche Verwirrung. »Nun habe ich gerade, ohne es zu wollen, ihr Gespräch mithören können. Wie sagten Sie so treffend?« Sie runzelte die Stirn, musste erst noch nachdenken. »Ach ja – *Frischfleisch von Madame Yvonne*?« Sie setzte ein strahlendes Lächeln auf. »Eine süßer als die andere, nicht wahr? Oder jünger?« Ihre Zeigefingerspitze kreiste einmal im Uhrzeigersinn. Dann fragte sie mit lauter Stimme: »Die Herren hier sind alle Kinderschänder?«

Die Gespräche an den anderen Tischen verstummten.

Der Staubmantel schnappte: »Was erlauben Sie sich?«

Der Galerist zog an seiner Zigarette, wirkte amüsiert, genoss sichtlich die zunehmende Verzweiflung seiner Begleiter. Er war wohl der Einzige mit einem reinen Gewissen.

Am Nachbartisch stand eine Frau im Schneiderkostüm und mit dicker Perlenkette auf. »Fräulein Maar? Oh Gott, Friedrich«, sagte sie zu ihrem Begleiter, »sieh nur, das ist Fräulein Maar.« Sie kramte einen kleinen Notizblock aus ihrer Handtasche und rannte um den Tisch herum. »Fräulein Maar, bitte, wenn Sie so freundlich wären …!«

»Herr Ober!«, brüllte der Glatzkopf.

Die Frau stieß ihn einfach beiseite und hielt Anaïs den aufgeschlagenen Block und einen Silberstift unter die Nase. »Würden Sie mir eine Unterschrift geben? Sie wissen gar nicht, wie unser Damenkränzchen Sie bewundert, wir lesen jeden Montag beim Bridge-Abend zusammen Ihren Artikel. Nein, wenn ich das den anderen erzähle …« Sie musste Luft holen. »Und Sie sehen wieder einfach entzückend aus, ganz wie auf den Fotos im Eleganten Blatt und in der Dame.«

»Ober!«, brüllte der Glatzkopf wieder.

Die Frau beugte sich zu Anaïs. »*Kinderschänder?*«

»Eine neue Artikelserie«, sagte Anaïs, nahm den Stift und schrieb ihren Namen in das Notizbuch, dazu malte sie noch eine Sonnenblume. »Die Herren sind Auskunftspersonen.«

Die Frau zog die Brauen hoch und rümpfte die Nase. »Kinderschänder sind der Abschaum unserer Gesellschaft«, sagte sie laut zu den Männern, denen es anscheinend die Sprache verschlagen hatte. »Sie können sich auf meine Diskretion natürlich verlassen, Fräulein Maar. Nein, wenn ich das alles den anderen erzähle.« Sie drückte den Block ans Herz und eilte zu ihrem Platz zurück, wo sie aufgeregt mit ihrem Begleiter zu flüstern begann.

»Das kommt Sie teuer zu stehen«, zischte der Glatzkopf.

Anaïs verstaute die Akte sorgfältig in ihrer Tasche. »Ach, wissen Sie, mein Chefredakteur sucht immer nach einer guten Schlagzeile. Kriminalrat Hoppe ist übrigens einer seiner besten Freunde. Vielen Dank noch mal, die Herren.«

Sie drehte sich um und marschierte durch den Schwimmerbereich zum Ausgang, wobei sie spürte, wie ihr Herz noch immer vor unterdrückter Wut gegen ihre Rippen schlug.

Vor dem Romanischen Café standen Mülltonnen, zwei Obdachlose wühlten nach ihrem Mittagessen darin. Anaïs wich ihnen aus und wäre fast in eine Hochzeitskutsche gerannt, die in flottem Trab den Ku'damm hinunterfuhr. Ihr Ärger begleitete sie bis in die Redaktion, wo sie die Tür zum Büro aufriss und wieder hinter sich zuschmetterte.

Es war Mittagspause, nur Borowski saß an seinem Schreibtisch und starrte missmutig aus dem Fenster.

Anaïs wunderte sich – sonst war Borowski ein Muster der Betriebsamkeit und guten Laune – und ging zu ihrem Platz.

»Alles in Ordnung, Emil?«

Borowski zuckte die Schultern. »Überhaupt nicht.«

Anaïs stellte ihre Aktentasche ab. »Was ist passiert?«

»Sie sollten öfter in der Redaktion sein.«

»Also los, Borowski, was habe ich verpasst?«

»Kastner ist jetzt stellvertretender Chefredakteur.«

»*Was?*«

»Die Zeiten ändern sich, Fräulein Maar.« Borowski zog eine Zigarettenschachtel aus der Tasche, klopfte eine Zigarette heraus und zündete sie an. »Die werden mich hier rausschmeißen, ist nur eine Frage der Zeit.« Er ließ sich nach hinten fallen und legte die Füße mit gekreuzten Knöcheln auf die Schreibtischkante. Anaïs sah, dass die Sohlen seiner Schuhe Löcher hatten. Als wenn er sich die Sohlen für die schnelle Presse abgerannt hätte, dachte sie, und Traurigkeit erfasste sie. Es war schwer, in dieser Zeit einen neuen Arbeitsplatz zu finden, noch dazu ohne Empfehlungsschreiben und mit dem Makel der Kündigung.

*Wen ich rausschmeiße, den stellt keiner mehr ein.*

Anaïs ließ sich auf ihren Stuhl fallen. »Das ist doch Unsinn, Emil, Sie sind einer der besten Redakteure in Kaisers Mannschaft. So einem kündigt man doch nicht.«

»Außer er hat die falsche Frau.«

»Ich wusste gar nicht, dass Sie verheiratet sind.«
Borowski zog an seiner Zigarette. »Bin ich nicht.«
»Und was, zum Teufel, ist eine *falsche Frau*?«
»Ich bin mit Mieze Lemberger liiert.«
»Ja und?«
»Sie ist evangelisch, aber ihre Familie ist es nicht.«
Anaïs begann zu verstehen. Lemberger. Das durfte doch nicht wahr sein. »Kastner schikaniert Sie?«
»Er macht Anspielungen.«
»So ein Schwein«, sagte Anaïs.
Borowski sah ihr ins Gesicht. »Nun machen Sie mal nicht so eine Miene, Sie sind auf dem Weg zum Star des Boulevards. Ganz Berlin reißt sich mittlerweile um Sie.«
Anaïs lenkte ihre Gedanken von Kastner weg und dachte an den Berliner Standard. »Ganz Berlin nicht.« Wenn man ihr beim Standard ein Angebot machte, hatte sie alles erreicht, was sie wollte. Ein großes helles Eckbüro in der südlichen Friedrichstadt, das wäre was.
Borowski zog an seiner Zigarette, kniff die Augen gegen den Rauch zusammen. »Sie haben den nötigen Biss«, sagte er. »Sie sind eine Frau – das ist jetzt sehr en vogue –, und Sie haben ein helles Köpfchen.« Darüber mussten sie beide lachen. »Aber Ihr letzter Artikel, der war ziemlich politisch. John Tenniel, soziale Not und so – wollen Sie Kisch Konkurrenz machen?«
Anaïs' Herz tat einen Satz. »Könnte ich das denn?«
»Sie? Ganz sicher.« Borowski nickte. »Aber passen Sie auf, mit wem Sie sich anlegen, Anaïs. Und damit meine ich nicht den Ripper. Wenn Sie in den falschen politischen Geruch kommen, bringen Sie sich in Gefahr.«
Anaïs ließ sich seine Worte durch den Kopf gehen. »Wenn ich nicht mehr frei schreiben darf, kann ich meinen Beruf gleich aufgeben.« Kisch hatte keine Angst oder wurde damit fertig.
»Darauf wird's hinauslaufen.« Borowski stand auf und drückte seine Zigarette auf dem Untertell er neben der Kaffeetasse aus. »Wenn ich Ihnen also einen Rat geben darf, Anaïs,

dann sehen Sie sich auch beizeiten nach was anderem um. Verlassen Sie Deutschland.«

Anaïs dachte an Kalle. »Auf keinen Fall.«

»Irgendwann sind Sie hier nicht mehr sicher. Dann ist es vielleicht zu spät für eine Ausreise.«

»Mir passiert nichts«, sagte Anaïs. »Was ist mit Ihnen? Und Fräulein Lemberger?«

»Wir haben noch nicht darüber gesprochen.« Borowski lächelte, mitleidig, wie Anaïs fand. »Aber ich bleibe. Deutschland ist mein Vaterland, und für sein Vaterland trägt man Verantwortung.«

*Außerdem dachte ich, das Vaterland könnte mich in der aktuellen politischen Lage gut gebrauchen.*

Das waren Bert Möhrings Worte gewesen.

Anaïs fixierte Borowski. »Das gilt nicht für mich, nein?«

»Man wird nicht nach Ihrem Vaterland oder Ihrem Verantwortungsgefühl fragen.« Borowski streckte die Arme aus und dehnte seinen Körper. »Ich drehe eine Runde ums Karree, ich brauche frische Luft. Bis später.«

»*Pooost!*« Die Tür wurde aufgerissen, Rudi, der Redaktionsbote, segelte herein und schleuderte geschickt mit rotem Gummiband zusammengehaltene Briefpacken auf jeden Schreibtisch. »Nüscht für den Herrn Redakteur Borowski«, verkündete er und nickte Anaïs zu. »Aber für det Fräulein Maar jibt et etwas Persönliches.« Er reichte ihr einen großen Umschlag ohne Beschriftung.

»Persönlich?« Anaïs nahm das Kuvert entgegen.

»Hat een Bote bei die Frau Schmidt abjejeben«, sagte Rudi. »Is aber für Ihnen, hatt se jesagt. Na denn – ick muss, wa?« Er hob die freie Hand zum Abschied, war gleich darauf wieder verschwunden. Die Tür schlug zu.

Anaïs starrte auf den Umschlag in ihren Händen.

*Bitte, nicht schon wieder.*

»Wollen Sie nicht nachsehen?«, fragte Borowski.

Draußen auf dem Gang waren schwere Schritte und Männerstimmen zu hören, Kaiser und Kastner waren im Anmarsch.

Borowski ging zum Kleiderständer, nahm seinen Mantel und schlüpfte hinein. Im nächsten Augenblick traten der Chefredakteur und sein neuer Stellvertreter ein.

»Ich mach dann mal Mittagspause.« Borowski verschwand.

»Die Ratten verlassen das Schiff«, sagte Kastner.

»Es heißt *das sinkende Schiff*«, sagte Anaïs und griff nach dem Umschlag. Unter dem braunen Papier zeichnete sich ein Gegenstand ab. Sie fuhr mit dem Zeigefinger prüfend darüber. Der Inhalt fühlte sich hart an. »Was ist denn das?«

Kaiser war hinter sie getreten. »Sie scheinen einen heimlichen Verehrer zu haben, wertes Fräulein.«

Anaïs riss die Lasche auf und ließ den Inhalt in ihre Hand gleiten. Es war ein goldgefasster Armreif aus schwarzem Onyx, in dessen Zentrum der Kopf eines Leoparden in einem mit Brillanten besetzten Gold-Oval befestigt war. Rubine und schwarzer Onyx sprenkelten sein goldenes Fell, in den Augenhöhlen saßen geschliffene Smaragde.

Kastner schlenderte, die Hände in den Hosentaschen, heran. »Kein heimlicher, sondern ein reicher Verehrer, was? Wer hat denn in der heutigen Zeit noch so viel Geld?«

Anaïs drehte ihre Hand hin und her, die Brillanten versprühten ihr Feuer, sodass es aussah, als wollte der Leopard durch einen brennenden Reifen springen.

»Eine ausgesprochen schöne Goldschmiedearbeit, Fräulein Maar«, sagte Kaiser. »Und äußerst wertvoll.«

Anaïs nahm das Schmuckstück zwischen Daumen und Zeigefinger, hielt es sich vor die Augen und schüttelte es leicht. Der Leopardenkopf nickte ihr zu. »Der Kopf hängt an einem Gelenk.« Kastner hatte recht, es war eine außergewöhnliche Goldschmiedearbeit und musste ein Vermögen wert sein. »Aber – ein Leopard?« Auf einmal wurde ihr heiß.

*Ein Leopard. Leo. Ein Leopard für Leo.*
*Ich weiß, wer du bist*, bedeutete der Leopard.

Die Smaragdaugen funkelten gefährlich.

»Wie dekadent.« Kastner zog die Brauen hoch. »Und so exotisch. Steht Ihnen gut – passt zu Ihnen.«

»Halten Sie doch den Mund, Kastner«, blaffte Kaiser. »Und spekulieren Sie nicht. Anscheinend liegen Sie dem betreffenden Herrn sehr am Herzen, liebes Fräulein. Meinen Glückwunsch.« Er setzte ein väterliches Lächeln auf.

Anaïs hatte nicht richtig zugehört. »Was?«

»Es täte mir allerdings leid, wenn ich unsere beste Kriminalreporterin an eine gute Partie verlieren würde.« Er machte Kastner ein Zeichen. »Kommen Sie, Kastner, der Anstand gebietet, die junge Dame jetzt sich selbst zu überlassen.« Mit den Worten drehte er sich um und marschierte zur Tür. »Außerdem will Pitterke mit uns über unsere Sportberichterstattung reden. Wir brauchen mehr spektakuläres Bildmaterial. Anscheinend experimentieren die Grafiker in den Illustrierten jetzt mit den Fotografien. Ich will nicht, dass wir da eine neue Entwicklung verpassen.«

Kastner warf Anaïs noch einen Blick von oben herab zu und folgte dann grußlos dem Chefredakteur.

Die Tür fiel ins Schloss, und Anaïs blieb allein im Redaktionsbüro zurück. Inzwischen war der Leopardenkopf in ihrer Hand warm geworden, als hätte der Fluss ihres Blutes auch ihm Leben eingehaucht. Sie legte das Schmuckstück schnell neben den Umschlag auf ihrem Schreibtisch.

Enthielt er etwa noch etwas?

Anaïs klappte die Lasche hoch und warf einen Blick hinein. Zu ihrer Erleichterung war das Kuvert leer. Erst als sie es wieder schließen wollte, entdeckte sie die Botschaft.

Auf der Innenseite der Lasche standen drei Wörter.

*Grüße vom Riper.*

# VIERZEHN

Das Telefon schrillte durch die große Wohnung.
»Bertha«, murmelte Oskar im Halbschlaf.
Das Klingeln hörte nicht auf.
»Bertha«, sagte Oskar, drehte sich auf den Rücken und schlug die Augen auf. Über ihm schwebte helles Morgenlicht, milderte ein wenig die harte Realität seines neuen Lebens. Durch die dünnen Vorhänge krochen Sonnenstrahlen, vom Hof drang eine herrische Frauenstimme herauf, ein Mann fluchte. Die Hausmeisterin stritt mit ihrem Gemahl. Es war ein Tag wie jeder andere. Nur dass heute Morgen in seinem Kopf ein Teufel auf einen Amboss zu hämmern schien und er sich vor lauter Kopfschmerzen nicht mehr ins Gedächtnis rufen konnte, wie er die letzte Nacht verbracht hatte. Nur dass er den Mann – Albert? Adalbert? – noch in ein Separee begleitet und der ihm am Ende der Chose seine Karte dann doch nicht gegeben hatte. Sie hatten Champagner konsumiert, viel Champagner. Aber, so viel wusste er noch, nicht nur.
*Kokain, die weiße Fee.*
Oskar schlief jetzt in der kalten Dienstbotenkammer am Beginn des langen Küchenflurs, der zum Lieferanteneingang am anderen Ende der Wohnung führte. Ein schmales Bett mit Rosshaarmatratze, ein Schrank, blau geblümter Wasserkrug und Schüssel auf einem Tisch, davor ein Stuhl, ein schmales Fenster mit vergilbter Gardine zum Hinterhof. Seine neue Stellung im Haushalt hatte damit nun auch äußerlich ihren Ausdruck gefunden. Immerhin hatte Thor ihm nicht den Hängeboden zugewiesen, wo das Küchenpersonal, wenn es für eine elegante Einladung gebraucht wurde, nach dem Abschied des letzten Gastes und dem Abwasch bis zum Arbeitsbeginn im Morgengrauen seine Matratzen ausbreiten durfte.
Nicht auf dem Hängeboden, dachte er, noch nicht. Aber

das konnte ja noch kommen. Für sein Alter verfügte Oskar über ein gutes Maß an Realitätssinn und Zynismus.

Das Telefon befand sich jedenfalls im repräsentativen Eingangsbereich, am anderen Ende der Wohnung. Und war er das Fräulein vom Amt? Also wartete er, bis das Klingeln aufhören oder Thor sich bequemen würde, persönlich den Hörer abzunehmen. Nachdem der Wikinger ihm als Liebhaber praktisch den Laufpass gegeben hatte, fühlte sich Oskar zu nicht mehr verpflichtet als dazu, das Arbeitszimmer oberflächlich aufzuräumen und Besuchern die Tür zu öffnen. Thor schien mit der Regelung zufrieden zu sein, und er selbst hatte warme Mahlzeiten und ein Dach über dem Kopf. Trotzdem sah er sich sicherheitshalber nach etwas Neuem um.

Das Läuten hörte endlich auf.

Doch gerade als Oskar sich das Federbett wieder über die Ohren ziehen wollte, fing das Klingeln erneut an.

Widerstrebend setzte er sich auf, gähnte und rieb sich die Augen.

Das Telefon läutete, läutete, läutete.

Man spürte geradezu die Impertinenz des Anrufers.

Ärgerlich stand er auf, verließ sein beengtes Reich und tappte im Nachthemd und mit bloßen Füßen auf den Flur. Aus der Küche tönte Gesang.

*Schöne Isabella aus Kastilien.*

Oskar verzog das Gesicht. »Bertha«, brüllte er in Richtung Küche, »was soll dieser Höllenlärm schon am frühen Morgen?«

Der Gesang verstummte, und die Köchin steckte den Kopf zur Küchentür heraus. »Wat meenste mit früher Morjen, Kleener?«, rief sie unerträglich gut gelaunt zurück. »Is gleich elfe.«

»Was?« Oskar wuschelte sich durch die Haare. »Schon elf?«

Das Telefon hatte aufgehört zu läuten.

»Ick warte ooch schon uff die Klingel«, sagte Bertha und trocknete sich die roten Wurstfinger an ihrer Schürze ab. »Ständig brüh ick frischen Russentee, und der wird denn kalt. Denn kann ick ja ooch gleich det Mittagessen kochen, wa?«

»Mhm«, machte Oskar und gähnte.

Das Telefon fing wieder an zu klingeln, es schien ihm wirklich lauter als sonst durch die Wohnung zu hallen.

Thor schlief immer wie ein Toter.

»Ich geh mal abheben«, sagte Oskar, tappte ins Esszimmer und bog in den mit roter Seide tapezierten Flur ab. Das Telefon hing neben der Tür zur Bibliothek an der Wand. Darunter stand auf einem Orientteppich ein Biedermeiertischchen mit einer aufgeschlagenen Kladde und einem Bleistift für Notizen. Er nahm den Hörer vom Haken und meldete sich: »Hier bei Jonasson.«

»Na endlich«, quiekte eine Frauenstimme.

»Guten Morgen, Frau Gräfin«, sagte Oskar.

»Wer ist denn da am Apparat?«

»Hier ist Oskar, Frau Gräfin, der Privatsekretär von Herrn Jonasson«, sagte Oskar. »Wie darf ich Frau Gräfin behilflich sein?« Er presste die Kiefer aufeinander, bis sie schmerzten, unterdrückte ein Gähnen. Die alte Krähe, so früh am Morgen.

»Holen Sie mir Meister an Apparat«, sagte die Jablonskaja mit ihrem deutlich hörbaren polnischen Akzent und, wie ihm schien, lauter als sonst ohnehin. »Und erzählen Sie mir nicht, er ist bereits wieder in Meditation. Wir hatten gestern Abend eine Verabredung für eine Sitzung. Stehe ich also vor der Tür und läute und läute, dass ganzes Haus wird aufmerksam ... Und? Wird mir geöffnet?«

Oskar versuchte vergeblich, auf die Schnelle eine Ausrede zu finden. Wo, zum Teufel, hatte Thor die Nacht verbracht? Und vor allem – mit welchem neuen Kerl? Bei dem Gedanken wurde ihm zusätzlich zu seinen Kopfschmerzen auch noch kalt. Er grub die Zehen in den weichen Flor des Teppichs.

»Nicht?«, fragte er.

»*Nie, niestety nie*«, fuhr die Jablonskaja fort. »Nein.«

Oskar riss sich zusammen. »Einen Augenblick, Frau Gräfin«, sagte er und raschelte laut mit den Seiten der Kladde auf dem Biedermeiertischchen. Soweit er sehen konnte, war kein neuer Eintrag hinzugekommen. »Gerade finde ich hier eine

Nachricht für mich.« Er zählte bis drei. »Ah ja, ich lese – der Meister musste einem dringenden Ruf nach Potsdam folgen und konnte wohl in der Nacht nicht mehr zurückkehren.« Bestimmt lag der Alte wie immer schwitzend und mit offenem Mund röchelnd und schnarchend im Bett. Gott, wie er diesen Berg alten Fleisches verabscheute. »Es war selbstverständlich mein Fehler, dass ich die Nachricht unseres lieben Meisters übersehen und Sie nicht rechtzeitig verständigt habe.«

Kurze Stille, dann: »Was reden Sie da, junger Mann?« Eiserner Druck lag auf seinen Schläfen. »Verzeihung?«

»Ich bitte Sie – Meister war doch zu Hause!«

Warum brüllte sie so mit ihm? »Er war ...«, Oskars Kopf war am Platzen, »also ... äh ... nicht in Potsdam?«

»Natürlich nicht, sage ich doch, hören Sie mir überhaupt zu?« Die Jablonskaja schnaubte vor Empörung. »Habe ich ihm schließlich ganz deutlich durch Tür gehört. Laut, sehr laut! Und anderen Mann auch.« Es klang geradezu triumphierend.

Oskar schloss die Augen. »Bestimmt ein Irrtum ...«

»Papperlapapp! Ich muss Meister sprechen – sofort.«

Oskar gab auf und nickte, obwohl sie das ja gar nicht sehen konnte. Sollte sich Thor doch selbst mit der alten Krähe auseinandersetzen. »Dann hole ich ihn sogleich an den Apparat, Frau Gräfin, bitte nicht einzuhängen.« Er legte den Hörer auf die Kladde. Jetzt, ohne die Stimme der Jablonskaja im Ohr, konnte er die Stille beinahe hören. Irgendetwas war anders in der Wohnung, eine Schwingung fehlte, auch wenn er nicht sagen konnte, welche das sein sollte.

Oskar überlegte noch einen Augenblick, dann ging er durch die halbe Wohnung bis zu Thors Schlafzimmer und klopfte an die hohe weiß lackierte Doppelflügeltür.

»Meister?«, rief er. »Meister, sind Sie wach?« Er erhielt keine Antwort. »Thor? Wach auf – ein Telefongespräch für dich.«

Alles blieb still, da hatte einer wieder gut gebechert.

Oskar drückte die Messingklinke, die sich für ihn fast in Augenhöhe befand, herunter, öffnete die Tür ein wenig und näherte ganz langsam sein Gesicht dem Spalt.

Das Schlafzimmer war in Dunkel getaucht. Die schweren grünen Samtvorhänge mit den goldenen Posamenten waren zugezogen, durch einen Spalt strömte inzwischen helles Tageslicht. Das riesige Bett war ordentlich aufgeschlagen, die Kissen aufgeschüttelt, auf dem Nachttischchen stand eine Karaffe mit Wasser, daneben ein unberührtes Glas und ein dickes Buch. Thors rotseidener Hausmantel mit der gelben Kordel lag hindrapiert auf der unberührten Bettdecke. Auf der Orientbrücke davor standen seine Saffianpantoffeln. Alles war so, wie Bertha das Zimmer jeden Abend, bevor sie nach Hause ging, für den Hausherrn zur Nacht herrichtete.

Oskars Herz fing an zu klopfen.

Er zog die Tür zu und lehnte sich mit dem Rücken dagegen. Thor hatte also nicht zu Hause geschlafen. Hatte er eine Einladung oder eine anderweitige Verpflichtung für den gestrigen Abend erwähnt? Oskar konnte sich nicht erinnern. In den letzten Tagen hatte Thor kaum mit ihm gesprochen, war geistig abwesend gewesen und hatte irgendwie nervös gewirkt.

*Bist du krank, Thor? Soll ich Dr. Kruschke holen?*
*Ich erwarte einen Besucher, jetzt muss er bald kommen.*

Wer der geheimnisvolle Besucher war, hatte Thor nicht verraten, auf die Frage nach ihm jedoch ungehalten reagiert.

Oskar hatte in letzter Zeit versucht, ihm nicht unnötig in die Quere zu kommen. Thor war zuzutrauen, dass er ihn wegen einer Kleinigkeit rausschmiss, nun, wo er ihn nicht mehr zu seinem körperlichen Wohl brauchte.

Oskar wandte den Kopf in Richtung Flur.

Welche Lüge tischte er jetzt der Jablonskaja auf?

Er ließ seinen Blick durch den Raum schweifen, als könnte er die Antwort auf seine Frage an den Wänden ablesen. Dabei bemerkte er, dass die Tür zur Bibliothek nur angelehnt war. Das war ungewöhnlich, denn wenn Thor arbeitete, schloss er stets die Tür hinter sich, und man war gut beraten, ihn dann nicht zu stören. Oskar horchte, doch er hörte weder das nervöse Auf- und Abgehen, das Thor seit ein paar Tagen nicht lassen konnte, noch das Kratzen seiner Füllfeder über Papier oder das Umwenden von Buchseiten. Es war totenstill. Und noch ein Geräusch fehlte, etwas hatte sich verändert.

Die Stille war bedrückend, unheimlich und seltsam.

Auf einmal wusste Oskar, woran das lag. Die große Standuhr tickte nicht mehr. Seit er wach war, hätte sie längst zur halben und vollen Stunde schlagen müssen, ein Geräusch, das er sonst nur im Unterbewusstsein wahrnahm, dessen Abwesenheit ihm jetzt aber umso deutlicher auffiel. Das laute Werk, das so regelmäßig wie ein Herz schlug, war verstummt. Die Uhr war stehen geblieben. Thor hatte sie in seiner seltsamen Stimmung nicht wieder aufgezogen, dem Pendel keinen Schwung versetzt.

Oskar stieß sich ab, ging langsam auf die Tür zu und öffnete sie ganz. Das Arbeitszimmer war ebenfalls leer, von Thor war keine Spur zu sehen. Oskar wollte die Tür schon wieder ins Schloss ziehen, als sein Blick auf die Uhr fiel.

»Gütiger Gott«, sagte er und schlug ein Kreuz.

Die große Standuhr war umgefallen und zerborsten. Die Herbstsonne ließ das Meer von Glasscherben, das den alten Orientteppich bedeckte, glühen. An der Wand, wo die Uhr zwischen den Bücherregalen gestanden hatte, zeichnete sich dunkel ihre mannshohe Silhouette ab. Sie sah wie ein menschlicher Schatten aus, ein körperloser Wächter.

Oskar setzte einen Fuß ins Arbeitszimmer.

Auf dem Schreibtisch brannte noch immer die Lampe, hatte wohl die ganze Nacht lang gebrannt. Sie beschien die grüne Filzdecke, die Thor immer für seine Sitzungen ausbreitete. Darauf lagen ein Deck Tarotkarten und eine komplizierte Legung. Oskar wusste sogar, wie sie hieß.

*Inannas Abstieg in die Unterwelt.*

Diese Legung eignete sich als Beginn einer therapeutischen Arbeit oder als Teil eines Selbsterfahrungsprozesses. Thor hatte die Karten also nicht für die Jablonskaja vorbereitet, sondern sich selbst gelegt. Oskar war, als hörte er Thors erklärende Stimme an jenem weit zurückliegenden Tag, als er es noch der Mühe wert gefunden hatte, ihn mit seiner Arbeit und seinem Leben vertraut zu machen.

*Inanna zeigt dir, was unerlöst in deiner Tiefe liegt.*
*Oder wie du Zugang zu deiner dunklen Seite findest.*

Oskar hatte seine dunkle Seite, die er, weiß Gott, besaß, nicht erkunden wollen. Jetzt wandte er sich schaudernd ab.

Die Standuhr lag auf dem Boden hinter dem Schreibtisch.

Als Oskar um ihn herumging, sah er, was sich unter der Uhr verbarg. Thor Jonassons massige Gestalt lag bäuchlings auf dem Boden, Arme und Beine gespreizt wie ans Kreuz genagelt. Sein Kopf war unter dem schweren Uhrkasten verborgen. Darum herum hatte sich auf dem Teppich ein Meer aus Blut wie ein schwarzer Heiligenschein gebildet. Der Rücken des weißen Leinenhemdes war aufgerissen, dunkelrot verkrustete Ränder ragten steif in die Luft – dort, wo das Messer auf den Menschen getroffen war, Fleisch und Stoff zerfetzt hatte.

Thor musste noch versucht haben wegzulaufen, hatte sich, als ihn die Klinge traf, wohl an die Uhr geklammert und sie mit sich zu Boden gerissen. Entweder war er an den Messerstichen verblutet, oder der schwere Uhrkasten hatte ihn erschlagen.

Oskar starrte fassungslos auf die Leiche.

Fast noch mehr als der Tod seines Herrn und Meisters schockierte ihn die Tatsache, dass dieser furchtlose Riese versucht hatte zu fliehen.

*Inannas Abstieg in die Unterwelt.*

Thor, der Wikinger, war also zur Hölle gefahren.

# FÜNFZEHN

»Wie alt bist du eigentlich, kleine Maus?«
»Nennen Sie mich doch nicht eine Maus, mein Herr.«
»Du schmeckst bestimmt wie eine Zuckermaus, wetten?«
Der Bessere mit der unangenehmen Visage, der wo sie in das fabelhafte Lokal mit dem unaussprechlichen französischen Namen und den vielen Privatautos davor eingeladen hatte, in dem es riesige Mischplatten und sonst auch nur Doppelportionen vom Braten immer gleich für zwei Personen gab, was dem ganzen Abend so eine Verschwendung auferlegte, hatte etwas draufgängerisch Fleischliches, und das war Josefine nicht geheuer. Am Nebentisch saßen zwei elegante junge Damen in der neuesten Abendmode, nicht ganz erste Klasse, eher Tippfräuleins, aber sehr schick, die allein ausgingen.

Josefine sah zu den beiden hinüber und lernte.

Die jungen Damen bestellten Apartes und sehr Geschmackvolles. Französische Gemüseplatten zum Beispiel und dazu nur Cocktails und zu den Meringen gekühltes Tafelwasser. Ein junger Mann auf der anderen Seite des Ganges starrte auch hin, aber nicht auf das Essen. Sein Hinterkopf war amerikanisch rasiert, und er hatte eine Speckfalte im Nacken.

»Iss, Kleines, wirst es brauchen«, sagte die Visage.

Aber Josefine hatte keinen Hunger mehr. »Ich bin satt.«

»Kein Pfirsich Melba mehr?« So gierige Augen.

Josefine hielt sich die Hand vornehm vor den Mund und gähnte. »Gott, bin ich müde.« Vielleicht ließ er sie ja nur schlafen, und morgen sahen sie weiter. »Ich kann nicht mehr.«

Er beugte sich herüber, tätschelte ihre Backe, freute sich, dass sie zum nächsten Teil des Abends übergehen wollte. »Also – wie alt sind wir denn, Kindchen?«

Er sollte Josefines Gesicht loslassen mit seinen weichen, feuchten Händen, und am liebsten würde sie jetzt gleich weglaufen, aber nun war sie schon mal mitgegangen und hatte auf seine Kosten diniert, und ein anderes Bett für die Nacht hatte sie auch nicht. Normalerweise wäre sie nie mit so einer Visage mitgegangen, aber diese widerliche Freiernatur hatte gesehen, dass sie Hunger hatte, und hatte sie in das vornehme Lokal mitgenommen, um ihr eine Beeindruckung zu geben, und wer wusste, was er dann dafür verlangte. Aber wenn sie noch mal im Wartesaal am Bahnhof auftauchte, nahm sie die Obrigkeit hops, weil wie viele Nächte kann man schon auf einen Zug warten, und ein Polizist hatte sie letzte Nacht schon so angeguckt. Und dann steckten sie einen in ein Arbeitshaus oder so, und was wurde dann aus ihrer Zukunft als Filmgöttin? Besser, sie schauspielerte diesen Abend noch mal ganz privat.

Josefine lächelte wie Lilian Harvey. »Wie alt?«

»Sei ehrlich – ich habe keine moralischen Vorurteile.«

Könnte man jetzt natürlich dreizehn sagen, da wartete diese perverse Freiernatur ja nur drauf, auch wenn er es am Ende doch nicht glaubte. Aber solche Typen wollten es glauben. »Ich gehe auf die zwanzig zu«, sagte sie, was nicht gelogen war, und freute sich über die Überrumpelung in seiner Visage.

»Eine junge Dame also schon?« Weiche Hände, weiche Stimme, aber sie hörte, dass er enttäuscht war, und jetzt wollte er auch kein Gespräch mit Anregung mehr. »Wir gehen schlafen.« Er warf die Stoffserviette in die Bratensoße.

Nun gab es für Josefine kein Entkommen mehr.

Der Bessere wohnte in Wilmersdorf, in einer Straße mit Alleebäumen und Säulen vor den Eingangstüren und auf den Balkonen. Es war gar nicht weit bis zum Notariat Stern, und der Gedanke an ihre alte Arbeit und das Gehalt tat Josefine weh.

»Los, Mädchen, mach zu«, sagte der Bessere, kaum dass sie in der Wohnung waren, und Josefine begriff, dass kein Bett für die ganze Nacht und schon gar kein Frühstück geplant waren.

»Wollen wir nicht erst …?«

»Nee, wollen wir nicht.«

Josefine ging ohne Widerstand ins Badezimmer und zog sich aus. Nur dass da ein großer Spiegel war und sie nicht vorbeisehen konnte an dem nackten Gespenst im Goldrahmen, das ihr entgegenguckte und das wohl sie selbst war.

Die Augen unter den verklebten Locken waren noch größer als sonst und so glänzend, wie wenn Josefine Fieber hätte, und vielleicht hatte sie das nach den Nächten im Wartesaal und auf der Straße auch. Und das Kinn so spitz und die Backen auch nicht mehr rund wie bei Lilian Harvey und schon gar nicht so rosasüß, sondern gelb. Die Kette hing über dem vorstehenden Brustbein, und das Kreuz baumelte wie über einem Abgrund ins Leere und malte einen Spinnenschatten auf den Bauch, und das Gold glänzte ganz kalt und fremd auf der stumpfen Haut. Darunter spitze Rippen und Hüftknochen und Beine wie vom Storch, mit so dicken Kniescheiben wie Unterteller.

Ein Skelett war sie, und das war die nackte Wahrheit.

Nie würde sie so eine Filmgöttin werden, niemals. Und da konnte man schon bei dem Gedanken allein das Heulen kriegen, dabei musste man jetzt gleich auch noch sinnlich sein und war doch nur ein endlos müdes Schreckgespenst.

»Schlag da drin keine Wurzeln.« Er klopfte an die Tür.

Josefine dachte an die weichen, feuchten Hände und die unheimliche Visage und dass sie wenigstens zehn Mark brauchte. Aber wenn die Freiernatur sie so sah, dann wurde nichts aus dem Geschäft, oder sie musste im Preis so stark runtergehen, dass sie die nächsten Tage nichts zu essen hatte, oder ganz gegen ihre Prinzipien widernatürliche Schweinereien zulassen.

Auf einmal konnte Josefine nicht mehr.

Sie schnappte sich ihre Kleider und zog sie dem Skelett an, was den Anblick aber nicht viel besser machte, denn das rote Kleid war ganz zerdrückt vom Schlafen auf der Holzbank im Wartesaal, und der Filzhut hatte Fettflecken, vielleicht von ihren Haaren, wo sie die doch jetzt nicht waschen konnte, oder von der Wurststulle von dem netten Mann im Wartesaal, den die Braunhemden unter die Räder der Eisenbahn geschubst hatten und dessen Reste nun wohl im Leichenschauhaus lagen. Auch die Feder war nicht mehr keck, sondern sah aus wie von einem sterbenden Vogel in der Mauser. Die Freiernatur hatte sich wohl von dem dicken Feh täuschen lassen, in den sich Josefine wickelte, weil ihr vom Hunger und vom Herbstanfang und vom ganzen Leben immer kalt war.

»Wo willste hin?« Die Visage hatte auf sie gewartet.

»Ich habe mich entschlossen zu gehen, mein Herr.«

»Biste meschugge?« Er war böse, kam näher.

Josefine wurde angst und bange, sie stolperte rückwärts, der Feh war fast zu schwer für ihren Körper. »Nein, lassen Sie mir!«

»Schrei nicht so, du dummes Luder!« Er hatte ihren Kragen gepackt, drehte ihn zusammen, zog sie hoch, dass sie Angst hatte, dass er die Spitze ganz ruinierte, und sie nur noch auf den Schuhspitzen trippelte. »Hiergeblieben, sag ich.«

Josefine wand sich. *»Lassen Sie mir ...!«*

Er holte sie zu sich, dass sie in sein Gesicht sehen musste, und das war nur wenige Zentimeter entfernt und machte ihr Angst in seiner roten Wut. Da beugte sie sich blitzschnell runter und biss ihn fest in die Hand, und gleich machte er ein Schmerzensgeheul und ließ sie los, und sie schnappte sich ihre Tasche und den Pelz und rannte in den Flur hinaus und riss die Wohnungstür auf und hörte ihn hinter sich herbrüllen, dass das ganze Haus es hören musste.

*»Du Aas, na warte, das wirst du büßen!«*

Aber da war sie schon im Treppenhaus und flitzte die Stufen hinunter und er hinter ihr her, aber dann ging eine Tür auf, und eine dicke Frau steckte den Kopf heraus und schrie: »Unterlassen Sie endlich diese nächtlichen Ruhestörungen, Herr Riemüller, das hier ist ein anständiges Haus, und beim nächsten Mal rufe ich wirklich die Polizei!« Und Josefine hörte, wie oben eine Tür zuknallte und sie nicht mehr verfolgt wurde.

Dann war sie wieder auf der Straße und in der Nacht.

Während sie sich auf ihren hohen Schuhen, von denen die Absätze in den letzten Tagen vom vielen Herumlaufen ganz schief geworden waren, was das Gehen mühsam und ziemlich schmerzhaft machte, aber sie konnte sich ja keinen Schuster leisten, auf den Weg machte, dachte Josefine darüber nach, ob sie ihrem Leben nicht ein Ende setzen sollte. Aber gleich fiel ihr die Wasserleiche in dem Film ein, wo die schöne Frau in die Luft starrte und nasse Haare wie Aale hatte, und das war ihr eigentlich zu kalt.

Vielleicht sollte sie ihrem Leben eine neue Richtung geben. Blumen verkaufen, zum Beispiel, wovon man allerdings auch nicht viel hatte. Überhaupt kam jemand wie sie durch Arbeit nicht weiter, weil man doch keine Bildung hatte und keine höhere Schule und keine Examens und keine fremdländischen Sprachen sprach und überhaupt keine Ahnung von vornehmem Leben hatte. Wofür eine Frau wie sie, wenn sie es denn wollte, eben die Gunst von so Großindustrien brauchte.

Arbeit machte also schon mal keinen Sinn.

Oder man lernte einen Besseren kennen, und von dem lebte man dann ganz sparsam in einem kleinen kalten Zimmer und war hübsch und immer für ihn da, während seine Frau und seine Kinder in einem fabelhaften Haus wohnten und vor lauter schlechtem Gewissen seinerseits in Saus und Braus lebten. Wenn man viel Glück hatte, liebte man den Mann auch ein kleines bisschen und hielt es aus. Aber irgendwann war man über zwanzig, und das Gesicht ging kaputt, und der Bessere fand auch was Besseres und schickte einen fort, obwohl es ihm quasi das Herz zerriss vor lauter Liebe, aber man war so hübsch, und er wollte einem die Chancen im Leben nicht zerstören, und man fand sicher noch einen Ehemann. Vielleicht war der Bessere jung und verlobte sich am Ende, mit einer Bankiersschnepfe aus Dahlem zum Beispiel, hatte man ja schon von so was gehört.

Nein, da konnte man gleich auf den Strich gehen, eine Hure hatte ja im Grunde ihr eigenes Unternehmen und mehr Geschäft.

Josefine schlenderte durch die Joachimsthaler, und da gab es ein fabelhaftes Automatenrestaurant, ein amerikanisches, das hieß Quick, und da kamen lauter vornehme junge Leute raus und hatten was zu essen in der Hand, und Josefine blieb kurz stehen, nur zum Gucken und Riechen, aber sie sah, dass sie denen eine Störung war. Ein junger Schnösel fasste seine Dame am Ellenbogen und sah sich um, und Josefine wollte wetten, der suchte einen Schupo, was Stunk und Vernichtung bedeutete, denn sie hatte keine Papiere, und wenn sie auf die Wachstube musste, saß da womöglich der Sadist und hatte eine Erinnerung an sie.

Josefine drehte auf dem schiefen Absatz um, und ihre kaputten Füße trugen sie den glitzernden Kurfürstendamm entlang, nur dass niemand sie ansah oder ansprach und kein fabelhafter Wagen am Straßenrand hielt und kein Herr im Smoking sie zu einer eleganten Soiree einlud. Sie bekam ein Gefühl, als wenn eine Unsichtbarkeit sie umgab und als wenn sie sich nach und nach auflöste und irgendwann ganz von der Bildfläche verschwunden sein würde. Immerhin brauchte sie nicht ins Wasser zu gehen, wenn das Leben sie im Stich ließ.

Jetzt konnte Josefine schon das neue Hotel Kempinski an der Ecke Fasanenstraße vor sich sehen, wo vor dem strahlenden Eingang lauter schwarze Automobile hielten, aus denen hochelegante Herren mit ihren Damen stiegen, und gleich fiel ihr der Abend ein, wo sie für diesen berühmten Maler nackt Modell gestanden hatte. Vielleicht hing sie ja mal in einer teuren Galerie oder überhaupt im Museum. Da sind all die großen Nackten, hatte er gesagt, dabei war sie ja nun doch so klein und zart. Wenn sie im Museum hing, dann war sie für immer eine sichtbare Person, auch wenn sie selbst, Josefine Hoffmann, ja nun in Auflösung war. Die Gänseleber hatte auch fast so gut geschmeckt wie die Leberwurst vom Schlächter Chalupsky, von der es manchmal zu Weihnachten eine Scheibe gegeben hatte. Gleich dachte Josefine an die Mutter und an das Ernakind und hatte so ein Ziehen im Herzen und eine ernsthafte Überlegung, ob sie nicht zur Mutter zurückgehen sollte. Aber das konnte sie nicht, dann würde sie nie wieder aus dem Elend herauskommen, der Traum von der Filmgöttin ausgeträumt sein.

Noch eine Nacht im Wartesaal hielt sie nicht aus.

Dann stand sie am Anfang von der Fasanenstraße und roch den Auspuff der Autos und das erste Herbstlaub auf dem Asphalt, und die Tür vom Kabarett an der Straßenecke ging auf, und sie hörte die Musik und das Lachen. Sie guckte auf die Aufnahmen von den berühmten Schönheiten, die in einem Glaskasten hingen, und wusste auf einmal, dass sie nie von so einem Plakat runterlächeln würde. Deswegen musste sie heulen – und vor Enttäuschung und vor Einsamkeit gleich mit.

»Wat heulste denn, Mädel?«

Josefine guckte sich um. Da stand eine ältere Frau hinter ihr, in einem dünnen Mantel und mit einem schiefen Hut mit einer Blume an einem Stängel dran und mit einem großen Bukett Rosen, und die musste sie heute sicher alle noch verkaufen.

»Ich heule nicht«, sagte Josefine.

»Wat denn«, sagte die Alte. »Stehste etwa Schmiere?«

»Ich? Was erlauben Sie sich?«

»Mir kannste nüscht vormachen«, sagte die Frau und guckte an Josefine so von rauf nach runter, wobei die Blume auf dem Stängel nickte. »Du bist uff die Straße und weeßt nich, wohin. Kannst mir ja beim Blumenverkaufen helfen.« Sie guckte ganz verschlagen. »Jejen eene kleene Provision, vasteht sich. Und nachher findet sich vielleicht auch noch een Bett – hübschet Mädchen wie du. Könnteste wat uff die Rippen brauchen.«

Gleich hatte Josefine eine Empörung. Da verkaufte dieses abgewirtschaftete Luder für irgendeinen Lumpen Blumen und schaffte ihre Vorgabe nicht, und damit sie nicht noch Schläge obendrein kriegte, heuerte sie eine anständige junge Frau an. Und von der wollte sie auch noch Geld und wer weiß, was die sich Unmoralisches vorstellte, wenn Josefine die Rosen nicht verkaufte, denn dann hatte sie Schulden bei der Alten und musste sie abarbeiten. Da konnte ein junges Mädchen noch froh sein, wenn es nicht an ein Etablissement verkauft wurde.

Josefine zog energisch die Nase hoch. »Sie irren sich, gute Frau«, sagte sie vornehm. »Ich besuche Freunde.« Sie deutete auf das rote Klinkerhaus auf der anderen Straßenseite.

Gleich guckte die Frau rüber. »Da haste Freunde?« Und sie hatte ein Misstrauen, das konnte Josefine hören. Vielleicht holte sie sogar die Obrigkeit und verdiente sich da die paar Mark, die sie brauchte, weil sie dachte, Josefine hatte was auf dem Kerbholz. »Mach Witze.«

Josefine überlegte, aber sie hatte den Namen von dem Maler vergessen, wer erinnerte sich schon an die Männer, und eigentlich wollte sie da auch nicht hin, der Kerl war ihr irgendwie seltsam, wollte nur das Bild malen und sonst nichts von ihr, und das war ihr noch nie mit einem Mann passiert.

»Ich besuche Fräulein Maar«, sagte Josefine. »Die berühmte Reporterin. Sie erwartet mich.« Und vielleicht war das gar keine so schlechte Idee. »Wir speisen zu Abend.«

*Wollen Sie heute Abend zu mir nach Hause kommen?*
*Ich nehme auch was zum Abendessen mit.*

Die Frau hatte so eine Gier in sich, aber jetzt wurde sie doch unsicher. »Die Maar, ja? Vom Brennpunkt?« Die Blume auf dem Hut zitterte. »Die wohnt da?« Sie hatte hörbar eine Beeindruckung und war eigentlich auch nur eine arme Haut.

Josefine hängte sich die Krokodiltasche, die nun leider auch nicht mehr so glänzend aussah, elegant in die Armbeuge. »Ich bin nämlich eine Auskunftsperson«, sagte sie. »Wir arbeiten an dem Ripper-Fall.« Das war auch kaum gelogen.

»Na«, sagte die Frau, »denn pass mal uff, det der Ripper dir nich holt.« Sie schüttelte den Kopf, dass die Blume auf dem Hut im Kreis schleuderte. »Armet Luder.« Drehte sich um und wackelte mit ihren Rosen in Richtung Kempinski.

Josefine guckte am Haus hoch, und da war Licht hinter den Fenstern im ersten Stock. Der Maler hatte gesagt, dass da das Fräulein Maar wohnte, und heute war sie auch zu Hause. Na los, dachte Josefine, einmal ist keinmal. Und die Holzbank im Wartesaal vom Bahnhof Zoo nahm ihr auch keiner weg.

Josefine ging über die Straße und zwischen den Säulenlöwen hindurch und den Weg zu der glänzenden schwarzen Tür hinauf und blieb vor dem Klingelschild stehen. Da standen nur zwei Namen, Schiller und Maar. Das Schild für das Dachgeschoss darüber war leer. Ein berühmter Maler war eben gern privat.

Die Haustür war nicht verschlossen, und Josefine stieg wieder die schöne Marmortreppe hinauf, nur dass sie diesmal weniger Beeindruckung hatte und im ersten Stock stehen blieb.

Fräulein Maar machte die Wohnungstür gleich nach dem Läuten auf, allerdings nur einen Spalt. Josefine konnte die dicke Sicherheitskette sehen, die auf der anderen Seite hing.

»Guten Abend, Fräulein Maar«, sagte sie. »Josefine Hoffmann – erinnern Sie sich noch an mich?«

Fräulein Maar guckte etwas verdutzt, aber dann machte sie die Tür zu – Josefine konnte die Kette klirren hören – und gleich wieder auf, diesmal ganz weit. Josefine verschlug es fast den Atem beim Anblick von Fräulein Maar, denn sie trug einen langen goldbestickten Mantel und goldene Pantoffeln und hatte ihr kurzes Haar mit einem hellblauen Seidenband hochgebunden. Sie sah so fabelhaft und vornehm aus wie eine orientalische Prinzessin.

»Wollen Sie nicht reinkommen?«, fragte sie freundlich.

Aber auf einmal war Josefine nicht mehr sicher, ob es eine gute Idee gewesen war, hier aufzutauchen. Mit dem zerdrückten Hut und den schief getretenen Absätzen musste sie so nach Krögel aussehen, dass es der schönen Frau sicher graute.

»Fräulein Hoffmann, nun kommen Sie doch.«

»Ja, danke«, sagte Josefine, »wenn Sie gestatten?«

Der Flur war sehr vornehm und das blaue Zimmer mit den glänzenden Seidentapeten dahinter auch, und Josefine kam sich vor wie eine Küchenschabe.

»Möchten Sie etwas essen?«, fragte Fräulein Maar.

»Ich habe gerade im Restaurant gespeist.«

»Aha – dann vielleicht eine heiße Schokolade?«

Josefine betrachtete die Teppiche und die großen Ölbilder, die viel echter aussahen als bei dem Maler unter dem Dach und auf denen man schöne Landschaften sehen konnte. Sogar die Wände in diesem Zimmer waren mit Seide bespannt, und von der Decke hing ein Kronleuchter herab, der blau und rot glitzerte, als wäre er aus lauter Diamanten gemacht.

Josefine wäre am liebsten in einem der kostbaren Teppiche versunken. »Ich gehe dann mal lieber wieder«, sagte sie.

Fräulein Maar lachte, legte Josefine einen Arm um die Schultern und drückte sie ein bisschen an sich, sodass Josefine ihr Parfüm riechen konnte, das nach Orangen und Zimt und etwas Goldenem duftete. »Ich wollte mir gerade eben eine Schokolade kochen«, sagte sie. »Machen Sie mir die Freude und trinken Sie mit mir eine Tasse. Wir gehen in die Küche, da finde ich es immer am gemütlichsten. Was meinen Sie?«

»Oh ja«, sagte Josefine und war dankbar. »Finde ich auch.«

Die Küche war größer als die Wohnung von Josefines Eltern und ganz glänzend weiß. Auf dem Boden lagen abwechselnd schwarze und weiße Fliesen, und es gab einen elektrischen Herd, nicht nur ein schwarzeisernes Ungetüm wie bei der Mutter. Natürlich hingen an der Decke auch keine gewaschenen Lumpen, sondern eine Milchglaslampe, und alles duftete nach Zitrone.

»Möchten Sie nicht ablegen?«, fragte Fräulein Maar.

»Bitte? Ach so, nein danke.« Der Pelz war so warm, dass Josefines Haut schon juckte, aber was hätte Fräulein Maar zu ihrem Kleid gesagt? »Ich fröstele sehr leicht.«

Fräulein Maar holte eine Flasche Milch und setzte einen Stieltopf auf den Herd. Dann drehte sie den elektrischen Strom auf und goss Milch in den Topf und rührte um.

»Schön, dass Sie doch noch gekommen sind«, sagte sie über die Schulter zu Josefine, nahm eine Tafel Schokolade von Sarotti, auf der ein Mohr zu sehen war, und wickelte die Bauchbinde ab. »Ich habe letztens zufällig mehrere Tafeln bekommen.« Sie brach die Schokolade in Stücke und warf sie in die heiße Milch, verrührte sie und löffelte noch Zucker hinein.

Ein wunderbarer Duft verbreitete sich in der Küche, sodass Josefine im Magen und in den Knien ganz schwach wurde. Am liebsten wäre sie nie wieder weggegangen, weshalb sie fieberhaft überlegte, was sie denn nun über den Krögel und den Ripper erzählen konnte. Aber eigentlich hatte sie ja nur die arme Martha gekannt, die so ohne Aussehen und Zukunft auf der Straße gelandet war.

»So, bitte«, sagte Fräulein Maar und stellte eine Tasse mit heißer Schokolade vor Josefine hin, auf der Japanerinnen über eine kleine Brücke gingen und sich zufächelten und deren Porzellan so dünn war, dass man beinahe hindurchsehen konnte. »Leider habe ich nur Teetassen.«

»Ich auch«, sagte Josefine, um sie zu trösten.

Fräulein Maar nippte an ihrer Schokolade und beobachtete Josefine, zumindest kam ihr das so vor. Josefine machte aus Höflichkeit einen großen Schluck, verbrannte sich den Mund, und gleich schossen ihr die Tränen in die Augen.

»'tschu… 'tschuldigung …«, stammelte sie.

Fräulein Maar setzte ihre Tasse ab. »Wollen Sie heute Nacht noch zurück in den Krögel?«

Josefine zwinkerte die Tränen weg. »In den – Krögel?«

»Ich dachte nur, weil es schon ziemlich spät ist«, sagte Fräulein Maar. »Und derzeit nicht ungefährlich.«

Josefine dachte an den Krögel und daran, dass es kein Licht gab, und gleich hatte sie wieder den stinkenden Hinterhof in der Nase. Die orientalische Prinzessin hatte ja keine Ahnung, wie es dort war, dachte sie, und bei dem Gedanken fühlte sie sich traurig, aber auch überlegen.

»Für mich ist es nicht gefährlich«, sagte sie.

»Ich wollte damit nicht andeuten … Verzeihen Sie!«

Josefine zog nun doch den Pelzmantel aus und legte ihn über den Küchenstuhl neben sich. »Also«, sagte sie, »was wollen Sie wissen? Über den Ripper, meine ich.«

Fräulein Maar sah das rote Kleid an, und Josefine konnte praktisch hören, was sie dachte. Sie biss die Zähne zusammen und hob das Kinn, weil eine Bemitleidung brauchte sie nicht.

»Ich möchte Sie um etwas bitten«, sagte Fräulein Maar.

»Nicht nötig«, sagte Josefine. »Ich bin schon weg.«

»Eigentlich wollte ich Sie fragen, ob Sie nicht noch ein wenig bleiben könnten. Ich mache Ihnen ein Bett, und morgen können wir in Ruhe reden. Es war ein langer Tag für mich. Natürlich nur, wenn es Ihre Zeit erlaubt.«

Josefine wurde ganz leicht. »Erlaubt meine Zeit.«

»Wann müssen Sie morgen auf der Arbeit sein?«

Josefine nahm ihre Tasse und machte einen ordentlichen Schluck, weil die Schokolade nun endlich trinkbar war und sie nicht wusste, was sie sagen sollte. Ob es an der Schokolade lag oder an der Frage, sie spürte, wie ihr Gesicht heiß wurde.

»Ich habe gerade viel zu tun«, sagte Fräulein Maar.

»Der Ripper, ich weiß«, sagte Josefine sachkundig.

»Genau.« Fräulein Maar nickte. »Also – ich suche eine junge Dame, die sich um den Haushalt kümmert und Besorgungen erledigt. Ich habe nicht einmal Zeit, jemand Vertrauenswürdigen zu suchen.« Sie machte eine Pause, und es war ihr sichtlich unangenehm, dass sie so auf Hilfe angewiesen war, was Josefine aber verstand, schließlich war sie auch eine von den neuen Frauen mit Aussicht auf Zukunft und Beruf. Und da mussten Frauen ja dann auch zusammenhalten. »Na ja, da dachte ich, Sie kennen vielleicht eine geeignete Person ...«

»Kenne ich«, sagte Josefine gleich. »Ich bin geeignet.«

»Ach – Sie würden mir diesen Gefallen wirklich tun?«

»Natürlich nur, weil Sie's sind«, sagte Josefine. »Denn eigentlich bin ich ja Schauspielerin und will zum Film.«

Wenn Fräulein Maar nicht so vornehm gewesen wäre, hätte Josefine gesagt, dass sie grinste, aber das taten solche feinen Damen natürlich nicht, weswegen sie lächelte. »Wenn Sie ein entsprechendes Angebot bekommen«, sagte sie, »geht Ihre Karriere natürlich vor.«

Josefine trank ihre Schokolade aus und gleich noch eine zweite Tasse, die Fräulein Maar ihr einschenkte, und auf einmal war die Welt warm und weich und geborgen und der Bessere mit der unheimlichen Visage ganz weit weg.

»Ich warte noch auf die passende Rolle«, sagte sie.

»Schön.« Fräulein Maar klatschte vor lauter Freude in die Hände. »Dann würde ich sagen, wir zwei Hübschen gehen jetzt schlafen. Ich gebe Ihnen das Zimmer neben meinem, für

den Fall, dass Sie in der Nacht etwas brauchen. Und morgen beim Frühstück erzählen Sie mir alles, Fräulein Hoffmann.«
*Morgen, beim Frühstück.*
»Ich heiße Josefine«, flüsterte Josefine und stand auf. »Wissen Sie was, Fräulein Maar, Sie haben ein großes Herz.«
Gleich sah Fräulein Maar wie vom Donner gerührt aus, und Josefine hatte schon Angst, dass sie was ganz und gar Unmögliches gesagt hatte und nun doch noch die Nacht auf der Holzbank im Wartesaal am Bahnhof Zoo verbringen musste, aber dann lachte Fräulein Maar auf einmal ganz lustig.
»Das habe ich doch schon mal gehört«, sagte sie. »Das mit dem großen Herzen, aber ich fürchte, das war nicht ganz so nett gemeint. Kommen Sie, ich zeige Ihnen Ihr Zimmer.«

Als Josefine eine Stunde später gebadet und in ein gestärktes Spitzennachthemd von Fräulein Maars Großmutter eingewickelt in einem wunderschönen Schlafzimmer mit gelber Seide an den Wänden lag, hatte sie kurz die Überlegung, ob sie nicht schon tot und im Himmel war.
Ihr Leben hatte eine neue Richtung genommen.
Josefine führte ab jetzt einen vornehmen Haushalt.
Bei dem Gedanken, was der berühmte Maler der nackten Frauen für eine Verwunderung über seine neue Mitbewohnerin in dem vornehmen Haus haben würde – noch dazu in der Beletage, was ja erste Klasse war, ganz anders als zum Beispiel das Dachjuchhe –, wurde ihr richtig warm ums Herz.
Dann fiel Josefine endlich in tiefen Schlaf.

# SECHZEHN

Ganz Berlin war ein Varieté.

Die Nacht strahlte im Lichterglanz, die Schaufenster der großen Warenhäuser Wertheim und KaDeWe leuchteten. Die fashionable Gesellschaft traf sich im Romanischen Café hinter der Gedächtniskirche zum Aperitif, zog weiter in den Ufa-Palast oder zu Claire Waldoff in den Wintergarten. Josephine Baker feierte Skandale im Nelson-Theater, die Berber, nackt, in der Weißen Maus. Wem die hemmungslose Frivolität nicht lag, begab sich zum Polittheater von Piscator am Nollendorfplatz oder bejubelte Fritz Kortner als Richard III. im Schauspielhaus am Gendarmenmarkt.

Geblendet von all dem Glanz, der Glamour von Flitter nicht zu unterscheiden wusste, spazierte Maxim Bronski durch die Nacht. Er war schlaflos, schlaflos vor lauter Berlin. In der letzten Zeit suchten ihn wieder Alpträume heim, so wie in seiner Kindheit. Hatte er damals überhaupt geträumt? Oder war etwa alles Wirklichkeit gewesen? Er hatte seit Jahren nicht mehr an diese Zeit zurückgedacht. Sie war ein finsteres Fabelreich, zu dem er keinen Zutritt mehr hatte. Wenn er heute schweißgebadet und wie gelähmt aufwachte, konnte er sich nicht mehr an den Traum erinnern. Immer öfter dachte er mit Schaudern an die vor ihm liegende Nacht und wollte gar nicht zu Bett gehen.

An diesem Abend hatte er Zuflucht bei seiner Freundin gesucht, der weißen Fee. Eine Dosis, in die Armbeuge gespritzt, vertrieb seine Müdigkeit, schenkte ihm Zuversicht und vor allem – Kreativität. Er verdankte der Schönen alles.

In Mantel und Hut schlenderte Maxim die untere Friedrichstraße entlang. Billige Filmtheater, schäbige Läden, billige Seidenwäsche in den Schaufenstern, alles grell und wertlos. Etwas weiter die Schützenstraße, hier wurden die Läden teurer, Schuhe, Hüte, Mäntel, die Farben dieses Jahr waren Blau und Beige. Schöne Kleider für die schöne Berlinerin. Ein guter Schneider an der Ecke, Anzüge und Abendgarderobe für den Herrn von Welt, schwarzes Seidencape und ein weißer Schal, der sich um einen Zylinder schlängelte, in der Auslage. Er blieb stehen, musterte den aufgeklappten hohlen Spazierstock mit dem Silberknauf, der danebenlag, überlegte, ob er ihn gebrauchen konnte.

An der Ecke der Leipziger Straße waren die beiden Cafés noch immer voll besetzt, hier traf die Wohlanständigkeit auf das Verbrechen, wurden Handel abgeschlossen, wurde Hehlerware verschoben, hier kaufte das gewissenlose Bürgertum unter der Hand für kleines Geld.

Er musste einen Seufzer unterdrücken.

Gendarmenmarkt, Zeughaus, die Masken toter Krieger blickten auf ihn herab. Tote Soldaten, die ihre Mission erfüllt hatten, gefallen auf dem Feld der Ehre. Die geschundenen, verkrüppelten Leiber der Weltkriegsveteranen saßen auch zehn Jahre nach Kriegsende noch immer an den Straßenecken oder lagen in den Hauseingängen. Er verabscheute Hässlichkeit, ja, sie schmerzte ihn geradezu körperlich. Auch die massenhafte Gewalt, die vom großen Krieg übrig geblieben war und die man in allen Lebensbelangen spüren konnte, war ihm zutiefst zuwider.

Maxim drehte um und spazierte zum Tauentzien zurück.

Ein Filmtheater mit schreiend bunter Reklame reihte sich an das andere, versprach Tippmamsells und kleinen Ladenmädchen Träumereien weit weg vom Alltag, weckte exklusive Wünsche, die nicht mit einem kargen Lohn einer Angestellten erfüllt werden konnten, trieb manche von ihnen für einen Zuverdienst auf die Straße. Wer wusste das besser als er, dachte er bekümmert.

Wittenbergplatz.

Zwei elegante Mädchen standen im Licht einer Laterne neben einem großen Automobil, beugten sich in das offene Seitenfenster. Kurze Haare unter engen Kappen, kurze Kleider, Seidenstrümpfe und hohe Schuhe, üppige Pelzkrägen um die

Schultern. *Tauentzien-Girls.* Er blieb stehen. Eine der Frauen stellte ihren Fuß schon auf das Trittbrett, ihr Rock rutschte auf dem Oberschenkel hinauf, legte Spitze und Seide frei. Es drängte ihn zu rauchen, und er tastete nach dem silbernen Zigarettenetui. Erst als er es nicht fand, fiel ihm sein selbst auferlegter Verzicht wieder ein. Erregung erfasste ihn. Welche der beiden Huren würde der Fahrer mitnehmen? Würde die junge Frau wirklich bei einem Wildfremden einsteigen? Sollte er sie nicht vor der Gefahr warnen?

Eine der Frauen öffnete die Seitentür des Automobils, schlüpfte auf die Bank neben dem Fahrer. Die zweite sah sich kurz um, ihr Blick traf sich mit seinem. Sie hatte ein junges, hartes Gesicht, ihr voller Mund war dunkel geschminkt. Jetzt zog er sich in die Breite. Die Hure schenkte ihm ein Lächeln. Im Bewusstsein ihres ärmlichen Schicksals lächelte er zurück. Sie zögerte, erwog sichtlich ein Geschäft. Doch dann schüttelte sie den Kopf, als wollte sie ihr Bedauern ausdrücken, zog ihren Pelz enger um den Hals, glitt neben ihre Komplizin auf den Vordersitz des Automobils. Die Tür schlug zu, der Wagen rollte an, die bunten Farben der Lichtreklamen flossen über seinen Lack, und er verschwand in der strahlenden Großstadtnacht. Die Gelegenheit zur Rettung war vorüber.

Da bemerkte Maxim wieder das Jucken in seiner Armbeuge. Die Käfer krochen aus ihrem Loch, sondierten mit langen Fühlern, krabbelten hervor und liefen zu seiner Schulter hinauf. Immer mehr wurden die Insekten, ein ganzes schillerndes Heer, das aus seinem Fleisch geboren wurde, krabbelte und krabbelte und nirgends ankam. Unwillkürlich blickte Maxim auf die Stelle, dann kratzte er sie so verzweifelt, als wollte er die Haut durch den dicken Mantelstoff vom Fleisch reißen. Warum war er nicht losgelaufen, hatte den Frauen statt ihres Schandlohnes ein angemessenes Honorar für eine Malsitzung geboten?

*Pass ma uff, Keule, aus dich wird nie wat!*

Maxims Finger krampften sich in den Stoff.

*Wo kommste uff eenmal her, Blaffke?*

Vorsichtig hob Maxim den Blick.

Wo eben noch das Auto im gelben Schein der Straßenlaterne gestanden hatte, lehnte jetzt mit gekreuzten Beinen ein halbwüchsiger Junge an ihrem Mast. Seine Hände steckten in den Taschen einer Hose, die er wohl von einem großen Bruder geerbt hatte, und die Jacke sah nach Lumpenhändler aus. Eine Ballonmütze saß auf seinem Kopf, ihren Schirm hatte der Junge tief herabgezogen, sodass das Laternenlicht einen Schatten darüberwarf, was ihn gesichtslos erscheinen ließ. Hatte der Junge etwa gerade mit ihm gesprochen? So eine Frechheit! Etwas an dem Kerl kam Maxim irritierend vertraut vor. Er kannte diese abgerissene Gestalt, wusste nur nicht auf Anhieb, woher.

Maxim ließ seinen Arm los und ging auf ihn zu. »He, du«, rief er. »Meinst du mich? Läufst mir nach, was?«

Der Junge entflocht seine Beine und glitt, ohne die Hände aus den Taschen zu nehmen, um den Laternenmast herum, sodass Maxim nur noch seinen Rücken und die schmalen Schultern in der zu großen Jacke sehen konnte. Dann löste er sich in Luft auf.

Maxim blieb stehen und kniff die Augen zu.

Es war wieder einer dieser schrecklichen Augenblicke gewesen, in denen sich Vergangenheit und Gegenwart, Phantasie und Wirklichkeit miteinander verwoben. In ihren hellen Stunden schenkte einem die weiße Fee ihre Huld und ein Füllhorn an kreativen Ideen. Doch wehe, wenn die Nacht kam. Dann krochen die Insekten aus der Haut, dann sah man Dinge, die es nicht geben konnte, nicht geben durfte. Dann hielt der Kokainwahn einen in seinen Fängen. Dann hockte der Alb wie ein Gespenst auf der Brust des Schlaflosen, raubte ihm den Atem und quälte ihn mit irren Phantasiebildern.

Maxim machte kehrt und lief ohne Ziel los. Nur weg von hier, wo sein schlimmster Alptraum lauerte. Was, wenn er verrückt wurde? Er hatte auf der Suche nach Modellen ein Irrenhaus in Paris besucht. Würde er zwischen diesen jaulenden, sabbernden, mit den Augen rollenden Idioten enden? Würde er werden wie sie? Gott, er hatte solche Angst.

Irgendwann bog er vom gleißenden Ku'damm in eine der Nebenstraßen ab, wo sich die Lokale und Clubs befanden, in denen das Laster zu Hause war. Er blickte sich um. Lutherstraße. Er konnte sich kaum erinnern, hier jemals gewesen zu sein. Dann würde der Junge ihn auch nicht finden.

Vor ihm lag eine Bar.

*Jockey Club*, stand groß darüber. Der erste Buchstabe sah wie ein Reiter aus, der mit seiner Peitsche auf ein unsichtbares Pferd einschlug. Eine große Stalllaterne hing darüber, genau wie links und rechts des Lokals. Ihr gelber Schein warf ein schwefeliges Licht über die Hausfassade. Auf der schwarz verklebten Schaufensterscheibe noch einmal der Name des Lokals, darunter stand *Bar, Tanz, Musik* und *Küche*.

Zwei junge Männer traten durch die schmale, zurückversetzte Tür, hinter deren Glasscheibe ein schmutziger Vorhang das Innere vor neugierigen Blicken schützte. Klaviermusik perlte auf die Straße, das affektierte Lachen einer Frau zerschnitt die Luft, bis die Tür wieder zuschlug. Einer der beiden Männer trug einen Matrosenanzug und sein hellblondes Haar militärisch kurz geschnitten. Der andere hatte dunkle Locken und das perfekt geschminkte Gesicht einer Ballerina. Der Blonde zündete zwei Zigaretten an und steckte eine davon seinem Begleiter zwischen die Lippen. Der legte den Kopf in den Nacken, stieß perfekte runde Rauchkringel in die Luft, die beiden lachten. Dann schlenderten sie, die Arme einander um die Taille gelegt, davon.

Maxim sah den Männern hinterher.

Wie Giftpflanzen waren sie aus dem Boden geschossen, diese Bars und Mokkadielen, die doch nichts anderes waren als ein Schwulenstrich. Doch hier verkehrten auch Frauen, zumindest eine bestimmte Art von Frauen, die Art, die nun in Gefahr war.

Er betrat den Jockey Club.

Die Tische an den Wänden waren voll besetzt. Geschminkte Männer und Frauen lachten, tanzten, machten Bekanntschaften. In der Mitte war das Parkett der Tanzfläche im Schachbrettmuster verlegt, darauf bewegten sich wie Schachfiguren Paare in abgezirkelten Tangoschritten zur Klaviermusik. An den Wänden Bilder wie in einer Pariser Bar, überlebensgroß ein Plakat von Toulouse-Lautrec, ein schwungvoller Schriftzug – *Mistinguett*. Es roch nach Zigarettenrauch, Parfüm, Schweiß und abgestandenem Essen.

Er ging an die Theke. »Ein Glas Rotwein bitte.«

Der Barmann sah ihn nicht an, griff nach einer Flasche und schenkte ein Weinglas voll, schob es ihm über den Tresen. »Bitte, der Herr.«

Maxim nahm das Glas, konnte bereits an der Farbe des Weines erkennen, dass sich kein Schluck lohnte. Also drehte er sich um, lehnte sich mit dem Rücken gegen die Kante der Theke und ließ seinen Blick durch das Lokal schweifen.

Am Tisch zu seiner Linken saß ein glatzköpfiger Mann, gut geschnittener Anzug mit Weste, und redete auf ein Mädchen in geblümtem Sommerkleid ein. Wenn er lachte, blitzte ein Goldzahn in seinem Gebiss. Genauso wie die goldene Uhrkette auf seinem mächtigen Bauch. Das Mädchen hatte rotes Haar, kleine Brüste und ein spitzes, blasses Gesicht. Sie hielt die Augen halb geschlossen und hatte die Schultern hochgezogen, wirkte müde. Der Mann schenkte ihr halb leeres Glas aus einer Champagnerflasche wieder voll. Sie sah es mit ergebener Miene, schwankte ein wenig, ob aus Trunkenheit, Erschöpfung oder vor Hunger oder aus allen drei Gründen.

Maxim nahm nun doch einen Schluck aus seinem Glas und verzog den Mund, der Wein war für einen Franzosen ungenießbar.

Ein kräftiger Mann stand auf, ging zum Klavier, und die Musik verstummte. Die Tangotänzer erstarrten. Der Mann trug das Halstuch und das kragenlose Hemd der Schiffer, seine hochgeschnittene Hose wurde von einem breiten Gürtel und breiten Hosenträgern gehalten. Er stützte die rechte Hand auf die Notenblätter, die auf dem Klavier lagen, als brauchte er Halt für sein Vorhaben. Dann richtete er seinen Blick über die Köpfe der Anwesenden hinweg in eine nur für ihn sichtbare Ferne und hob mit einer kraftvollen Stimme, die tief aus seinem Brustkorb emporstieg, an zu singen.

*Ol' man river*
*Dat ol' man river.*

Die Gäste applaudierten, es war die meistverkaufte Platte des Jahres. Der Klavierspieler fiel ein, warf sich in die Tasten, die Tänzer wiegten sich zur Musik.

*He mus' know sumpin'*
*But don't say nuthin'.*

Maxim musste lächeln, und er spürte selbst, dass es ein trauriges Lächeln war. Das Lied passte so gut zu seiner Lage. Ja, er wusste etwas und durfte doch nichts sagen. Seine Ikonen würden auf dem Markt sofort an Wert verlieren, wenn sich herumsprach, dass sie im Drogenrausch entstanden waren, wie so viele andere Kunstwerke auch in dieser Zeit. Aber mit Heiligendarstellungen trieb man kein Schindluder.

Anaïs Maar fiel ihm ein. Was würde sie bloß von ihm halten, wenn sie von seiner Kokainsucht erfuhr? Anaïs war stark und klug, sie würde ihn bestimmt als willenlosen Schwächling betrachten. Oder sie schickte ihn zur Therapie. Was ebenfalls das Ende seiner Existenz bedeutete. Noch einen Neuanfang stand er nicht durch.

Maxim warf erneut einen Blick zu dem rothaarigen Mädchen, doch das schien inzwischen eingeschlafen zu sein, während die Hand ihres Begleiters unter ihrem Rock zwischen ihren Schenkeln verschwunden war. Sie würde das Lokal nicht allein verlassen. In ihm regte sich Wut. Am liebsten wäre er zu ihrem Freier hinübergegangen und hätte ihm eine in die fette Visage verpasst. Und dann? Würde man ihn rauswerfen oder vom nächsten Schupo abführen lassen. Es würde Schlagzeilen geben.

*Ol' man river*
*He don't plant taters*
*He don't plant cotton*
*An' dem dat plants 'em*
*Is soon forgotten.*

Der Vorhang an der Eingangstür öffnete sich, ein kühler Luftzug strich über das Parkett, und ein Junge betrat den Jockey Club. Er war fünfzehn oder sechzehn Jahre alt und schlank, hatte Lippen wie Rudolph Valentino und schwarze Locken. Der Blick seiner dunkel umrahmten Augen wanderte lustlos über das Angebot seiner möglichen Freier, schweifte zur Theke und blieb schließlich an dem Sänger hängen.

Maxim stieß sich von der Tresenkante ab. Der Rotwein zitterte in seinem Glas, er stellte es ab, langsam, um keine Aufmerksamkeit zu erregen. Jetzt hatte er die Hände frei.

Auch diesen Jungen meinte er schon gesehen zu haben.

*Oder doch nicht? Und wenn ja, wo?*
*Vielleicht gab es ihn gar nicht!*

Maxim reichte es, er musste der weißen Fee entsagen.

Der Junge beachtete ihn nicht, hörte dem Sänger zu, wiegte sich träge im Takt des melancholischen Liedes. Auf einmal drehte er sich um, wollte den Jockey Club wohl wieder verlassen. Sein Blick schweifte zur Theke, kreuzte Maxims Blick, wandte sich wieder ab, kehrte zurück. Ein Lächeln erschien auf seinem Engelsgesicht.

Maxim war erleichtert, der Junge war echt.

*Git a little drunk*
*An' you lands in jail.*

Maxim drehte sich um und warf dem Barmann ein paar Münzen hin, war jetzt unbesorgt, spürte eine neue Leichtigkeit. Er war nicht verrückt, im Gegenteil. Wo einem einer aus dem Heer an Berliner Jungen schon begegnet war, wer wusste das schon? Und an dieses hübsche Gesicht hatte er sich sogar erinnert. Er lächelte dem kleinen Rudolph Valentino beruhigend zu, er suchte kein sexuelles Abenteuer mit einem halben Kind. Maxim widmete nun seine ganze Aufmerksamkeit dem Sänger.

*Ah'm tired of livin'*
*An' scared of dyin'.*

Ein Luftzug strich um seine Knöchel und sagte ihm, dass der Junge den Jockey Club verlassen hatte. Maxim wartete

noch ein paar Augenblicke, dann blickte er sich um. Die kleine Rothaarige schlief mit offenem Mund an der Schulter ihres Freiers, der mit seinen Wurstfingern auf den Tisch trommelte. Anscheinend sah er seine Hoffnungen für die Nacht den Bach hinuntergehen. Es gab keinen Grund für Maxim mehr, länger zu bleiben. Also schlenderte er zum Ausgang.
*He jus' keeps rollin'*
*He keeps on rollin' along.*

Auf der Straße wehte jetzt ein kalter Herbstwind. Tote Blätter trieben über den Bürgersteig, der Staub der Großstadt legte sich auf sein Gesicht, rieb hinter seinen Augenlidern. Maxim zog seine Taschenuhr hervor, trat in den Schein einer Laterne und versuchte zwinkernd das Zifferblatt zu erkennen. Kurz nach zehn. Zu früh, um schlafen zu gehen. Zu spät, um den Alpträumen dieser Nacht ohne einen Schuss Kokain zu begegnen.

Maxim wanderte zum Nollendorfplatz weiter.

Berlin war lange Zeit eine Garnisonsstadt gewesen, das lasterhafte Verhalten der Soldaten hatte sich in ihr festgefressen, für jeden Geschmack gab es ein Angebot. Mehrere Jungen lungerten hier herum, trugen Alltagskleidung und karierte Schiebermützen oder Matrosenanzüge, manche waren in verschiedenen Stadien des *déshabillé* und ließen sich wie Vieh auf einem Viehmarkt begutachten. Ein älterer Herr in Staubmantel und Hut, die Aktentasche unter den Arm geklemmt, verhandelte mit einem hageren Stricher mit schwarz geschminkten Augen. Daneben stand ein schwerer Mann mit grauem Vollbart, die Hände in seiner Schifferjacke vergraben, und schien abwartend. Anscheinend war auch er interessiert. Der Stricher lachte affektiert und gleichzeitig herablassend.

Angewidert wandte Maxim sich ab, wollte schon gehen, als ihm ein dunkler Lockenkopf am Rand einer Gruppe auffiel. Hastig ging er hinüber, stellte sich hinter den Jungen.

»Was machst du denn hier, Kleiner?«, sagte er.

Der Junge fuhr herum, starrte ihn aus seinen Rudolph-

Valentino-Augen an, dann erschien ein Grinsen des Wiedererkennens auf seinem Gesicht. »Ach nee«, sagte er. »Da guck mal an.« Er zog eine zerdrückte Zigarettenpackung aus der Jackentasche, klopfte eine Zigarette heraus und zündete sie an. »Biste mir nach, wa?« Er nahm die Zigarette zwischen Daumen und Zeigefinger und wedelte vor seine Nase herum. Die Geste hatte etwas Gewohnheitsmäßiges und Rohes, das nicht zu dem samthäutigen Kindergesicht passte.

»Wie heißt du?«, fragte Maxim den Jungen.

»Janz wie de willst.«

»Wo hätten wir beide uns wohl schon getroffen?«

»Na eben, im Jockey Club.«

»Wie alt bist du denn?«

»So alt, wie de willst.«

»Hör zu, ich habe nicht die ganze Nacht Zeit …«

»Ick ooch nicht, ick habe Preise.« Der Junge grinste. »Ick bin Oskar, und du jibst mir mal 'n paar Mark, sons is Sense. Oder sag mal – ick kenn dir doch, oder?«

Maxim war entsetzt. »Ich bin kein – *Freier*.«

»Ach nee, und was machste denn hier?« Oskars Mundwinkel zog sich nach unten, die Zigarette glomm rotschwarz. »Ick parliere hier mit dir über Kokolores und verliere Zeit. Ick bin nich zum Spaß da – meene Jeschäfte müssen loofen, und wenn de nur reden willst, det kostet ooch!« Oskar nahm die halb gerauchte Zigarette aus dem Mund, als wollte er zu einer längeren Rede ansetzen, doch dann weiteten sich auf einmal seine Augen. »Jetzt weeß ick, woher ick dir kenne«, sagte er. »Ick wusste doch jleich, dass mir deene Fresse bekannt vorkommt. Du warst beim Meister, wa? Hast mich da jesehen, und jetze bildeste dir ein, wo Thor tot ist …«

»Welcher Meister?«

»Du warst sicher eener von die Irren, der sich die Karten hat legen lassen oder so.«

Maxim war es leid. »Pass auf.« Er fasste in die Tasche und zog ein paar Münzen heraus. »Hier sind fünf Mark …«

»Na, dafür jibt's doch schon wat bei mich!«

»Du verstehst mich falsch«, sagte Maxim. »Du kaufst dir jetzt eine warme Suppe bei Aschinger und dann ab zu Muttern.«

»Muttern hab ick keene.« Oskar warf die Zigarette auf den Boden und trat sie aus. Dann nahm er das Geld und ließ es in seiner Hosentasche verschwinden. »Ick suche übrijens wat Neuet, aber nich nur für eene Nacht.«

Maxim musterte den Jungen. Vor den Augen des kleinen Hungerleiders stand jetzt sicher ein eigenes Zimmer und ein Frühstück im Bett, serviert von einem dienstbaren Geist, der demselben Milieu entstammte wie er selbst. Er fasste noch einmal in die Tasche, zog einen Zehn-Mark-Schein hervor und hielt ihn zwischen Zeige- und Mittelfinger vor Oskars Nase.

Ein gieriger Funke glomm in Oskars Augen, den er schnell erstickte, jedoch nicht schnell genug für sein Gegenüber.

»Dit verbuche ick jetz mal als Scherz, ja?« Der Ausdruck seiner Rudolph-Valentino-Augen war verschlagen, er wollte wohl noch seinen Schandlohn verhandeln. »Eene janze Nacht kost mehr.«

Nun reichte es Maxim, er konnte schließlich nicht alle Mühseligen und Beladenen retten. »Na, dann noch viel Glück heute Nacht, Kleiner.« Er drückte Rudolph Valentino das Geld in die Hand, drehte sich um und ließ den Jungen stehen. Aber er war noch keine zwanzig Meter gegangen, als er eilige Schritte hinter seinem Rücken herankommen hörte.

»Moment mal, der Herr! Jetze warten Sie doch!«

Maxim drehte sich um. »Was gibt's denn nun noch?«

Als der Junge vor ihm stand, bemerkte Maxim, dass die Schminke ein noch unausgereiftes Gesicht mit runden Wangen übertünchte und das Erwachsenengesicht nur Makulatur war. So schminkte sich ein Kind für eine Rolle im Fasching. Auf einmal tat ihm der Kleine unendlich leid. Wie alt war er? Fünfzehn, sechzehn? Sollte er ihn mit nach Hause nehmen – wie eine von seinen Straßenkatzen? Aber dieser Bengel war kein Tier. Und so eine gute Tat würde neue Schwierigkeiten mit sich bringen. An Anaïs' Gesichtsausdruck, wenn sie ihn in Begleitung eines minderjährigen Strichers antraf, durfte er gar nicht denken.

»Ich bin nicht interessiert«, sagte er und wandte sich ab.

Der Junge fasste ihn an der Schulter. »Habe ich was falsch gemacht?«, fragte er. »Soll ich schon mal was für Sie tun?«

Maxim blickte auf die Finger auf seiner Schulter. Dann drehte er sich langsam herum und sah dem Jungen ins Gesicht. Ja, da waren sie, die gierigen Augen, die in ihm nur das Wirtstier sahen. »Fass mich nicht an.« Er betonte jedes Wort.

Der Junge riss die Hand weg. »'tschuldigung.«

»Geh nach Hause«, sagte Maxim ruhig.

»Ossi?«, rief eine Männerstimme hinter ihnen. »Wo biste abjeblieben, du Schlawiner? Hier will wer wat von dich!«

Rudolph Valentino trat ein paar Schritte zurück, warf Maxim aus nun sicherem Abstand einen verachtungsvollen Blick zu und strich sich mit der Hand die schwarzen Locken zurück. Auf einmal kniff er die Augen zu Schlitzen zusammen und zielte mit dem Zeigefinger wie mit einer Pistolenmündung auf Maxim. »Deene Visage merk ick mir, du mieser Spanner.« Er tippte sich an die Stirn. »Hier oben merk ick se mir – ick hab een jutet Jedächtnis! Dit nur als Warnung, wa? Lass dir hier bloß nie wieder blicken.« Er spuckte Maxim vor die Schuhspitzen und trollte sich zu seinen Kumpanen.

Deprimiert von dem ganzen Elend dieser Welt und müde nach mehreren Nächten fast ohne Schlaf, machte sich Maxim auf den Heimweg. In seiner Armbeuge begannen sich die Insekten erneut zu regen, nagten an seiner Haut, als wollten sie sich mit ihren Beißwerkzeugen einen Weg ins Freie bohren. Maxim beschleunigte seine Schritte, drängelte sich durch die Nachtschwärmer, die nach einem Besuch in einer Bar oder einem Kabarett noch immer zahlreich den Kurfürstendamm bevölkerten, stieß sie beiseite. Dabei achtete er weder auf überraschte Ausrufe noch auf deftige Beschimpfungen. Als er endlich in die Fasanenstraße einbog, tobte der Schmerz so heftig in seinem Arm, dass es ihm die Tränen in die Augen trieb.

Als Maxim von der anderen Straßenseite einen Blick zu Anaïs Maars Wohnung hinaufwarf, sah er daher nur undeutlich, dass hinter einem Fenster der Beletage Licht brannte und sich die Umrisse einer Gestalt auf der Decke abzeichneten.

Anaïs war also zu Hause, und das war ein schöner Gedanke.

Zwei Stufen auf einmal nehmend, hetzte Maxim an ihrer Wohnung vorbei und ins Dachgeschoss hinauf. Er schloss die Tür auf und knallte sie hinter sich zu. Während er ins Atelier lief, zog er schon seine Jacke aus und ließ sie zu Boden fallen. Dann riss er sich das Hemd vom Leib und warf einen schnellen Blick auf die kaum verheilten Wunden in seiner Armbeuge. Darunter kämpften, für das menschliche Auge unsichtbar, aber für ihn schmerzhaft fühlbar, seine Quälgeister. Sie würden erst Ruhe geben, wenn er ihnen die Freiheit schenkte.

Unter den Blicken der Heiligen stieß er die Tür zum Atelier auf, drehte das Licht an und – erstarrte.

Das Leintuch, mit dem er die Kohleskizze dieser Josefine Hoffmann bedeckt hatte, lag neben der Staffelei auf dem Boden. Die Nackte saß auf ihrem Hocker, ein Bein hochgezogen und die Arme locker um das Knie gelegt, auf das sie ihre Wange gestützt hatte. Sie sah ihm entgegen. Aber in ihrem Blick lagen statt Herausforderung und Trotz – Vorwurf und Schmerz. Dort, wo sich einmal ihr Hals befunden hatte, war die Leinwand zerfetzt, scharfe Ränder ragten in die Luft. Ein Schnitt zog sich im Zickzack über die Mitte ihres Körpers. Und zwischen ihren Brüsten gähnte ein großes schwarzes Loch.

Jemand hatte das Kreuz ausgeschnitten und entfernt.

Unfähig, sich zu rühren oder auch nur einen klaren Gedanken zu fassen, starrte Maxim auf die verstümmelte Frau.

Jemand war in seine Wohnung eingedrungen.

Eine Erinnerung stieg in Maxim hoch. Ein Junge in einer zu großen Jacke und einer geflickten Hose, das Gesicht unter dem Schirm einer Ballonmütze versteckt, als hätte er etwas zu verbergen. Dieser Junge hatte ihn zuerst in seinen nächtlichen Träumen verfolgt. Dann war er ihm in seinen Rauschzuständen begegnet, gerade wenn er sich in den Armen der weißen Fee wiegte. Heute Abend hatte die Ausgeburt seiner Phantasie unter einer Laterne auf ihn gewartet. Sie foppte ihn, sie ließ ihn an sich selbst zweifeln, sie brachte ihn um den Verstand.

Wie war der Junge hereingekommen?

Maxims Arm juckte und schmerzte jetzt wie verrückt.

Die weiße Fee machte paranoid. Das war nicht neu. Das war bekannt. Das wusste jeder. Hörte er da eine Stimme? Eine Frau lachte silbrig hell. Die weiße Fee. Sie flüsterte ihm ein paar Worte ins Ohr. Und auf einmal erkannte Maxim die Wahrheit.

Der Junge aus seiner persönlichen Hölle lebte hier.

Mit letzter Kraft schleppte sich Maxim zum Maltisch und ließ sich auf einen Hocker fallen. Er legte seinen Arm ausgestreckt zwischen Farben, Malmittel und Terpentinlappen und begutachtete den neuen Schaden. Das Gewebe um die Einstichstellen war wie immer gerötet und geschwollen. Schwärzliche Blutkrusten bedeckten heilende Wunden. Aber ein Schnitt war noch nicht völlig geschlossen, und neben dem alten Geschwür hatte sich wieder ein gelblich weißer Eiterherd gebildet. Und darin krabbelten die Käfer und wanden sich die Würmer der weißen Fee. Mit zitternden Fingern langte Maxim nach dem Klappmesser und ließ es aufschnappen.

Dann fing er an zu schneiden.

## SIEBZEHN

»In der rechten Ecke Kalle Benatzky in den Farben der Boxschule«, schrie der Conférencier, und die Zuschauer, die den Ring umlagerten, spendeten Beifall. »Unser Favorit!«
Kalle schüttelte den Kopf, wirkte aber amüsiert.
»Und in der linken Ecke, meine Damen und Herren …«
Frenetischer Applaus erhob sich unter den Boxschülern, unter denen es außer Anaïs keine Frauen gab, Pfiffe gellten. Anaïs riss die Arme hoch, sprang auf der Stelle auf und ab und nahm die Ehrung entgegen. Kalle rollte wild mit den Augen.
Hänschen, der siebzehnjährige Conférencier, der an diesem Tag ganz *comme il faut* ein weißes Hemd mit schwarzer Fliege trug, betrachtete schweigend sein Publikum und steigerte damit die Spannung ins geradezu Unermessliche. Plötzlich brüllte er: »In der linken Ecke die Herausforderin …« Bravorufe und Applaus unterbrachen ihn kurz, dann: »*Unser Leo!*«
Die Halle tobte, die Fans klatschten, schrien, skandierten ihren Namen. Anaïs tänzelte, boxte in die Luft. Kalle organisierte immer wieder Trainingskämpfe, heute war sie zum ersten Mal dabei. Sie hatte in den letzten drei Wochen viel trainiert, war stärker und schneller geworden, sie fühlte ihre neuen Muskeln und hatte das Gefühl, als ließen sie sie schweben. Der Armreif mit dem Leopardenkopf, den Anaïs als persönliche Herausforderung begriff, hatte ihren Kampfgeist gestärkt. Das Unsichtbare, Unangreifbare, dieses Agieren aus dem Hinterhalt eines Phantoms lockte sie und fachte ihre Wut immer weiter an. Es war ein Katz-und-Maus-Spiel zwischen dem Ripper und ihr geworden, bei dem sie nicht immer wusste, wer gerade in der Rolle der Katze und der der Maus steckte. Nur dass sie diesen Wettstreit unbedingt gewinnen musste.
Die Boxer nahmen voreinander Aufstellung.
Kalle fixierte Anaïs. »Konzentrier dir«, murmelte er.
»Keine Angst«, zischte sie.

Der Gong ertönte, es wurde still.

Die Boxer umkreisten sich wie in einer abgestimmten Ballettchoreografie. Leichtfüßig und elegant führten sie einen Tanz auf, der jeden Augenblick in Gewalt ausbrechen konnte.

»Wat is?«, flüsterte Kalle. »Haste Muffensausen?«

Anaïs ließ sich nicht provozieren, tänzelte um Kalle herum, mit flacher Deckung, mutig, unbeirrbar. Dann änderte sie auf einmal den Takt ihrer Schritte, schoss einen Haken gegen Kalle, verfehlte jedoch das Ziel.

Die Zuschauer murrten.

Kalle nahm das Kinn aus der Deckung. »Wat is?«

Auf einmal drehte Anaïs Schulter und Hüfte, Bauch- und Rückenmuskeln rissen ihren Körper nach vorne, Zwerchfell und Rippen pressten sich zusammen. Sie jagte den linken Arm vor, verdrehte die Faust im Flug, zog sie wieder ein, schnellte zurück wie eine Feder, nahm ihre Deckung auf.

Die Zuschauer klatschten höflich.

Kalle lachte. »Jut so, Leo! Weiter so!«

Anaïs sah Kalle direkt in die Augen, registrierte jedes Flackern, jedes Lidzucken, jeden Ansatz eines Gedankens. Vor ihr schwebte nicht mehr das breite Gesicht ihres Trainers. Wie in einem Fadenkreuz erblickte sie nur noch ihr Ziel, saugte sich mit den Augen daran fest, spürte die steigende Erregung.

»Jut so, Leo, jut so«, sagte Kalle. »Kiek mir an ... und jetzt – schlag zu!«

Anaïs drehte sich weiter, als hätte sie nichts gehört.

»Biste taub? Nimm die Linke, bring mir dazu, mir zu ducken, und denn – verpass mir eene mit der Rechten.«

Anaïs setzte ihren Weg unbeirrt fort.

Im Publikum war leises Murren zu hören, Füße scharrten.

»Willste mir verarschen?«, schrie Kalle.

Anaïs tänzelte mit angewinkelten Beinen um Kalle herum, als suchte sie eine Lücke in der undurchdringlichen Deckung ihres Lehrers, hielt die rechte Faust an der rechten Brust, die linke daneben, federte wie aufgezogen im Uhrzeigersinn.

»Schlag zu!«, brüllte Kalle, machte einen Scheinangriff.

Anaïs verteidigte sich leicht und sicher. Sie wich aus, ging in Deckung, feuerte nur manchmal eine rasche Linke auf ihn zu. Sie sah, wie Kalle zwinkerte, ihre Ruhe und Selbstsicherheit verblüfften ihn sichtlich.
Die Zuschauer am Ring wurden auf einmal still.
Die Atmosphäre hatte sich verändert, das spürten alle.
*Der ruhige Boxer ist der gefährlichste, Leo.*
Anaïs visierte ihren Gegner im Ring an, bis das Bild vor ihren Augen zu verschwimmen begann. Auf einmal war da nicht mehr Kalles vertrautes Bulldoggengesicht, sondern eine Fratze, die sie nicht kannte, hatte sich vor ihren Blick geschoben. Wut und Ohnmacht der letzten Wochen, der letzten Jahre, ja ihres ganzen komplizierten Lebens brachen sich Bahn und gewannen die Oberhand. Anaïs biss die Zähne zusammen, hörte, wie der Mundschutz knirschte, verengte ihr Blickfeld, tänzelte auf Kalle zu.
Erster Applaus und Pfiffe im Publikum.
Irritiert vernachlässigte Kalle kurz seine Deckung, und sofort servierte sie ihm eine Gerade. Doch ihr Manöver wirkte überraschend schlecht geplant, zu zögerlich, zu unsicher.
Sofort ließ Kalle eine linke Gerade auf ihren Kopf los.
Anaïs wich so schnell und geschickt aus, als hätte sie genau dieses Manöver erwartet. Ihr Herz machte einen Satz.
Die Zuschauer applaudierten.
Kalle wollte den Schlag wiederholen, aber Anaïs hob die Hände, krümmte die Schultern, senkte kaum merklich die Rechte und jagte ihm die Linke ins Gesicht, so schnell, wie eine Katze ihre Beute fasst. Kalle riss den Kopf herum, der Schlag streifte sein Ohr, und als er sich ihr schwankend wieder zuwandte, feuerte sie ihre Rechte ab und schmetterte sie gerade auf sein Kinn. Bevor er wieder festen Stand finden konnte, setzte sie nach und drängte Kalle in die Seile. Doch diesmal war er nicht mehr Herr der Lage, konnte die Spannung der Seile nicht für sich nutzen, sondern hing in ihnen wie eine zerschlagene Puppe.
Kalle hob die Hände, gab K. o.

Die Halle tobte, die Männer pfiffen, brüllten, voller Adrenalin und aufgeputscht vom Kampf und von der Überraschung. Anaïs tänzelte in die Mitte des Ringes zurück. Sie keuchte vor Anstrengung, hatte wieder ihre Atemtechnik vernachlässigt und die Luft angehalten. Aber noch nie hatte sie gegen Kalle gesiegt. An diesem Abend hatte er sie unterschätzt, war er ihr in die Falle gegangen. Es war ein Sieg durch Taktik gewesen. *Nein*, sagte sie sich, *die Wut hat gesiegt*. Die Wut darüber, eine Berlinerin, beruflich erfolgreich und eine gute Boxerin zu sein – und in allen Rollen immer nur eine Außenseiterin.

*Du bist 'ne Siegerin, Leo.*

Ja, Trainer, das bin ich.

Kalle stieß sich mit einem Ruck von den Seilen ab, sodass er wieder festen Stand hatte. Ungeachtet seiner Rolle als Conférencier eilte Hänschen mit einem zerschlissenen Handtuch herbei und wischte ihm das schweißnasse Gesicht.

Kalle blickte Anaïs ungläubig an. »Jut so, Leo.«

Anaïs beugte sich vor, stützte die Hände auf die Knie, rang nach Atem. Erst jetzt bemerkte sie die Begeisterung ihrer Zuschauer, die sie feierten. Sie richtete sich wieder auf, wischte mit dem Rücken des linken Boxhandschuhs über ihre Stirn, hob den rechten Arm und reckte die Faust.

»*Le-o! Le-o! Le-o!*«

Matze kletterte durch die Seile. Über seinem einzigen Arm hing ein schwarz glänzender Mantel, den er ihr einhändig geschickt um die Schultern warf.

»Brauchste wat, Leo?«, fragte er.

Anaïs schüttelte den Kopf. »Alles gut«, nuschelte sie.

Matze hielt ihr die offene Hand hin, und ohne zu zögern, spuckte sie ihren Mundschutz hinein. »Große Klasse, Leo.« Er klopfte ihr ein paarmal auf die Schulter. »Ganz große Klasse, Mann«, wiederholte er und glitt durch die Seile zurück.

Anaïs streckte sich, holte tief Luft. Der Mantel war aus fadenscheinigem Satin und stank nach Lederfett und altem Schweiß, doch ihr erschien er wie ein mit Hermelin besetzter roter Samtmantel. Ein Krönungsmantel. Mit den dicken Boxhandschuhen zog sie ihn enger um sich. Eine warme Welle der Befriedigung und des Triumphes durchlief sie. Der ganze Druck fiel von ihr ab, sie fühlte sich frei und gestärkt. Ihre Wut legte sich, müde und befriedigt. Der Ripper war auf Mäusegröße geschrumpft. Sie, Leo, war die Katze. Heute Abend hatte sie den Befreiungsschlag geprobt.

Die Zuschauermenge um den Ring verlief sich in den Räumen der Boxschule, Bierflaschen wurden geöffnet, die Männer machten Witze, fachsimpelten, ließen den Kampf Revue passieren. Was für ein Spektakel, was für ein Teufelsmädel.

Anaïs drehte sich nach Kalle um. Erst jetzt bemerkte sie sein Gesicht und erschrak. »Ist dir was passiert?«

Kalle spuckte den Mundschutz aus, streifte seine Handschuhe ab. »Wat een Prachtschlag – Mann, Leo.«

»Aber deine Unterlippe ...« Auf einmal war sie nicht mehr die Siegerin, die es mit der ganzen Welt aufnehmen konnte. Sie war die Jüngere, Stärkere, die einen alten Mann überrumpelt hatte und – eine anmaßende Schülerin vor ihrem Meister.

»Macht doch nüscht.« Kalle grinste, Blut und Speichel färbten seine Zahnstummel rosa, da, wo die Lippe aufgeplatzt war. »Is nur een Kratzer. Ha' ick dir eben unterschätzt.«

»Du hättest mir ein Zeichen geben müssen.«

»Nee«, sagte er. »Hätte dir jenauso jehen können. Und deswejen jeb ick dir eenen Rat. Machet wie ick – *schluck det Blut runter.*«

Anaïs sah sich nach Matze um. »Was?«

»Schluck det Blut runter«, wiederholte Kalle. »Lass den Jejner niemals sehen, dass de verletzt bist!« Er schlurfte in seine Ringecke, setzte sich auf den Klappstuhl, legte den Kopf in den Nacken und schloss die Augen. »Wat een Fight.«

Anaïs zog ihre Handschuhe, die eine neue Schnürung hatten, aus und begutachtete die Bandagen. Sie saßen noch genauso fest wie zu Beginn des Kampfes. Anaïs hatte sich Kalles Worte über die gute Vorbereitung zu Herzen genommen.

Matze kam mit einer Flasche Alkohol, einem sauberen Leinenlappen und Zinksalbe angelaufen, kletterte durch die

Seile und begutachtete Kalles aufgeplatzte Lippe, die bereits anschwoll. »Sieht nich jut aus«, sagte er. »Det werd ick flicken müssen. Ick hol mal det Nähzeug.«

»Nee, jeht auch so«, nuschelte Kalle.

Anaïs verzog das Gesicht. »Ich rufe einen Arzt.«

Kalle machte mit dem Arm eine Bewegung, als wollte er ihre Worte wegwischen. Matze beugte sich über ihn und nahm Anaïs die Sicht, während er in dem zerschlagenen Gesicht hantierte. Einmal hörte sie, wie Kalle vor Schmerz zischte.

»Kannste ruhig jehen, Leo.« Matze warf ihr über die Schulter einen Blick zu. »Dit wird schon wieder.«

Anaïs schüttelte den Kopf, lehnte sich an die Seile, wartete ab. Sie wunderte sich über sich selbst. Noch vor ein paar Wochen hätte sie ein schlechtes Gewissen gehabt, wäre am Boden zerstört gewesen. Aber sosehr sie auch in sich hineinhorchte, da war keine Spur von Gewissensbissen. Es war ein Fight gewesen. Kalle hatte sie als Gegnerin nicht ernst genug genommen. Sie fühlte sich ruhig und stark.

»So«, sagte Matze und trat von Kalle zurück. »Det war's. Schöner biste jetzt nich jeworden.«

Kalle, die Oberlippe unter einer dicken Schicht Zinksalbe, durch deren weiße Farbe sich schon rosa Schlieren zogen, bedeutete Matze zu gehen.

Matze verließ ohne ein weiteres Wort den Ring und drängelte sich durch die Boxschüler, beantwortete lachend und mit wegwerfender Geste besorgte Fragen. Alles gut, so was passiert, unterschätzt den Gegner nicht, Jungs.

Anaïs hockte sich vor Kalle hin. »Kann ich was tun?«

»Machst janz schön Karriere, wa?«, nuschelte Kalle.

Anaïs nickte. »Denke schon.«

»Jeh lieber mit mir nach Amerika.«

*Mein Vaterland ist hier*, hatte Bert Möhring gesagt.

»Berlin ist mein Zuhause«, sagte Anaïs.

Kalle seufzte. »Du bist wie Paule«, sagte er mühsam. »Een echtet Talent, hat für mir jeboxt, ick hatte ihn jewarnt. Matschbirne! Jetzt verkauft er Knöppe.« Er holte Luft.

»Du hast nicht an ihn geglaubt.«
»Möglich.«
»Glaubst du an mich?«
»Du musst an dir glooben.« Er machte eine Pause. »Mir jefällt nich, was de jerade tust. Fürs Boxen brauchste Sportsjeist, du sollst dir Anerkennung erkämpfen, darum jeht et. Aber du, du willst deenen Jejner zerstören.«
»Soll das etwa heißen, ich kämpfe nicht fair?«
»Ick hätte eenen lukrativen Deal in New York für dir.«
»Lass mich endlich damit in Ruhe, Kalle.«
Kalle schloss die Augen, sein Brustkorb hob und senkte sich gleichmäßig wie im Schlaf. Blut lief in einem Rinnsal aus der Wunde über seine Lippen und sein Kinn. Anaïs wollte schon aufstehen und sich zurückziehen, als wieder Leben in Kalle kam. Er setzte sich auf und betastete vorsichtig seine Lippe.
»Denn pass uff, Leo«, sagte er, anscheinend zufrieden mit dem Ergebnis seiner Untersuchung. »Et jibt Schläje, die einen Menschen töten können. Een Hals dreht sich nur bis zu eenem bestimmten Punkt.« Kalle sah ihr scharf ins Gesicht. »Und du – du hast dir nich im Griff! Eenes Tajes bringste wen um, un denn musste über Nacht weg hier aus Deutschland.« Er stand auf und streckte sich. »Amerika ist die Zukunft.«
»Ich bin Journalistin«, sagte Anaïs und stand auch auf. »Eines Tages schreibe ich für eine große Tageszeitung wie den Standard. Und vielleicht veröffentliche ich auch ein Buch, über den Ripper zum Beispiel. Ich schaffe es in Berlin!«
Kalle zog das Handtuch vom Hals, trocknete sich den Nacken und wischte dann damit über sein Gesicht. Zurück blieb eine weiß-rot marmorierte Schmiere. »Boxer sind Sturköppe«, nuschelte er mit seiner verschwollenen Lippe, »wenn man denen die Sturheit austreiben kann, denn sind se keene Boxer. Und jetzt muss een alter Mann in die Falle.« Entgegen seinen Beteuerungen, dass der Schmerz erträglich war, kniff er die Augen zusammen und verzog das Gesicht.
Anaïs sah ihm nach, wie er sich durch seine Schüler kämpfte, die ihm Platz machten, auf die Schulter klopften, Bier anboten.

In der Tür zum Umkleideraum stand Matze mit einem weißen Bademantel, den er ihm um die Schultern legte.

Es war schon spät, als Anaïs den Hinterhof, in dem die Boxschule lag, durchquerte und auf die Gasse hinaustrat. Nun trug sie wieder Strickmütze, Seemannsjacke und Hosen.

Die Hände in den Taschen, blieb Anaïs stehen und ließ statt des Geruchs von Schweiß, Blut, Zink und Bier die frische Nachtluft in ihre Lungen strömen. Sie wiegte sich im Hochgefühl des gewonnenen Kampfes. Über Kalles mahnende Worte und seine geplatzte Lippe würde sie am nächsten Tag nachdenken. Mit einem Lächeln im Gesicht wandte sie sich nach rechts und machte sich auf den Heimweg.

Die Temperatur war empfindlich gefallen. Der Neumond der letzten Nacht hatte den ersten Frost gebracht. Am Himmel zogen Wolken über die scharfe Sichel des zunehmenden Mondes. Auf den Pfützen zwischen dem Kopfsteinpflaster und auf dem Schlamm in den Rinnsteinen glitzerte eine dünne Eisschicht im gelben Schein der Straßenlaternen. Die Türen der Lokale waren geschlossen, gedämpft war Schanklärm zu hören. Durch die trüben Kellerfenster der Roten Mühle schimmerte schwaches Licht. An diesem kalten Abend begegnete Anaïs keine Menschenseele. Nur in einem Hausdurchgang saßen so eng nebeneinander, dass man sie für eine Person halten konnte, zwei Bettler in alten Uniformmänteln, die Köpfe aneinandergelehnt, und schliefen. Wer wusste, ob sie nach so einer Nacht am Morgen wieder erwachten?

Den Blick auf das vereiste Pflaster gerichtet, um nicht auszurutschen, beschleunigte Anaïs ihre Schritte. Die Kälte kroch unter ihre Seemannsjacke, ließ den Schweiß auf ihrer Haut gefrieren und überzog ihren Rücken mit einer Gänsehaut.

Als sie vor sich Musik und Männerstimmen hörte, hob sie den Kopf. Vor ihr lag die Kneipe Zur böhmischen Marie. Licht fiel durch die Glasscheibe der Eingangstür, jemand spielte auf einem verstimmten Klavier »Brüderlein, trink« und wurde von Gesang begleitet. Ein paar Meter weiter stand im Schatten am Straßenrand eine Plakatwand. Davor war ein Lastwagen abgestellt. An der herabhängenden Ladeklappe lehnten zwei Männer, hatten die Köpfe zusammengesteckt und flüsterten.

Anaïs blieb stehen. Sie fühlte sich hellwach, genoss die Erinnerung an den Kampf und das Adrenalin, das noch immer durch ihre Adern floss. Im Licht der Laternen konnte sie ein paar Plakate erkennen.

*Der Herr und sein Knecht – Euch macht von Judenherrschaft frei nur die Deutsche Volkspartei.*

*Durch Opfer und Arbeit zur Freiheit! Zentrumspartei!*

Einer der Männer hatte Papierrollen unter dem Arm, in der Hand hielt er einen Eimer, aus dem ein Holzstiel ragte.

Motorengeräusch war zu hören, schwoll an, kam näher.

Die Männer liefen hinter den Lastwagen. Im nächsten Augenblick tauchte eine Droschke auf und fuhr an Anaïs vorbei. Im Inneren saßen der Fahrer, auf dem Kopf eine lederne Schirmmütze, und im Fond eine blonde Frau im Pelzmantel. Für einen kurzen Moment wandte die Frau Anaïs das Gesicht zu. Ihre Schminke war zerlaufen, ihre Wangen unter den schwarz umrandeten Augen waren eingefallen. Ihr blasses Gesicht wirkte erschöpft. Dann war der Wagen auch schon vorbeigefahren.

Die beiden Männer hatten gewartet, bis das Auto verschwunden war. Jetzt tauchten sie wieder hinter dem Lastwagen auf. Der Mann mit dem Eimer nickte seinem Kameraden zu und ging dann schnell zu der Plakatwand.

*Adolf Hitler – Deutschlands Zukunft! NSDAP!*

Der Mann legte die Papierrollen auf den Boden, zog einen langen Pinsel aus dem Eimer und verteilte mit weiten Schwüngen Kleister auf der Propaganda der Nationalsozialisten. Er ließ den Pinsel in den Eimer fallen, bückte sich und zog ein neues Plakat aus der Rolle zu seinen Füßen. Er machte einen Schritt zurück und musterte den großen feuchten Fleck auf der Wand. Dann trat er schnell vor, klebte sein eigenes Plakat darauf und fuhr ein paarmal darüber.

*Kriegsschiffe! Keine Wohnungen baut eine Rechtsregierung! Darum wählt die Sozialdemokraten!*
Der Mann zog eine neue Papierrolle hervor.
Hinter Anaïs waren auf einmal schwere Marschschritte zu hören. Männergesang begleitete ihren Takt.
»*Es braust ein Ruf wie Donnerhall,
wie Schwertgeklirr, wie Wogenprall ...*«
Fackelschein erleuchtete die Nacht, ergoss sich auf das Straßenpflaster.
Anaïs ging schnell in den Schatten eines Hauseingangs.
»*Lieb' Vaterland, magst ruhig sein,
Fest steht und treu die Wacht am Rhein,
die Wacht am Rhein ...*«
Die Marschierer kamen aus Richtung des Bahnhofs, sie wurden lauter, näherten sich, waren gleich da. Junge Männer mit Schirmkappen, in braunen Hemden mit Lederkoppeln, Breeches und Reitstiefeln. Zu zehnt je zwei und zwei gingen sie nebeneinander, mit Fackeln in den Händen. An der Spitze ein einzelner Mann als Anführer.
Die Lokaltür der Böhmischen Marie schwang auf, Anaïs konnte einen Billardtisch sehen, um den Spieler standen. Klaviermusik und Gesang tönten ins Freie.
»*Trink, trink, Brüderlein, trink,
lass doch die Sorgen zu Haus.
Meide den Kummer und meide den Schmerz,
dann ist das Leben ein Scherz.*«
Ein Mann in blauer Arbeiterjacke steckte den Kopf zur Tür raus, warf einen Blick auf die herannahenden Braunhemden und schüttelte seine Faust in ihre Richtung. »SA-Jesindel! Kackbraun wie Straßendreck! Haut ab!«
Von drinnen packte jemand den Mann am Kragen und riss ihn in die Kneipe zurück. Ein Stein flog von der Straße in die Glasscheibe, Splitter regneten aufs Pflaster, eine Frau schrie. Die Tür wurde zugeschlagen, und der Klavierspieler brach kurz ab, nur um gleich darauf in die Tasten zu hämmern, als wollte er die ganze Welt draußen übertönen.

Der Anführer der Marschierer hob den Arm, und die Truppe blieb abrupt stehen. Niemand rührte sich, der Gesang war verstummt. Nur die Flammen zuckten und züngelten, als wären sie das einzig Lebendige in dieser Nacht. Dicke Rauchschwaden mit leuchtenden Rändern quollen durch die Nachtluft. Anaïs presste ihre Faust gegen den Hustenreiz auf den Mund.

Der Mann vor der Plakatwand stand wie angewurzelt da. Das Plakat zitterte in seinen Händen. Wie ein Lamm vor seinen Schlächtern starrte er der SA-Truppe entgegen. Im Feuerschein der Fackeln erkannte Anaïs sein Gesicht.

Es war Bert Möhring.

Der Mann neben der Ladeklappe schrie etwas. Als Möhring nicht reagierte, rannte er zur Fahrerkabine, sprang hinein und ließ den dröhnenden Motor an. Eine Wolke aus Abgasen hüllte Möhring ein, entzog ihn Anaïs' Blicken. Der Lastwagen ratterte über das Kopfsteinpflaster davon und war kurz darauf in einer Seitenstraße verschwunden.

»Kameraden!«, brüllte der Anführer. »Da ist die Sau!«

Möhring senkte das Kinn, sah ihn fast trotzig an.

»Bert«, zischte Anaïs. »Bert, schnell – hierher!«

»*Das isser!*« Der Anführer zeigte auf Möhring, und die ersten beiden Männer gaben ihm ihre Fackeln und stürmten los. Die anderen johlten. »Feste druff! Gib ihm!«

»Bert!« Anaïs hielt es kaum noch aus. »Hau ab, hau ab!«

Möhring schien sie nicht hören zu können.

»Verdammtes Sozialistenschwein!« Einer der Männer hob die Faust, ein Schlagring blitzte im Feuerschein rot auf, als glühte das Metall. »Jetzt kriegste dein Fett!«

Möhring ließ das Plakat fallen und rannte los, die Straße hinunter, weg von Anaïs. Die beiden Männer setzten ihm unter dem anfeuernden Geschrei ihrer Kameraden nach. In wenigen Sekunden hatten sie Möhring eingeholt und zu Boden gerissen. Faustschläge und Fußtritte trommelten auf ihn ein. Er krümmte sich auf dem Pflaster, versuchte seinen Kopf mit den Armen zu schützen. Einer der Braunhemden holte mit dem Fuß aus und trat ihm ins Gesicht.

Anaïs ließ den Seesack fallen und rannte auf die Straße hinaus, hin zu den prügelnden Männern. Mit einem Griff hatte sie Möhrings Angreifer von hinten an der Schulter gepackt, herumgerissen und mit einem Kinnhaken zu Boden geschickt. Er zuckte ein paarmal, dann drehte er den Kopf zur Seite und blieb reglos im Rinnstein liegen. Sein Kamerad ließ von dem stöhnenden Möhring ab und ging, einen Schlagring in der erhobenen Faust, auf Anaïs los. Die Truppe hob die Fackeln und brüllte, aber der Anführer hielt sie zurück. Anaïs duckte sich mit einer Rolle unter dem Faustschlag ihres Angreifers weg, schnappte Möhrings Hemd und riss daran. Möhring kippte auf den Bauch und kroch auf allen vieren, eine dunkel glänzende Spur hinter sich herziehend, auf die nächste Hausmauer zu.

Aus der Ferne war Motorengeräusch zu hören.

»Ein Bimbo, Kameraden, ein Bimbo!«, brüllte der Mann mit dem Schlagring und wurde mit Johlen belohnt. »Los, alle mal herkommen und – *lynchen, lynchen, lynchen!*«

Hurrarufe erschallten.

Über ihren Köpfen ging ein Fenster auf. »Wat is'n da los?«, brüllte ein Mann. »Ick ruf det Überfallkommando!«

*»Niggerjagd, guter Mann! Kommen Se runter!«*

Anaïs wirbelte herum, rannte zu Möhring und zog ihn auf die Beine. »Bert, weg hier, los, weg hier, du musst *laufen*!«

Am Ende der Straße tauchte ein schwerer Wagen auf, seine großen Scheinwerfer erfassten den Tumult. Für einen Augenblick sah es aus, als bremste der Fahrer, doch dann gab er Gas und hielt direkt auf die Leute in der Straßenmitte zu. Der Anführer ging auf ihn zu, hob den Arm und bedeutete dem Fahrer anzuhalten. Der Wagen erfasste den Mann mit dem Kotflügel und schleifte ihn ein paar Meter mit, bis er auf einen Torbogen zurollte und am Prellstein liegen blieb. Es war die Droschke von vorher, die, nun ohne Passagierin, auf dem Rückweg war. Langsam, aber unerbittlich fuhr sie auf die Schlägertruppe zu. Anaïs packte Möhring am Ärmel und zerrte ihn auf die Beine. Sie liefen zu dem Wagen hin, rutschten auf dem eisigen Pflaster, schlitterten gegen das Autoblech.

»Ich kann nichts mehr sehen«, stöhnte Möhring.

»Los, weiter!« Anaïs riss die Hintertür auf, stieß Möhring in den Fond und warf sich gleich darauf neben ihn auf die Rückbank. »Duck dich.«

Der Fahrer fasste den Schirm seiner Mütze und zog sie so tief ins Gesicht, dass seine Züge im Schatten lagen.

»Det wird jetzt een bisschen holperig«, knurrte er.

Möhring lag stöhnend auf dem durchgesessenen Leder, Anaïs legte den Kopf gegen die Rückenlehne und schloss die Augen. Plötzlich wurde die Wagentür aufgerissen, kalte Luft strömte ins Innere, harte Finger krallten sich um ihren Knöchel. Anaïs trat mit aller Kraft nach der Hand, der Fahrer fuhr an, und die Tür fiel zu. Anaïs fasste den Haltegriff auf der Innenseite und stemmte sich dagegen.

»Achtung – jetze!«, rief der Fahrer.

Anaïs spürte einen heftigen Ruck, als der Mann Gas gab, und ein dumpfes Poltern unter den Rädern, als hätte der schwere Wagen einen großen Gegenstand überrollt. Sie fuhr herum, versuchte etwas durch das Rückfenster zu sehen, aber hinter allen Autoscheiben loderten die Fackeln. Die ganze Welt schien in Feuerschein getaucht. Vor ihr erschien für einen Augenblick eine wütende Fratze unter einer braunen Kappe, die ihr etwas zuzurufen schien. Dann waren da nur noch unverständliche Schreie, die sich in Anaïs' Ohren bohrten und ihren Kopf zum Platzen zu bringen drohten.

Der Wagen beschleunigte und nahm Fahrt auf. Keiner der drei Insassen sprach ein Wort. Zögerlich ließ Anaïs den Türgriff los. Sie hatte ein Gefühl der Unwirklichkeit.

Nach einer Weile wich das Kopfsteinpflaster unter den Rädern Asphalt, huschten die ersten Lichtreklamen der Innenstadt vorbei. Berlin war eine Stadt, die niemals schlief. Der Fahrer hatte seit dem Zusammenstoß mit den Braunhemden kein Wort gesagt. Anaïs setzte sich auf und legte eine Hand auf die Rückenlehne der Vorderbank.

»Danke«, sagte sie. »Sie haben uns gerettet.«

»Hat's nich anders verdient, det braune Jesindel.«

Anaïs dachte an das dumpfe Rumpeln unter den Rädern. Das konnte natürlich alles Mögliche gewesen sein. Und wenn nicht? Die Droschkennummer stand auf einem weißen Schild.

»Und wenn die die Nummer aufgeschrieben haben?«

»Womit? Mit'n Schlagstock?«

Anaïs nickte. Es war dunkel gewesen, die Nacht mit Fackelrauch erfüllt. Dazu die allgemeine Kopflosigkeit.

»Wenn die Sie trotzdem finden? Haben Sie keine Angst?«

»Ick hab Angst, det ick gleich bei dem Jedanken an die Arschlöcher kotze. Und det die uns in Deutschland noch länger erhalten bleiben. Det wär nämlich een Malheur.«

Anaïs seufzte. »Allerdings.« Sie blickte aus dem Fenster. Vor ihnen lag die Kaiser-Wilhelm-Gedächtniskirche mit ihren fünf spitzen Türmen. »Wie heißen Sie eigentlich?«

»Det braucht Se nich zu interessieren, Frollein.«

»Ich möchte mich aber erkenntlich zeigen.«

Er schüttelte den Kopf. »Sie haben mir nich jesehen und ick Ihnen nich.« Er machte eine Pause. »Fräulein Maar.«

Sollte einer der Schläger Anaïs erkannt haben und bei der Polizei anzeigen – was sie allerdings bezweifelte –, sie würde den Namen des Fahrers im Verhör nicht angeben können. Anaïs bewunderte die Kaltblütigkeit des Mannes. Anscheinend waren ihm Straßenschlachten nicht fremd. Und der Umgang mit der Polizei auch nicht. Im Gegensatz zum armen Möhring.

»Ich verstehe«, sagte sie.

Der Fahrer sah in den Rückspiegel. »Wo wollen Se denn hin, Frollein? Ick fahre Ihnen noch, dann is Feierabend.«

*Business as usual.*

Anaïs blickte auf Bert Möhring hinunter, der keinerlei Lebenszeichen von sich gab und wohl ohnmächtig geworden war. Auch im dunklen Wageninneren konnte sie viel Blut, aufgerissene Haut und geschwollene Augenlider erkennen. Sie nahm Möhrings Hand, auf der noch Kleisterreste klebten.

*Ein Bimbo, Kameraden, ein Bimbo!*

Anaïs kannte weder Bert Möhrings Adresse, noch wusste sie, ob er dort allein lebte. Sie brauchte einen sicheren Ort für ihn. Eine Villa, deren Eigentümerin der politischen Überhitzung dieser Tage mit der unbeteiligten, überlegenen Ruhe ihrer gesellschaftlichen Stellung begegnete.

»Können Sie uns an den Schlachtensee fahren?«

Der Fahrer nickte. »Aber mit Verjnügen, Frollein.«

Anaïs schloss wieder die Augen.

*Los, alle mal herkommen und – lynchen!*

Ein Mensch brauchte also gar nichts zu tun, um die Mordlust dieser Verbrecher zu entfachen. Er brauchte nur so zu sein, wie er geboren war, brauchte nur zu existieren.

Zum ersten Mal dachte Anaïs ernsthaft an Amerika.

Es war kurz nach elf, als Anaïs erschöpft in ihre Wohnung in der Fasanenstraße zurückkehrte. Tante Valerie hatte einen Blick auf Bert Möhring geworfen und dann den Fahrer bezahlt und ihn mit einem weiteren Auftrag, nämlich ihren Hausarzt Dr. Horowitz zu holen, fortgeschickt. Ihr eigener Fahrer Hanke war aus dem warmen Bett geholt worden, um Anaïs in dieser furchtbaren Nacht sicher nach Hause zu bringen.

Sie öffnete die Haustür und trat in das schwach erleuchtete Treppenhaus. Aus dem Augenwinkel erhaschte sie links von sich einen Schatten.

»Was …?« Von oben traf Anaïs ein Schlag. »*Hilfe …!*« Der Schmerz war unbeschreiblich. Ihre Knie gaben nach. »*Hilfe, zu Hilfe …!*« Sie stürzte in einen dunklen Abgrund.

## ACHTZEHN

Jurek saugte den Höllengestank der Gosse ein, diesen ekelerregenden, alles umschlingenden und dabei so berauschenden Pesthauch, nahm mit gierigen Blicken den schamlos dargebotenen Anblick der Armut in sich auf. Dies war sein Reich, er kannte es gut, es war das Reich der Finsternis, in das es ihn immer wieder zog. Viele Jahre hatte er nicht mehr an diesen Platz gedacht, nicht mehr daran denken wollen. Doch wie ein Ungeheuer in den Tiefen der See hatte der Ort in seiner Seele gelauert, um in einem Augenblick der Schwäche aufzutauchen und sich seines Willens zu bemächtigen.

Jurek hatte zu seinen Wurzeln zurückgefunden.

Es war ein kalter Abend. Trotzdem lungerten in den Hauseingängen noch immer zerlumpte Kinder mit spitzen Gesichtern. Wenn eines zu ihm hergelaufen kam und ihm bettelnd eine von Schmutz verkrustete kleine Hand entgegenstreckte, griff er in die Jackentasche und fischte einen von den Groschen heraus und legte ihn hinein. Er kannte den Schmerz in der Magengrube, wenn die ersehnte Mahlzeit ausblieb. Oh ja, er wusste, was Hunger war.

Es waren nur die Kleinsten, die seiner geflickten Hose und der alten Jacke keine Aufmerksamkeit schenkten und die Mühe des Bettelns auf sich nahmen, vielleicht sogar mit der Möglichkeit rechneten, durch eigenständiges Handeln ihrem Schicksal zu entkommen. Die größeren Kinder wussten bereits, dass ihr Los, wie das ihrer Eltern, unausweichlich war. Von ihnen trafen ihn nur flüchtige Blicke aus stumpfen Augen.

Jurek wanderte durch die Nacht, und mit dem Fortschreiten der Zeit spürte er zunehmend die Last seiner Mission und dieses heilige Feuer, das in ihm loderte und sein Innerstes verzehrte und bald wieder ein angemessenes Opfer verlangte. Die zu große Jacke verbarg seine Figur, auf seinem Kopf saß eine Ballonmütze. So schlenderte er durch die fürchterlichen

Schluchten, nahm die Bilder, die Gerüche und die Laute in sich auf, und seine Seele blieb so unversehrt und heiter, als wanderte er durch eine blühende Frühlingslandschaft.

Langsam durch die Straßen zu gehen war ihm schon immer ein besonderes Vergnügen gewesen. Es gab ihm ein Gefühl des Treibens, des Badens in der Menge, ohne dass diese von ihm Notiz nahm. Ließ er sich zu viel Zeit oder blieb er stehen, brach der Menschenstrom wie das Wasser im Fluss an einem Stein. Dann trafen ihn ungehaltene, ja misstrauische Blicke, als wäre er ein auf Opfer lauernder Taschendieb.

Besonders heute musste er Derartiges vermeiden.

Um nicht durch zu langes Verweilen auf der Gasse Aufsehen zu erregen, trat er in einen der zahlreichen Hausdurchgänge, hinter denen sich ein Innenhof an den anderen anschloss, wobei er versuchte, dem Unrat, der den Boden bedeckte, so gut es ging auszuweichen. Der Abend verwischte gnädig die Konturen der bröckelnden Mauern.

Jurek kannte sein zukünftiges Opfer nicht.

Doch er wusste, wo es ihn erwartete. In Friedrichshain fand man die Frauen, die ihren Körper für ein paar Geldmünzen verkauften, bis er ebenso heruntergekommen war wie das ungezieferverseuchte Hinterhaus, in dem sie während des Tages versuchten, die Schrecken der Nacht zu vergessen.

Ein halbwüchsiger Junge eilte auf der Gasse an ihm vorbei. Er trug eine Strickmütze, eine Seemannsjacke und weite Hosen. Über der rechten Schulter hing ein Seesack. Bestimmt einer von den Schiffsjungen, denen die Dirnen von Friedrichshain die Heuer stahlen.

Jurek blickte dem Jungen nach.

Er bewegte sich schnell und leichtfüßig vorwärts, fast tänzelnd, drehte bei jedem Schritt das schmale Kreuz. Es war die Körperbeherrschung eines Sportlers – oder Seemanns? Trotzdem konnte man ihn eher für eine Frau halten als für einen jungen Mann. Auf einmal kam Jurek der Junge bekannt vor. Oder täuschte er sich? In letzter Zeit traute Jurek seinen Eindrücken und seinen Gefühlen kaum noch. Immer öfter war ihm, als zögen Nebel um seinen Geist, aus dem flüchtige Trugbilder, Gesichter und Stimmen, auftauchten, nur um ihn zu foppen und sich gleich darauf wieder aufzulösen. Vielleicht wurde er verrückt.

Ein dumpfes Pochen hinter ihm ließ ihn herumfahren.

Ein alter Mann mit einer Holzkrücke unter der linken Achsel und in einen bodenlangen Mantel gehüllt hinkte einbeinig durch die Gasse auf ihn zu. Sein Blick war auf den schmutzübersäten Boden geheftet. Hin und wieder fuhr er mit der freien Hand herab, hob etwas auf und steckte es nach kurzer Musterung ein. Ein unförmiges Leinenbündel saß auf seinem Rücken, an seinem Mantelaufschlag steckte ein blecherner Orden.

Ein Kriegsversehrter also, ein vergessener Held.

Überall in Berlin waren sie, die Schatten dieser Helden, die Menschenwracks, ohne Arme und Beine und mit Löchern im Gesicht statt Mund und Nase, die die Stadt noch immer überschwemmten, alle paar Meter in Toreinfahrten oder vor eleganten Läden saßen und darum flehten, für ihr Heldentum ein Gnadenbrot zu erhalten. Aber hier gab es nichts zu betteln.

Jetzt hatte der Mann ihn entdeckt.

Er humpelte auf Jurek zu und ließ den Blick über seine armselige Gestalt wandern. An seinen klobigen Arbeitsschuhen angekommen, schien er etwas auf dem Boden erspäht zu haben. Der alte Mann beugte sich hinab und griff gierig nach einer Kippe, die vor Jureks Schuhspitzen lag. Der Gestank von Alkohol, ungewaschener Haut und allen Sorten von Körpersäften stieg von ihm auf. Zufrieden musterte der Veteran seine Beute, dann steckte er sie bedächtig in den Mund und richtete sich mühsam auf. Ein Blick aus verschwommenen, zwischen schmutzstarrende Falten gebetteten Augen fixierte Jurek. Gelbe, vom Hunger trockene Haut spannte sich wie Pergament über vorstehende Gesichtsknochen. Der Zigarettenrest klebte an rissigen Lippen. Kippen waren in diesen Zeiten leichter zu bekommen als ein Essen.

Jurek zeigte auf den Orden am Mantelaufschlag des Mannes. »Der janze Dank vons Vaterland, wa?«, sagte er und verzog den Mund. »Een Eisernet Kreuz aus Blech.«

Der vom Krieg Gezeichnete gab einen verächtlichen Laut von sich. »Wat weeß denn eene halbe Portion wie du vons ausjeblutete Vaterland?« Er hustete, die Kippe hüpfte auf und ab. »Haste überhaupt jedient? Nee, wa? Feige Type.«

»Pass uff, watte sagst, Alter.«

Der Invalide winkte ab. »Ach wat, dit is mir schnurzpiepe«, sagte er. »Du und deene janze Jeneration. Ihr habt dit janze Unglück über Deutschland jebracht.«

Jureks Blick wanderte über den Einbeinigen. Nein, der gebrechliche Alte war nicht der Mühe wert. Außerdem stand ihm der Hungertod bereits ins Gesicht geschrieben.

»Heute is deen Glückstag, alte Kanaille«, sagte Jurek daher nur. »Mach, dass de Land jewinnst.«

Mit den Worten drehte er sich um und flanierte davon, als setzte er seinen kalten Abendspaziergang fort oder als suchte er nach den zweifelhaften Vergnügungen, die die Nacht in Friedrichshain den Männern bot.

Aus den Wirtschaften war bereits Schanklärm zu hören, der sich noch steigerte, wenn eine Kneipentür aufschwang und ein paar Betrunkene laut grölend und einander und die Welt mit saftigen Flüchen bedenkend auf die Gasse torkelten. Wenn sie dabei einen der Arbeiter, die von ihrer langen Schicht heimkehrten, anrempelten, wurden sie selbst mit ein paar unflätigen Worten bedacht und in die Gosse gestoßen, wo sie entweder wie tot liegen blieben oder auf allen vieren wie Tiere davonkrochen.

Jurek wandte sich voller Ekel von diesem Anblick ab.

Der gelbe Schein einer Stalllaterne, die als einzige Straßenbeleuchtung an einer Mauer hing, waberte durch die immer tiefer werdende Dunkelheit, floss über das von Eis glitzernde Pflaster, sammelte sich in der Rinne in der Mitte der Gasse zu einer gefrorenen Lichtpfütze. Aus den Tiefen der Hauseingänge waren nur noch ganz vereinzelt Stimmen zu hören, manchmal ein raues Lachen, gelegentlich ein Fluch. Einmal noch kamen drei Männer die Gasse entlang, die Schritte so schwer wie ihre Arbeitsschuhe. Ihre Laternen schwankten, als leuchteten sie Booten auf ihrer Suche nach dem Heimathafen. Mit gesenkten Köpfen gingen die Arbeiter schweigend so nah an ihm vorbei, dass er ihren beißenden Geruch nach Schweiß und Kautabak riechen konnte, doch sie schienen seine Gegenwart nicht zu bemerken. Jurek wusste, wie elend lange eine Schicht dauerte.

Dann lag vor ihm eine Eckkneipe.

In den hell erleuchteten Fenstern bewegten sich menschliche Schatten wie Scherenschnitte. Sogar hier draußen konnte Jurek das Gegröle der Betrunkenen hören. Jetzt ging die Kneipentür auf, und eingehüllt in eine Wolke Zigarettenrauch und aufdringliches Parfüm wankte eine dicke Frau schwerfällig die Stufen herab. Ihr unförmiger Körper steckte in einem zu engen Kleid, und sie trug einen Haarreifen, auf dem zwei lange Federn über einem zu stark geschminkten Gesicht wippten.

*Die Frau war nicht mehr jung.*
*Sie war eine Hure.*
*Und sie war allein.*

Jetzt blieb sie stehen, schwankte vor und zurück und ruderte mit den Armen, als wollte sie auf diese Weise ihr Gleichgewicht halten. Dann drehte sie Jurek den tief dekolletierten Rücken zu und torkelte auf der Gasse davon.

Angeekelt setzte Jurek seinen Weg fort.

Es musste schon kurz vor Mitternacht sein, als er die Schenke Zur böhmischen Marie erreicht hatte, in der lautes Klavierspiel zu hören war. Jurek war gerade an einem Lastwagen vorbeigegangen, neben dem zwei Männer standen, die ihn jedoch nicht beachteten, als er den jungen Matrosen auf sich zukommen sah. Er hatte die Hände in den Taschen der Seemannsjacke vergraben und schien es noch immer so eilig wie vor ein paar Stunden zu haben.

Schnell trat Jurek unter die nächste Tordurchfahrt.

Ein kleiner langgeschwänzter Schemen huschte vor seinen

Schuhspitzen vorbei, tauchte raschelnd ins Dunkel, wurde von Quieken und Pfeifen empfangen. Er achtete nicht auf die Ratte. Im Schlachthof gab es sie zu Hunderten. Man erschlug sie mit dem Blatt einer Schaufel. Er hatte sich jedes Mal die Ohren zugehalten, um die Todesschreie nicht hören zu müssen.
*Mach reine hier, sonst komm ick dir mit die Schaufel!*
Und dann musste man die Schaufel auffangen und den noch blutenden Kadaver vom Boden kratzen und wegschaffen.

Der Schiffsjunge war stehen geblieben. Er wandte den Kopf und sah in Jureks Richtung, als hätte er dessen Aufmerksamkeit gespürt. Jetzt konnte Jurek sein Gesicht erkennen. Es war tatsächlich eine Frau. Eine schwarze Frau. Jurek wurde schlecht. Er kannte diese Frau. Sie schrieb Artikel über ihn. Anaïs Maar. Aber das konnte sie doch gar nicht sein. Jetzt sah er schon Gespenster! Jureks Gedanken rasten im Kreis, schneller, immer schneller, bis ihn auf einen Schlag die Erkenntnis traf. Er war dabei, den Verstand zu verlieren. Er wurde wahnsinnig.

Anaïs Maar trat in einen Hauseingang und beobachtete die Männer beim Lastwagen. Einer von ihnen ging mit einem Eimer und einer Papierrolle zu einer Plakatwand. Die Maar kniff den Mund zusammen und ließ ihn nicht aus den Augen.

Auf einmal empfand Jurek eine unbändige Wut auf diese Frau, die da nur wenige Meter vor ihm stand und ihn mit ihrem Aussehen narrte. Seine Hand glitt wie von selbst in die Jackentasche, und seine Finger schlossen sich fest um den Messergriff. Er fühlte sich wie in einem schlechten Traum gefangen. Nein, er durchlebte diesen Traum wieder. Denn sie waren überall, seine Trugbilder, raubten ihm nicht mehr nur den Schlaf. Inzwischen standen sie in den Zimmerecken und beobachteten ihn, sie verfolgten ihn auf all seinen Wegen oder warteten schon an einer Straßenecke auf sein Erscheinen, denn sie kannten jedes seiner Ziele, noch bevor er sich selbst ihrer bewusst war.

Sein Leben entglitt ihm.

Nachts warf er sich schlaflos im Bett herum, am Tag fühlte

er sich wie in Trance. So wurde er nach und nach zu einem Schatten seiner selbst, zu einem Wesen, das es nicht gab, nicht geben durfte. Wenn Jurek in den Spiegel sah, erblickte er ein fremdes Gesicht. Denn Jurek war selbst eine Fata Morgana. Zumindest dem Trugbild Anaïs Maar konnte er ein Ende setzen. Seine Finger fassten das Messer fester.

Doch jetzt hörte Jurek hinter sich Marschgesang und die Tritte schwerer Stiefel. Der Lärm wurde immer lauter, kam näher. Und da war noch etwas. Er schnupperte. War das Rauch? Ein Feuer? Jurek spähte in die sich lichtende Dunkelheit. Da kamen sie, die jungen Männer in den braunen Hemden, hielten Fackeln in den Händen und sangen aus voller Kehle. Ohne Vorwarnung blieb die Formation stehen. Der Anführer streckte den Arm aus, deutete nach vorne, brüllte etwas.

Die Maar trat einen Schritt vor, winkte dem Mann an der Plakatwand und rief ihm etwas zu.

Jurek ließ das Messer los, steckte die Hände in die Taschen und vergrub das Kinn im Jackenkragen.

Dann huschte er im Schatten der Mauer davon.

## NEUNZEHN

Josefine flanierte über den Kurfürstendamm, und es war noch so ein herbstlicher Nachmittag mit ganz viel Sonne und Gold, dass man glauben konnte, die Welt wäre noch voll sommerlicher Kostbarkeit. Dabei war ja nun auch der Oktober schon vorbei.

Vor den Cafés saßen immer noch ganz fabelhafte Damen in hellen Mänteln mit Pelz um die Hälse und mit kleinen Hüten auf den kleinen Köpfen, und alle waren ganz fabelhaft gerötet und geweißt und hielten mit manikürten Händen oder Glacéhandschuhen ihre Tassen mit Mokka und heißer Schokolade.

Es roch nach Parfüm und Kuchen und Freiheit.

Fräulein Maar war zu ihrer Tante gefahren, und Josefine war auf dem Weg zu ihrer Mutter, die hatte sie ja seit über einem Monat nicht mehr gesehen.

Ein paar Meter weiter vom Eingang zur Caféterrasse saß ein Einbeiniger in Uniform und hatte einen schwarzen Schuhputzkasten vor sich aufgestellt. Auf dem stand in weißen Buchstaben *Nigrin*, und darauf lagen Bürsten und zusammengefaltete Lumpen zum Polieren. Aber niemand blieb stehen und ließ sich die Schuhe schön machen. Weil Fräulein Maar ihr genug Geld gab und weil auch ein Invalide ein Recht auf ein wenig Glück und Lebendigkeit hatte, legte sie ein paar Groschen auf den Schuhputzkasten.

»Ick danke, jnädijes Frollein«, sagte der Einbeinige. »Soll ick Ihnen nich die hübschen Schuhe machen?«

»Nein danke, guter Mann«, sagte Josefine, ehe ihr noch etwas einfiel. »Sie reflektieren mir aber nicht auf Alkohol.«

»Nee, ick hab een Loch im Bauch, jnädijes Frollein.«

Das erinnerte Josefine daran, dass sie dieses fabelhafte Automatenlokal, das sich Quick nannte, noch gar nicht ausprobiert hatte, und gleich drängte sich ihr Appetit in den Vordergrund. Fräulein Maar war sehr großzügig, was das Haushaltsgeld betraf, und speiste abends öfter mit ganz wichtigen Menschen außer Haus, sodass Josefine das Essen noch mal aufwärmen konnte. Wie vornehm Fräulein Maar war, sah man daran, dass sie gewöhnlich jeden Tag was anderes essen wollte, aber in diesem Punkt war Josefine standhaft. Es wurde nichts weggeworfen. Deswegen waren im letzten Monat auch ein paar Mark vom Haushaltsgeld übrig geblieben, die Josefine behalten durfte, und außerdem hatte sie überraschend Lohn von Fräulein Maar bekommen, den sie erst gar nicht annehmen wollte.

*Aber ich wohne und esse doch schon bei Ihnen.*
*Arbeit ohne Lohn nennt man Ausbeutung, Josefine.*
*Wenn das so ist, dann bin ich so frei.*

Nach Abzug eines blauen Kleides mit weißem Spitzenkragen, einer roten Kappe und Schuhen aus zweiter Hand – einen blauen Mantel im Herrenschnitt durfte sie sich bei Fräulein Maar aussuchen – konnte sie ihrer Mutter ein Zubrot bringen. Wie würde sich die Mutter freuen, dass sie eine Stellung voll Vertrauen in einem vornehmen Haushalt in Charlottenburg hatte.

Josefine konnte jetzt mit einer Beruhigung schlafen und jeden Morgen warm baden, und das tat sie nicht wegen Vornehmheit, sondern weil sie es früher nie getan hatte. Beim Abendessen – im Esszimmer mit der frühlingsgrünen Seide an den Wänden – hatten sie oft eine Unterhaltung mit Anregung. Zeitungen waren ihr eigentlich langweilig, denn so recht verstand sie sie nicht, aber wenn Fräulein Maar von ihrer Arbeit erzählte, dann stieg in Josefine ein Drang auf, Bescheid zu wissen, und sie hatte den Wunsch nach politischer Aufklärung. Weil sie doch schon eine Belehrung von dem Besseren hatte, hatte sie mal gefragt, ob Franzosen und Juden denn nun dasselbe wären und woran die Nationalen eine Rasse erkannten, aber da war Fräulein Maar richtig böse geworden und hatte etwas von gleichen Menschen gesprochen. Dem hatte Josefine tief in sich nicht zustimmen können, denn wenn man die Leute ansah, merkte man doch direkt einen Unterschied, und vielleicht war das dann ja die Rasse. Dass Fräulein Maar etwas Besseres und Höherstehendes war, mit ihrer ganzen Bildung und ihrem Benimm, das sah man ja auch auf den ersten Blick. Sonst war das Leben jetzt wunderbar und fabelhaft – und außerdem konnte das mit der Filmgöttin ja noch dauern.

Josefine musste mit dem Besuch bei der Mutter noch warten, wenn ihr Vater in Pauls Destille bis in die Puppen abgetaucht war. Deshalb ging sie erst mal zu Quick in der Joachimsthaler. Dort zog sie sich zwischen all den feinen jungen Leuten Krabben und einen italienischen Salat, und das gab ihr gleich ein Abenteuergefühl, weil das Essen nach einem weiten Ort hieß. Und weil sie nun schon mal so fremdländisch und großzügig gestimmt war, nahm sie ihrer Mutter und dem lieben Ernakind eine Schokoladenmaus mit, was eine französische Schokoladenkrem war.

Später ging sie zum Krögel, und sie sah sich noch eine Weile in den Spiegeln der Schaufenster, so mit dem blauen Mantel und der roten Mütze wie das Rotkäppchen und darunter die blonden Locken, und sie fand sich sehr vornehm und schön.

An einer Straßenecke saß ein Mann mit der gelben Binde und drei schwarzen Punkten, und der spielte Mundharmonika, obwohl es nun wirklich kalt wurde. Josefine gab ihm zwanzig Groschen, denn wenn man wusste, wie es ist, auf der Straße zu leben, hatte man doch eine gewisse Rücksicht. Aber wenn ein Mann, so ein Besserer, wo man gar nicht wusste, woher der sein ganzes Geld hatte, Anstalten machte und sie ansprechen wollte, dann guckte sie böse, denn gleich hatte sie eine Beleidigung, weil so eine war sie nicht, und alle Männer konnten sie in Ruhe lassen mit der Erotik und ihr überhaupt auf absehbare Zeit gestohlen bleiben.

Ein paar Leute hörten einem Straßenhändler zu, der Krawatten über dem Arm hängen hatte wie bunte Schlangen.

*Allet für 'ne Mark, die janze Filmwelt trägt meene Binder.*

Und dann waren die Geschäfte mit den schön dekorierten Auslagen vorbei, und die Glasscheiben waren zugeklebt mit Plakaten und Annoncen für Suppenwürze und Sirius-Streichhölzer. Irgendwann war dann auch das Glas kaputt und stand in spitzen Scherben wie Messer in die Luft, und dahinter gähnten die Löcher der Geschäfte, in denen es schon lange nichts mehr zu kaufen gab. Es roch nicht mehr nach Mokka und Automobilen, sondern nach Pferden und Kohlenstaub und Pisse.

Arbeiter kamen nach Hause, und die kannte Josefine, aber die erkannten sie wohl nicht in ihrem vornehmen Auftreten, oder sie dachten daran, dass bald Sonntag war und sie nur den Lohn für die Tagesarbeit bekamen, und wie sollten sie ihren Mägen erklären, dass es erst am Montag wieder Geld gab? Kinder rannten und kreischten in den Höfen, und die wussten noch nichts vom glänzenden Leben in Berlin, und vielleicht würden sie das ja auch nie kennenlernen.

Aus den Kneipen hörte man Schanklärm, und Josefine machte einen Bogen um Pauls Destille, denn sie wollte keinen unerfreulichen Zusammenstoß mit ihrem Vater. Zwei junge Huren flanierten vor ihr untergehakt durch die Gasse, als wenn hier der Tauentzien wäre, und trugen Mäntel, die irgendwann in Mode gewesen waren, durch den frühen Herbstabend und Schuhe mit schief gelaufenen Absätzen. Sie winkten einer älteren dicken Frau, die an einer Toreinfahrt lehnte und auf Freier wartete, und das war für so eine im Krögel auch nicht mal aussichtslos.

Dann war Josefine wieder zu Hause.

Im Hausflur faulte hinter der Tür eine tote Krähe, und die lag da bestimmt schon länger, so wie die stank. Irgendwer hatte der die Flugfedern von den Flügeln gerissen, und wenn Josefine den erwischte, der das getan hatte, gnade ihm Gott.

Die Küche im Sutterzeng roch nach Kohlsuppe, und die Mutter stand am Herd und rührte in einem Topf, wo Kohlblätter und Kartoffelstücke in heißem Wasser schwammen. Auf dem Boden lagen jetzt vier Matratzen statt wie früher drei, und auf einer schlief ein Mann mit blonden Haaren unter einer alten Armeedecke. An der Wand dahinter klebten platt gedrückte Wanzen, Tapetenflundern. Die waren bestimmt aus der Decke gekrochen. Josefine sah zur Mutter hin.

»Mutter, ich bin da, um dir zu besuchen.«

Die Mutter drehte sich zu ihr um, und ihr Blick unter dem grauen Kopftuch war so wie immer und nicht, als wäre Josefine nach langer Zeit und frisch in Garderobe nach Hause gekommen.

»Da bin ich«, sagte Josefine.

»Det seh ick, ick bin ja nich blind«, sagte die Mutter.

Der blonde Bettgeher brummte, wälzte sich auf die andere Seite und zog sich die Armeedecke über die Ohren. Josefine stellte ihre Tasche auf den Küchentisch, der nicht gescheuert war und kein Vergleich zu dem Tisch in ihrer Verantwortung in Fräulein Maars Küche, und packte die Schokoladenmaus aus.

»Ich hab euch was mitgebracht, Mutter«, sagte sie. »Was Süßes, für dich und das Ernakind.«

Die Mutter drehte ihr den Rücken zu und rührte Kohlsuppe. »Hier biste abjemeldet. Kannst dir dünnemachen.«

Josefine sah sich nach dem Ernakind um, aber sie konnte es nicht entdecken, dabei war die Küche ja nun nicht groß, und draußen war es schon dunkel, und das nächtliche Herumlungern auf der Gasse hatte sie der kleinen Schwester doch streng verboten. Die Mutter sagte nichts. Josefine wurde flau im Magen.

»Wo ist Erna?«, fragte sie und dachte an das Lottchen, die kleine Schwester, die mit vier Jahren unter die Hufe von dem Brauereikutschpferd gekommen war, was jetzt auch schon sehr lange her war. Die Brauerei hatte jedenfalls die teuren Beerdigungskosten übernommen, und für den Vater und Pauls Destille war auch noch was übrig geblieben. »Wo isse?«

Die Mutter sagte immer noch nichts.

»Mutter! Wo is Erna? Is ihr was … passiert?«

Die Mutter wischte sich die Hände an der Kittelschürze ab, drehte sich um und lehnte sich an den Herd. Josefine konnte sehen, dass sie dünner und älter war, als woran sie sich erinnerte, und dass ihre Augen so ins Leere guckten wie zwei Löcher, als wenn Josefine gar nicht da wäre oder als wenn die Mutter tot wäre.

Josefine stellte die Schokoladenmaus auf den Tisch und setzte sich auf den einen von den beiden Küchenstühlen, weil sie auf einmal zittern musste. Ihr Mund war wie ausgetrocknet, und sie hatte auch keine Worte mehr.

»Wat sagste dazu«, sagte die Mutter. »Det vornehme Frolleinchen jibt sich die Ehre mit die Familie.«

Vor dem einzigen Fenster unter der Decke holperte ein Wagen vorbei, sodass Josefine die Räder, wenn es nicht schon dunkel gewesen wäre, hätte rollen sehen können. Sie wartete, bis das Hufgeklapper nicht mehr zu hören war, dann sagte sie: »Wo is denn nun das Ernakind? Es ist doch schon spät und ...«

»Nee, det vornehme Frollein hat Lebeschön jemacht.«

»Was?« Jetzt hatte Josefine wirklich eine Verwirrung.

»Guck dir doch an«, sagte die Mutter und machte ein Gesicht, als wollte sie ausspucken. »Vornehme Garderobe, vornehmet Jerede, aber wat aus unsereins wird, is schnuppe.«

Der Bettgeher kam unter seiner Decke vorgekrochen, und Josefine konnte sehen, dass er keine zwanzig Jahre alt war.

»Könnten die Damen ihr Jeplauder denn langsam einstellen?«, fragte er. »Een ehrlicher Arbeeter muss früh aus die Federn.«

»Verzeihung, der Herr«, sagte Josefine, einerseits aus Gewohnheit, andererseits weil sie so durcheinander war.

Die Mutter verschränkte die Arme vor der Brust und legte den Kopf in den Nacken, sodass man die Sehnen und die Falten wie bei einem Hühnerhals sehen konnte, und lachte so brüllend, dass Josefine dachte, die Mutter hat den Verstand verloren.

»Jehn Se man lieber, Frollein«, sagte der Bettgeher.

»Det Ernakind is weg«, sagte die Mutter, und das klang, als wenn sie eine Tür zumachte. »Ick habe keene Kinder mehr. Jar keene mehr, verstehste mir? Un det is deine Schuld.«

Josefine dachte an Carl und Paul und das Lottchen und das Ernakind und merkte, wie ihre Augen anfingen zu brennen. Fast hätte sie losgeheult, und dabei hatte sie ganz vergessen, dass sie ja nun anscheinend auch kein Kind von der Mutter mehr war.

»Isse tot? Was is mit der Kleenen passiert?«

Die Mutter drehte sich um und rührte in ihrer Suppe.

»Mutter – ick hab dir was gefragt!«

»Vakauft hamse se«, sagte der Bettgeher.

Josefine drehte sich schnell zu ihm um. »Was? Wie?«

»Na, wie schon«, sagte der Mann, und Josefine sah, dass er ein liebes breites Gesicht mit hellblauen Augen hatte, und die guckten jetzt ganz mitleidig. »Jejen Jeld, wie se immer tun. Det Mädelchen hat jeheult wie een Schlosshund.«

Auf einmal war Josefine wie im Lichtspieltheater zumute. Sie stellte sich vor, dass ein wie ein schwarzes Insekt glänzendes Automobil im Krögel vorfuhr, mit einem richtigen Chauffeur mit weißen Handschuhen am Steuer, und eine fabelhafte Dame, so eine mit Pelz und Hut und Haltung in den Schultern und eleganten Beinen, ausstieg, durch die glotzenden Kinder und die Mülltonnen stolzierte und der Mutter viel Geld für das Ernakind bot. Die Leute erzählten manchmal von Verbrechern, die sich von armen Leuten Kinder kauften, über deren Schicksal dann Furchtbares gemunkelt wurde. Aber nichts Genaues wusste keiner, und was sollten Eltern mit vielen Kindern auch tun? Aber die Mutter hatte nur Erna gehabt. Und das war ihr einziges Kapital gewesen.

*Die Mutter hatte Erna verkauft.*

»Mutter, sag, dass das nich stimmt!«, schrie Josefine.

»Mach dir nich dicke. Du warst weg.«

Vielleicht lebte das Ernakind jetzt in einem weißen Palast am Meer im Exotischen, mit Dienern und immer genug zu essen.

»Aber Erna ist doch erst … neun«, flüsterte Josefine.

»Hätteste die Familie ja selbst unterstützen können«, sagte die Mutter und drehte sich um und fuchtelte mit dem Holzlöffel. »Nach allem, wat wir für dir jetan haben, undankbaret Balg. Tippmamsell hat se werden müssen! Vatern war viel zu jutmütig mit dich. Und denn durchbrennen.«

Josefine stand auf. »Wo is Erna, Mutter, ick hole ihr!«

Der Bettgeher stöhnte und warf sich aufs Kissen. »Ick muss um fünfe uff Arbeet.« Er zog die Decke übers Gesicht.

Aber jetzt hatte Josefine eine Wut, dass sie nicht mehr wusste, wohin damit. »Ick hole ihr zurück!«, schrie sie. »Ihr Falotten! Und dann befasse ick die Obrigkeit!« Sie dachte an Fräulein Maar und ihr großes Herz, und da war pure Dankbarkeit in ihr. »Ick hab nämlich jetzt Beziehungen!« Fräulein Maar würde kein kleines Mädchen einem solchen Schicksal überlassen. Wenn sie an die ganzen Freiernaturen dachte, die nun um das Ernakind herumstrichen, dann stieg da reine Mordlust in ihr auf. »Ihr kommt ins Zuchthaus!«

»Hörste dir selber?« Die Mutter hatte eine Verachtung in der Stimme. »Erna jeht nich mehr zurück, die kennt ihre Pflicht. Außerdem sollse die Herren erst mal nur servieren.«

Josefine konnte sie direkt vor sich sehen. Hier am Küchentisch hatten sie gesessen, die fabelhaft geschminkte Frau mit dem zu kurzen Rock, sodass man das Strumpfband sehen konnte, und der Mann mit Anzug und Krawatte und Spazierstock sagt Gnädigste zur Mutter im alten Kleid und beruhigt sie, und daneben sitzt der Vater mit den blutig roten Fischaugen und raucht eine geschenkte Zigarre. Zwischen ihnen auf dem Tisch eine Flasche Schnaps und Gläser und ein Haufen Geldscheine. Und das Ernakind hatte schon auf dem Schoß der Frau gesessen und ganz bitterlich geweint. Und seine Pflicht gekannt.

»Mutter, wo isse? Wo is unsere Erna?«

Die Mutter drehte sich nicht um, sagte kein Wort.

»Ick will nur sehen, dass es ihr gut geht.«

Die Mutter schwieg, rührte nur immer so in ihrer Kohlsuppe und rührte und rührte immer schneller. Auf einmal sagte sie: »Ick weeß et doch ooch nich!«

»Du ... du weeßt et nich?«

Die Mutter drehte sich um, so ganz plötzlich. »Wir haben ja jefragt, aber die haben nüscht jesagt«, brüllte sie. »Und jetze jeh mir endlich aus die Aujen!« Sie drehte Josefine schnell den

Rücken zu, aber nicht schnell genug, dass Josefine nicht ihre Tränen hatte laufen sehen.

Josefine stand auf, und nun hatte sie ein Gefühl, als wäre sie eine ganz alte Frau, so schwer war ihr Körper auf einmal. Sie nahm ihre Tasche und fühlte sich wie im Traum. Die Schokoladenmaus, nun eben zwei Portionen für die Mutter, sollte sie dran ersticken, ließ sie auf dem Tisch stehen. Wenn die Mutter den Namen des Etablissements nicht wusste, in dem das Ernakind nun feinen Herren Champagner servieren sollte, dann gab es auch keins. Dann war das Ernakind, ihre liebe kleine Erna, wahrscheinlich bei diesen Menschenhändlern gelandet, von denen man in den Nachtlokalen immer mal so hinter vorgehaltener Hand flüstern hörte und die Kinder als Liebessklaven verkauften. Für so viel Geld, dass ein normaler Mensch es sich gar nicht vorstellen konnte, hieß es.

»Hat Vatern das Geld für Erna schon versoffen?«, fragte Josefine. »Oder verspielt? Ja, wa? Ick seh's dir direkt an.« Jetzt konnte Josefine nichts mehr sagen vor lauter Verachtung und auch weil ihr Hals so furchtbar kratzte.

Dann war Josefine auf der Straße.

Inzwischen war es ganz kalt und finster geworden, der Mond versteckte sich hinter Wolken, und der Himmel war jetzt so herbstschmutzig wie die Dächer und Mauern und die verschlammten Gassen und die stinkenden Abfallhaufen.

Josefine stolperte durch die Dunkelheit, halb blind von den Tränen und ganz gefroren in ihrem Inneren von den eisigen Worten der Mutter und von der eigenen Schuld. Wenn sie nicht weggelaufen wäre, sondern weiter die sechzig Mark zu Hause abgeliefert hätte, und was hätte sie das schon gekostet außer ein paar sinnlichen Stunden mit egal was für Männern, dann wäre das Ernakind gerettet gewesen. Aber sie war so selbstsüchtig, dass sie gedacht hatte, eine Frau wie sie hätte ein Recht auf ein eigenes Leben und ein eigenes Glück.

An einer Hausmauer saßen zwei Männer, Obdachlose, die in keinem Nachtasyl mehr untergekommen waren. Am Abend zogen solche einfach die Beine an und die Jacken darüber und legten den Kopf auf die Knie und schliefen. Hinter ihnen die Keller ohne Fenster, eine Mischung aus Nest und Höhle, in denen Menschen hausten, ein Dach über dem Kopf, aber eben doch wie Tiere.

*Achtung! Hier im Keller ist Rattengift gelegt!*
Über den Läden, die keine mehr waren, alte Schilder.
*Hunde- und Pferdescheranstalt.*
*Kupieren, kastrieren, schmerzl. Töten.*

Vor der Hofeinfahrt von Schlächter Chalupsky – *Bouletten von Rossfleisch, Stück 5 Groschen* – stand ein Leiterwagen, vor dem ein weißer Klepper eingespannt war und auf dem zwei Säcke zappelten und quiekten. Schlächter Chalupsky, der eine lange Lederschürze vor den Bauch gebunden hatte, kam aus der Einfahrt gelaufen und schnappte sich einen Sack und hievte ihn sich über die Schulter, und da konnte man sehen, wie schwer das Schwein war, und schleppte ihn in den Hof. Der Sack fing an zu kreischen, und der zweite auf dem Wagen tat es ihm nach. Der kalte Abend war gut zum Schlachten, dachte Josefine, denn da kühlten die toten Schweine schnell aus.

Ein anderer Mann, der wohl der Besitzer von dem Klepper war, kraulte das weiche Pferdemaul, und das Pferd machte vertraute Eselsohren und stellte ganz entspannt den Hinterhuf auf. Der Mann trug einen weißen Kittel wie ein Abtreibungsdoktor und war vielleicht auch nur einer vom Schlachthof, was ja irgendwie auch fast dasselbe war, weil doch beide unschuldige Lebewesen töteten. Er hatte eine Ballonmütze tief ins Gesicht gezogen, sodass er kaum sehen konnte, was Josefine bei einem Kutscher seltsam vorkam, worüber sie aber nun keine Zeit zum Nachdenken hatte.

Der Mann sah unter der Mütze so zu ihr herüber, dass Josefine zurückguckte und überlegte, ob man sich eventuell besser kannte, aber erstens konnte sie sein Gesicht nicht erkennen, und zweitens war ihr nicht nach einer männlichen Ansprache. Also ging sie schnell weiter. Der Krögel, so schien ihr, trug heute Abend nur Angst und Verzweiflung und Tod.

An der nächsten Ecke stand Emil, der Junge aus dem dritten Hinterhof, der Arbeit beim Obsthändler gehabt hatte, aber sich an einer Kiste mit Äpfeln verhoben hatte. Danach war er immer umgefallen, obwohl man ihm im Krankenhaus Vaseline zum Einreiben des Rückens gegeben hatte. Das Schlimme war, dass der Obsthändler ihm nun keine Arbeit mehr gab, nicht einmal leichte, obwohl Emil doch in seinem Dienst zu Schaden gekommen war. Jetzt konnte Emil nur noch schwere Arbeit machen, die sonst keiner wollte, zumindest so lange, bis er die Schmerzen gar nicht mehr aushielt oder für immer umfiel. Emil guckte sie so ganz komisch und so voller Verachtung an, und Josefine wusste, dass die Mutter recht gehabt hatte – mit der vornehmen Schokoladenmaus von Quick und dem blauen Tuchmantel von Fräulein Maar gehörte sie nicht mehr hierher. Nun war sie nirgends mehr zu Hause. Gleich fiel ihr wieder das Ernakind ein, und sie blieb stehen und musste weinen.

Die Tür von einer Eckkneipe ging auf, und ein Mann in Schifferkleidern torkelte die Stufen runter, blieb erst stehen und segelte dann mit Schlagseite auf sie zu. Der Geruch nach billigem Fusel und rohen Zwiebeln wehte Josefine ins Gesicht.

»Na, min Deern«, lallte der Betrunkene. »Büschen ...?«

»Mach, dass de Land jewinnst«, schluchzte Josefine.

Der Seemann stieß etwas aus, was wohl ein Fluch war, aber Josefine hörte schon nicht mehr hin. Er stolperte an ihr vorbei und verschwand irgendwo hinter ihrem Rücken, und Josefine hörte ihn singen.

»*La Paloma, oheee*
*Einmal muss es vorbei sein ...*«

Weiter wusste er anscheinend nicht, denn es wurde ruhig, und nur seine Schritte waren noch eine kurze Zeit zu hören.

Josefine zog die Nase hoch und wischte sich über das Gesicht und hoffte, dass ihr nicht noch jemand begegnete, den sie kannte und der sah, dass ihre Augen totgeweint waren. Aber in ihr kochte so eine ganz neue Wut. Am liebsten wäre sie direkt zur Obrigkeit gegangen, aber im Krögel hatte die auch nicht den besten Ruf als Freund und Helfer.

Besser, wenn sie selbst nun scharf überlegte, wie sie das Ernakind wiederfinden und retten konnte. Während sie damit beschäftigt war, hörte sie hinter sich Schritte, aber nur mit halbem Ohr, und sie wollte sich schon umdrehen und dem Trunkenbold die Pest oder die Obrigkeit an den Hals wünschen, als sie einen Atem und einen Luftzug im Nacken fühlte. Und dann traf etwas Knüppelhartes und Unerbittliches ihren Hinterkopf, und ihr wurde schwarz vor Augen.

Josefine ging in die Knie und sackte auf das harte Pflaster und klatschte mit dem Gesicht in den Schlamm, was genauso klang, dachte sie gerade noch, wie wenn der Schlächter Chalupsky ein Schwein aushöhlte und die blutigen Eingeweide in die Tonne schmiss.

Zupackende Hände.

Der Schmerz im Kopf.

Josefine schwebte durch die Luft wie ein Engel, und über ihr Gesicht strich so ein warmer Hauch, und der Mann keuchte und stank ganz furchtbar nach fremdem Atem. Und gleich war sie wieder in einem Keller hinterm Nollendorfplatz mit so einem Kerl und an den Wänden Bilder von früher und ganz Unmoralischem, und an der Bar standen Mädchen vom Strich. Und der Kerl hatte so ein Fischmaul mit der Gier nach einer Frau und war ein perverser Gewalttäter, und was der mit ihr gemacht hatte, das überlebte sie nicht noch mal.

Josefine wand sich wie ein Aal und schlug dabei mit den Armen und Beinen, und auf einmal spürte sie einen Schmerz wie einen Schnitt im Nacken, und das war bestimmt ein Messer. Sie schrie, so laut sie konnte, und der Kerl ließ sie voll Überraschung auf das Pflaster fallen.

Josefine wollte schon weg, doch gleich schnappte er wieder nach ihr und riss an ihrem Knöchel. Aber Josefine war voller Wut über den Mann und die Mutter und das Ernakind, das seine Pflicht kannte, und deshalb trat sie dem Gewalttäter gut gezielt zwischen die Beine, dahin, wo die Männer so empfindlich waren, und das so richtig mit Schmackes. Der Gewalttäter ließ sie los und klappte zusammen wie ein Klappmesser und heulte wie der Rottweiler vom Schlächter Chalupsky bei Vollmond.

Auf allen vieren krabbelte Josefine los, kam irgendwie auf die Beine, rannte durch die Gasse, hörte den Mann hinter sich keuchen, und der kam immer näher und wollte sie vergewaltigen oder hatte noch viel Schlimmeres mit ihr vor und war möglicherweise sogar der Ripper von Berlin.

Josefine raste um die Ecke von der Kohlenhandlung Böhnke und schlitterte in den Hinterhof und rutschte durch die Bodenklappe in Böhnkes Kohlenkeller und fiel auf einen Berg Briketts. Gleich tat ihr der Kopf von dem Schlag wieder weh, und etwas lief warm über ihren Hals, und als sie an ihren Nacken fasste, war ihre Hand voller Klebrigkeit, und es war klar, dass das nur Blut sein konnte. Daraufhin musste Josefine würgen und außerdem husten von all dem Kohlenstaub. Dabei dachte sie an ihre neue feine Kleidung und daran, dass sie nun ersticken würde. Und das gute Fräulein Maar wartete jetzt vergeblich auf sie und war sicher voller Enttäuschung.

Und das war Josefines letzter Gedanke.

# ZWANZIG

Am Himmel stand eine kalte Novembersonne, die Menschen trugen dicke Mäntel und Schals und ihre Wochenendeinkäufe. Hinter der Mauer des Zoologischen Gartens spreizten die kahlen Bäume ihre Äste wie schwarze Skelette. Am Fuß der Mauer saßen bettelnde Kriegsveteranen auf dem Pflaster, ein Holzbein von sich gestreckt, die blinden Augen unter einer schmutzigen Binde verborgen, mit leeren Ärmeln oder lederumwickelten Beinstümpfen. Anaïs legte Münzen in verstümmelte Hände, in abgeschabte Schiebermützen und steife Offizierskäppis, als sie an den vergessenen Helden des Vaterlands entlanglief. Der Krieg, der große Gleichmacher, hatte Menschen aus allen sozialen Schichten zerstört.

Anaïs' Kopf schmerzte immer noch. Unter ihrem Haar hatte sich eine dicke Beule gebildet. An ihren Angreifer erinnerte sie sich nicht, nur daran, dass ein paar ziemlich harte Ohrfeigen sie aus ihrer Ohnmacht geholt hatten.

*Fräulein Maar! Fräulein Maar! Großer Gott...!*

Wie durch Watte waren die Worte in Anaïs' Bewusstsein gedrungen, dann hatte sie Professor Magnus' aufgewühltes Gesicht über sich gesehen. Und hinter ihm die bestürzten Mienen von Maxim Bronski und Frau Schiller.

*Können Sie mich hören? Ach Gott, ach Gott!*

Anscheinend hatte Magnus auf dem Weg zu einem späten Treffen mit Bronski ihr das Leben gerettet. Und nicht nur das – er hatte auch kurz zuvor ihren Angreifer gesehen.

*Ich war gerade im Begriff, das Haus zu betreten, als sich ein Mann an mir vorbeidrängte. Wenn ich nur geahnt hätte... Wenigstens habe ich Sie noch rechtzeitig gefunden!*

Frau Schiller hatte es dann auf den Punkt gebracht: *Det war der Ripper. Hat wohl jedacht, Sie sind tot.*

Niemand hatte ihr widersprochen.

Anaïs hatte die Nacht mit einer kalten Kompresse auf

dem Kopf verbracht, sich im Bett hin und her gewälzt, bis sie irgendwann in einen unruhigen Schlaf verfallen war. Die Morgensonne hatte sie geweckt, und nach einer Tasse starken Kaffees waren auch ihre Lebensgeister erwacht und mit ihnen eine unbändige Wut. Wenn dieser Ripper dachte, er könnte sich eine Boxerin mit einem feigen Schlag aus dem Hinterhalt vom Hals schaffen, dann würde sie ihn in Zukunft eines Besseren belehren. Es siegte, wer am Ende des Kampfes noch stand. *Du bist 'ne Siegerin, Leo!* Der Fight war eröffnet.

Anaïs bog in die Lennéstraße ein.

Hier strahlten an den Fassaden die Namen der großen Modemarken, hier parkten vor den prunkvollen Eingängen Reihen blitzender Privatautos, in deren Innerem Chauffeure mit ernsten Mienen die gnädige Frau erwarteten. Als Anaïs unter die goldenen Lettern des Modehauses trat, wo ihre Tante nach telefonischer Auskunft ihres Mädchens ab fünfzehn Uhr anzutreffen war, entdeckte sie Hanke hinter dem Steuer des schweren Benz, eine Sportillustrierte vor dem Gesicht.

Seit sie Bert Möhring bei ihrer Tante untergebracht hatte, war sie erst einmal wieder am Schlachtensee gewesen. Das Hauspersonal – der Butler Jenkins, die Köchin Minna, die Hausmädchen Fanny und Maria und der Fahrer Hanke – war über einen entfernten Cousin aus Vorpommern in Kenntnis gesetzt worden, der nach einem schweren Autounfall rekonvaleszent war und der absoluten Schonung bedurfte. Nur Tante Wallys langjähriger Hausarzt, Dr. Adam Horowitz, wusste Bescheid.

Anaïs eilte die Marmorstufen hinauf zur Eingangstür, die sich wie von Zauberhand öffnete. Zwei Verkäuferinnen empfingen sie, nahmen ihr den Mantel ab, übersahen ihr schier indiskutabel schlichtes Kostüm mit geradezu diplomatischer Noblesse und geleiteten sie an Rokokosesseln vorbei, an Tischchen, auf denen Vogue, Harper's Bazar, Art, Goût, Beauté lagen, über farbenprächtige Teppiche in einen blau-weißen Salon.

Dort saß, nein thronte Anaïs' Tante Valerie und ertrug die Konversation des Chefs des Hauses mit freundlichem Desinteresse. Zwei Mannequins, eines blond, das andere brünett, wandelten in leichter Sommergarderobe vor ihr auf und ab. Ihre Blicke in den geschminkten Puppengesichtern waren entrückt in eine imaginäre Ferne gerichtet, in Gedanken schienen die Schönen nicht in Berlin den kritischen Blicken einer Kundin preisgegeben zu sein, sondern in Deauville über die Strandpromenade oder in Paris über die Champs-Élysées zu flanieren.

»Den grünen Seidenmantel, Madame«, sagte gerade Alphonse, der Chef, der eigentlich Alfons hieß und jede Saison eine Auswahl unter den Kollektionen der wichtigsten Modeschöpfer traf, mit französischem Akzent, »habe ich beim Defilee der Mannequins in Paris gesehen und sofort an Sie gedacht. *Quelle couleur, n'est-ce pas?* Smaragd – kreiert für eine Dame mit Ihrer flammenden Haarpracht. Und die Taille – wer könnte diese Silhouette tragen, wenn nicht Sie, Madame?«

Tante Valerie in grauem Tailleur auf ihrem Stuhl, die Hände auf einen Spazierstock gestützt, den sie nicht brauchte, und einen Fuß im zierlichen Knöpfstiefel elegant vor den anderen gestellt, nickte. Obwohl inzwischen über fünfzig, fiel als Erstes ihre schlanke, hochgewachsene Gestalt ins Auge. Kupferrotes Haar, das noch nie geschnitten worden war, türmte sich zu einer weichen Wolke auf ihrem Kopf, eine altmodische Frisur, die jedoch an Valerie wie eine Krone aussah. Ihr Gesicht war schmal und blass, die kleine Nase von ein paar Sommersprossen gesprenkelt. Die Augen, groß und klar und von einem durchscheinenden Grün, wurden von roten Wimpern gerahmt und hatten den angestrengten Blick der Kurzsichtigen.

»Exquisit, Alphonse.« Valerie nickte. »Sie haben wunderbar eingekauft, Sie wissen einfach, was mir steht. Was das hinreißende goldene Abendkleid mit dem Rückendekolleté betrifft: Finden Sie es nicht ein wenig *osé* für mein Alter? Berlin ist nicht Paris, leider ...« Sie brach ab, als ihr Blick auf ihre Nichte fiel. »Anaïs – Kätzchen?«

Alphonse legte die Fingerspitzen vor der Brust zusammen

und setzte ein professionelles Lächeln auf, ob aus Liebe zur Pariser Mode oder im Hinblick auf eine neue Kundin, die ganz offensichtlich der Beratung in modischen Dingen bedurfte.

Anaïs begrüßte den Chef des Hauses mit einem Kopfnicken, dann durchquerte sie das Zimmer an den wartenden Mannequins vorbei und stellte sich neben ihre Tante.

»Oh, Mademoiselle, welche Ehre!« Alphonse machte den Verkäuferinnen mit beiden Händen Zeichen. »Einen Stuhl für Mademoiselle«, zischte er. »*Vite, vite.*«

Die Mädchen eilten aus dem Zimmer.

»Ich habe bei dir angerufen, Tante Wally«, sagte Anaïs. »Fanny hat gesagt, dass ich dich hier antreffen würde.« Sie zögerte kurz, dann fragte sie: »Wie geht es denn der Verwandtschaft aus Ostpreußen? Deinem Neffen, meine ich.«

»Wie nett von dir, dass du dich nach mir erkundigst«, sagte Valerie und richtete den Blick ihrer glasgrünen Augen auf Anaïs. »Und was unseren lieben Hans betrifft, tja, ich fürchte, der ist noch nicht über den Berg.«

»Was sagt denn Dr. Horowitz?«

»Adam kümmert sich vorbildlich um unseren Kranken und ist Tag und Nacht abrufbar, ganz wie erwartet. Abgesehen von ein paar Blutergüssen, einer gebrochenen Nase und einer Gehirnerschütterung scheint Hans noch einmal davongekommen zu sein. Adam hatte ja zunächst eine Gehirnblutung befürchtet.«

»Ich hoffe, es gibt keine ungebetenen Krankenbesuche?«

»In meinem Haus?« Valerie schmunzelte. »Natürlich nicht. Ich habe volles Vertrauen in Adam. Er ist mit derartigen Fällen leider derzeit ziemlich beschäftigt. Aber du bist auch ein wenig spitz um die Nase, Kind.«

»Bei mir ist alles in bester Ordnung, Tante Wally.«

»Wie gut, das zu hören, Kätzchen.« Valerie streckte ihre Arme hinauf, schloss Anaïs darin ein und deutete zwei Küsse an, links und rechts neben Anaïs' Wangen. Dann hielt sie sie von sich weg und ließ ihren Blick von oben nach unten über ihre Ziehtochter wandern. »Mein Gott, Kätzchen, was hast du denn da an? Alphonse – *regardez, je vous en prie!* Ist das etwa diese neumodische Reformkleidung?«

Anaïs, in einem kurzen Wollkleid, das gerade an ihr herabfiel, befreite sich aus Valeries Griff. »Man nennt es Berufskleidung, Tante Wally.«

»Na ja«, sagte Valerie, »Gelb steht dir jedenfalls. Und der Hut ist süß – Paulette Mielke?«

»Einzelstück, letzte Saison.«

Alphonse ließ ein diskretes Stöhnen hören.

»Aber diese Schnürschuhe! Wie nennt man die überhaupt?«

»Oxfords. In meinem Beruf muss man laufen.«

Valerie sah ihr direkt ins Gesicht, zwischen ihren grünen Augen stand eine steile Falte. »Hanke hat mir alle deine Artikel gezeigt – wir haben den Brennpunkt ja für die Küche abonniert. Nicht dass ich etwas anderes von ihm erwartet hätte, der Mann ist so loyal. Natürlich habe ich ihn gleich gelobt.« Wie oft hatte sie dem Kind erklärt, dass man das Personal nicht in Unannehmlichkeiten brachte. Der Herrschaft heikle Nachrichten überbringen zu müssen zählte unbedingt dazu. »*Aber Kätzchen!* Ich wollte meinen Augen ja nicht trauen!«

Anaïs spürte, wie ihr Gesicht heiß wurde. »Es tut mir leid, Tante Wally.« Hatte sie sich jetzt wirklich für ihre Arbeit entschuldigt? Schnell setzte sie hinzu: »Die Öffentlichkeit hat ein Recht auf Information.«

»Da hast du natürlich recht ... Wir haben dich übrigens beim letzten Bridge-Abend im Radio gehört, meine Gäste waren recht beeindruckt von dir.« Valerie machte eine Pause. »Dieser Ripper ist ja jetzt in aller Munde. Mir scheint, Berlin hat überhaupt kein anderes Thema mehr.«

Die Verkäuferinnen kamen wieder herein, eine schleppte einen weißen Stuhl, die andere trug ein Tablett mit zwei Champagnerkelchen und einem kältebeschlagenen Weinkühler, aus dem ein Flaschenhals ragte. Alphonse winkte sie heran.

»Ein Glas Champagner, Mesdames«, sagte er. »Dann führen wir Ihnen gerne die Sommerkollektion für junge Damen vor.«

Tante Valerie legte wieder die Hände über dem Knauf des Spazierstocks übereinander und lehnte sich zurück. Kein Wort über Möhring, nicht die leiseste Andeutung. Anaïs zupfte an ihrem Ärmel. Valerie senkte den Blick auf die fordernde Hand und hob ihn dann zu Anaïs' Gesicht hinauf. *Was ist denn das für ein Benehmen?*, hieß das.

»Tante Wally, ich muss mit dir reden. Dringend.«

Valerie sah sie forschend an, dann wandte sie sich an Alphonse. »Wir sind hier fertig«, verkündete sie und erhob sich. »Sie lassen mir die ausgewählten Stücke zukommen, nicht wahr? Und ich nehme auch das goldene Abendkleid.«

Alphonse verbeugte sich. »Ich gratuliere, Madame.«

Die beiden Mannequins betrachteten Anaïs mit unverhohlener Geringschätzung, ja Verachtung. Auch wenn ihr Lohn nicht für ein einziges Teil, das sie auf dem Leib trugen, reichte, waren sie sich des Vorrangs ihrer alabasterhaften Schönheit vor allem Vulgären offensichtlich bewusst. Unter ihren Blicken fühlte sich Anaïs normalerweise immer so fehl am Platz wie eine räudige Straßenkatze. Gegen die angeborene Überlegenheit dieser elfenhaften Wesen war kein Kraut gewachsen. Doch dieses Mal, stellte sie mit Überraschung fest, empfand sie Mitleid mit den jungen Frauen. Wohin gingen sie nach ihrem Arbeitstag in dieser sündhaft teuren Umgebung?

In diesem Augenblick hörte sie Tante Valeries Worte. »Ist es nicht ein Privileg, Alphonse, ein Kind wie das meine zu haben?«, fragte sie. »Wie erfrischend, der modernen Jugend zu lauschen. Es hält jung im Kopf. *Au revoir, cher maître.*«

Damit ließ Valerie die Anwesenden stehen, wobei sie den Mannequins zum Abschied so wenig Aufmerksamkeit gönnte wie den Barockstühlen, und rauschte aus dem Zimmer.

Anaïs beeilte sich, Valerie hinterherzukommen.

Alphonse wedelte mit den Händen. »Die Mäntel für Madame und Mademoiselle, *allez, allez!*« Die Verkäuferinnen liefen los.

Draußen war bereits die Dämmerung hereingebrochen, die Straßenlaternen brannten, und auf den Häuserfassaden flimmerten die Lichtreklamen. Vor den Gesichtern der Vorübereilenden gerann der Atem zu Dampfwolken.

Hanke stand schon, die Hand auf dem Griff des Wagenschlags und den Blick ins Leere gerichtet, neben dem Benz.

Valerie, nun in einem knöchellangen Mantel aus russischem Zobel, drehte sich zu Anaïs um. »Fahr mit mir mit, Kätzchen, und bleib übers Wochenende am Schlachtensee. Du warst so lange nicht mehr zu Hause.«

»Sonntag ist Redaktionskonferenz, Tante Wally, tut mir leid. Aber ich brauche deine Hilfe.«

»Ja, das dachte ich mir schon.« Valerie seufzte und wandte sich an Hanke. »Wie spät haben wir's?«

»Gegen halb fünf, gnädiges Fräulein.«

»Dann schlage ich vor, dass wir irgendwo den Tee nehmen.«

»Im Romanischen Café?«, fragte Anaïs.

»Sehr gut, dort wollte ich immer schon mal hin.« Valerie war in der Beletage der Fasanenstraße und in der Gründerzeitvilla am See aufgewachsen und verließ ihr Heim nur für ihre ausgedehnten Reisen zu den Kulturstätten der Welt. Sie hatte die Pyramiden in Luxor gesehen und das Orakel von Delphi, der Besuch der Uffizien in Florenz und des Louvre in Paris waren Fixpunkte in ihrem Jahreskreislauf. Daneben unterhielt sie engen Kontakt zu den führenden europäischen Archäologen, deren Forschungen sie großzügig unterstützte. In den Wintermonaten führte sie einen bekannten und gut frequentierten literarischen Salon. Die letzte Saison hatte sie russischen Schriftstellern im Exil gewidmet. Alexei Tolstoi, Ilja Ehrenburg, Vladimir Nabokov und sogar Maxim Gorki hatten unter vielen anderen Geflüchteten Valeries Gäste in ihren Bann geschlagen. »Vielleicht treffen wir ja einen Bekannten. Hanke, Sie holen mich um halb sechs dort ab.«

Anaïs dachte daran, dass es Valeries Weltoffenheit war, die ihr erlaubt hatte, das wilde Kind ihrer Schwester aufzunehmen und gegen alle Anfeindungen zu schützen, indem sie ihr eigenes Ansehen in die Waagschale warf. Bert Möhring rettete sie das Leben und fürchtete keine Repressalien. Niemand legte sich mit Valerie Maar an.

Sie hakte sich bei Valerie ein, und so spazierten sie, Schulter an Schulter wie zwei Freundinnen, an den hell erleuchteten Geschäften die Straße hinunter.

Menschenscharen bevölkerten die Trottoirs, und Anaïs fragte sich, ob die vielen Möglichkeiten vom Wittenbergplatz bis nach Halensee, zu essen, zu trinken, zu kaufen, Theater, Film und Kabarett zu besuchen, den Spaziergängern nicht die Lust an derartigen Vergnügungen nahm, sodass sie nur, vom schier endlosen Angebot ermüdet, ziellos umherirrten. Valerie schien von all dem Trubel unbeeindruckt, musterte im Vorbeigehen die Auslagen in den Schaufenstern und kommentierte sie, gerade so, als flanierte sie mit ihrer Nichte zum Vergnügen über den Boulevard in Richtung der Kaiser-Wilhelm-Gedächtniskirche.

Bei Anaïs meldete sich wie ein ungebetener Gast das schlechte Gewissen, das sie durch ihre ganze Kindheit wie ein Schatten begleitet hatte. Einmal mehr stand sie im Begriff, ihrer Tante Ungelegenheiten zu bereiten.

»Bist du übrigens mit Frau Schiller zufrieden, Kätzchen?«

»Ich habe jetzt ein Mädchen«, sagte Anaïs. »Sie heißt Josefine. Ich habe sie über meine Arbeit gefunden.« Sie legte einen Arm um Valeries Schultern, zog sie an sich und drückte ihr einen Kuss auf die Wange. »Ich bin so froh, dass ich dich habe. Ich habe dich unendlich lieb.«

»Ich dich auch, Kätzchen, aber ich fürchte, es wird höchste Zeit für dich, Berlin – und mich – zu verlassen.« Valeries Stimme klang sachlich, doch Anaïs fiel ein nervöser Unterton auf, der sie an sagenhafte Gefahren unter der ruhigen Oberfläche des Schlachtensees denken ließ.

*Geh vom Wasser weg, Kätzchen, denk an die Welse.*

Der Legende nach hatte man zu Zeiten des Alten Fritz einen fast zwei Meter langen Wels halb aus dem Wasser gezogen. Der große Fisch hatte über eine Stunde um sein Leben gekämpft, ehe es ihm gelungen war, mitsamt der Rute und dem unglücklichen Angler in den Tiefen des Sees abzutauchen. Sowohl Mann als auch Wels waren angeblich nie wieder ans Tageslicht gekommen.

Anaïs ließ ihren Arm sinken und hakte sich im Weitergehen wieder bei Valerie ein. »Ich denke gar nicht dran.«

»Du begibst dich zu wenig unter Leute.«

»Wie bitte? Ich arbeite und treffe ständig Menschen.«

»In Gesellschaft, wollte ich sagen.« Valerie zog ihren Mantel enger um sich. »Natürlich sind unsere engsten Freunde weltoffen und auf unserer Seite ...«

»Auf unserer Seite?«

»Du bist doch nicht auf den Kopf gefallen.« Valeries Geduld schien erschöpft. »Man läuft dir hinterher, weil du auffällst wie ein Zebra unter Mauleseln und in unsere vorgeblich modernen Zeiten passt.« Sie nahm Anaïs' Hand und schloss ihre Finger darum. »Aber dieser neue Ungeist erfasst inzwischen auch unsere Kreise. Ich mache mir Sorgen um dich. Reaktionäre Kräfte werden unsere libertäre Kultur in den nächsten Jahren einfach auslöschen.« Sie drückte Anaïs' Hand. »Und du bist doch ein Teil davon, nicht?« Ihre Tante war politisch wie modisch oder kulturell stets *à jour*.

Anaïs gab keine Antwort, sondern blickte stattdessen auf einen einbeinigen Bettler in Offiziersuniform, der auf seinem Feldmantel zwischen einem Pelzgeschäft und einem Laden für antike Chinoiserien an einer Hausmauer saß. Er hatte die schmalen Hände an die Hüfte gelegt, hielt den Kopf gesenkt und vermied jeden Blickkontakt zu den Vorübereilenden. Sein Haar war sauber geschnitten und der Scheitel wie mit dem Lineal gezogen, das leere Hosenbein ordentlich untergeklappt, der Schuh an dem ausgestreckten Bein auf Hochglanz poliert. Vor dem Mann stand ein Becher auf dem Boden, in dem zwei Münzen lagen. Es waren der Stolz und die Haltung, die sich der Kriegsversehrte in all seinem Elend bewahrt hatte, die Anaïs berührten und die ihr die nötige Entschlusskraft verliehen. Sie fasste in die Manteltasche, fischte eine Münze heraus und warf sie, ohne ihren Wert zu prüfen, in den Becher vor dem Bettler.

»Ich danke, gnädiges Fräulein«, flüsterte der Invalide.
»Alles Gute«, sagte sie, erhielt aber keine Antwort mehr.
Anaïs hakte sich wieder bei ihrer Tante unter. »Dann ist es meine Aufgabe, über diese Entwicklungen zu berichten«, sagte sie im Weitergehen. »Egon Erwin Kisch schreibt –«
»Hast du mir überhaupt zugehört, Kätzchen?«, unterbrach Valerie sie. »Nationalisten, Monarchisten, Kulturpessimisten richten unsere Republik in diesem Augenblick zugrunde! Bitte, verlass Deutschland für eine Weile – nur so lange, bis sich die Lage wieder entspannt hat.« Ein schmales Lächeln erschien auf ihrem Gesicht. »Ich bin zu alt für Kindersorgen, weißt du? Mir reicht schon – Hans.«
»Wann kehre ich dann aus dem Exil zurück?«
»Ehrlich gesagt, ich weiß es nicht, Kätzchen.«
»Eben – und ich bin Berlinerin.«
Sie hatten das Romanische Café erreicht. Hinter den hohen Fensterbogen brannten die schweren Hängelampen, durch die großen Scheiben konnte man Männer in Anzügen an den kleinen runden Tischen sitzen sehen, rauchend, miteinander ins Gespräch vertieft oder hinter aufgeschlagenen Tageszeitungen halb verborgen. Kellner in weißen Jacken eilten mit Tabletts durch die Gänge, hinter der Kuchentheke neben der mächtigen Säule stand das Kuchenfräulein, in Schürze und Spitzenhäubchen, die Hände auf dem Rücken verschränkt, und wartete auf Bestellungen.
Drinnen war es angenehm warm. Das leise Geplauder der Gäste und der Geruch nach Kaffee und Zigarren umschlossen Anaïs und Valerie wie ein Kokon gegen die Glasfront, hinter der das flimmernde Herz von Berlin schlug, und gegen den trüben Novemberabend, der sich darauf herabsenkte.
Valerie überließ ihren Pelzmantel dem Kellner, der damit davoneilte und in einem Hinterzimmer verschwand, dann setzten sie sich an einen Fensterplatz und bestellten Earl-Grey-Tee und Sandwiches. Ein Mann am Nebentisch ließ seine Zeitung, den Illustrierten Beobachter, sinken, musterte erst Valerie mit erkennbarer Hochachtung und schüttelte dann

bei Anaïs' Anblick kaum merklich den Kopf, ehe er wieder hinter seiner Lektüre verschwand.

Anaïs bemerkte, dass ihre Tante um den Hals ein breites Goldband trug, das mit winzigen Perlen und Smaragden besetzt war. Die grünen Steine spiegelten ihre Augenfarbe wider, und Anaïs dachte, dass Valerie ein schöner Name war, aber Undine oder Melusine zu ihrer Tante besser gepasst hätte.

Von einem der Nebentische wehte ein Gesprächsfetzen zu ihnen herüber. »Erst vor ein paar Tagen haben die Braunhemden in Friedrichshain eine Schlägerei angezettelt. Der Berliner Standard schreibt von Verletzten und einem Toten. Wohl ein Zusammenstoß mit den Roten.«

Anaïs sah Valerie an, doch deren Miene zeigte keine Regung.

»Tante Wally, warum ich deine Hilfe brauche –«

Anaïs wurde von einem zweiten Kellner unterbrochen, der Teekanne, Tassen und Teller und eine Etagère mit Sandwiches, kleinen Gebäckstücken, Butter und Erdbeermarmelade brachte. Er schenkte den Tee ein, stellte die Kanne behutsam auf den Tisch, deutete eine Verbeugung an und entschwand.

»Earl Grey«, sagte Valerie. »Ich liebe dieses Aroma. Colonel Stratton-Burke hat mir übrigens einen ganz hervorragenden Earl Grey aus Indien mitgebracht.« Sie nahm vorsichtig einen Schluck von dem heißen Tee. »Wunderbar.«

»Ich weiß nicht recht.«

Anaïs fand den Geruch des Tees irgendwie aufdringlich, unangenehm. *Bergamotte.* Bei Maxim Bronski hatte es nach Earl Grey gerochen. An dem Tag, als das Skelett in dem alten Brunnenschacht aufgetaucht war. Es musste diese Erinnerung sein, die ihr den Tee verleidete. Bei dem Gedanken an Maxim Bronski fiel ihr eine Frage ein, die ihr Valerie nach ihrer russischen Saison vielleicht beantworten konnte.

»Wusstest du, dass im Dachgeschoss ein Maler wohnt?«

Valeries Tasse schwebte in der Luft. »Ein Maler?«

»Ja, ein Exilrusse«, sagte Anaïs. »Er spricht sehr gut Deutsch, seine Mutter stammt aus dem Baltikum. Er hat mit ihr in Paris gelebt.« Sie schwenkte ein wenig die Tasse, beobachtete die goldenen Lichter auf ihrem Grund. »Er ist ziemlich begabt, ich habe einen Porträtakt bei ihm gesehen, und er malt wunderschöne, mit Blattgold verzierte Ikonen.«

Valerie setzte ihre Tasse mit einem Knall auf der Untertasse ab. »Du hast *einen Porträtakt bei ihm gesehen?*« Ihre grünen Augen blickten starr. »Sag mir nicht, dass du mit einem *russischen Maler*, der *wunderschöne Ikonen malt*, poussierst – oder ihn gar heiraten willst. Weißt du, wie viele von diesen mittellosen Glücksrittern gerade in Berlin herumlaufen?«

»Weder poussiere ich mit ihm, noch will ich ihn heiraten.«

Valerie legte eine Hand auf ihr Herz. »Hast du mich jetzt erschreckt«, sagte sie und bedachte Anaïs mit einem vorwurfsvollen Blick. »Da fällt mir ein«, fuhr sie fort, und ein schmales Lächeln erschien auf ihrem Gesicht, das ihr das Aussehen einer listigen Füchsin gab. »Letzte Woche bei Bankier van Halen in Dahlem – du kennst doch die van Halens? – sehr angenehme Soiree. Stell dir vor, das Sophiechen heiratet, den Georg von Scherer. Der junge von Leuthen vom Auswärtigen Amt war übrigens mit einer ganzen Partie junger Attachés auch dort. Wir haben sehr nett Konversation gemacht, er geht nächsten Monat auf seinen ersten Auslandsposten nach Ostafrika, und er hat sich eingehend nach dir erkundigt. Ein *sehr* netter junger Mann.« Valerie trank Tee und beobachtete Anaïs über den Tassenrand hinweg.

»Ferdinand von Leuthen? Dieser Affe?«

Anaïs' Stimme war ungewollt lauter geworden. Der Mann am Nebentisch faltete seine Zeitung zusammen, bedachte sie mit einem Blick, in dem sich seine Verachtung für Menschen ihrer Herkunft spiegelte, und machte dem Kellner ein Zeichen.

»Ja, der Ferdl, die Mutter aus Wien, eine geborene –«

»Der Ferdl ist ein präpotenter Affe.« Mit Genugtuung und einem Anflug schlechten Gewissens bemerkte Anaïs die Pein in Valeries Miene ob ihrer Ausdrucksweise. Es war wohl ein erneuter Versuch gewesen, sie als Frau eines Diplomaten vor jedem Zugriff zu schützen. »Sein Vater hat in Afrika eine schwarze Zweitfrau, wie man hört. Und mit der hat er Kinder wie die Orgelpfeifen. Kein Wunder bei der Gattin.«

Der Mann am Nebentisch stand auf und schmiss seine Zeitung auf den nächsten Stuhl. Ein Kellner eilte herbei, der Mann zahlte und ging, nicht ohne noch einen letzten verächtlichen Blick auf Anaïs zu werfen. Der Kellner lächelte entschuldigend.

»Kätzchen! Woher weißt du das denn?«

»Ferdls Schwester, die Constanze, hat jede Menge Fotos im Schreibtisch des Herrn Papa gefunden und sie in der Schule herumgezeigt.« Dass sie dem Stanzerl, wie Constanze von ihren handverlesenen Freundinnen genannt wurde, dafür die Nase blutig geschlagen hatte, tat nichts zur Sache.

»Gütiger Gott«, sagte Tante Valerie.

Anaïs nippte an ihrem Tee. »In der Fasanenstraße haben sie übrigens ein Frauenskelett gefunden. In dem alten Brunnenschacht im Hinterhof. Liegt wohl schon lange dort.«

»Gütiger Gott«, sagte Tante Valerie wieder.

»Wer hat eigentlich früher im Haus in der Fasanenstraße gewohnt? Ich meine, außer den Großeltern.« Anaïs beugte sich vor, stellte ihre Tasse ab, nahm sich stattdessen ein Scone von der Etagère, bestrich es großzügig mit Rahm und Erdbeermarmelade und biss hinein. »Mmh, fast so gut wie das von deiner Minna.«

Valerie wirkte aufrichtig entsetzt, ob nun wegen des Affen-Vergleichs oder des Skeletts, beides war anscheinend gleich schockierend. »Ein Frauenskelett, sagst du?«

Anaïs schluckte den Bissen hinunter. »Die Polizei meint, vielleicht ein Dienstmädchen, es trug ein Spitzenhäubchen.«

»Auf keinen Fall jemand aus unserem Haushalt.« Valerie schüttelte den Kopf. »Deine Großmutter gehörte nicht zu den Frauen, die kein Personal halten konnten.« In ihrer Welt verrieten sich Parvenüs unweigerlich durch die schlechte Behandlung und den damit einhergehenden ständigen Wechsel des Hauspersonals. »Obwohl diese jungen Dinger vom Dorf ja immer auf der Suche nach was Besserem sind.«

Valerie verschränkte die Hände im Schoß und blickte auf

ihre blassen Finger hinab. Eine Weile schien sie nachzudenken. Dann sagte sie: »Also im Dachgeschoss wohnte eine alte Dame, und die hatte mal ein Mädchen, das tatsächlich durchgebrannt ist, wenn ich mich recht erinnere.« Sie runzelte die Stirn. »Das dumme Ding hatte sich wohl selbst ins Unglück gebracht.« Typisch für solche Frauenzimmer.

»Das Mädchen war schwanger?«

»In der Hoffnung, ja, anscheinend.« Valerie zuckte die Schultern. »Sie war schon älter und hatte, glaube ich, bereits ein Kind. So ein magerer Bengel, hat sich immer im Treppenhaus herumgedrückt. Das Mädchen pflegte wohl einen recht leichtlebigen Lebenswandel.« Was bei Valerie alles zwischen einem Verhältnis und Prostitution heißen konnte.

Ein uneheliches Kind, dachte Anaïs, und die Aussicht, mit einem zweiten mittellos auf der Straße zu landen. Und was dann? Sie dachte an Josefine, die bestimmt die ganze Wohnung geputzt und eingekauft hatte und jetzt schon wieder zu Hause war und das Abendessen vorbereitete. Um sich unentbehrlich zu machen. Um nicht auf der Straße zu stehen.

»Weißt du, wie dieses Dienstmädchen hieß?«

»Ich? Um Gottes willen, nein, woher?«

»Wenn die Frau im Brunnen lange genug schwanger war, dann wird der Leichenbeschauer das vielleicht noch feststellen können.« Nach der Sache mit dem Ripper, so hatte Anaïs beschlossen, würde sie sich eingehend den Lebensumständen der Berlinerinnen widmen. Sie dachte da sogar schon an eine Artikelserie. Angesichts des vielen Zuspruchs ihrer Leserinnen konnte Kaiser nichts dagegen haben. »Als Dienstbote war sie doch bestimmt polizeilich gemeldet. Dann hätten wir ihren Namen.«

Valerie zog die Brauen hoch. »Reichen dir deine reißerischen Artikel über Friedrichshain nicht? Was geht dich ein leichtfertiges Frauenzimmer an, noch dazu nach so vielen Jahren?« Ihr Blick wurde scharf. »Oder steckt am Ende dieser Russe dahinter? Kann der sich das Dachgeschoss mit seiner Arbeit überhaupt leisten?«

»Er hat die Wohnung geerbt.«

»Was? *Von der alten Frau Leopold?*«

»Sie war eine Freundin seiner Mutter.«

»*Auguste Leopold?* Die hatte keine – *Freundinnen.*«

»Woher weißt du das denn? Kanntest du sie?«

»Ich bitte dich, selbstverständlich.« Tante Valerie schien empört. »Ich bin in dem Haus aufgewachsen. Meine Eltern kannten die Frau seit einer Ewigkeit. Sie war verwitwet und am Ende weit über neunzig und hatte keine Verwandten.« Sie schüttelte den Kopf. »Niemand hat die arme Haut am Ende ihres Lebens besucht. Sie ist einsam und allein gestorben.« Valerie klang bekümmert. »Man hat sie erst Wochen später gefunden, im Hochsommer. Du kannst dir ja vorstellen, weshalb.« Sie rümpfte die Nase. »Wir waren ja damals den Sommer über auf Capri.« Sie schenkte sich heißen Tee nach.

»Na, siehst du«, sagte Anaïs schnell und verdrängte den Gedanken an eine verwesende Leiche in der Wohnung über der ihren. Es war ein Schicksal, das viele vereinsamte Menschen nach dem großen Krieg traf. »Deswegen wird sie die Wohnung auch einer Freundin vererbt haben.« *Touché.*

»Janka.« Valerie setzte die Teekanne ab und nickte. »So hieß das Mädchen von der Leopold. Jetzt erinnere ich mich. Janka. Aus Polen.« Sie sah Anaïs ins Gesicht. »So, jetzt aber zu – Hans. Was für Zeiten, weiß Gott. Ich hoffe, du hast dich nicht auf etwas politisch Heikles eingelassen.«

»Ich tue nur meine Pflicht.«

»Kätzchen – wie unsagbar deutsch.« Valerie seufzte. »Willst du mir etwas über diesen … Unfall von Hans sagen? Der liebe Adam rät dringend dazu, ihn zu … verlegen.«

Anaïs verschränkte die Finger ineinander. »Ich werde mich darum kümmern, dass er bald zu seiner Familie kann.« Sie holte den Armreif mit dem Leopardenkopf aus ihrer Tasche und hielt ihn ihrer Tante über dem Tisch hin.

»Was hältst du davon?« Sie drehte den Reif im Licht hin und her. »Woher stammt der?«

Valerie starrte auf das funkelnde Schmuckstück wie auf eine

Giftschlange. »Gütiger Gott, wie kommst du denn dazu? Ich hoffe, du hast dir das nicht schenken lassen?«

»Es hat mit meiner Arbeit zu tun.«

Valerie nahm den Armreif mit spitzen Fingern entgegen und drehte ihn im Licht der großen Hängelampe über ihr hin und her. Die Brillanten an dem Oval, das den Leopardenkopf umgab, versprühten ihr Feuer, die Smaragdaugen der Raubkatze funkelten, als wäre sie lebendig und hungrig. Valerie klappte den goldgefassten Onyxreif auf und ließ ihn wieder zuschnappen, legte ihn in den Schoß und sah Anaïs scharf an.

»Eine herausragende Goldschmiedearbeit«, sagte sie, »und sehr wertvoll. Allerdings fehlt hier ein Stück der Sicherungskette. Woher hast du den Schmuck, Anaïs?«

»Man hat ihn mir in die Redaktion geschickt.« Anaïs zögerte, dann sagte sie tapfer: »Mit Grüßen vom Ripper.«

Valerie sagte nichts, aber ihre grünen Augen wurden so dunkel wie der See vor einem Gewitter. Krokodilaugen, hatte Anaïs sie als Kind genannt und den Rückzug angetreten.

»Die Einzige, die mir weiterhelfen kann, bist du. Ich kenne niemanden, der so viel über Kunstgeschichte weiß.«

Valerie musterte sie. »Du bist also doch in Gefahr.«

Anaïs gab keine Antwort.

Valerie sah zum Fenster hinaus, hinter dem eine Schlange aus Bussen, Autos und Pferdefuhrwerken auf den Kurfürstendamm zukroch. Ein Schupo stand auf seinem Podest, einen Arm zur Seite gestreckt, den anderen hocherhoben, und versuchte, mit Handzeichen und Pfeife den Verkehr um die Gedächtniskirche herumzulenken. Die in den Feierabend eilenden Menschen hatten Hüte und Kappen ins Gesicht gezogen und die Mantelkrägen hochgeklappt. Ein Paar in Abendkleidung stieg aus einer schweren Limousine und ging zu Fuß weiter.

Valerie wandte sich wieder Anaïs zu. »Es ist natürlich ein Cartier-Entwurf. Ich habe selbst so eine Leopardenbrosche.« Sie hielt sich den Armreif vor das Gesicht, kniff die kurzsichtigen Augen etwas zusammen und musterte die goldene Innenseite. »Das ist allerdings seltsam.«

»Ist der Armreif nicht echt?«
»Doch, aber ... er stammt nicht aus Paris.«
»Sondern?«
»Vom Kurfürstendamm.« Valerie drehte den Reif so, dass Anaïs das Innere erkennen konnte. »Siehst du den Stempel neben der Goldpunze?« Anaïs nickte. »*M & B* – der Schmuck ist in der Werkstatt von Meyer & Beer angefertigt worden. Von hier nur ein paar Meter den Ku'damm nach Westen hinunter.« Sie reichte Anaïs den Armreif. »Der Mörder, über den du schreibst, hat jedenfalls mit wertvollen Dingen zu tun.«
»Also ein Berliner. Ein Goldschmied?«
»Wohl eher ein Mann mit Geld.«
»Der am Schlesischen Bahnhof sein Vergnügen sucht.«
»Ein Hungerleider geht kaum zu Meyer & Beer.« Valerie zuckte die Schultern. »Es sei denn, er wäre ein Dieb.«
»Daran habe ich noch gar nicht gedacht ...« Anaïs hatte den Tatort berücksichtigt, ein Elendsviertel, und den Vortrag von Professor Magnus über geborene Verbrecher. Der Täter musste jedoch keineswegs aus dem Milieu stammen, ja, war es nicht sogar wahrscheinlicher, dass sich die toten Frauen auf einen gut gekleideten Mann eher einließen, in der Hoffnung auf eine großzügige Entlohnung? Sie steckte den Armreif in die Tasche zurück. »Vielen Dank, Tante Wally.«
»Schön, Kätzchen, und du kommst mit zu mir«, sagte Valerie. »Ich halte es unter den gegebenen Umständen für zu gefährlich für dich, allein in der Stadtwohnung zu leben.«
»Ich kann nicht.« Anaïs seufzte. Alles im Haus ihrer Tante war ruhig und gediegen. Und sicher, natürlich. Sie konnte ihre Stellung kündigen und in das großbürgerliche Leben zurückkehren, für das sie erzogen worden war. Tante Wally würde sie mit offenen Armen aufnehmen und kein Wort über ihr berufliches Scheitern verlieren. Und beim nächsten Abendessen würde Ferdinand von Leuthen ihr Tischherr sein.
»Morgen ist doch Redaktionskonferenz.« Jetzt hielt ein schwarzer Benz am Straßenrand. Der Fahrer kurbelte das Fenster herunter und spähte ins Innere des Cafés. »Halb

sechs – Hanke ist gerade vorgefahren.« Sie winkte ihm, und er stieg aus.
»Aber so ganz allein in der großen Wohnung …«
»Du solltest mein tatkräftiges Mädchen kennen.« Anaïs stand auf. »Sie wartet sicher schon mit dem Essen auf mich. Und ich muss auch noch auf einen Sprung zu Meyer & Beer.«
»Trotzkopf.« Valerie lächelte resigniert und gab einem Kellner ein Handzeichen, dass sie zahlen wollte und er ihren Mantel bringen sollte. »Na schön, wir werden ja sehen.«
Da ist das letzte Wort noch nicht gesprochen, hieß das.

Anaïs lief den Kurfürstendamm hinunter. Lichtreklamen leuchteten auf, wanderten weiter, kehrten zurück und veränderten ständig das Stadtbild. Die großen Geschäftshäuser hatten in den letzten Jahren ihre bunteren, moderneren Filialen gegründet, immer neue Läden waren entstanden, Fronten in Glas, Metall und Holz verbargen das Erdgeschoss der bürgerlichen Vorderhäuser, denen sich auch hier die finsteren Hinterhäuser anschlossen, Fassaden mit klaren Linien ersetzten nach und nach die Treppen und Portale und Säulen der Kaiserzeit. Vor einigen Geschäften glommen Kohlebecken, um den Fluss der Kunden nicht in der Abendkälte zum Stocken zu bringen. Lebenshunger und der Wille zu südlicher Leichtigkeit schienen das märkisch provinzielle Berlin erfasst zu haben. Als wäre es möglich, die entbehrungsreichen Kriegsjahre durch Überfluss und Verschwendung vergessen zu machen.
Anaïs ging auf ein Geschäft zu, dessen Auslage und Eingangsportal von goldenen Säulen eingerahmt waren. Auf der Rauchglastür war der goldene Schriftzug *Meyer & Beer* in hohen, schlanken Lettern aufgemalt. Zwei junge Frauen in eleganten Kostümen, mit Pelzstolen um die Schultern und Kappen auf den Köpfen, standen vor der Auslage. Als sie Anaïs' Absätze hinter sich klappern hörten, drehten sie sich um und ließen ihre Blicke abschätzig über den Neuankömmling schweifen. Anaïs versuchte, ihre Mienen zu ignorieren, und ging geradewegs auf das Juweliergeschäft zu. Die beiden

Frauen wandten sich schnell ab und schlenderten den Kurfürstendamm hinunter. Ein getuschelter Name blieb in der Luft zurück. *Die Baker.*

Eine junge Frau mit blondem Bubikopf und in schlichtem schwarzem Kleid öffnete Anaïs die Ladentür, kaum dass diese sich ihr näherte, als hätte sie ihre Ankunft bereits erwartet.

»Guten Abend, gnädiges Fräulein.«

Die Verkäuferin gab den Weg in den Laden frei und schloss die Tür nach einem schnellen Blick auf die Straße wieder. Dann geleitete sie Anaïs über den in schwarz-weißem Schachbrettmuster verlegten Marmorboden an einen schwarz lackierten Tisch im Hintergrund des Ladens. Anaïs ging an Glaswürfeln auf schwarzen Marmorsockeln vorbei, in denen unter Messinglämpchen Colliers und Ohrgehänge präsentiert wurden, Vasen in bunten, floralen Mustern milchig schimmerten und sich vergoldete Tänzerinnen verrenkten. In aufgeklappten Fabergé-Eiern wurden Ringe präsentiert, um den rosafarbenen Spitzenfächer einer Koralle wanden sich mehrere Reihen meterlanger Perlenschnüre, wie sie gerade in Mode waren.

»Was darf ich zeigen?«, fragte die Verkäuferin, die hinter einem mit grünem Filz bezogenen Tisch Aufstellung genommen hatte. »Soll es ein Geschenk sein? Für einen Herrn oder eine Dame? Hat gnädiges Fräulein bereits eine Vorstellung?« Ihr Lächeln war freundlich, aber herablassend.

Anaïs trat an den Tisch und zog den Armreif aus der Tasche. »Man hat mir gesagt, dieser ausgefallene Schmuck wäre in Ihrem Haus gefertigt worden.« Sie drehte den Reif im Licht der Lampen, die Brillanten funkelten. »Ich würde gerne wissen, wann und von wem.«

Die junge Frau warf einen Blick auf den Leoparden und hob die dünnen aufgemalten Brauen. »So ein Stück habe ich bei uns noch nicht gesehen. Aber ich werde gerne Herrn Meyer bitten, sich Ihren Armreif anzusehen.« Sie fasste unter den Tisch und drückte einen Knopf, irgendwo im Hintergrund des Ladens schrillte eine Klingel. »Herr Meyer wird Ihnen bestimmt weiterhelfen können.« Sie ließ Anaïs nicht aus den

Augen, als befürchtete sie, der Armreif wäre nur ein Vorwand und ein Raubüberfall stünde unmittelbar bevor.

Herr Meyer war klein, rund und trug einen dreiteiligen grauen Anzug, dessen ausgezeichneter Sitz von der Kunst eines erstklassigen Herrenschneiders zeugte. Er ließ sich von seiner Verkäuferin das Problem erklären, nahm den Armreif entgegen, zog eine kleine Lupe aus der Westentasche und klemmte sie sich ins rechte Auge.

»Aha«, sagte er, während er den Reif unter dem dicken Glas hin und her wendete. »Ja, ja.« Er versetzte dem Leopardenkopf einen Stupser, die Raubkatze nickte. »Sehr schön, sehr schön.«

Anaïs verlagerte das Gewicht von einem Bein aufs andere. »Er ist doch echt, nicht wahr?«

Herr Meyer hob die goldene Innenseite vor das Vergrößerungsglas, warf einen Blick auf die Punze und sagte: »In der Tat, in der Tat.« Er legte den Armreif auf den Tisch und ließ die Lupe mit einem Augenzucken in seine rechte Hand fallen. »Ich hätte nicht gedacht, dass ich diese exquisite Arbeit noch einmal sehen würde.« Er fasste Anaïs ins Auge. »Wie kommen Sie an den Schmuck? Wo haben Sie ihn erstanden?« Ein scharfer Unterton lag in seiner Stimme.

»Ich habe ihn geschenkt bekommen.«

Herr Meyer hob die Brauen. »Geschenkt?«, fragte er gedehnt, als hätte sie ihm soeben die Kronjuwelen von England vorgelegt. »Von wem, wenn man fragen darf?«

»Ich hatte gehofft, Sie könnten mir das sagen.«

Herr Meyer räusperte sich. »Dieser Armreif ist tatsächlich bei uns gefertigt worden. Die Arbeit liegt aber mindestens zwanzig Jahre zurück.« Er schnaubte ärgerlich.

»Dann ist er ja schon vor dem großen Krieg entstanden«, sagte Anaïs überrascht. »Der Entwurf wirkt so – modern.«

»Damals war er geradezu revolutionär.«

»Von wem stammt er denn?«

»Von einem talentierten jungen Goldschmied«, sagte Herr Meyer. »Hatte erst Schlächter gelernt, das war aber wohl nicht der richtige Beruf für ihn.« Er musste Anaïs' Miene gelesen haben, denn er fuhr mit dem Zeigefinger am Körper des Leoparden entlang. »Da, sehen Sie? Da stimmt alles – die Muskeln, die Gelenke, das Spiel der Halswirbelsäule. Anatomisch perfekt.«

Anaïs spürte, wie sich ihr Nacken verhärtete. »Der Mann hatte also anatomische Kenntnisse.«

*Wie der Ripper, wie der Ripper, wie der Ripper.*

»Als Schlächter? Selbstverständlich.«

Anaïs räusperte sich. »Haben Sie ihn deshalb genommen?«

Herr Meyer hakte die Daumen in die Taschen seiner Weste, schien über ihre Frage nachzudenken. »Jurek«, sagte er schließlich, »so hieß der Lehrling, war ein netter Junge. Schüchtern und überhaupt nicht derb, den Schlächter traute man ihm gar nicht zu. Wenn ich mich recht erinnere, hatte ihn seine Mutter mit zwölf Jahren gezwungen, in den Schlachthöfen in Friedrichshain zu arbeiten.« Er nickte ein paarmal. »Dabei strebte er nach höherer Bildung, steckte in jeder freien Minute seine Nase in irgendein zerfleddertes philosophisches Buch. Nun, eines Tages stand er hier im Laden, so ein abgerissener Halbwüchsiger. Ich wollte schon die Polizei rufen. Aber er hatte ein paar Entwürfe gezeichnet.« Herr Meyer griff nach dem Armreif, ließ den Leoparden nicken. »Die hatten so etwas … Kreatürliches. Als hätte er die göttliche Schöpfung erfasst.« Er hob den Blick. »Unser Metier verlangt Kreativität. Ich wollte ihm eine Chance geben.«

*Etwas Kreatürliches.*

»Wie hieß dieser Lehrling mit Nachnamen?«

»Grabowsky. Er hieß Jurek Grabowsky.«

»Und wo finde ich Herrn Grabowsky jetzt?«, fragte Anaïs und spürte, wie sich ihr Herzschlag beschleunigte. Konnte die Jagd ein so schnelles Ende gefunden haben?

Herr Meyer musste lachen, aber es klang nicht lustig. »Sie … Sie, Fräulein – das wüssten wir auch nur zu gern!« Er schnaufte. »Jurek ist über Nacht spurlos verschwunden, einfach untergetaucht. Und zwar mitsamt seinem Gesellenstück. Er schuldet unserem Haus einiges.«

»Sie meinen diesen Leopardenarmreif?«

Herr Meyer nickte. »Das Material hat unser Haus zur Verfügung gestellt«, sagte er. »Das machen wir in Ausnahmefällen so. Jurek hätte die Kosten natürlich abarbeiten müssen. Das Stück gehört somit uns.«

Anaïs nahm den Armreif. »Vielleicht hat man diesen Grabowsky damals überfallen und den Schmuck geraubt.«

»Kaum«, sagte Herr Meyer. »Jurek Grabowsky hat seinen Entwurf in Paris verkauft. Cartier hat den Leoparden zu seinem Markenzeichen erkoren und Furore damit gemacht.«

»Ich weiß«, sagte Anaïs und dachte an Tante Valeries Leopardenbrosche. »Wann haben Sie davon erfahren?«

»Als Cartier international Annoncen lanciert hat.« Er streckte die Hand aus. »Er gehört unserem Haus.«

»Sie irren, er gehört mir.«

»Wir vermeiden Aufsehen, wenn ich nicht die Polizei rufe.«

»Wir vermeiden Aufsehen, wenn wir die Frage des gutgläubigen Besitzes nicht vor dem Richter klären müssen«, sagte Anaïs und schenkte Herrn Meyer ein Lächeln. Sie hatte im Zusammenhang mit gestohlenen Gemälden davon gelesen. »Ihr Haus legt Wert auf Diskretion, und wenn eine Zeitung …«

»Anaïs Maar.« Herr Meyer schüttelte den Kopf. »Sie kamen mir doch gleich bekannt vor. Ich habe Sie im Eleganten Blatt gesehen. Darf ich davon ausgehen, dass der Name unseres Hauses wenigstens nicht im Brennpunkt erwähnt wird?«

Anaïs machte eine verständnisvolle Miene. »Natürlich, aber dafür habe ich noch eine oder zwei Fragen.«

Herr Meyer nickte wortlos.

»Haben Sie sich bei Cartier nach Grabowsky erkundigt?«

»Haben wir«, sagte er. »Aber man konnte uns in Paris nicht weiterhelfen. Ein Mann namens Jurek Grabowsky war dort nicht bekannt.« Er zuckte die Schultern. »Über unsere Mitarbeiter erteilen wir in unserer Branche aber in der Regel auch keine Auskunft. Sie arbeiten mit wertvollen Materialien und Entwürfen. Es geschieht also vornehmlich zu ihrem Schutz.«

Anaïs fühlte, wie ihr Herz sank.

Die Verkäuferin trat an den Tisch und flüsterte Herrn Meyer ein paar Worte zu, der daraufhin nickte.

»Fräulein Maar, darf ich sonst noch etwas für Sie tun? Wir schließen gleich, und …«

»Selbstverständlich«, sagte Anaïs. »Man wartet ohnehin auf mich, und ich bin schon verspätet. Vielen Dank für Ihre Zeit und Ihre Auskünfte, Herr Meyer, Sie waren sehr großzügig. Ich werde Tante Valerie gerne davon berichten.«

Herrn Meyers rundes Gesicht färbte sich rosa. »Bitte richten Sie Fräulein Maar meine besten Grüße und meine vorzügliche Hochachtung aus. Wir freuen uns immer, sie in unserem Haus begrüßen zu dürfen. Es war mir ein Vergnügen, Ihnen zur Verfügung zu stehen, gnädiges Fräulein.«

Die Verkäuferin knickste und geleitete Anaïs zur Tür.

Die Lichter des Kurfürstendamms blinkten, die Leuchtreklamen liefen über die Häuserfronten, und der Verkehr hatte auch am Abend nicht nachgelassen. Anaïs drängte sich durch die Nachtschwärmer, die sich zu ihren abendlichen Vergnügungen aufmachten, und war froh, als das rote Klinkerhaus in der Fasanenstraße endlich vor ihr lag.

Die schmiedeeisernen Straßenlaternen warfen gelbes Licht und geschnörkelte Schatten auf die Fassade, im Souterrain und im Dachatelier brannte Licht. Nur in der Beletage war es dunkel. Wahrscheinlich hatte sich Josefine am Nachmittag hingelegt – sie hatte eine geradezu kindliche Freude an ihrem Bett –, war eingeschlafen und hatte die Zeit übersehen. Schnell lief Anaïs über die Straße und betrat die Halle, in der die Tiffanylampe ihren mystischen Schein verbreitete.

Anaïs eilte die Treppe hoch und schloss die Tür auf.

»Josefine – ich bin's!« Sie machte das Licht im Flur an. »Tut mir leid, dass ich mich verspätet habe.«

Niemand antwortete ihr.

Auf einmal hatte Anaïs ein mulmiges Gefühl.

Sie ging in die Küche, noch immer in der Erwartung, dass das Abendessen vorbereitet und der Tisch gedeckt war. Die

Küche war aufgeräumt und geputzt, das Frühstücksgeschirr stand abgewaschen auf dem Abtropfbrett. Josefine hatte es nicht wie sonst im Lauf des Tages in den Geschirrschrank geräumt. Auf dem Küchenherd stand ein Topf mit vorgekochter Kartoffelsuppe, die appetitlich nach Majoran duftete. Aus einem Zeitungspäckchen lugten zwei Paar Würstchen hervor.

Anaïs machte auf dem Absatz kehrt, marschierte zu Josefines Zimmer und klopfte energisch an die Tür. »Josefine, du Murmeltier – es ist gleich halb acht!«

Hinter der Tür blieb alles ruhig.

Auf einmal wusste Anaïs, dass Josefine gar nicht da und sie allein in der großen Wohnung war. Zur Sicherheit drückte sie die Klinke herunter und öffnete die Tür.

Das Bett war gemacht, die wenigen Habseligkeiten, die Josefine besaß, waren aufgeräumt. Die junge Frau hatte die Wohnung also in der Absicht verlassen, zum Abendessen zurück zu sein. Josefine war so glücklich über ihre Stellung, dachte Anaïs, sie erfüllte alle Aufgaben mit Hingabe, niemals wäre sie weggeblieben, ohne eine Nachricht für sie zu hinterlassen. Vielleicht machte sie noch eine letzte Besorgung in einer der Konditoreien am Kurfürstendamm.

Anaïs setzte sich mit einem Buch in einen Ohrensessel im Herrenzimmer und richtete sich auf Warten ein.

Als Josefine gegen neun Uhr immer noch nicht zu Hause war, überlegte sie, die Polizei zu verständigen. Dann fiel ihr ein, dass sie davon gesprochen hatte, ihre Familie zu besuchen. Bestimmt hatte man beim Plaudern die Zeit übersehen, und Josefine hatte beschlossen, über Nacht zu bleiben. Mit diesem beruhigenden Gedanken ging Anaïs zu Bett.

# EINUNDZWANZIG

»*Schlägt der Ripper wieder zu?*«
Die Zeitungsjungen standen neben den schlafenden Steinlöwen am Eingangstor, wedelten mit ihren Zeitungen und schrien sich die Hälse wund. Während die Kinder zu den Gehegen vorausrannten, kauften die Erwachsenen noch schnell die letzten Nachrichten zum Ripper, um sich später auf einer Bank in der warmen Herbstsonne ihrer Sensationsgier hinzugeben.
»*Nicht mehr lange bis zum nächsten Mord, liebe Leute!*«
Sogar hier, im Zoo, wo Jurek an diesem Sonntag Anfang November spazierte und den Tieren, von denen er jedes einzelne kannte und liebte, einen Besuch abstattete, war die Unruhe zu spüren. Seit Wochen beherrschte der Ripper das Tagesgeschehen. Anaïs Maars Artikel, in dem sie die Morddaten des Londoner Rippers und die des Berliner Serienmörders verglich, hatte die Stimmung zum Überkochen gebracht. Es ging nicht mehr um einen Dirnenmord in einem Milieu, das man meist nur vom Hörensagen kannte, jetzt waren die öffentliche Ordnung und alle Frauen in Gefahr.
Jurek selbst hatte diesmal keine Zeitung gekauft.
Er schlenderte zwischen den Käfigen herum, und während er die gefangenen Tiere betrachtete, dachte er an die Frau, die ihm am vergangenen Abend so übel mitgespielt hatte. Er fasste in die Tasche, streichelte das billige Unterpfand, das er der Frau wenigstens abgenommen hatte.
Dabei fiel ihm Anaïs Maar ein.
Er hatte ihr einen neuen Hinweis zukommen lassen. Noch ein paar Monate, dann war seine Mission beendet, würde er in das Heer der biederen Berliner eintauchen und sich an dem Unglauben und dem Misstrauen seiner Mitbürger ergötzen.
Dann war er endlich frei.
Im Vorübergehen warf Jurek einen Blick auf den Geier, der seinen Horst auf einem künstlich geschaffenen Felsvorsprung

hatte, in dessen Spalten Almrausch und Latschenkiefern wuchsen, und dessen einstmals wilder Blick nun müde durch die Eisenstäbe in eine Ferne gerichtet war, die nur er sehen konnte.

Jurek war es leid um die Tiere.

Ihre Behausungen hatte man aufwendig als Tempel verkleidet, als wollte man ihnen huldigen, und es waren doch nur Verliese. Das Kamel bewohnte eine Moschee, die von einem mit einem Halbmond geschmückten Turm überragt wurde. Ein Balkon führte ins Nichts, war reine Zierde. Die Bisons und die Wisente standen untätig zwischen Totemsäulen mit Vogelschnäbeln, über denen die Rachen fratzenhafter Götter Frösche verschlangen.

Bekümmert und nachdenklich spazierte Jurek weiter.

Würde Anaïs Maar daran denken, welches Schicksal der nächsten Frau bevorstand? Diese Arbeit würde sein Meisterwerk werden und auch dem Letzten noch klarmachen, auf wessen Spuren er gewandelt war.

Zwei Frauen kamen ihm entgegen, er grüßte höflich. Ihr Blick streifte seine alte Jacke und die geflickte Hose. Gleich begannen sie mit einem sinnlosen Geschwätz. Jurek war ein Niemand, er war Luft, es gab ihn nicht.

Inzwischen hatten nahezu alle Zeitungen die Spur aufgenommen, überboten sich mit reißerischen Artikeln und Spekulationen. Der Ripper von Berlin hatte es in seriöse Blätter, in die Wochenschauen, ins Radio, ja sogar in die internationale Presse geschafft. Selbst ernannte Fachleute meldeten sich zu Wort. Frauenzeitschriften rieten ihren Leserinnen, nach Einbruch der Dunkelheit nicht mehr allein unterwegs zu sein. Ein Meister in japanischen Kampfsportarten bot Kurse für Damen an. Reformkleidung und flache Schuhe erlebten einen neuen Aufschwung in den Modeblättern, wie er gelesen hatte.

Jurek wusste, was in Berlin los war.

Die Morde in Friedrichshain waren schließlich in aller Munde. An jeder Straßenecke wurde über sie getuschelt, diskutiert, geschimpft. Die Fama war erwacht und hatte ihr finsteres Haupt erhoben. Jetzt raste sie durch Berlin und suchte hechelnd ihre Opfer. Gerüchte schwirrten in den Straßen, in Geschäften, Cafés und Theaterfoyers. In privaten Zirkeln war der Ripper von Berlin das Thema des Abends, Spekulationen und Verdächtigungen machten hinter vorgehaltener Hand oder ganz offen die Runde. Hysterisch wurde überlegt, ob man nicht gerade in diesem Augenblick ...? Jemand wollte aus zuverlässigster Quelle gehört haben, dass der Täter in allerhöchsten Kreisen zu suchen war. Politische Parteien und Bewegungen fanden je nach weltanschaulicher Ausrichtung einen passenden Sündenbock und nutzten die Gunst der Stunde für sich.

Jurek blieb vor einem Eisengitter stehen, hinter dem ein Leopard mit geschmeidigen Bewegungen von einer Seite seines Käfigs zur anderen lief, sich, dort angekommen, halb auf die Hintertatzen erhob, umdrehte und denselben Weg in gleicher Art zurücklegte, um sich am Ende des Käfigs wieder halb auf die Hintertatzen zu erheben, umzudrehen und zurückzukehren. Das Tier schien sich auf einem nie endenden Weg zu befinden.

Mitleidig beobachtete er die Raubkatze, die keinen anderen Gang zu kennen schien als ebendiesen. Er bewunderte die leuchtenden Augen und das Zusammenspiel der Muskeln unter dem gesprenkelten Fell, kannte jeden Knochen und jedes Gelenk, das dieses Wunder der Natur erst möglich machte und in Bewegung hielt. Wie liebte er die Schönheit dieser erhabenen Katzen, die jeder weiblichen Eitelkeit und Falschheit entbehrte.

Ergriffen wandte er sich ab und setzte seinen Weg fort.

Sollte er dem Indischen Tiger einen Besuch abstatten?

Bei dem Gedanken fiel ihm ein, dass es wohl Menschen gab, die Inkarnation als Strafe betrachteten. Die Hindus in Indien waren sich ihrer Wiedergeburt sicher und versuchten, das ewige Rad von Geburt und Wiedergeburt zum Stillstand zu bringen und durch selbst auferlegte Entbehrungen Erlösung zu finden.

Sehnte er selbst sich nach Erlösung?

In drei Tagen, am 9. November, würde er sein nächstes Opfer darbringen. In drei Tagen würde Jurek als angesehener

Bürger in den bürgerlichen Mief der Großstadt eintauchen, die eigentlich eine Kleinstadt war. Wer konnte das besser beurteilen als er?

Irgendwo wurden Trommeln geschlagen.

Jurek wandte das Gesicht in ihre Richtung. Zwei Polizisten bewachten die Pforte in einem Zaun. Familien und Kindergruppen strömten an ihnen vorbei auf die dahinterliegende Wiese. Gut gelaunt schloss Jurek sich ihnen an. Als er an den Polizisten vorbeikam, nickte er ihnen zu, und die beiden Ordnungshüter tippten an ihre Helme. Die Polizei stand anscheinend unter nie da gewesenem Ermittlungsdruck. Wie die Zeitungen berichteten, hatte man die Zahl der nächtlichen Streifengänge auf den Straßen erhöht.

Der Zoo hatte Besuch – eine Völkerschau gastierte.

Beduinen in weißen Gewändern beugten ihre Köpfe über ein Lagerfeuer und brieten ein frisch geschlachtetes Lamm am Spieß. Er konnte das blutige Fell über einem Blecheimer sehen, der wohl die Eingeweide enthielt. Inder stelzten auf langen, dünnen Beinen einher. Ein paar Wilde in Baströckchen und mit Federkronen auf dem Kopf führten einen Kriegstanz auf, wirbelten in Kreisen herum und schlugen wie wild die Trommeln.

Jurek beobachtete das bunte Treiben mit einer Mischung aus Mitleid und Verachtung. Je länger er an die stille Würde und Trauer der gefangenen Tiere dachte, desto abstoßender schien ihm die Schamlosigkeit der Menschen, die sich hier vor den sensationsgierigen Augen aller zur Schau stellen ließen.

Die Menschheit steuerte wahrlich auf einen Abgrund zu.

Die Trommeln wurden lauter, schneller und immer schneller, sie rasten und wurden zu Kriegstrommeln, die ihn lockten, bezauberten und in ihren Bann schlugen. Auf einmal sah er seinen Weg in neuer Klarheit vor sich. Er war Luzifer, er brachte Licht auf diese verderbte Erde. Sein Kampf näherte sich jedoch noch nicht dem Ende. Unzählige arme Seelen irrten noch umher und erflehten ihre Erlösung von ihm.

Luzifer fasste in die Tasche und befingerte das Kreuz.

# ZWEIUNDZWANZIG

Die Rote Burg war eine Legende.

Das aus roten Ziegeln erbaute Polizeipräsidium erhob sich mit seinen Rundtürmen so imposant und einschüchternd über dem Alexanderplatz, als wollte das Bauwerk die Macht des Polizeiapparats auch mit seinen Mauern demonstrieren. Ein zweites Scotland Yard hatte es werden sollen.

Anaïs stieg in Berlin-Mitte an der Haltestelle Alexanderplatz aus der Elektrischen. Sofort erfasste sie der schneidende Wind, der hier immer um alle Ecken strich und über den weiten Platz fegte.

Vor sich konnte sie die neue U-Bahn-Station sehen. Darunter hämmerte und dröhnte es, Lore für Lore verschwand im Untergrund mit Zement beladen und kam mit Schutt wieder ans Tageslicht. Man konnte förmlich spüren, wie sich das U-Bahn-Netz unsichtbar unter der Erde Schiene für Schiene ausbreitete. Schupos, die Beine in Wickelgamaschen und mit Gummiknüppeln an der rechten Seite, schwenkten die Arme in alle Himmelsrichtungen, ließen den Verkehr an sich vorbeifließen und überwachten den Platz und die Einhaltung der Verkehrsregeln. Dreißig Fußgängern zugleich gestatteten sie, über den Platz zu laufen, ein Teil schaffte es nur bis zur Schutzinsel, der Rest bis auf die andere Straßenseite. Ihr Anblick erinnerte an eine Hammelherde.

Der Wagen, an dem Anaïs vor ein paar Wochen die Orange gekauft hatte, stand immer noch da. Diesmal hatte er Bananen im Angebot. Loeser & Wolff warben für ihre Zigarren – Havanna, Mexiko, Zigarre Nr. 8, alles in bester Qualität, in Kisten zu hundert Stück. Aschinger hatte ein großes Café und Restaurant. Feine Wurstwaren auch außer Haus, Leberwurst und Blutwurst billig.

Der grüne Zeitungsstand verkaufte die Berliner Illustrirte Zeitung, Die Dame, Das Blatt der Hausfrau, den nationalsozialistischen Illustrierten Beobachter, das Berliner Tageblatt und den Völkischen Beobachter. Ein Zeitungsjunge schrie die aktuellen Schlagzeilen des Berliner Standard in die Welt hinaus.

Anaïs klappte den Mantelkragen hoch, lief auf das rote Polizeipräsidium zu und rettete sich vor dem schneidenden Wind in die Eingangshalle. Hier drängten sich die Menschenmassen, versuchten, einen Blick auf den Glaskasten mit den neuesten Aushängen zu erhaschen, oder sahen sich hilflos suchend um. Auf Holzbänken an den Wänden saßen Kriegsinvalide, alte Leute und Frauen mit kleinen Kindern mit spitzen Gesichtern. Ein Uniformierter mit Polizeikappe stand an der halbhoch braun gestrichenen Wand und leitete die Fragesteller in das Gängelabyrinth des riesigen Bauwerks. Einwohnermeldeamt, Passstelle für In- und Ausländer, Fundbüro, Wohlfahrtsstelle für hilfsbedürftige Jugendliche … Vermisstenstelle.

Ein schlanker Mann mit grauem Hut, grauem Schal und braunem Mantel, eine Aktentasche unter dem Arm, eilte an Anaïs vorbei. Er streifte sie kurz mit einem Blick, dann lief er weiter und die breite Treppe hinauf.

*Vermisstenstelle – ja, aber wo?*

»Können Sie mir bitte weiterhelfen?« Anaïs lächelte den Polizisten an. »Ich möchte jemanden vermisst melden.«

Der Mann musterte sie. »Sind Sie nicht Fräulein Maar? Die Kriminalreporterin vom Brennpunkt? Der Ripper, was?«

Oh Gott, das auch noch. »Ja, aber …« Sie hüstelte. »Also mein Mädchen ist nicht nach Hause gekommen. Sie heißt Josefine Hoffmann. Ich bin ihretwegen in großer Sorge.«

»Dienstmädchen, sagen Sie? Sie, da würde ich aber noch zuwarten. Die jungen Dinger kommen meist von selbst wieder.«

Anaïs fing an sich zu ärgern, ein Mann rempelte sie von der Seite an, von hinten drängten andere Menschen nach. »Ich fürchte, es ist ihr etwas passiert«, sagte sie. »Man hat mir eine anonyme Nachricht geschickt. Verstehen Sie?«

Der Polizist machte eine strenge Miene.

»Die Polizei muss mir helfen, sie zu suchen.«

»Wenn Sie das andeuten, was ich denke – dann müssen Sie nicht zur Vermisstenstelle, sondern gleich in die Mord.«
*»Die Mord...?«*
»Die Mordkommission.« Der Mann winkte einem Büroboten, der gerade mit einem Stapel Akten vorbeilaufen wollte. »Neumann, bring die junge Dame hier mal in die Mord!«

Schien es Anaïs nur so, oder hielten die Umstehenden auf einmal Abstand? Sie dankte dem Polizisten und lief dem Büroboten hinterher, wobei sie jeden Augenkontakt zu den anderen Leuten vermied. Über eine mit rotem Läufer belegte Treppe ging es in ein oberes Stockwerk. Auch hier waren die Wände halbhoch braun gestrichen, und zwischen den grau lackierten Türen standen Holzbänke. Nur dass hier niemand saß und geradezu Totenstille herrschte.

Neumann klopfte an die zweite Tür links, und als eine Männerstimme antwortete, öffnete er sie für Anaïs.

Der Raum war mit Aktenschränken vollgestellt und mit Regalen, auf denen sich Kästen stapelten. Die Tinte auf der Beschilderung war zum Teil schon hellblau verblasst.

»Herr Oberkommissar, eine Dame für Sie.«

Der Mann, der hinter einem mit Aktenstapeln beladenen Schreibtisch aufstand, war jener mit dem grauen Hut, der Anaïs schon in der Eingangshalle aufgefallen war. Jetzt hingen Hut und Mantel an einem Kleiderständer in der Ecke, und er trug eine braune Weste über einem weißen Hemd und eine braun-blau gestreifte Krawatte. Er hatte blondes, auf der Seite gescheiteltes Haar und ein längliches Gesicht. Die blauen Augen schienen sich in den Außenwinkeln ein wenig nach unten zu ziehen, was ihnen einen melancholischen Ausdruck verlieh. Eine lange Nase saß über schmalen Lippen. Der Mann musterte Anaïs kurz, dann nickte er. Der Bürobote schloss die Tür von außen hinter sich.

»Hans von Hartmann«, sagte der Oberkommissar und reichte Anaïs die Hand. Dann wies er auf einen von zwei Holzstühlen vor seinem Schreibtisch. »Bitte, gnädiges Fräulein, nehmen Sie doch Platz. Was darf ich für Sie tun?«

Anaïs zog ihre Handschuhe aus und knöpfte ihren Mantel auf. »Anaïs Maar«, sagte sie. Dann setzte sie sich und holte aus ihrer Handtasche die in ein weißes Taschentuch mit ihrem Monogramm gewickelte Kette mit dem Goldkreuz. Sie legte den Schmuck auf die aufgeschlagene Akte vor Hartmanns Nase. »Die Kette gehört meinem Mädchen Josefine.« Oder gehörte? Bitte nicht! »Sie ist seit gestern abgängig. Man hat mir ihre Kette geschickt. Ich fürchte … ich muss befürchten, dass sie sich in den Händen eines Gewalttäters befindet. Und dass dies seine Botschaft für mich ist.«

Hartmann betrachtete das Kreuz. »Ein sehr wertvoller Besitz für ein Dienstmädchen. Darf ich fragen, woher …?«

»Es handelt sich um ein Erbstück.«

Er nahm das Kreuz in die Hand, drehte es in den langen, schlanken Fingern. »Ich wollte damit nicht andeuten, dass Ihr Mädchen irgendwelche Nebeneinkünfte hat. Aber ich kenne Ihre Artikel, Fräulein Maar, und ich weiß, mit wem Sie sich beschäftigen. Deshalb hat man Sie wohl zu mir geschickt. Meine Abteilung ermittelt in den Ripper-Fällen.«

»Josefine Hoffmann gehört nicht zum Milieu.« Es ärgerte Anaïs einmal mehr, dass einer jungen Frau aus einer unteren Gesellschaftsschicht unterstellt wurde, sie könnte nur durch Prostitution an wertvolle Dinge gelangen. »Fräulein Hoffmann ist eine angehende Schauspielerin, Herr von Hartmann.«

Hartmann warf ihr einen ungläubigen Blick zu. »Ach ja.«

»Ja, und wenn Sie schon wissen, dass ich über den Berliner Ripper schreibe, dann wäre wohl etwas mehr Mitgefühl mit der jungen Dame am Platz.«

Hartmann lehnte sich zurück und fuhr sich mit den Händen über das Gesicht. Als er sie wieder herunternahm, sah Anaïs, dass seine Haut blass und seine Gesichtszüge müde waren. Natürlich beschäftigte er sich seit Monaten mit nichts anderem als diesem frauenaufschlitzenden Ungeheuer. Lief dem Täter hinterher, kam immer zu spät, stand an Tatorten vor zerstörten Leben und brütete über Bildern des Polizeifotografen, bei deren Anblick jeder Betrachter an der Menschheit zu zweifeln begann.

»Verzeihen Sie«, sagte Anaïs kleinlaut.

»Ich weiß, was Sie fürchten, Fräulein Maar.«

»Professor Magnus hatte mir furchtbare Bilder gezeigt.«

Hartmann stieß sich von der Rückenlehne ab, schnellte nach vorn und verschränkte die Hände vor sich auf dem Schreibtisch. Sein Blick war eindringlich. »Woher kennen Sie Leopold Magnus?«, frage er scharf, ja geradezu im Verhörton.

»Ein Freund hat ihn mir für meine Recherche empfohlen«, sagte Anaïs. »Professor Magnus ist ein angesehener Kriminologe und beschäftigt sich mit der Erforschung von Serientätern und der Vererbung des Bösen. Dankenswerterweise hat er mir wertvolles Originalmaterial über den Londoner Ripper für meine Arbeit zur Verfügung gestellt.«

»Ach, hat er das?«

»Ja ...« Anaïs brach ab, sein Sarkasmus irritierte sie.

Hartmann deutete irgendwohin aus dem Fenster. »Leopold Magnus sitzt dort hinten, sehen Sie? Im Gefängnistrakt.«

Anaïs starrte ihn ungläubig an. »Die Polizei hat ihn verhaftet? Aber ist er denn ... der ...?«

»Der Berliner Ripper, meinen Sie?«

Anaïs fiel keine Antwort ein. Nein, natürlich nicht.

Hartmann lehnte sich wieder zurück. Dieses Vor und Zurück schien eine Angewohnheit von ihm zu sein. Oder Ausdruck seiner aktuellen Anspannung. »Wenn es Ihnen recht ist, Fräulein Maar, dann möchte ich Ihnen einen Vorschlag machen – jetzt, nachdem ich Sie kennengelernt habe. Ihre Artikel habe ich natürlich ebenfalls gelesen.«

»Ich höre?«

»Sie sind eine intelligente Frau, und als Reporterin kommen Sie an Informanten und Informationen, die der Kriminalpolizei unzugänglich sind.«

Anaïs überlegte kurz, dann nickte sie.

»Andererseits verfügen wir über Ermittlerwissen, das für Ihre Arbeit zwar wertvoll ist und auch weitergegeben werden dürfte, aber ohne Quelle für Sie unerreichbar ist.« Er legte den Kopf schief und lächelte.

Anaïs erwiderte sein Lächeln. »Richtig.«

»Wie wäre es also – ganz abgesehen von Ihrem abgängigen Dienstmädchen – mit einer vertrauensvollen Zusammenarbeit?«

»Ich schätze Vertrauen in jeder Lebenslage.«

Hartmann, nun wieder ernst, nickte. »Ich sehe, wir verstehen uns. Also zu Ihrer Information: Wir schließen die Möglichkeit nicht aus, dass Leopold Magnus der Ripper ist, aber unser Rechtsmediziner behauptet, der Mörder verfüge über spezielle anatomische Kenntnisse. Und die können wir Magnus nicht nachweisen.« Er machte eine Pause. »Nein, Ihr Professor steht im Verdacht, Herrn Tadeusz Janowsky in seiner Wohnung in Wilmersdorf erstochen zu haben.«

»*Wen?*«

»Tadeusz Janowsky nannte sich auch Thor Jonasson – ich sehe, der Name sagt Ihnen etwas – und wurde erstochen, nachdem er angeboten hatte, den Berliner Ripper zu verraten.«

Anaïs starrte Hartmann an. Sie erinnerte sich an die dunkle, autoritäre Stimme des Mannes, der sie in der Redaktion angerufen und behauptet hatte, er sei Hellseher und kenne den Ripper. Jonasson hatte ihr sogar seine Unterstützung zugesagt. Kaiser war begeistert gewesen und hatte sie die neueste Entwicklung im Fall des Berliner Rippers in einer Titelstory ankündigen lassen. Doch dann war Jonassons nächster vereinbarter Anruf ausgeblieben.

Sie hatte mehrmals vergeblich versucht, ihn unter der Nummer zu erreichen, unter der er im Telefonbuch stand, und sich gewundert, dass sich niemand gemeldet hatte. Am Ende war sie davon ausgegangen, dass Jonasson es sich anders überlegt hatte und verreist war. Entweder war ihm die Sache zu gefährlich geworden, hatte sie gedacht, oder sie war einem der vielen Wichtigtuer aufgesessen, die nur das Licht der Öffentlichkeit suchten. Trotzdem war sie es gewesen, die Jonassons Namen öffentlich gemacht hatte. Natürlich wusste Hartmann das, wenn er ihre Artikel gelesen hatte.

»Bei der polizeilichen Durchsuchung der Tatwohnung wurde ein Terminkalender sichergestellt, in dem der Name und das Anliegen von Leopold Magnus vermerkt waren«, fuhr Hartmann fort. »Herr Oskar Krause, der Privatsekretär von Herrn Janowsky, hatte uns einen sachdienlichen Hinweis gegeben. Leider mussten wir ihn, was eine Belohnung betraf, enttäuschen. Auf den Mörder von Herrn Janowsky war keine ausgesetzt.«

»Vielleicht hat dieser Privatsekretär gelogen.«

Hartmann schüttelte den Kopf. »Herr Krause hat Professor Magnus auch unter Porträtaufnahmen von fünf verschiedenen Männern wiedererkannt. Magnus hatte nach dem Londoner Ripper gefragt und wollte sich mittels Hypnose nach Whitechapel in das Jahr 1888 zurückversetzen lassen. Anscheinend hat Janowsky ihm einen gewaltsamen Tod vorausgesagt, worauf Magnus die Sitzung abgebrochen hat.« Er hob warnend den Zeigefinger. »Das ganz im Vertrauen.«

»Ich verstehe, danke ... Großer Gott!«

Sie war in Magnus' Haus gewesen. Ein großer, starker Mann, ein Bergsteiger. Anaïs fiel sein Gesicht ein, das sich besorgt über sie beugte. In jener Nacht, als sie vor ihrer eigenen Wohnungstür überfallen worden war. Maxim Bronski und Frau Schiller waren dabei gewesen, als er ihr vielleicht das Leben gerettet hatte. Die Kriminalpolizei musste sich irren.

*Ein Mann hat sich an mir vorbeigedrängt.*

Sollte sie Hartmann davon erzählen? Nein, sie war über jede Information dankbar, aber sie war keine Denunziantin.

Hartmann schob ihr die Goldkette mit dem Kreuz hin. »Lassen Sie mir die Daten Ihres Mädchens und eine gute Beschreibung von ihr hier.« Er warf Anaïs einen mitfühlenden Blick zu und notierte sich ihre Angaben. »Ich werde die Vermisstenstelle in Kenntnis setzen. Sollte die junge Dame in unserem – Umfeld – auftauchen oder sollte ich etwas erfahren, das Ihnen weiterhilft, melde ich mich gleich bei Ihnen.«

»Danke, Herr Oberkommissar, vielen Dank.« Anaïs stand auf, wickelte die Kette wieder in ihr Taschentuch und steckte das Päckchen ein. »Mehr hatte ich nicht zu hoffen gewagt.« Josefine spurlos verschwunden, Professor Magnus unter Mordverdacht im Gefängnis – sie fühlte sich erschöpft. »Wenn mir etwas zu Ohren kommt, das Ihren Ermittlungen nützt, können Sie auf mich zählen.« Sie sah ihm ins Gesicht. Wie alt war er? Mitte dreißig? Auch er wirkte müde. Was für ein furchtbarer Beruf. »Adieu, Herr von Hartmann.«

Draußen auf dem Alexanderplatz herrschte noch immer dichter Verkehr. Die Elektrische bimmelte, Autos hupten, die Schupos pfiffen um die Wette. Der Wind war kälter geworden, und eine neue Schärfe, als wollte es schneien, lag in der Luft. Noch wenige Wochen, dann war Dezember. Ob der Berliner Ripper bis dahin gefasst war? Anaïs schob sich ihre Tasche unter die Achsel und schlang die Arme um ihren Körper. Um sich zu wärmen – und als Schutz vor ihren dunklen Gedanken.

## DREIUNDZWANZIG

Josefine saß in ihrer Garderobe vor dem Spiegel und trank Champagner, und das tat sie immer vor einem großen Auftritt.

Aus dem Spiegel blickte Josefine eine Filmgöttin entgegen, mit goldblonden Locken und einer Seidenblume über dem Ohr. Sie hatte blaue Augen, rote Lippen und rosige Wangen und sah wie eine Porzellanpuppe aus. Die Filmgöttin trug ein fabelhaftes, ganz mit goldenen Pailletten besetztes Abendkleid, das bei jeder Bewegung Blitze schleuderte, und an den Ohren Brillanten. Die waren das Geschenk eines reichen Verehrers. Sie bekam jetzt viele wertvolle Geschenke von Männern, ohne dass sie dafür sinnlich sein musste. Josefine hieß nun Josy Harland und wohnte in einer fabelhaften weißen Villa am Wannsee, die wie ein römischer Tempel aussah. Sie konnte so viel essen, wie sie wollte, und in ihrem Badewasser war französisches Parfüm.

»Fräulein Harland, Ihr Auftritt!«

Der Vorhang ging auf, und Josefine stand im Glanz und ganz geblendet von all dem Licht oben auf einer Treppe. Sie streckte die Arme aus und guckte verträumt, bis das Orchester anfing zu spielen und ihr Einsatz kam.

*Irgendwo auf der Welt gibt's ein kleines bisschen Glück*
*Und ich träum davon in jedem Augenblick.*

Zwei Stufen runter, die neuen goldenen Schuhe drückten.

*Ich hab so Sehnsucht, ich hab gehofft*
*Bald wird die Stunde da sein*
*Tage und Nächte warte ich darauf*
*Ich geb die Hoffnung niemals auf.*

Jetzt hätte Josefine gerne ein Glas Champagner, weil ihr Mund vom Singen so ausgetrocknet war und ihre Kehle außerdem kratzte. Aber sie war eine Göttin und hob die bloßen Schultern und breitete die Arme aus, als wollte sie das ganze Publikum und mit ihm die ganze Welt umarmen und als wären alle Sorgen ganz weit weg.

*Irgendwo auf der Welt fängt mein Weg zum Himmel an*
*Irgendwie, irgendwo, irgendwann.*
Ein seliger Seufzer lief durch den Saal, und Josefine fing jede Menge Blumenbuketts auf und verbeugte sich und machte ihrer Garderobiere hinter dem Vorhang ein Zeichen.
»Champagner«, flüsterte sie vornehm.
Die Frau schien Kartoffeln auf den Ohren zu haben.
Sie machte eine fürstliche Handbewegung. »*Champagner!*«
Und von dem Gebrüll wurde Josefine wach, aber sie ließ die Augen noch ein bisschen zu, damit der schöne Traum sich nicht gleich in Luft auflöste. Sie hatte schrecklichen Durst. Ihre Zunge klebte schon im Mund fest. Sie hob den Kopf, aber sofort hatte sie ein Gefühl wie auf dem Karussell im Luna-Park, und da bekam sie immer ganz furchtbare Kopfschmerzen, und die hatte sie auch jetzt, und die ganze Welt drehte sich rasend schnell um sie. Daher legte sie den Kopf wieder hin und tastete so mit der Hand ein bisschen herum, aber da war nichts.
Josefine schob ihre Hand weiter, krabbelte mit den Fingern wie mit Spinnenbeinen einen Weg. Da waren nur Holzstücke und Erdkrümel und dazwischen Kälte, und die kroch ihren Arm entlang bis in ihren Körper. Sie zog die Hand zurück und fasste nach dem Feh, den sie noch immer anhatte, und grub die Finger hinein. Um sie herum roch es muffig, nach Staub und Kohlen und noch etwas Bekanntem, an das sie aber gerade keine Erinnerung hatte.
Josefine machte die Augen auf.
Die Welt war ein kaltes, dunkles Nichts.
Josefine überlegte, ob sie nicht vielleicht schon beinahe tot war und man sie lebendig begraben hatte, und bei dem Gedanken lief ein Schauer durch sie hindurch, und ihre Zähne klapperten, als wäre sie gleich eine Leiche. Ihr Kopf war auch so schwer, und sie hatte mal gehört, dass eine ertrunkene Leiche wie ein Sack nasser Kartoffeln war. An Wasser konnte Josefine sich aber nicht erinnern, weil sie zwar mal die Erwägung gehabt hatte, eine Wasserleiche zu werden, aber das war ihr dann ja doch zu kalt gewesen.

*Ein Skelett im Hinterhof.*
Fräulein Maar fiel ihr ein, und sie sah ihr liebes Gesicht über sich schweben, und gleich hatte Josefine eine Beruhigung. Bestimmt lag sie in ihrem weichen Bett zwischen den gelben Seidentapeten und musste nur warten, bis die Sonne durch das Fenster schien, was im Herbst dauerte.
*Da war kein Bett.*
Aber da war auf einmal Erinnerung.
Sie war bei der Mutter gewesen und hatte sogar eine vornehme Schokoladenmaus für das Ernakind und die Mutter mitgebracht, aber die Mutter hatte sich gar nicht gefreut, ganz im Gegenteil, sie hatte sie vor die Tür gesetzt.
Das Ernakind!
*Erna jeht nich mehr zurück, die kennt ihre Pflicht. Außerdem sollse die Herren erst mal nur servieren.*
Dann war sie durch die Straßen gelaufen und hatte wenig gesehen, vor lauter Tränen in den Augen. Ein Bild schob sich in ihre Erinnerung. Der Leiterwagen vor dem Laden vom Schlächter Chalupsky, und die Schweine in den Säcken hatten vor lauter Todesangst so gekreischt, dass es Josefine jetzt noch in den Ohren klang und kalt über den Rücken lief. Ein Mann mit einer Ballonmütze hatte das Pferd gestreichelt. Wenn sie es recht bedachte, war ihr der sogar irgendwie bekannt vorgekommen. Nur – wer erinnerte sich schon an die ganzen Männer, die einem so über den Weg liefen. Selbst wenn man sie mal näher kennengelernt hatte. Plötzlich war da jemand hinter ihr gewesen, und dann ... Josefine verzog das Gesicht, so weh tat der Schlag, selbst wenn sie nur daran dachte. Aber sie hatte den Schuft in seine Kronjuwelen getreten, und dieser Gedanke freute sie.
Etwas raschelte neben Josefines Ohr, und den Geruch kannte sie, und gleich schlug sie mit der Hand nach der Ratte, und das ekelhafte Getier quiekte und machte sich aus dem Staub. Ihr Kopf war immer noch voller Schmerz, aber jetzt musste Josefine etwas unternehmen, weil sonst fraßen sie die Ratten. Und so was war im Krögel nicht selten, dann fehlten

den Toten die Augen und die Nase und die Ohren, und manchmal sprang so ein Ungeheuer auch in einen Kinderwagen, und was es da Blutiges anrichtete, das hatte sie auch schon gesehen.
Dabei fiel ihr gleich wieder das Ernakind ein.
Josefine war schon ganz matt von der Kälte und den schrecklichen Vorstellungen, aber sie musste etwas unternehmen, sonst starb sie hier in diesem Loch, und ihre Mutter würde nie davon erfahren. Was ihr aber nun egal war.
*Erna jeht nich mehr zurück, die kennt ihre Pflicht. Außerdem sollse die Herren erst mal nur servieren.*
Wenn ihr Leben hier sein Ende fand, wie man vornehm sagte, dann krähte kein Hahn mehr nach dem Ernakind.
Irgendwo weit weg wieherten Pferde.
Inzwischen fror Josefine, und ihr ganzer Körper zitterte vor Kälte, und das war ihr eine ganz erbärmliche Vertrautheit mit dem Krögel, wenn im Winter das Brennholz ausging. Deshalb biss sie die Zähne zusammen und stützte die Hände auf den Boden und stemmte sich hoch. Gleich fing in ihrem Kopf ein Karussell an sich zu drehen, und sie musste die Augen zumachen. Obwohl sie nun ja auch keine Mutter mehr hatte, fasste sie nach der Kette mit dem Kreuz, denn sie hatte so eine Sehnsucht tief in sich drinnen. Das Kreuz war ihr immer eine Beruhigung gewesen, und die brauchte sie jetzt am allermeisten. Aber sosehr ihre Finger auch auf ihrer kalten Haut suchten, sie fanden es nicht.
*Sie hatte das goldene Kreuz verloren!*
Josefine setzte sich mit einem Ruck hin.
*Der Verbrecher hatte ihr Kreuz gestohlen.*
Auf einmal hatte Josefine keine Angst mehr, denn der Gedanke an den Dieb machte ihr so eine richtige Wut, und dann setzte immer ihr Verstand aus, und sie tat etwas Handgreifliches. Aber diesmal war es anders. Diesmal hatte sie auch noch so eine fürchterliche Angst, wegen dem Eingeschlossensein, was sie normalerweise ja überhaupt nicht aushält. Denn wenn Männer die Tür abschlossen, dann wurde es gefährlich, das konnte sie aus Erfahrung sagen.

Josefine fühlte eine Gänsehaut auf ihrem Rücken, und ihre Zähne klapperten so laut, dass sie Angst hatte, man könnte sie hören. In ihren Augen war so ein Brennen, denn nun war ihr Leben sicher bald zu Ende und auch alle Hoffnungen auf eine Filmkarriere. Niemand würde je erfahren, was mit ihr passiert war. In den Zeitungen würden statt fabelhafter Hochglanzbilder Aufnahmen von ihren körperlichen Resten erscheinen. Josefine, die wie immer kein Taschentuch hatte, zog die Nase hoch und ballte voll Wut die Fäuste.

Leider war um sie herum immer noch stockfinstere Nacht. Es roch nach Staub und Kohlen, und irgendwo trat jemand ständig gegen das Blech von einer Mülltonne, dass ihr davon geradezu der Kopf dröhnte. Und dann wieder Pferdegewieher. Ein Pferdestall. Josefine versuchte aufzustehen, aber gleich rutschte sie aus, schlitterte einen ganzen Berg hinunter und fiel wieder hin, und das lag daran, dass sie auf einem Haufen Kohlen gelegen hatte. Jetzt wusste Josefine, wo sie war. In Böhnkes Kohlenkeller. Nach und nach kehrte die Erinnerung zurück. Sie hatte sich knapp retten können. Das machte ihr wieder so eine Wut, dass sie hätte schreien können, aber wer wusste schon, ob der Verbrecher nicht da draußen noch irgendwo lauerte.

Josefine blickte die Wand hinauf, aber da, wo die Kohlenklappe sein musste, war kein Lichtspalt zu sehen. Bestimmt hatte der alte Böhnke die Klappe mit einem Vorhängeschloss gesichert. Kohlediebe gab es ja hierorts ohne Ende. Josefine wurde mulmig, und dann bekam sie es mit der Panik zu tun, aber so ein Gemütszustand brachte ja in ihrer Lage auch keine Lösung. Also kroch sie auf allen vieren über den rutschigen Brikettberg und zerriss sich die Strümpfe. Erst geradeaus, aber da war eine Wand. Linksherum war auch eine Wand und um die Ecke auch eine. Sie hatte schon so viel Staub und Dreck und spitze Holzspäne unter den Fingernägeln, dass sie dachte, es wäre diese chinesische Folter, von der sie letztens gelesen hatte, als sie endlich gegen eine Holztür stieß.

Die Tür war nicht verschlossen.

Josefine krabbelte zurück und suchte herum, bis sie ihre Handtasche gefunden hatte, denn die schöne Krokodillederne konnte sie ja nicht in diesem Drecksloch zurücklassen, das hätte sie sich nie verziehen.

Steif wie eine alte Frau vom vielen nächtlichen Liegen auf den Kohlen, stieg Josefine die Stufen in dem dunklen Gang vom Hinterhaus hinauf, wo es nach Rattendreck und Pferdemist roch, weil Böhnkes Stall für die Kohlenpferde war gleich daneben, und ging auf den Hinterhof hinaus, und da traf sie das Helllichte vom Tag wie ein Schlag. Erst kniff sie die Augen zu, dann blinzelte sie, und als sie wieder sehen konnte, standen so ein paar Rotzlöffel neben den Mülltonnen, und einer hatte einen Lumpenball im Arm, den sie sicher gegen deren Blech getreten hatten, und alle starrten sie an mit Augen so groß wie Mühlräder.

»Welcher Tag isses?«, fragte Josefine.

Aber die Flitzpiepen drehten sich um und stoben auseinander wie eine Horde Ratten und verschwanden wie die geölten Blitze in allen möglichen Türen und Löchern.

Josefine fuhr sich mit der Hand über die Augen, die zwar ganz schwarz war, aber das konnte sie nun nicht ändern. Wenn sie das rosa Licht über den Dächern nicht täuschte, hatte sie eine Nacht und einen ganzen Tag auf Böhnkes Briketts verbracht. Bald war wieder Abend, und sie musste zu Fräulein Maar und ihr erzählen, wem sie gerade noch von der Schaufel gehüpft war. Vor allem musste sie sie warnen. Denn jetzt wusste Josefine, wie der Ripper aussah, und weil ihr gerade seine Mördervisage einfiel – die sie auch in aller Deutlichkeit bei der Polizei zu beschreiben gedachte –, wurde ihr zwar schlecht, aber eben auch ganz kriegerisch zumute.

Josefine rollte mit den Schultern, dann nahm sie das Kinn hoch, hängte sich die Krokodilledertasche elegant in die Armbeuge und marschierte trotz aller Kohlenschwärze los.

## VIERUNDZWANZIG

Trotz der späten Stunde eilte Anaïs, das Gesicht gesenkt und die Hände in den Taschen vergraben, in Hosen und Schifferjacke, einen neuen Seesack über der Schulter und die Strickmütze tief ins Gesicht gezogen, durch das Straßengewirr um den Schlesischen Bahnhof. Binnen Stunden hatte das Wetter umgeschlagen. Die bitterkalte Luft drückte den Rauch der Schornsteine in die Häuserschluchten hinab und vertrieb die schutzsuchenden Bettler aus den Eingängen. Der Nebel, hinter dem die Gaslaternen wie ertrinkende Sonnen aussahen, verwischte die Konturen der Gebäude und dämpfte die Geräusche. Er legte sich klebrig auf das Gesicht, machte das Atmen mühsam, brannte in den Lungen und erschwerte jeden Schritt.

Anaïs' rechte Hand krampfte sich um das goldene Kreuz, so fest, dass die Kanten in ihre Haut schnitten. Der Umschlag war in der Nachmittagspost gewesen.

Keine Zeichnung.
Keine Nachricht.
Nur das Kreuz, das Josefine niemals ablegte.

Anaïs hatte auf ihren Schreibtisch gestarrt, als wäre eine Giftschlange aus dem Papier gekrochen. Josefine war nicht mehr nach Hause gekommen. Anaïs hatte sich Sorgen gemacht, einen Unfall befürchtet. Der Ripper war ihr nicht in den Sinn gekommen. Josefine war entweder schon tot, oder sie saß irgendwo fest, unsichtbar für die Welt und unrettbar verloren. Es war ihre, Anaïs', Schuld, wenn Josefine etwas zugestoßen war. In ihrer Eitelkeit hatte sie sich eingebildet, sie könnte es mit einem Serienmörder aufnehmen, hatte sich auf sein Katz-und-Maus-Spiel eingelassen.

Der Ripper hatte gewonnen.
Josefine hatte das Preisgeld bezahlt.

Anaïs hatte in der Küche gesessen, das Goldkreuz fest in der Hand, und hatte wider besseres Wissen gewartet. Auf leichte, schnelle Schritte im Treppenhaus. Auf einen Schlüssel, der sich im Schloss drehte. Auf eine fröhliche Stimme im Flur, die zur Küchentür rief.

*Ick hab noch eben zwei vollfette Bücklinge fürs Abendessen geholt, Fräulein Maar, der Rogen is wie Kaviar.*

Als die Glocken der Gedächtniskirche in der Ferne neun Uhr schlugen, war Anaïs aufgestanden und hatte begonnen, hin- und herzulaufen. Vom Herd zum Geschirrschrank, eine Drehung, vom Geschirrschrank zum Herd, eine Drehung, wieder zurück. Mit jeder Minute, die verstrichen war, hatte sie mehr unter ihren Gewissensbissen gelitten.

Gegen halb zehn hatte Anaïs es nicht mehr ausgehalten. Sie musste boxen, sonst verlor sie den Verstand.

Anaïs war in ihr Zimmer gerannt, hatte Hosen, Pullover und Schnürstiefel angezogen, die Strickmütze aufgesetzt und die alte Schifferjacke übergeworfen, die sie erst vor ein paar Tagen bei einem Altkleiderhändler zusammen mit einem derben Seesack – den alten hatte sie bei der Schlägerei mit den Braunhemden für immer verloren – gekauft hatte, und war aus dem Haus gestürmt.

Kalle Benatzky und ein paar Boxschüler waren mit dem Zug nach Leipzig gefahren, um sich den Kampf Max Schmeling, Europameister im Halbschwergewicht, gegen Hein Domgörgen, den amtierenden deutschen Mittelgewichtsmeister, anzusehen. Matze hatte in Berlin bleiben und die Boxschule auf Vordermann bringen sollen. Der Gedanke an Matze erleichterte Anaïs ein wenig. Sie musste mit Matze reden. Ihm konnte sie ihre Sorgen anvertrauen. Der alte Boxer hatte in seinem elenden Leben schon viel gesehen und gehört. Er würde sie verstehen und nicht verurteilen.

Vor der Synagoge hatten sich wieder ein paar junge Männer zusammengerottet. Sie johlten Parolen und belagerten die eisenbeschlagene Tür, warteten anscheinend auf die Teilnehmer des Abendgebets. Anaïs' erster Impuls war, hinüberzugehen und ihre Fäuste sprechen zu lassen. Sie hatte bereits den Fuß auf die Fahrbahn gesetzt, als sie sich gerade noch besann.

Matzes eindringliche Warnung klang in ihren Ohren.
*Kalle hatte schon mal so 'nen Boxer wie dir. Den habense totjeschlagen wie 'nen tollwütigen Hund.*
Anaïs' Hand umklammerte das Kreuz in ihrer Jackentasche. Beim letzten Zusammentreffen mit diesen Männern war sie eine Frau gewesen, hatte die Überraschung für sich nutzen können. Diesmal war sie ein Junge wie die Schläger auf der anderen Straßenseite und noch dazu ein willkommenes Opfer.

Anaïs biss die Zähne zusammen. Sie war Berlinerin, hier war sie geboren, dies war doch ihre Stadt. Aber – war dies denn noch ihre Heimat? War sie es jemals gewesen?

Einer der Männer sah zu ihr herüber. Er fasste den Nächststehenden am Ellenbogen und deutete auf sie.

Anaïs schlug schnell den Jackenkragen hoch und vergrub ihr Kinn darin. Dann drückte sie sich in den Schatten des Hauses zurück, wandte sich nach links und rannte an der Hausmauer entlang in die Gegenrichtung, bis sie das Gegröle hinter ihrem Rücken nicht mehr hörte. Erst dann schlug sie den Weg zur Boxschule ein.

In dieser Herbstnacht, in der schon ein Hauch des nahenden Winters lag, war sie fast allein auf der Straße. Das Elend hatte sich frierend in seine Löcher verkrochen. Als sie an der alten Schuhfabrik vorbeikam, hörte sie den Widerhall ihrer Schnürstiefel hinter den scharfen Glasscherben in den Fensterlöchern. Hier und da flackerte in einer Halle ein armseliges Feuer und warf Lichter auf den abblätternden Putz der Wände. Obdachlose versuchten wohl, nicht zu erfrieren.

Der Hinterhof, in dem die Boxschule lag, war leer. Hinter den kleinen Fenstern des ehemaligen Pferdestalls war es dunkel. Anaïs blieb überrascht stehen. Matze wohnte und schlief in der Boxschule und ging am Abend niemals aus. Sie hatte sich auf die harte körperliche Arbeit gefreut, sodass sie die Anspannung in ihren Muskeln fast schmerzhaft spürte.

Draußen auf der Straße waren Schritte zu hören.

Anaïs drehte sich um. »Matze?« Nichts. »*Matze?*«

Die Schritte verhielten, es wurde still.

»Matze, ich bin's – Leo! Komm und schließ mir auf!«
Die Schritte setzten sich wieder in Bewegung.
»Verdammt«, zischte Anaïs.
Für einen Augenblick wurde sie unschlüssig, überlegte, nach Hause zu gehen. Vielleicht war ja auch in der Zwischenzeit Josefine …? Unsinn. Sie wusste, wo der Ersatzschlüssel zur Boxschule versteckt war. Ungebetene Gäste mieden in der Regel das Zusammentreffen mit Boxern.

Anaïs ruckte den Seesack höher auf die Schulter, ging zur Eingangstür und hob mit der Stiefelspitze die rostige Regentonne, die gleich danebenstand, ein paar Zentimeter hoch. Dann bückte sie sich und fischte den klobigen Eisenschlüssel, ein Relikt aus der Kaiserzeit und der Vergangenheit des Gebäudes als Mietstall, darunter hervor. Sie ließ die Tonne wieder auf den gefrorenen Boden knallen, steckte den Schlüssel ins Schloss und versuchte ihn herumzudrehen – vergeblich. Die Tür war nicht verschlossen.

Sie trat in die Boxhalle. »Matze …?«
Drinnen war es finster und eiskalt.

Anaïs drehte den Bakelitschalter neben der Tür, die Glühbirnen in den Metalllampen an der Decke flammten auf und warfen ihren gelben Schein auf das penibel geordnete Reich von Kalle Benatzky. Der Boden war gefegt, die Handtücher auf dem Holzstuhl neben dem Ring auf Kante gefaltet, Boxbirnen und -säcke glänzten frisch poliert. Der angenehme Geruch von Lederfett ging von ihnen aus und zog sich durch die Halle bis zu ihr herüber. Matze hatte die Boxschule also schon auf Vordermann gebracht. Bestimmt war er danach nur schnell auf ein Bier gegangen. Und warum hatte er nicht abgeschlossen? Das sah Matze überhaupt nicht ähnlich.

Anaïs spürte ein Kribbeln im Nacken.

Irgendetwas war anders als sonst. Und das störte sie, obwohl sie es nicht benennen konnte. Sie hatte ein ungutes Gefühl, aber ihr Verstand schlug die warnende Stimme in ihrem Kopf in den Wind. Ihre Nerven waren einfach überreizt.

Anaïs machte einen tiefen Atemzug.

Kalle hatte recht, wenn sie unter Druck geriet, hielt sie immer die Luft an. Es gab keinen Grund zur Sorge, sagte sie sich. Hier waren ihr alle Dinge vertraut. Hier war sie weder die Nichte der großbürgerlichen Valerie Maar noch die vom Ehrgeiz getriebene Redakteurin des Brennpunkt. Hier war sie Leo. Hier war sie sie selbst. Vielleicht war das auch Heimat.

Anaïs steckte den Schlüssel in die Hosentasche, Matze würde sicher gleich zurück sein. Sie durchquerte die Halle, ging in die Besenkammer, zog sich um und bandagierte sorgfältig ihre Handgelenke. Dieses Mal schob sie das goldene Kreuz zwischen die Stoffbahnen. Das Handgelenk, zweimal über die Hand, eine Runde um den Daumen, zurück zum Handgelenk. Die Konzentration auf diese einfache Tätigkeit tat ihr gut, vertrieb die düsteren Gedanken und die Selbstvorwürfe.

Anaïs trabte zu dem Boxsack, den sie immer benutzte, und begann vor ihm auf der Stelle zu trippeln, tanzte hin und her, visierte ihn schon wie einen Gegner an. Mein Gott, wie hatte sie diese einfachen Bewegungen, die zu einem klaren Ziel führten, vermisst. Sie ließ die Schultern kreisen, beide vor und zurück, dann abwechselnd links und rechts, bis sie fühlte, dass die Gelenke sich lockerten, Spiel bekamen. Ein paar Probeschläge in die Luft, dann versetzte sie dem Boxsack einen leichten Stoß. Er schwang von ihr weg und wieder auf sie zu. Anaïs verpasste ihm einen ersten festen Schlag, wich dem Rückstoß aus, schlug wieder zu, wieder und wieder. Es war ein Tanz mit dem Boxsack, eine Choreografie, die sie beherrschte.

Hinter ihr klappte die Tür.

»'n Abend, Matze«, rief Anaïs, ohne den Rhythmus ihrer Schläge zu ändern. »Ich konnte nicht auf dich warten.«

*Eins, zwei, links, rechts.*

»Die Tür war nicht abgeschlossen«, rief Anaïs.

Matze gab keine Antwort, rechtfertigte sich nicht.

*Eins, zwei, links ...*

Anaïs hielt den Sack an und drehte sich um.

In der Tür stand – Maxim Bronski.

Anaïs starrte ihn an. »Maxim? Was zum Teufel …?«

Bronski beobachtete sie mit unbewegter Miene, das Gesicht so weiß, als wäre es eine Gipsmaske. Seine Augen waren gerötet, wie nach einer durchwachten Nacht. Er hatte die Schultern hochgezogen, als fröre er. Anscheinend hatte er schon länger draußen in der Kälte gestanden. Die rechte Hand steckte in der Manteltasche, der linke Arm hing herab.

»Was machen Sie hier? Sind Sie mir gefolgt?«

Bronski rührte sich nicht.

*Wo boxen Sie denn?*

*Bei Kalle Benatzky.*

*Bei Karl Benatzky? Dem ehemaligen Schwergewichtschampion?*

*Er hat jetzt eine Boxschule, in Friedrichshain.*

*Ach – vielleicht nehmen Sie mich mal mit?*

»Gibt …« Anaïs schluckte. »Gibt es Neuigkeiten von Josefine? War die Polizei bei uns?« *Nein, nein, nein.*

Bronski starrte sie aus unnatürlich großen Pupillen an.

»Was machen Sie hier?« Anaïs spürte, wie ihr Mund trocken wurde. »Mein Trainer kommt jeden Augenblick zurück.«

Bronski wandte das Gesicht zu Matzes Kammer, in der dieser zwischen seinen Gerätschaften lebte. Er fuhr sich mit der Hand über die Stirn. »Der Invalide?« Seine Stimme klang unsicher.

Anaïs folgte Bronskis Blick. Erst jetzt bemerkte sie den schwachen gelben Schein unter der Tür. »Matze?« Der alte Boxer hatte die Boxschule gar nicht verlassen. Es musste ihm etwas passiert sein. Sie stürzte los, stieß die Tür mit ihren Boxhandschuhen auf. »Matze?«

Matze saß auf einem Stuhl, sein Kopf lag in einer großen Blutlache auf dem Tisch, sein einziger Arm hing locker herab. Seine Augen waren wie im Schlaf geschlossen. In seiner Kehle klaffte ein tiefer Schnitt. Der Lappen, mit dem er gerade einen Lederriemen bearbeitet hatte, war zu Boden gefallen.

*Der Invalide …?*

Anaïs wirbelte herum, raste in die Halle zurück. »Sie haben gewusst, was mit Matze passiert ist!« Anaïs schnappte nach Luft. »Woher wissen Sie überhaupt, dass ich hier bin?«

Bronskis Blick war so starr wie der eines Vogels. Sein Gesicht schien im schwachen Licht der Boxhalle jünger, seine schmale Gestalt die eines Jungen zu sein. Breitbeinig, die rechte Hand in der Manteltasche, drehte er sich hin und her, lümmelte wie ein Halbwüchsiger, der sich nicht zu benehmen wusste. Jetzt schlenderte er auf sie zu.

Anaïs wich zurück.

Es war Bronski, und doch war es nicht Bronski.

»Maxim? *Maxim!*«

Bronski kam näher. »Friedrichshain is meen Revier«, sagte er mit einer Stimme, die Anaïs noch nie gehört hatte. »Ick muss öfter in die Jejend.« Ein freudloses Lächeln spielte um seinen Mund. »Neulich Nacht hab ick Se jesehen, wie Se aus die Boxschule kamen. Ick wollt ja schon mit Se reden, aber da warn mir zu ville Leute. Ick bin ja nich lebensmüde.«

Bronski zog ein Klappmesser aus der Tasche.

*Ein talentierter junger Goldschmied.*

Er ließ das Messer aufschnappen.

*Hatte erst Schlächter gelernt … Da stimmt alles, die Muskeln, die Gelenke, das Spiel der Halswirbelsäule. Anatomisch perfekt.*

Anaïs war, als hätte sie die Stimme des Juweliers erst gestern gehört. Ein Schlächter konnte mit einem Messer umgehen, genau wie der Ripper, und ein Ikonenmaler mit Gold.

Sie spürte das Kreuz unter den Bandagen.

Bronski hob das Messer. »Jetze kriegste, wat de vadienst. Wolltest mir an meene Mission hindern.«

Aber Anaïs hörte ihm schon gar nicht mehr zu. »Sie haben Matze abgeschlachtet!«, brüllte sie. Matze, den Einarmigen, der allen geholfen und niemandem etwas getan hatte. »Sie haben ihm die Kehle durchgeschnitten, wie einem Tier!« Auch das war ihre Schuld. Sie hatte Bronski auf ihre Spur gelenkt, und die hatte ihn pfeilgerade zur Boxschule geführt. Das war

Matzes Todesurteil gewesen. Eine Welle des Hasses überlief sie. Auf die Welt, auf sich, aber vor allem auf Bronski. »Ich bringe Sie um.«

Sie fixierte sein ausdrucksloses, glattes Gesicht. Warum war ihr früher nie aufgefallen, dass sich darin keine Gefühle spiegelten? »Maxim Bronski ...« Warum sprach er auf einmal so anders als der Maxim, den sie kannte? *Grabowsky, er hieß Jurek Grabowsky.* »Oder soll ich sagen – Jurek Grabowsky?« Konnten tatsächlich zwei Personen in einem Körper wohnen?

Bronski blieb stehen. »Jurek? Jurek, hau ab!«

Anaïs ließ ihn nicht aus den Augen. Entweder Bronski war betrunken, oder er stand unter Drogen. »Sie sind Jurek.«

Bronski riss die blutunterlaufenen Augen auf. Dann legte er den Finger auf den Mund, als wollte er sie zum Schweigen bringen oder als sollte sie mit ihm ein Geheimnis wahren. »Psst, Jurek is nich mehr«, flüsterte er. »Wir dürfen ihm nich wecken. Det is jefährlich. Verstehn Se mir?«

Anaïs nickte. Der Mann war nicht betrunken, er war wahnsinnig. »Dann ist *Jurek* der Ripper – ja?«

Bronski nickte feierlich. »Jenau, nur Jurek.« Er ließ seinen Blick über die Lederbirnen, die Gewichte neben der Bank und die Boxringe schweifen. »Jurek is ooch hier.«

»Wo ist Josefine? Was haben Sie mit ihr gemacht?«

»Wo is Josefine?«, wiederholte Bronski.

»Was hat Jurek mit ihr gemacht, Sie Irrer!«

»Jurek sucht Josefine.«

»Jurek – tut was?«

»Jurek sucht die Hure, die Se bei sich durchfüttern.« Bronski verzog den Mund. »Wo halten Se se vasteckt?« Er hob wieder das Klappmesser. »Her damit, Hure.«

Anaïs hatte seine Worte gehört, doch es dauerte ein paar Sekunden, bis sie deren Sinn begriff. Hinter ihr lag Matze in seinem Blut. Vor ihr stand Maxim Bronski oder Jurek Grabowsky oder – der Ripper. Sie blickte auf das Messer. Er würde sie töten.

»Ick brauche ihr.« Er nickte bekräftigend. »Die Frau hat mir jesehen und jeht zur Polente. Und det jeht nich, det vastehn Se doch, oder?«

Anaïs sparte sich eine Antwort.

Bronski seufzte. »Bald is der 9.«, sagte er. »Der Jahrestag vom letzten Mord. Det wird die Krönung von meene Arbeet. Aber meene Beute is entwischt. Husch, husch, die Waldfee.« Er klang aufrichtig bekümmert.

*Der 9. November, der Mord an Mary Jane Kelly.*

Man hatte Mary Jane auf einem zerwühlten Bett gefunden, der Kopf auf die Schultern gesunken, mit weit aufgerissenen blicklosen Augen. Der Londoner Ripper hatte ihr die Bauchhöhle aufgeschnitten, ihre Eingeweide herausgerissen und im ganzen Zimmer verteilt. Er hatte ihr Gesicht bis zur Unkenntlichkeit verstümmelt, ihre Brüste abgeschnitten, ihre Gebärmutter entfernt und die Muskeln ihrer Oberschenkel bis auf die Knochen zerfetzt.

Bronski wollte tatsächlich diesen Mord wiederholen.

Er war wahnsinnig, vollkommen wahnsinnig. Doch Josefine war ihm entkommen, sie lebte. Unter anderen Umständen wäre Anaïs erleichtert gewesen. Aber Bronski sprach so freimütig über sein Opfer, hatte ihr den Weg zu Matzes Leiche gewiesen. Weil es keine Bedeutung mehr für ihn hatte. Weil es egal war, ob sie von seinen Taten wusste. Der Ripper würde sie nicht am Leben lassen.

Anaïs blickte zur Tür. »Ich weiß nicht, wo Josefine steckt.« Sie musste raus auf die Straße und um Hilfe schreien. Schnell, aber nicht schnell genug machte sie einen Schritt zur Seite.

Bronski verstellte ihr den Weg. »Ick jloob dir nich.« Er richtete die Messerspitze auf ihre Brust. »Du lüjst mir an, alle Frauen sind Lüjner.« Er spuckte vor ihr auf den Boden.

Anaïs erstarrte. Das plötzliche Du-Wort erschreckte sie fast genauso wie das Messer. Er hatte die Distanz zwischen ihnen verringert, sein Blick auf sie hatte sich verändert. Sie verhandelten nicht mehr auf Augenhöhe, jetzt stand er über ihr. Entschied über ihr Schicksal.

»Denn nehm ick eben dir. Besser wie nüscht.«

Anaïs starrte auf das Messer. Wollte er sie gleich an Ort und Stelle abstechen und ausweiden, wie der Londoner Ripper es mit Kelly gemacht hatte? Niemand würde ihn hier heute Nacht stören. Ihre Leiche würde in der Boxhalle in einem Meer aus Blut gefunden werden. Die Boxhandschuhe noch an den Fäusten und ihr Körper eine leere Höhle. Die Zeitungen würden über das Doppelleben der bekannten Journalistin spekulieren, die geboxt hatte, obwohl es für eine Frau verboten war, und sich womöglich ein Zubrot verdient hatte – das Triebhafte der unzivilisierten Völker in den Kolonien war ja allgemein bekannt – und dabei dem Ripper in die Hände gefallen war. Man würde Kalle verhaften und seine Boxschule schließen.

Was für ein Aufmacher für den Brennpunkt, dachte Anaïs. Ihre Nerven waren so überspannt, dass sie fast gelacht hätte. Sie biss die Zähne zusammen und spürte, wie der Muskel auf ihrer Wange zu zucken begann. Ihr war, als sähe sie Kalles bekümmertes Bulldoggengesicht vor sich und die Geste, mit der er auf seine Brust gezeigt hatte. Hörte sie da seine Stimme?

*Deen Jegner, dieser Ripper, der hat an der Stelle hier keen Herz, der hat da 'nen Spreekiesel.*

Anaïs spürte, wie eine ganz neue Ruhe sie erfasste. Es war ein nie gekannter kalter Hass. Dieses Ungeheuer würde nicht mehr morden. Noch drei Tage bis zum 9. November. Diesmal würde es kein Opfer am Jahrestag geben.

*Der ruhige Boxer ist der gefährlichste, Leo.*

Anaïs begann, entspannt auf der Stelle zu trippeln, ließ die Schultern kreisen, vor und zurück, erst einzeln, dann abwechselnd. Sie tänzelte ein paar Schritte Bronski entgegen, behielt ihn dabei im Auge, tänzelte weiter auf ihn zu.

Bronski wich überrascht zurück, sein linker Arm pendelte an seiner Seite, als gehörte er nicht zum Körper. »Wat soll dit?«, fragte er und zielte mit der Klinge auf ihr Herz. »Sach mich, wo die Hure steckt, und de bleibst am Leben.« Die Messerspitze beschrieb einen Kreis, der die ganze Halle einschloss. »Hier sind wa janz unjestört, und eene is so jut wie die andere.« Wieder dieses zittrige, freudloses Grinsen. »Also, ick höre?«

Glaubte er wirklich, sie würde sich auf einen Handel mit dem Teufel einlassen? Sie suchte Bronskis Blick, hielt ihn fest.
»Vergisses, du Witzfigur, du Memme, du –«
»Wat? *Wat haste jesagt?*«
Anaïs tänzelte weiter, neigte den Kopf nach links und nach rechts, lockerte ihre Halsmuskulatur.
»Wat soll dit Theater?« Bronski kam näher.
Anaïs wich ein paar Schritte zurück. Sie durfte nicht vergessen, wen sie vor sich hatte – den Ripper von Berlin. Dies war kein Schaukampf. Sondern ein Fight auf Leben und Tod.
*Starker Jegner.*
Ja, Kalle, allerdings.
*Pass mal uff, det dir der Irre nich irgendwann in die Quere kommt. Dit is wie mit dem Boxsack. Du stößt ihm an, und er kommt uff dir zu – dit is een physikalischet Jesetz.*
Sie hatte den Ripper wie ihren Boxsack behandelt. Hatte eine Titelgeschichte über ihn geschrieben, ihn auf sich aufmerksam gemacht – ihn angestoßen. Dabei hatte er die ganze Zeit unter ihrem Dach gelauert. Sie musste blind gewesen sein! Er war auf sie zugekommen, so zielsicher, als gehorchte er einem Naturgesetz. Er hatte sie gelockt, unsichtbar und aus dem Hinterhalt, hatte ein Katz-und-Maus-Spiel mit ihr gespielt. Die Boxschule war ihr Revier. Den Fehler hatte der Ripper gemacht! Er hatte sie als Gegnerin unterschätzt!
*Du bist 'ne Siegerin, Leo.*
Sieh mal an, Kalle, die Maus ist zur Katze gekommen.
Sie begann, Bronski zu umkreisen, immer im Uhrzeigersinn und außerhalb seiner Reichweite. Er zwinkerte überrascht, bewegte sich mit und hielt dabei die Messerspitze auf sie gerichtet.
Auf einmal drehte Anaïs Schulter und Hüfte. Sie jagte den linken Arm nach vorne, verdrehte die Faust im Flug, zog sie wieder ein. Bronski machte einen Ausfallschritt in ihre Richtung. Aber da war sie schon wieder zurückgeschnellt wie eine Feder, hatte ihre Deckung wieder aufgenommen.
»Verdammte Hure!«

Anaïs begegnete Bronskis Blick, hielt ihn erneut fest. Hatte sie da etwa ein Zucken, den Bruchteil einer Unsicherheit bemerkt? Jetzt schwebte nicht mehr das blasse Gesicht des Rippers vor ihr. Wie in einem Fadenkreuz erblickte Anaïs nur noch ihr Ziel, saugte sich mit den Augen daran fest und – spürte die steigende Erregung, die Gier nach dem Fight.

*Der Ripper von Berlin.*

»Lass dit Theater!« Der Ripper kreiselte, sein linker Arm schwang hin und her. »Steh endlich still, du Miststück!« Er fuchtelte mit dem Messer.

Anaïs tänzelte mit angewinkelten Beinen um ihn herum, suchte eine Lücke in seiner Verteidigung, hielt die rechte Faust an der rechten Brust, die linke daneben, federte wie aufgezogen im Uhrzeigersinn.

Der Ripper stach in der Luft auf sie ein.

Anaïs bewegte sich weiter, ließ die Messerspitze nicht aus den Augen.

Der Ripper machte einen schnellen Schritt auf sie zu. Noch einen. Und noch einen. Zielsicher. Entschlossen.

Anaïs spürte, dass eine Veränderung mit ihm vorgegangen war. Jetzt wollte er es nur noch hinter sich bringen. Aber sie wich so schnell und geschickt aus, als hätte sie sein Manöver erwartet, lockte ihn hinter sich her.

Der Ripper setzte nach, ungeschickt, ohne festen Stand.

*Et jibt Schläje, die einen Menschen töten können. Een Hals dreht sich nur bis zu eenem bestimmten Punkt.*

Anaïs hob die Hände, krümmte die Schultern, senkte kaum merklich die Rechte und jagte ihm die Linke ins Gesicht, so schnell, wie eine Katze die Maus packt. Er riss den Kopf herum, der Schlag streifte seine rechte Schläfe, und als er sich ihr mit gezücktem Messer wieder zuwandte, feuerte sie ihre Rechte ab und schmetterte sie gerade auf sein Kinn.

*Eenes Tajes bringste wen um.*

Der Ripper wirbelte um die eigene Achse. Sein linker Arm war wie ein totes Gewicht, folgte jeder Bewegung nur langsam, behinderte den Mann, brachte ihn aus der Balance.

Anaïs keuchte, rang nach Atem, hatte wieder vor Aufregung ihre Atemtechnik vergessen und die Luft angehalten.

Der Ripper blieb schwankend stehen, seine Hand umklammerte das Messer. Vergeblich versuchte er, seinen Blick auf Anaïs zu fokussieren. Seine Augen rollten von einer Seite zur anderen. Gleich würde ihn der Schwindel zu Boden zwingen.

*Du bist 'ne Siegerin.*

Ja, Kalle, das bin ich.

Anaïs riss die Arme hoch. »Jetzt hab ich dich«, schrie sie und sprang auf und ab, konnte sich einfach nicht mehr beherrschen. »Das ist dein Ende, *Ripper*, dein Ende.«

Ihre Worte wurden zu einem Triumphgeschrei, als der Ripper sich plötzlich aufrichtete und sich auf sie stürzte.

»Ick krieg euch«, brüllte er. »Ick krieg euch beede!«

Der Angriff erfolgte so plötzlich, dass sie sich nicht gegen seine Hände wehren konnte, die sich um ihren Hals legten und ihn unerbittlich zusammenpressten. Sein Daumen lag auf ihrer Kehle und drückte eisern zu. Anaïs versuchte zu schreien, aber sie brachte keinen Ton heraus. Sie drehte sich im Kreis. Der Boden unter ihren Füßen schwankte. Sie taumelte, geriet in die Seile des nächsten Boxrings, versuchte, sich festzuhalten. Aber in ihrem Kopf wogte ein heißes Meer aus Schmerz. Sie bekam keine Luft mehr, war kurz vor dem Ersticken. Die Welt um sie herum wurde grau und verschwommen. Doch dann ließ er sie auf einmal los.

Anaïs beugte sich vor, legte die Hände auf die Knie, hustete, würgte. Sah sich um. Wo war der Ripper?

Der Ripper lag zusammengekrümmt unter dem Boxsack und zitterte, als hätte er Schüttelfrost. Er hatte die Augen geschlossen, seine Kiefer klapperten, und er stöhnte. Sie hatte ihm einen ordentlichen Schlag versetzt. Sie wollte, nein musste ihm den Rest geben.

Benommen taumelte Anaïs durch die Halle, strauchelte, fing sich wieder. Doch ihre Kehle brannte wie Feuer, sie bekam zu wenig Luft und verlor das Gleichgewicht, drehte sich um die eigene Achse. Dunkle Nebel trieben vor ihren Augen.

Ihr wurde schwindelig. Anaïs fiel auf die Knie. Ihr Kopf sank nach vorn, und sie erbrach sich. Sie versuchte sich mit den Boxhandschuhen abzustützen, aber ihre Arme gehorchten ihr nicht mehr und knickten unter ihr weg. Ihre Kräfte verließen sie, und sie schlug der Länge nach hin.

*Jeder Mensch hat eene bestimmte Anzahl Kämpfe in sich. Und ... na ja, vielleicht is det mit dem Ripper eben jenau een Kampf zu viel für dir, Leo.*

Steh auf, dachte sie, steh auf.

Anaïs hatte das Gefühl, als strömte das Leben aus ihr hinaus. Sie hatte nur noch ein unklares Bewusstsein, nahm ihre Umgebung wie durch einen Wolkenvorhang war.

*Jeh mit mir nach Amerika, Leo.*

Ja, Kalle, ich komme ... ich komme.

Anaïs sah eine graue Kreatur zur Tür kriechen. Der Geruch von Zitrone, nein, Bergamotte wehte mit der kalten Nachtluft zu ihr herüber. Kurz darauf hörte sie wie aus weiter Ferne die Tür ins Schloss fallen.

Der Ripper von Berlin war entkommen.

*Du schaffst det, Leo, halt durch – du bist 'ne Siegerin.*

Ich weiß, Kalle. Aber ich bin so müde, so müde ...

Dann war da nur noch Finsternis.

# FÜNFUNDZWANZIG

Maxim Bronski wartete auf den Nord-Express.
Um ihn herum herrschte der übliche Bahnhofslärm, summten die Gespräche, er hörte sie, ohne dass sie ihn interessierten. Er stand bewegungslos am Bahnsteig. Wenn er es aus Berlin hinausschaffte, brauchte er seine ganze Kraft.
Paris–Warschau–Paris, seit dem Frühjahr wieder als Luxuszug mit Schlafwagen. Neben ihm stand sein Koffer, nur ein kleiner, mehr hatte er in der Eile nicht packen können. Sein Atelier, die Ikonen, alles, was in den letzten Jahren sein Leben ausgemacht hatte, musste zurückbleiben. Er hatte sein Leben erneut verloren. Wie damals, als … Nein, darüber konnte er nicht nachdenken. Selbst wenn er gewollt hätte. Durch seinen Kopf liefen Schmerzwellen. Noch nie in seinem Leben hatte er sich so elend gefühlt.
Sein linker Arm hing herab, heiß, geschwollen, entzündet. Darin pochte es, als hämmerte der Teufel auf seinen Amboss. Ein feiner Streifen zog sich von der entzündeten Einstichstelle zur Schulter hinauf.
*Sepsis.*
*Blutvergiftung.*
Er konnte unmöglich in die Charité fahren, denn das wäre das Ende seiner Flucht, noch ehe sie richtig begonnen hatte. Diese Josefine war bestimmt zur Polizei gelaufen.
*Der Ripper von Berlin auf dem Operationstisch.*
Die Ärzte würden sein Leben für den Henker retten.
Maxim schloss die Augen.
In seiner Tasche steckten noch zwei Spritzen. Damit musste er auskommen, bis er in Paris ein neues Leben ohne die weiße Fee anfangen konnte. Er hatte ihr für ihr Geschenk der Kreativität einen zu hohen Tribut gezahlt. Seit Monaten hatte er nicht mehr richtig geschlafen, seine Augen waren blutunterlaufen und juckten. War er glücklich, ja euphorisch, schlug

die weiße Fee im nächsten Augenblick unbarmherzig zu und schickte ihm Selbstmordgedanken. Auch sein Appetit hatte gelitten. Er hatte in letzter Zeit so wenig gegessen, dass seine maßgefertigte Kleidung an ihm herabhing, als hätte er sie gestohlen oder in einem Lumpenkeller erstanden.

Aber das Schlimmste waren die Halluzinationen.

Der Junge, der auf der Straße auf ihn gewartet, der ihn verfolgt hatte und schließlich sogar bei ihm eingezogen war. Manchmal hatte er ihn in einer Ecke seines Ateliers stehen sehen, lauernd und unheilverkündend wie einen bösen Geist. Dann wieder war er unsichtbar und seine Gegenwart nur an den Dingen sichtbar gewesen. Das zerschnittene Aktporträt dieser Hure. Die ausgedrückten Farbtuben und die zerbrochene Malpalette. Und immer wieder das frische Blut auf dem Klappmesser, obwohl er die Klinge ständig gesäubert hatte.

In der Ferne pfiff ein Zug.

Das Geräusch fuhr wie ein Pfeil in Maxims Kopf.

Der ständig pochende Schmerz in seinem Kopf hatte sich ausgebreitet. Diese hinterhältige Hexe hatte fest zugeschlagen. Sie wollte ihn töten. Aber er hatte sich verteidigt.

Ein junger Mann kam auf ihn zu. Sein schönes Gesicht war vor Wut ganz verzerrt. Die Lippen bewegten sich, ohne dass ein Wort aus seinem Mund strömte. Maxim dachte an einen Fisch im Aquarium. Sein Kopf dröhnte, er konnte keine klaren Gedanken fassen. Aber das Gesicht dieses Jungen kam ihm bekannt vor.

Wieder pfiff die Lokomotive, diesmal noch lauter.

Der Junge blieb vor Maxim stehen. Aus seiner ungewaschenen Kleidung stieg der Gestank nach saurem Schweiß auf. Der Junge starrte ihn an, seine Pupillen waren unnatürlich groß. Er fuchtelte vor Maxims Gesicht herum, stieß ihn mit der flachen Hand an der Schulter. Maxim taumelte zurück. Auf einmal regte sich eine Erinnerung in ihm. Zu spät fiel ihm ein, woher er dieses Gesicht kannte. Rudolph Valentino. Der Stricher vom Nollendorfplatz. Maxim hatte keine Zeit mehr, darüber nachzudenken und die richtigen Schlüsse zu ziehen.

Jetzt war schon das Stampfen des nahenden Zuges zu hören. Der Junge kam drohend näher. Maxim wollte nach seinem Messer greifen, aber dann fiel ihm ein, dass er sein Messer gar nicht mehr besaß, dass es auf dem blutigen Boden einer Boxschule in Friedrichshain lag. Er wollte weglaufen, doch seine Beine gehorchten ihm nicht.

»Hilfe«, krächzte er. »Hau ab, du ...« Jemand musste seine Not doch erkennen und ihm helfen. Wahrscheinlich litt er wieder unter Halluzinationen. »Verschwinde, du Dämon.«

Aber der Junge löste sich nicht in Luft auf. »Deinetwegen bin ick wieder uff die Straße. *Mörder! Mörder!*«

Die zunächst stehenden Fahrgäste sahen zu ihnen herüber. Maxim wich zurück, nur weg von dem Wahnsinnigen.

Der Zug fuhr in die Bahnhofshalle, Dampfwolken quollen zwischen den Rädern der Lokomotive hervor, raubten Maxim Atem und Sicht. Der gellende Pfiff der herandonnernden Lokomotive klang wie ein Fanal in seinen Ohren.

Der Junge machte einen Satz auf ihn zu.

Maxim spürte einen Stoß auf seinem Herzen. Er stolperte rückwärts, verlor das Gleichgewicht, ruderte mit dem einen gesunden Arm und versuchte vergeblich sich zu fangen. Der linke Arm verlieh ihm ungewollten Schwung.

Dann waren da nur noch der schwarze Abgrund und die Hitze des Eisens und das Donnern und das Kreischen über ihm.

Maxim lag mit verrenkten Gliedern im Gleisbett.

Der Schmerz in seinem Körper war unbeschreiblich, ein wildes Reißen, ein Pulsieren in allen Gliedern, nie hatte er Derartiges gefühlt. Ein Feuer breitete sich in ihm aus, durchströmte ihn wie heiße Lava, wollte ihn verzehren.

Maxim wusste, dass er sterben würde.

Sein Mund füllte sich mit etwas Warmem, Ekelerregendem. Er schmeckte seinen Tod, heiß, metallisch. Sein Ende kam näher, war noch nicht ganz da. Das Atmen fiel ihm immer schwerer. In seiner Panik dachte er daran, unter der Lokomotive hervorzukriechen, aber er fand den Befehl nicht, der seine

Arme und Beine bewegen konnte. Seine Lebenskraft floss aus ihm heraus, versickerte zwischen den Steinen im Gleisbett. Jetzt hörte Maxim eine Stimme, die er schon lange nicht mehr gehört hatte, und trieb in seinen Erinnerungen davon.

Nur die Nachttischlampe brennt in der Schlafkammer. »Det is meen missratener Sohn, der Jurek.« Die Mutter trägt nur ein dünnes Hemd und das Spitzenband der Dienstmädchen in den Haaren und steht neben dem großen Bett, das sie sich beide teilen müssen. »Jar nich beachten, der is schwachsinnig.« Die zwei halb nackten Männer sollen sich nichts bei seinem Anblick denken. Jurek rennt in die Küche, seine Augen brennen, er bekommt keine Luft. Noch nie hat die Mutter ihre Freier mit nach Hause gebracht. Die Männer schimpfen, wollen nichts zahlen, rennen hinaus. »Biste nu zufrieden?« Die Mutter ist wütend. »Zu nichts biste nütze außer zum Fressen. Ick hätte dir in den Müll schmeißen und die Nachjeburt uffziehen sollen.«

Maxim fing an zu frieren. Sein Herz schlug schwer, noch wusste es nichts vom nahenden Tod. Er konnte die eisernen Räder der Lokomotive sehen und dazwischen weiße Gesichter mit weit aufgerissenen Augen, die ihn anstarrten, und Mündern, die sich wortlos bewegten. Er dachte an die toten Tiere mit den durchgeschnittenen Kehlen im Schlachthof, die noch mit den Beinen zappelten und die Mäuler und Zungen bewegten, als wollten sie ihre Mörder verfluchen.

Das Messer liegt auf dem Küchentisch. Neben dem Armreif mit dem Leoparden. Sein Meisterstück. Er hat es der Mutter mitgebracht. Damit sie sieht, dass er nicht unnütz ist. Die Mutter nimmt den Armreif. »Der jehört mir. Für det Kostjeld, det de mir schuldest. Ohne dir bräucht ick üerhaupt nich die Beene breitmachen.« Jurek muss den Armreif zurückhaben. Er gehört dem Meister. Die Mutter lacht ihn aus. »Schwachkopf.«

Maxim zitterte, ihm war fürchterlich kalt.

Jurek dreht sich um und nimmt das Messer vom Küchentisch und sticht es der Mutter in die Brust. So, wie er gelernt hat, ein Schwein abzustechen, nachdem es unter dem Hieb der Axt zusammengebrochen ist. Den Armreif steckt er gleich in die Hosentasche. Er wickelt die Mutter in die Wachstuchdecke, die auf dem Küchentisch liegt, und putzt ordentlich die Küche, so wie man das Blut vom Boden der Schlachthalle wischt. Dann setzt er seine Ballonmütze auf und trägt die Mutter in den Hinterhof. Der Brunnenschacht ist leer und wartet schon.

Jetzt trieb Maxim auf ein scharlachrotes Meer hinaus.

Er spürte, dass sein Pulsschlag schwächer wurde.

Sein Atem setzte aus.

Stand still.

# EPILOG

»Warum denn nicht erster Klasse?« In Valeries Stimme schwangen Unverständnis und Resignation über den Starrsinn ihrer Nichte. »Weißt du überhaupt, welche Krankheiten du dir da unter Deck einfangen kannst? Nichts gegen die braven Leute in der dritten Klasse.« Sie setzte ein zuversichtliches Lächeln auf. »Hinnerk Janssen – du kennst doch Konsul Janssen? Hinnerk geht auch an Bord und hat mir versichert, dass noch Kabinen frei sind. Es sind statt der zweihundertzweiundzwanzig Erster-Klasse-Passagiere nur –«

»Ich habe Kammer Nummer 498«, sagte Anaïs. Knapp fünfhundert Passagiere würden sich in der dritten Klasse unter Deck drängen. »Ich habe alles bedacht, Tante Wally.« Die Diskussion zog sich, seit Anaïs ihren Entschluss auszuwandern verkündet hatte.

Hinter ihnen tutete die Schiffssirene.

Valerie, Josefine und Anaïs standen auf einem Pier in Cuxhaven, steil überragt von der mächtigen schwarzen Stahlflanke der »Hamburg«. Um sie herum wimmelte es von Autos, Pferdefuhrwerken und von Menschen, Erster-Klasse-Passagieren, deren riesige Überseekoffer von Trägern auf Schubkarren an Bord gebracht wurden, Familien mit blassen Kindern und jungen Männern, die nur mit einer Tasche oder einem Stoffbündel in ihr neues Leben aufbrachen. Sie würden Anaïs' Reisegefährten in ihr neues Leben sein.

Zurückbleibende rauchten noch eine letzte Zigarre oder Zigarette mit Bekannten, andere weinten in dem Bewusstsein, dass es ein Abschied für immer war. Über eine Brücke, die vom Pier zu einer Tür im Schiffsbauch führte, strömten bereits die Passagiere der dritten Klasse an Bord und wurden von einem weiß gekleideten Offizier in Empfang genommen, der Papiere und Gesundheitszeugnisse kontrollierte. Auf den Decks des Ozeanriesen hingen Menschentrauben an der Reling. Die

Leute schwenkten Taschentücher und brüllten letzte Grüße und Anweisungen aufs Festland hinunter.

»Alles bedacht.« Valerie schüttelte den Kopf, sodass die Reiherfedern auf ihrer Kappe schwankten. »Das haben wir ja gesehen, was passiert, wenn du alles bedenkst, nicht?«

Statt einer Antwort griff Anaïs nach dem Korallenarmband und ließ die roten Perlen wie einen Rosenkranz durch die Finger gleiten. Ihr Seesack stand vollgestopft und aufrecht neben ihr. Diesmal enthielt er den ganzen Besitz, den sie für ihre Zukunft zu brauchen meinte. Zusammen mit dem Passagiervertrag 3. Klasse Hamburg–Amerika. Aber weder Sportkleidung noch Boxhandschuhe. Die Hausmeisterin aus dem dritten Hinterhof, die nach den Mülltonnen sehen wollte, hatte sie gefunden. Ab jetzt würde die Schreibmaschine Anaïs' Waffe sein.

Jurek Grabowsky, der sich Maxim Bronski genannt hatte und als Ripper von Berlin in die Kriminalgeschichte eingehen würde, war tot. Von einem minderjährigen Stricher, einem ehemaligen Liebhaber von Thor Jonasson, am Bahnhof Zoo im Drogenrausch vor den einfahrenden Nachtzug nach Paris gestoßen. Dabei war Grabowsky für den Tod des Hellsehers gar nicht verantwortlich. Wie Anaïs von Hans von Hartmann erfahren hatte, hatte Professor Magnus den Mord inzwischen gestanden und wartete auf seinen Prozess. Er war bei Jonasson gewesen, um mehr über den Ripper zu erfahren. Als er Anaïs' Artikel mit Jonassons Ankündigung, den Namen des Rippers preiszugeben, gelesen hatte, waren ihm die Nerven durchgegangen. Auch den nächtlichen Überfall auf Anaïs, von der er nicht wusste, was sie von Jonasson erfahren hatte, hatte er zugegeben. Leopold Magnus hatte Angst gehabt, unschuldig zum Tode verurteilt zu werden. Nun wartete der Henker in Einklang mit dem Gesetz auf ihn.

Anaïs hatte die Nachricht von Grabowskys Tod erst nicht fassen können und sich dann gefragt, ob es nicht doch so etwas wie eine überirdische Gerechtigkeit gab. Ein Gedanke, den Kaiser in der Redaktion sofort verworfen hatte.

*Wenn Sie, Fräulein Maar – natürlich auf meine Anregung und Verantwortung hin –, diesen Unhold nicht so konsequent verfolgt hätten, wer weiß, wie viele Unglückliche ihm noch zum Opfer gefallen wären. Ach was – keine Frau wäre in Berlin mehr sicher gewesen. Wie mir hinter vorgehaltener Hand zugetragen wurde, hat Kriminalrat Hoppe bereits eine Auszeichnung an oberster Stelle angeregt. Ihnen ist ja sicher bekannt, dass mir nach Verdun von Seiner Majestät das Eiserne Kreuz verliehen wurde?*

Anaïs wandte sich an ihre Tante. »Du weißt doch, dass ich einen Vertrag mit der Herald Tribune habe.« Sie war mit den Fingern an einem kleinen Goldplättchen angekommen, schnippte dagegen und ließ das Armband los. »Die Zahl der Emigranten wird in nächster Zeit steigen – davon geht jedenfalls der Chefredakteur aus –, und ich berichte in einer Art Tagebuch.« Näher war sie an Egon Erwin Kisch nie dran gewesen. Die Schiffssirene ertönte, und Anaïs sah auf ihre kleine Armbanduhr. Hoffentlich war er pünktlich. »Es wird eine Serie, das ist doch großartig.«

»Kätzchen, die Überfahrt dauert ganze zehn Tage!«

»Und dann mache ich ein Buch daraus, das den Menschen die Augen öffnen wird über das Schicksal der Auswanderer.«

»Dein Wort in Gottes Ohr, Kätzchen.«

Anaïs sah ihrer Tante ins Gesicht. »Hätte ich etwa die Stelle beim Berliner Standard annehmen sollen?« Das Angebot war nach ihrem letzten Artikel, den sie vom Krankenhausbett aus diktiert hatte, und einer Radiosendung, in der ihr Kriminalrat Hoppe persönlich für ihren Einsatz gedankt hatte, zugestellt worden. Freie Hand bei der Themenwahl, dreifaches Gehalt, eine Schreibkraft und – das große Eckbüro in der Friedrichstadt. Die Versuchung war groß gewesen. Aber sie war auch in den Fokus einer Öffentlichkeit gerückt, die die Ereignisse normalerweise nicht in der Presse verfolgte. Missgunst und Fremdenhass hatten sich über ihr entladen. In der Redaktion waren Drohbriefe angekommen, auf den Mauern des Hauses in der Fasanenstraße waren über Nacht Schmähworte in weißer Farbe aufgetaucht. Dann waren Ziegelsteine in die Fenster geflogen. Sie hatte die Parolen auf den Wänden abwaschen und die Fensterscheiben in der Beletage ersetzen lassen. Aus ihrem Kopf waren sie damit jedoch nicht verschwunden. Josefine, die es tatsächlich geschafft hatte, dem Ripper zu entkommen, und zwei Tage später ihren Dienst wieder aufgenommen hatte, hatte ihr gut zugeredet.

*Die wollen Sie nur einschüchtern. Sie haben viel zu viel Erfolg. Det sind grade die neuen Zeiten, det gibt sich. Sie sind doch was viel Besseres als die da draußen! Außerdem – Unkraut vergeht nich. Det sehen Se doch an mir.*

Aber Anaïs' Entschluss hatte festgestanden, und inzwischen arbeitete Josefine für Tante Valerie. Natürlich nur so lange, bis ihr die passende Rolle angeboten wurde.

»Kätzchen.« Valerie strich Anaïs eine Locke aus der Stirn. »Ich denke nicht, dass der Spuk lange dauern wird.«

»Danke, dass du Bert bei dir aufgenommen hast.«

»Es sind ja durchaus wohlerzogene junge Leute.«

Anaïs musste lächeln. »Höre ich da etwa die Mehrzahl?«

Josefine verdrehte die Augen. »Und ob.«

Valerie zog ein Spitzentaschentuch aus ihrer Handtasche. »So ist es eben praktischer, nicht wahr?« Sie betupfte mit dem Taschentuch ihre Nasenspitze. »Ich meine, immer diese S-Bahn-Fahrten ... das ist doch gefährlich für diese illegalen jungen Menschen, nicht wahr?«

»Wie viele, Tante Wally?«

»Also gut – sechs.« Sie räusperte sich. »Bis jetzt.«

*»Sechs Illegale?«*

»Sieh mal, Kätzchen, das Haus ist groß, und ich bin allein und ...« Valerie wedelte mit ihrem Spitzentaschentuch. »Ich finde die politischen Diskussionen beim Abendessen äußerst interessant. Außerdem muss man gegen dieses braune Gesindel etwas tun, sonst gewinnen die noch Wahlen. Sieh mich nicht so an, Kätzchen, ich halte das nicht für unwahrscheinlich.«

»Du bringst dich in Gefahr, Tante Wally.«

»Unsinn.« Valerie hob das Kinn, ihre grünen Augen hatten

den harten Ausdruck von polierter Jade. »Niemand wird einer Maar-Erbin zu nahe treten. Außerdem steht diese Maschine ja im Weinkeller.«

Die »Hamburg« ließ ihre Sirene zweimal ertönen.

Anaïs hatte nicht richtig gehört. »Welche Maschine?«

»Die Druckmaschine«, sagte Josefine.

»Ihr druckt doch nicht etwa …?«

»Flugblätter, natürlich.« Valerie zog die Brauen hoch. »Also, Kätzchen, manchmal bist du wirklich etwas weltfremd.«

Anaïs blickte sich um, aber niemand schien sich für ihr Gespräch zu interessieren. »Danke«, sagte sie. »Ab jetzt werde ich keine ruhige Minute mehr vor Sorge um dich haben.«

»Das ist vollkommen unnötig, konzentrier dich lieber auf dein neues Leben in Amerika. Da hast du genug zu tun.«

Anaïs kniff den Mund zusammen. »Vor Amerika habe ich auch keine Angst.« Sie bemühte sich um einen zuversichtlichen Ton. »Es ist nur diese verdammte Überfahrt.«

»Hör auf mich und nimm die erste Klasse.«

»Es ist wegen meiner Eltern. Sie sind doch damals mit der ›Norge‹ untergegangen.«

Valerie sah zur Seite, ließ ihren Blick über das geschäftige Treiben auf dem Pier wandern. Gerade waren zwei schwarze Limousinen angekommen, aus denen elegant gekleidete Reisende stiegen und, ohne sich umzusehen, die Brücke auf das Oberdeck hinaufeilten. Gepäckträger in Uniform entluden riesige Überseekoffer. Eine ältere Frau in einem dunkelblauen Reisekostüm, offensichtlich die Gouvernante, führte zwei weiße Königspudel an der Leine und erteilte den Männern Anweisungen.

»Tante Wally?«

Valerie seufzte und wandte sich Anaïs zu. »Pass auf, Kätzchen«, sagte sie. »Wenn wir uns nicht wiedersehen sollten – nein, lass mich ausreden –, dann will ich heute nicht mit einer Lüge für immer von dir Abschied genommen haben.«

Anaïs hörte nur den Abschied für immer. »Aber wir sehen uns doch wieder, Tante Wally. Ich scherze ja nur, was das Schiff betrifft. Wir werden schon keinen Eisberg treffen.«

Valerie unterbrach sie mit einer Handbewegung. »Ich rede doch nicht von dir«, sagte sie schroff, womit sie zugab, dass sie um die Gefährlichkeit ihrer politischen Aktionen wusste. »Deine Mutter ist bei deiner Geburt gestorben. Wo dein Vater ist, kann ich dir nicht sagen. Ich nehme aber an, er lebt noch.« Sie betupfte wieder ihre Nase mit dem Taschentuch.

Anaïs starrte sie an. »Was?«

»Was?«, sagte Josefine.

»Du hast ganz richtig gehört.« Valerie wich ihrem Blick aus. »Als Melanie mit dir schwanger war, haben deine Großeltern sie für eine diskrete Niederkunft weggeschickt. Es war damals üblich. Ein uneheliches Kind in unseren Kreisen ...«

»Und was hätte mit mir passieren sollen?«

Valeries blasse Finger zerrten an den Spitzen des Taschentuchs. »Deine Großeltern hätten Melanie verstoßen, wenn sie nicht mit einer Adoption einverstanden gewesen wäre.« Sie räusperte sich. »Ich bin mit Melanie in die Schweiz gefahren. Sie ist bei der Geburt gestorben.«

Anaïs hatte das Gefühl, als würde sie auch gleich sterben. »Und mein Vater?«

»Du weißt doch, dass ich eine Schule im Sudan unterstütze. Melanie hat dort ein paar Monate im deutschen Sprachunterricht ausgeholfen und, nun ja, deinen Vater kennengelernt.«

»Das ist eine konfessionelle Schule«, sagte Anaïs. »Mit Missionsschwestern und – dort unterrichten nur Priester.«

»So sieht es aus, ja, allerdings.«

»Mein Vater ist ein *Priester*?«

»Det sind die Allerschlimmsten«, sagte Josefine.

»Jetzt tu nicht so, als wenn das in Deutschland nicht auch vorkommen würde.« Valerie machte eine elegante Handbewegung. »Es gab natürlich ein – Arrangement. Dein Vater bleibt im Sudan, unsere Familie unterstützt die Schule. Wir hören nichts mehr von diesem Mann, und afrikanische Kinder lernen Lesen und Schreiben. Das war die Abmachung, an die sich dein Vater dankenswerterweise immer gehalten hat.« Valerie streckte die Hand aus. Einer der weißen Königspudel hatte sich von der Leine losgerissen und schnüffelte an ihren Fingern. »Vielleicht sollte ich mir einen Hund zulegen.«

»Tante Wally!«

Valerie zog die Hand zurück und wischte sie an dem Taschentuch ab. »Du hättest in einem Kloster untergebracht werden sollen.« Ihr Ton war sachlich. »Das konnte ich nicht zulassen. Also habe ich dich mitgenommen und adoptiert.«

Josefine packte den Hund am Halsband, riss ihn von Valerie weg und schlug ihm fest auf das Hinterteil. Das Tier jaulte auf, dann lief es winselnd davon. »Köter.«

»Und meine Großeltern?« Anaïs spürte Tränen in ihren Augen brennen. »Wollten die mich auch nicht haben?«

Valerie zuckte die Schultern. »Deine Großeltern hatten auf einen Schlag beide Töchter verloren. Sie wollten es so.« Sie strich Anaïs die widerspenstige Locke aus der Stirn. »Du warst das größte Geschenk in meinem Leben, Kätzchen. Bitte denke nicht, dass ich meinen Entschluss auch nur einen Tag bereut hätte.« Sie lächelte. »Dein Vater hat dir das hübsche Korallenarmband da hinterlassen. Er wollte, dass du es zur Taufe bekommst.«

Anaïs nahm Valerie das Spitzentaschentuch aus der Hand und wischte sich die Augen. »Ich bleibe bei dir.«

»Du redest schon wieder Unsinn.«

»*Leo!*«

Anaïs hob den Kopf und schaute über die Menge in die Richtung, aus der der Ruf gekommen war. Sie sah, wie sich die breite Gestalt von Kalle Benatzky unbarmherzig zwischen den Wartenden Durchlass verschaffte. In der Hand trug er einen zerbeulten Pappkoffer, mit der anderen winkte er ihr zu.

Valerie runzelte die Stirn. »Wer ist dieser Mann?«

Anaïs lächelte schon wieder. »Kalle, das ist Kalle.«

»*Leo!* Mann, det ick dir endlich ooch noch finde!« Kalle hatte sie erreicht und stellte seinen Koffer neben ihren Seesack. Dann legte er zwei Finger seiner Boxerpranke galant unter Valeries Hand, beugte sich darüber und deutete einen Handkuss an. »Jestatten, jnädije Frau, Karl Benatzky mein

Name.« Er ließ die Hand los und verbeugte sich vor Josefine. »Jnädijes Frollein.« Josefine machte eine huldvolle Handbewegung. »Die Damen nehmen Abschied, wa? Ick will ooch jar nich stören. Es is nur – wo müssen wa denn hin, Leo?«

Valerie hatte ihren ersten Schreck überwunden. »Sie reisen gemeinsam, Herr Benatzky, wenn ich das hier richtig verstehe?«

»Jenau, Jnädijste, ick bin mit'n Zug von Berlin nach Hamburg und denn hierher. Det orjanisiert allet die Atlantik-Linie, wa?« Und an Anaïs gewandt: »Haste unsere Papiere, Leo?«

Kalles Bulldoggengesicht glühte vor Aufregung. Die Boxschule war geschlossen. Anaïs hatte Kalle zum ersten Mal am Boden zerstört gesehen. Bis sie ihm von ihren Auswanderungsplänen erzählt hatte. Er hatte sich sofort als ihr Reisebegleiter und Beschützer angeboten.

Anaïs hockte sich neben ihren Seesack und zog die Überfahrtverträge heraus. »Alles geregelt.« Sie stand auf und gab ihm seine Papiere. »In New York holt uns jemand von der Zeitung ab. Wir haben erst mal zwei Zimmer irgendwo.«

»Sie sind auch Journalist?«, fragte Valerie im Konversationston. Was Contenance anging, konnte ihr niemand das Wasser reichen. »Kätzchen, das hast du mir nicht erzählt.«

Anaïs legte einen Arm um Kalles breite Schultern. »Kalle war mein Boxtrainer, wir wollten schon immer nach Amerika.«

Kalle nickte. »Leo jeht zu die Zeitung, und ick wer mal sehen, wat sich in Sachen Boxen drüben noch so tut. Ick hab nämlich Kontakte.«

Anaïs ließ Kalle los. »Wir bleiben erst mal zusammen.«

»Janz jenau, Leo, und ick hab een Ooge uff dich.«

Valerie sah Kalle an. »Das beruhigt mich, Herr Benatzky«, sagte sie. »Dass Sie mir ja gut auf meine Tochter aufpassen.«

»Da sein Se mal janz jetrost, Jnädigste.«

Die Schiffssirene tutete wieder, die Motoren fingen an zu dröhnen, allgemeines Geschrei erhob sich. Anaïs warf erneut einen Blick auf ihre Armbanduhr. Eine halbe Stunde bis zum Ablegen, und sie musste noch durch die Kontrolle.

»Wir müssen an Bord, Tante Wally.«

Kalle nahm seinen Koffer. »Verzeihung, die Damen, det ick mir jetzt verabschiede. Ick jeh schon mal unsere Luxuskabinen suchen, Leo.« Damit stürzte er sich wieder in die Menge.

Josefine trat vor Anaïs hin, die geschlossenen Hände vor der Brust. »Ich hab da noch was für Sie.« Sie öffnete die Hände. Darinnen lag die Kette mit dem Goldkreuz. Josefine beugte sich vor, legte Anaïs die Kette um den Hals und schloss sie sorgfältig im Nacken. »So«, sagte sie zufrieden. »Die wird Sie da drüben beschützen.«

Anaïs berührte das Kreuz. Es war ganz warm. Josefine musste es lange in der Hand gehalten haben. »So ein Geschenk kann ich auf keinen Fall annehmen …«

»Is auch nur geliehen.« Josefine lächelte. »Wenn Sie zurück sind, geben Sie's mir einfach wieder.«

»Ich komme nicht zurück.«

»Doch, das tun Sie.« Josefine nickte. »Das sind gerade die neuen Zeiten, da braucht man eine gewisse Arrangierung. Aber das gibt sich, glauben Sie mir, Fräulein Maar.«

Anaïs drückte sie fest an sich. »Danke, Josefine – und passen Sie in der Zwischenzeit gut auf meine Tante auf.«

»Wird gemacht.« Josefine klopfte Anaïs auf den Rücken. »Wenigstens so lange, bis ich die passende Rolle finde.«

Anaïs lachte und ließ Josefine los. Dann wandte sie sich an Valerie. »Einmal spüre ich meinen Vater im Sudan auf.«

Valerie gab keine Antwort.

»Unterstützt du diese Schule noch?«

»Die Leute dort sind auf unsere Hilfe angewiesen.«

»Und was ist mit den Kindern in Berlin? Im Krögel?«

»Na, hör mal, ich bin doch kein Sozialist!«

Anaïs fiel ihrer Tante um den Hals. Sie schloss die Augen, drückte Valerie an sich, sprechen konnte sie nicht.

Als Kommandos über den Pier schallten und die Umstehenden anfingen, Taschentücher zu schwenken und Abschiedsgrüße zu rufen, schnappte sich Anaïs ihren Seesack, warf ihn sich über die Schulter und rannte zum Schiff. Außer ihr war kein Passagier mehr auf der Rampe. Der Offizier in der Einstiegsluke notierte sich etwas auf dem Klemmbrett in seiner Hand. Als er das Federn des Laufbretts unter ihren Schritten spürte, hob er den Kopf und blickte ihr entgegen.

»Nu mak man tau, min Deern!«

»Bin schon da! Anaïs Maar, Kammer Nummer 498!«

Der Mann blickte auf sein Brett, nickte, machte einen Haken. »Gesundheitszeugnis? Ja? Gut.« Er gab den Weg frei.

Anaïs betrat den Bauch des Schiffes.

Das Dröhnen der Motoren war hier unten überwältigend. Der Boden, die Wände, die Decke – alles schien zu vibrieren. Auf dem Gang drängten sich die Menschen zwischen ihrem Hab und Gut, warteten darauf, dass ihnen vom Quartiermeister der Weg zu ihren Kammern gewiesen wurde. Die Erwachsenen hatten müde Gesichter. Sie flüsterten miteinander, aber die meisten schwiegen und wirkten in sich gekehrt. Nur die zahlreichen Kinder lärmten, wie Kinder es immer und überall tun.

Anaïs stellte sich am Ende der Schlange an und ließ ihren Seesack zu Boden gleiten. Sie hörte, wie hinter ihr die Luke geschlossen wurde, und unterdrückte den Impuls, noch einmal zurückzuschauen, um einen letzten Blick auf das, was sie fast ein Vierteljahrhundert ihre Heimat genannt hatte, zu erhaschen. Sie spürte, wie der Zustrom der frischen Meeresluft versiegte, und wusste, dass der Geruch und die Ausdünstungen der vielen Menschen sie nun für die nächsten zehn Tage umgeben würden.

Anaïs fasste nach dem Goldkreuz um ihren Hals. Dabei bemerkte sie, dass Valerie ihr Spitzentaschentuch nicht zurückverlangt hatte und sie es noch immer in der Hand hielt. Sie spürte, wie sich ein Lächeln auf ihrem Gesicht ausbreitete, und umschloss beides fest mit ihren Fingern.

Dann richtete sie ihren Blick nach vorn.

# Nachwort

»Einen Weltaugenblick schien es, als sollte unserer gegenwärtigen Generation wieder ein normales Leben beschieden sein.« Das schrieb Stefan Zweig über das Schlüsseljahrzehnt der Neuzeit.

Die zwanziger Jahre waren ein revolutionäres Jahrzehnt voller Umbrüche, Ideen, Möglichkeiten und enormer Kreativität. Die schlichten Linien des Bauhausstils eroberten Architektur und Design, Fritz Lang drehte seinen ikonischen Film »Metropolis«, Alfred Döblin und Hans Fallada entdeckten den kleinen Mann als Helden. Berlin war das Epizentrum. Frauen waren berufstätig, trugen kurze Haare und lange Hosen, Zylinder und Zigarettenspitzen. Sie durften wählen, zogen in den Reichstag ein, und in der Weimarer Verfassung waren Männer und Frauen »grundsätzlich gleichgestellt«. Die emanzipierte moderne Frau war vor allem ein Geschöpf der neuen Werbe-, Konsum- und Filmindustrie. War das Theater nach wie vor ein Hort des Bürgertums, machte das Kino Kunst und Kultur für jedermann und jedefrau zugänglich, schuf schillernde Parallelwelten und weckte Sehnsüchte. Wer wollte da nicht, wie unsere Romanheldin Josefine, selbst einmal »im Glanz« stehen?

Doch wo Licht ist, da ist auch Schatten. Schon bei seinem Erscheinen im Jahr 1918 galt Heinrich Manns Roman »Der Untertan« in der nationalistischen Literaturkritik als unpatriotisch. Otto Dix' Bilder von Prostituierten wurden als Pornografie abgestempelt. Nationalisten, Monarchisten und völkische Gruppen bekämpften nicht nur die neue freigeistige Kultur der zwanziger Jahre, sondern auch die junge Republik, die sie ermöglichte. Feindbilder waren »Amerika« und das »internationale Finanzkapital« der weltweit verflochtenen

Banken und Unternehmen. »Krise« wurde zum Schlagwort, ein Symbol, das bewusst eingesetzt wurde, um das Vertrauen des Bürgers in den Staat zu unterminieren. Der kleine Mann sah sich internationalen Kräften ausgesetzt, die Heimat, Volk und Tradition bedrohten. Ressentiments gegen Andersaussehende und Andersdenkende wuchsen. Und auch die Frauen litten unter dieser Entwicklung. Betrug der Anteil der Parlamentarierinnen 1919 noch fast zehn Prozent, so ging er in den Folgejahren stetig zurück, was auch daran lag, dass Nationalsozialisten keine weiblichen Abgeordneten in ihren Reihen duldeten. Die Presse wurde nicht müde, den Frauen das beschauliche Leben als Hausfrau und Mutter im Vergleich zum mühseligen Berufsleben schmackhaft zu machen. Vierzehn Jahre waren zu kurz, um die Demokratie in der Gesellschaft abzusichern. Bald waren die Aufbruchstimmung und die Freiheiten der zwanziger Jahre zunichtegemacht, und ein neues, finsteres Jahrzehnt brach an.

Als ich dieses Buch zu schreiben begann, schwelgten wir in Europa in dem Gefühl des Wohlstands und des ständigen Wachstums. Nichts schien unsere Welt wie die der Weimarer Republik erschüttern zu können. Dabei lebten und leben wir in verwandten Zeiten. Die deutsche Wiedervereinigung 1990 und der Zusammenbruch des Kommunismus bescherten uns eine postrevolutionäre Phase. Die Finanzkrise von 2008 war mit der von 1929 durchaus vergleichbar. Anders als die Menschen der Weimarer Republik hatten wir jedoch die Erfahrung der Geschichte und über achtzig Jahre Zeit, die Demokratie als die erstrebenswerteste Staatsform zu erkennen. Inzwischen ist viel passiert. Eine große Fluchtbewegung, eine weltweite Pandemie und ein neuer Krieg in Europa haben unser Sicherheitsgefühl erschüttert. Wieder lebt das Wort »Krise« auf, wieder nimmt die politische Polarisierung zu. Der Weg in den Nationalsozialismus war in den zwanziger Jahren nicht vorgezeichnet. Es waren nicht die politischen und gesellschaftlichen Herausforderungen, die die Weimarer Republik zu Fall brachten. Es waren Menschen, die den ersten demokratischen Staat in Deutschland untergruben, um auf seinen Trümmern eine Diktatur zu errichten. Die Weimarer Republik, und auch das wollte ich in diesem Roman zeigen, ist ein Beispiel dafür, wie zerbrechlich – und wie schützenswert – eine Demokratie ist.

Im vergangenen Sommer verstarb mein langjähriger Verleger Hejo Emons. Ich bewunderte ihn stets für seine klare Haltung, seinen Mut und seine Menschlichkeit. Sein verlegerisches Werk legt Zeugnis von seiner Weltsicht ab. Mir war er zu jeder Zeit Zuhörer, Gesprächspartner und Förderer. Seine fünf Wörter zu allen meinen Buchprojekten werden mir fehlen: »Wann kann ich's haben?« Es ist mir eine Ehre, Hejo Emons gerade diesen Roman widmen zu dürfen.

I.L. Callis, Salzburg im März 2024

## Mein besonderer Dank gilt

Dr. Anaïs Angelo vom Institut für Afrikawissenschaften an der Universität Wien, die selbst familiäre Wurzeln in Afrika hat und mir noch offene Fragen zum Rassismus in der Weimarer Republik beantwortete, mir den Begriff der »kolonialen Brille« erklärte und mir gleichzeitig die Aufbruchstimmung und das neue Selbstbewusstsein Afrikas zur damaligen Zeit vermittelte.

Der Psychotherapeutin Dr. Uta Krivanec, die mir wie bei all meinen Büchern bei der psychologischen Entwicklung der Romanfiguren half und mir diesmal die gespaltene Persönlichkeit nahebrachte.

Dr. Edgar Wallner, der mir auch diesmal mit seinem medizinischen Fachwissen zur Seite stand.

Meinem Lektor Carlos Westerkamp, dessen wertvolle Anregungen in diesen Roman eingeflossen sind.

Allen Mitarbeitern des Emons Verlages, die aus einer Geschichte ein Buch gemacht haben.

Meiner Familie für alles.